Sana İhtiyacım Var

SANA İHTİYACIM VAR

Orijinal Adı: Tender Triumph
Yazarı: Judith McNaught
Genel Yayın Yönetmeni: Meltem Erkmen
Çeviri: Pelin Demirhan / Selin Ceylan
Yayına Hazırlayan: Aslı Tümerkan
Düzenleme: Gülen Işık
Kapak Tasarım: Berna Özbek Keleş

2. Baskı: Kasım 2009

ISBN: 978 9944 82-209-1

YAYINEVİ SERTİFİKA NO: 12280

Baskı ve Cilt: Melisa Matbaası
Çiftehavuzlar Yolu
Acar Sitesi No: 18 Davutpaşa
Tel: (0212) 674 97 23

Yayımlayan:
Epsilon Yayıncılık Hizmetleri Tic. San. Ltd. Şti.
Osmanlı Sk. Osmanlı İş Merkezi 18 / 4-5 Beyoğlu / İstanbul
Tel: 0212.252 38 21 pbx Faks: 252 63 98
İnternet adresi: www.epsilonyayinevi.com
e-mail: epsilon@epsilonyayinevi.com

Sana İhtiyacım Var

Judith McNaught

Çeviri
Pelin Demirhan
Selin Ceylan

epsilon®

1. Bölüm

Uzun boylu esmer adam şık çatı katı dairesinin pencerelerini sarmalayan sessizlikte dikilirken gözlerini, karanlık St. Louis ufuk çizgisinin karşısına yayılan parlak ışıkların manzarasına dikti. Kravatının düğümünü gevşetirken Ramon Galverran'ın ani hareketlerinden üzüntü ve kararlılık akıyordu. Sonra viski kadehini dudaklarına götürdü, büyük bir yudum aldı.

Onun arkasında, sarışın bir adam hızlı adımlarla loş oturma odasına girdi. "Eee, Ramon?" diye sordu sabırsızca. "Neye karar verdiler?"

Arkasını dönmeden sertçe "Bankacılar her zaman neye karar verirse ona verdiler," dedi Ramon. "Kendilerini kollamaya."

"O alçaklar," diye bağırdı Roger. Öfkeli bir düş kırıklığıyla ellerini açık renk saçlarının arasında gezdirdi, sonra döndü ve kararlı bir şekilde kristal şarap sürahileri sırasının olduğu bara yöneldi. "Para gelirken yanında olmayı biliyorlardı." Bardağına biraz daha viski doldururken dişlerini gıcırdattı.

Ramon "Değişmediler," dedi sertçe. "Eğer para hâlâ geliyor olsaydı, hâlâ benimle olurlardı."

Roger lambaya vurdu, sonra sanki geniş oturma odasında kendisini rahatsız ediyorlarmış gibi, görkemli mobilyalara bakıp kaşlarını çattı. "Babanın akıl sağlığıyla ilgili durumu o ölmeden önce açıklasaydın, bankacıların yanında olacağından emindim, kesinlikle emindim. Babanın hataları ve beceriksizliği yüzünden seni nasıl suçlayabilirler ki?"

Ramon pencereye arkasını dönerek, omzunu camın çerçevesine dayadı. Bir an bardağında kalan viskiye baktı, sonra içkiyi dudaklarına götürüp bir dikişte içti. "Beni babamın ölümcül hatalar yapmasını engelleyemediğim ve beceriksiz olduğu gerçeğini anlamadığım için suçluyorlar."

Roger öfkeli bir şekilde "Anlamadığın mı?" diye tekrar etti. "Sürekli her şeye hükmeden ve Tanrı gibi davranan bir adamın bir gün gerçekten buna inanmaya başladığını nasıl anlayabilirdin ki? Bilseydin de ne yapabilirdin? Hisse senedi onun adına, senin değil. Öldüğü güne kadar şirketteki faizlerin kontrolü onun elindeydi. Senin elin kolun bağlıydı."

1.90"lık gövdesindeki geniş, kaslı omuzlarını silkerek, "Artık ellerim bomboş," diye karşılık verdi Roger.

"Bak," dedi Roger çaresizlikle. "Bu konuyu daha önce açmadım çünkü gururunun incineceğini biliyordum ama biliyorsun fakir olmakla uzaktan yakından alakam yok. Ne kadara ihtiyacın var? Bende tamamı yoksa bile belki gerisini toparlayabilirim"

İlk kez, Ramon Galverra'nin biçimli dudaklarına ve kibirli koyu renk gözlerine bir mizah pırıltısı değdi.

Son zamanlarda sanki soğuk, acımasız bir kararlılık sergileyen ve eski İspanyol asaletini betimlemek niyetinde olan bir heykeltraş bronza işlemiş gibi görünen yüzü yumuşayarak şaşırtıcı derecede değişmişti. "Elli milyon yardımcı olur, yetmiş beş milyon çok daha iyi olurdu."

"Elli milyon mu?" dedi Roger, Harvard'daki öğrencilik yıllarından beri tanıdığı adama boş boş bakarak. "Elli milyon dolar yalnızca yardımcı mı olurdu?"

"Doğru. Yalnızca yardımcı olurdu." Ramon, yanındaki mermer masaya vurarak döndü ve bir hafta önce St. Louis'e gelişinden beri kullandığı misafir odasına doğru ilerledi.

"Ramon," dedi Roger aceleyle, "buradayken Sid Green'i görmen gerekiyor. Eğer isterse o kadar parayı toparlayabilir ve sana bunu borçlu."

Ramon aniden kafasını çevirdi. Soylu İspanyol yüzü küçümsemeyle sertleşmişti. "Sid yardım etmek isteseydi, benimle iletişime geçerdi. Benim burada olduğumu ve başımın belada olduğunu biliyor."

"Belki de bilmiyordur. Şu ana kadar, şirketin dibe doğru gittiğini saklamayı başardın. Belki de bilmiyordur."

"Biliyor. Borcumuzun süresini uzatmayı reddeden bankanın yönetim kurulunda."

"Ama..."

"Hayır! Eğer Sid yardım etmeye istekli olsaydı, benimle iletişime geçmiş olurdu. Sessizliği zaten neler düşündüğünü anlatıyor ve ben ona yalvarmayacağım. Birkaç güne kadar şirketimin denetçileri ve avukatlarıyla, Porto Riko'da bir toplantı yapıyorum. O toplantıda onlara iflası belgelemeleri için talimat vereceğim."

Ramon topukları üzerinde dönerek, odadan öfkesini belli eden hızlı, uzun adımlarla çıktı.

Geri döndüğünde, gür siyah saçları duşun etkisiyle hâlâ

hafifçe ıslaktı ve bir Levi's giyiyordu. Roger döndü ve Ramon beyaz gömleğinin manşetlerini dirseklerine kıvırırken sessizlik içinde onu izledi. "Ramon," dedi yalvaran bir sesle. "St. Louis'te bir hafta daha kal. Belki ona biraz daha süre verirsen, Sid seninle bağlantı kurar. Sana söyleyeyim, Sid'in senin burada olduğunu bildiğini düşünmüyorum. Onun kasabada olduğundan bile emin değilim."

"O kasabada, ben de iki gün içinde Puerto Rico'ya gitmek üzere ayrılıyorum, tamamen planladığım gibi."

Roger, mağlup olmuş gibi, derin derin içini çekti. "Porto Riko'da ne halt edeceksin?"

"Öncelikle, şirketin iflasına katılacağım, sonra büyükbabam ve onun babası ne yaptıysa onu yapacağım," diye cevapladı Ramon gergin bir halde. "Çiftliğe gideceğim."

Roger, "Sen aklını kaybetmişsin!" diye patladı. "Çiftlik ha, o küçücük tarla ve üstündeki o kulübe, senin ve benim o iki kızı götürdüğümüz...?"

"O küçücük tarla," diye ciddiyetle onun sözünü kesti Ramon, "Elimde tek kalan şey. Üzerinde bulunan, doğduğum kulübeyle beraber."

"San Juan'ın yanındaki eve ne oldu, ya da İspanya'daki villa ve Akdeniz'deki ada? Evlerinden birini ya da adayı sat; bu yaşadığın süre boyunca seni lüks içinde tutar."

"Onlar artık yok. Onları şirkete para toplamak için teminat olarak gösterdim ve karşılığını veremedim, borcu veren bankalar zaman dolmadan önce her şeye akbaba gibi üşüştüler."

"Lanet olsun!" dedi Roger umutsuzca. "Eğer baban çoktan ölmüş olmasaydı, onu kendi ellerimle öldürürdüm."

"Hissedarlar bu konuda senden çok daha çabuk davranırlardı." Ramon neşesiz gülümsedi.

"Nasıl sadece burada dikilip sanki umursamıyormuş gibi konuşabiliyorsun?"

"Yenilgiyi kabul ettim," dedi Ramon sakinlikle. "Yapılabilecek her şeyi yaptım. Toprağımı benim ailem için asırlardır işleyen insanların yanında işletmeyi umursamıyorum."

Ona acıdığını belli etmemek için kafasını arkadaşından uzağa çeviren Roger onun reddedeceğini bilerek ve bunun için ondan nefret ederek, "Ramon, benim yapabileceğim bir şey var mı?" dedi.

"Evet."

"Söyle," dedi Roger omzunun üzerinden umutla bakarak. "Sadece söyle, ben de yapayım."

"Bana arabanı ödünç verebilir misin? Tek başıma arabayla dolaşmak iyi gelebilir."

Bu kadar önemsiz bir rica karşısında yüzünü buruşturduktan sonra, Roger elini cebine attı, sonra da anahtarı arkadaşına fırlattı. "Benzin göstergesinde bir sorun var ve filtre sürekli tıkanıyor ama Mercedes bölge satıcısı onu bir hafta daha bakıma alamayacak. Senin şansına... Muhtemelen bu şey bu gece seni yolun ortasında bırakır."

Ramon omuzlarını silkti, yüzünde hiçbir duygu belirtisi yoktu. "Eğer araba durursa, yürürüm. Egzersiz, çiftçilik için forma girmeme yardımcı olur."

"O yerde çiftçilik yapmak zorunda değilsin, bunu biliyorsun! Uluslararası ticaret çevresinde çok ünlüsün."

Öfkesini kontrol etmek için harcadığı bariz çaba sırasında Ramon'ın çenesi kenetlendi. "Uluslararası ticaret çevresinde, hiç kimsenin affetmeyeceği ve unutmayacağı bir günah işledim– başarısız oldum. Adı çıkmış bir başarısız olmak üzereyim. Bu tavsiye üzerine bir pozisyon için arkadaşlarıma yalvarmamı mı bekliyorsun? Yarın senin fabrikana gidip montaj hattı pozisyonunda bir işe başvurayım mı?"

"Hayır, tabii ki hayır! Ama bir şeyler düşünebilirsin. Birkaç yıl içinde bir finans imparatorluğu kurduğuna tanık oldum. Eğer kurabiliyorsan, kendin için bir parçasını kurtarmak için de bir yol bulabilirsin. Artık umurunda bile olduğunu sanmıyorum! Ben- "

"Mucizeler yaratamam," diyerek onun lafını kesti Ramon. "Ve bahsettiğin de bu. Lear havaalanında hangarda motorların birinin küçük bir parçasını bekliyorum. Jet makinistleri bitirdiğinde ve pilotum hafta sonu tatilinden Pazar akşamı döndüğünde, Porto Riko'ya uçuyor olacağım." Roger itiraz etmek için ağzını açtı, ama Ramon sabırsız bir bakışla onu susturdu. "Çiftçilikte asalet var. Bence, bankacılarla uğraşmaktan çok daha asil. Babam hayattayken, hiç huzurum yoktu. Öldüğünden beri, hiç huzurum yok. Bırak da kendi yolumda huzur bulayım."

2. Bölüm

Westport banliyösünün yanındaki Canyon Inn'deki büyük bar, her zamanki cuma gecesi kalabalığıyla tıka basa dolmuştu. Katie Connely gizlice saatine göz attı, sonra bakışlarını belli bir yüzü aramak için kahkahalar atan, içen, sohbet eden grupların arasına kaydırdı. Ana girişi, düğümlü askılıklar ve renkli cam tavanın altında sarkan müslin kumaşı lambalardan yayılan gür bitki toplulukları nedeniyle iyi göremiyordu..

Yüzüne sabitlenmiş olan neşeli gülümsemesini bozmadan, dikkatini etrafında duran erkekli kadınlı gruba yöneltti. Karen Wilson onlara "Bu yüzden beni bir daha asla aramamasını söyledim," diyordu.

Bir adam bardan içkisini almak için onun etrafından uzanırken Katie'nin ayağına bastı. Para çıkarmak için cebine uzandığı sırada, Katie'yi dirseğinin kenarıyla itti. Özür dilemedi, Katie de dilemesini beklemiyordu. Buradaki her adam, her kadın kendi için buradaydı. Eşit haklar.

Adam elinde içkisiyle bardan dönerken, Katie'yi fark etti. "Merhaba," dedi, üzerine yapışan mavi kıyafetin örttüğü ince, kavisli figürüne ilgi dolu bir bakış atarak.

Katie ile ilgili her şeyi, omuzlarına düşen parlak kızıl sarı saçlarından uzun kıvrık kirpiklerinin altından ona bakan safir gözlerine ve narin yükselen kaşlarına kadar dikkate alarak yüksek sesle "Güzel," diye sonuca vardı. Yanakları zarafetle kavisleniyordu, burnu küçüktü; adam onu incelemeye devam ettikçe, Katie'nin krem rengi teni solgun bir güle benziyordu. Adam onun gittikçe kızaran renginin hoşnutluktan değil sinirden olduğundan habersiz, "*Çok* güzel," diye düzeltti.

Katie, adam kendisine sanki bir ayrıcalığa sahipmiş gibi baktığı için kızsa da, onu tam olarak suçlayamıyordu. Buraya gelmeyi seçen kendisiydi ne de olsa. Mal sahipleri ya da patronların düşünmeyi tercih ettiklerinin aksine burası büyük bir yalnızlar barıydı ve burada bara asalet kazandırması için eklenmiş küçük bir yemek odasından fazla bir şey yoktu.

"İçkin nerede?" diye sordu adam, Katie'nin güzel yüzünü tekrar inceleyerek.

Katie de zaten ortada olan durumu belirterek, "İçkim yok," diye cevap verdi.

"Neden?"

"İki tane içtim zaten."

"Pekâlâ, neden kendine bir tane daha alıp benimle şu köşede buluşmuyorsun? Tanışırız. Ben avukatım," diye ekledi, sanki bu bilgi Katie'yi bir içki kapıp adamın üstüne atlaması için daha istekli kılacakmış gibi.

Katie dudağını ısırdı ve bilerek hayal kırıklığına uğramış gibi baktı. "Ah."

"Ah, ne?"

"Avukatları sevmem," dedi anlamsız bir surat ifadesiyle.

Adam kızmaktan çok şaşırmıştı. "Çok yazık." Omzunu

silkerek döndü ve kalabalığın içine doğru ilerledi. Katie, adamın ilgi dolu bakışlarına karşılık veren çok çekici iki genç bayanın yanında durmasını izledi. Adamdan iğrendiğini hissetti, bu kalabalık yerdeki herkesten ama özellikle orada olduğu için kendinden iğreniyordu. Kabalığı yüzünden kendinden utanmıştı, ama böyle yerler otomatik olarak onun savunmaya geçmesine neden oluyordu ve kapının eşiğinden girdiği an her zamanki sıcaklığı ve doğallığı azalıyordu.

Avukat, elbette Katie'yi anında unutmuştu. Neden iki dolarını ona içki almak için harcama ve sonra arkadaşça yaklaşıp onu etkilemek için çaba sarf etme zahmetine girsin ki? Neden gereksiz yere kendisini zorlasın? Eğer Katie ya da odadaki başka bir kadın, onu tanımak isterse, ona olanak tanımaya kesin niyetliydi. Ve eğer kadın ilgisini çekmeyi başarırsa, onu evine davet bile ederdi – tabii ki, kadın kendi arabasında gelecekti – böylece kadın da cinsel hazza ulaşırdı. Onunla dostane bir içki içtikten sonra - eğer çok yorgun değilse – kendi kapısına kadar getirtir ve sonra nerede yaşıyorsa kendi başına oraya dönmesine izin verirdi.

Oldukça akıllıca ve açık bir yöntemdi bu. Koşulsuz. Hiçbir bağ kurmadan ve beklenti olmadan. Günümüzün kadınları, elbette, reddetmek için eşit haklara sahipti; onunla yatağa gitmek zorunda değildi. Onu reddetmesinin adamın duygularını incitebileceği için endişelenmek zorunda bile değildi.

Çünkü avukatın zaten Katie'ye duyduğu bir his yoktu. Belki onunla boşu boşuna bir iki saatini harcadığı için canı sıkılabilirdi, ama sonra uygun olan sayısız hevesli kadından birini seçerdi.

Katie, onunla başka bir yerde buluşmak için sözleşmiş

olmayı dileyerek kalabalığın içinde tekrar Rob'u aramak için mavi gözlerini kaldırdı. Pop müzik, yüksek konuşma seslerine ve zoraki kahkahalara eklenerek rahatsız edici bir gürültü yaratıyordu. Etrafındaki yüzlere baktı, hepsi farklı, aynı zamanda hareketli, hevesli, sıkıntılı ifadeleriyle benzerdi. Hepsi de bir şeyler arıyordu. Ama henüz bulamamışlardı.

"Katie, öyle değil mi?" Tanıdık gelmeyen bir erkek sesi arkasından konuştu. İrkilerek, Katie döndü ve kendini, önden tamamen düğmeli Ivy League gömleği, usta terzi işi blazer cekedi olan kravatlı, kendinden emin bir şekilde gülümseyen bir erkeğin yüzüne bakar halde buldu. "Seninle ve Karen'la iki hafta önce bir süpermarkette tanışmıştım."

Çocukça bir gülümsemesi ve sert gözleri vardı. Katie tedbirliydi ve gülümsemesi de her zamanki pırıltısından yoksundu. "Merhaba Ken. Seni tekrar görmek ne güzel."

Ken birden çok zekice ve orijinal bir plan bulmuş gibi, "Dinle, Katie," dedi. "Neden buradan çıkıp daha sessiz bir yerlere gitmiyoruz?"

Onun evi ya da kendisininki. Hangisi en yakınsa. Katie alışılmış yöntemi biliyordu ve bu onu sinir ediyordu. "Aklında ne var?"

Adam soruya cevap vermedi, cevap vermesine gerek yoktu. Onun yerine bir başka soru sordu. "Nerede oturuyorsun?"

"Buradan birkaç blok ötede – Village Green Daireleri."

"Ev arkadaşın var mı?"

Katie ciddiyetle "İki lezbiyen" diye yalan söyledi.

Ken ona inandı, buna şaşırmamıştı. "Şaka yapmıyorsun ya? Seni rahatsız etmiyorlar mu?"

Katie ona masum masum baktı. "Onları çok seviyorum." Yalnızca saniyenin bir parçası kadar bir süre için adam tiksinmiş göründü, ve Katie'nin gülümsemesi gerçek bir kahkahaya dönüştü.

Adam anında kendini toparlayarak omuz silkti. "Neyse. Görüşürüz."

Katie, Ken'in ilgisini çekecek birilerini görene kadar bakışlarını odanın içinde gezdirmesini izledi, sonra adam yavaşca kalabalığın arasında kendine yol açarak gitti.

Yeterince şey yaşamıştı. Haddinden fazla. Onu iki çekici adamla Colorado'da kayak yapmakla ilgili ettiği heyecan verici sohbetten alıkoyarak Karen'ın koluna dokundu. "Karen, tuvalete uğrayıp gideceğim."

"Rob gelmedi mi?" diye sordu Karen dikkati dağılmış bir halde. "Peki, etrafa bak –başka bir sürü insan var. Birini seç."

"Ben gidiyorum," dedi Katie oldukça kararlı bir şekilde. Karen sadece omuz silkip sohbete geri döndü.

Bayanlar tuvaleti, barın arkasında kısa bir koridorun sonundaydı. Katie kendine hareket eden bedenlerin arasından yol açtı ve yolundaki son insan engelinin etrafından sıvışarak geçtiğinde rahatlayıp içini çekerek koridorun oldukça sessiz kısmına adımını attı. Rob gelmediği için rahatlamış mıydı yoksa hayal kırıklığına mı uğramıştı, emin olamıyordu. Sekiz ay önce, onun zekâsı ve nezaketiyle gözleri kamaşmış, tutkuyla ona kendini kaptırmıştı.

Rob her şeye sahipti: sarı saçlar, iyi görünüm, güven, çekicilik ve St.Louis'in en geniş borsa temsilcisi firmalarından birine varis olarak güvenli bir gelecek. Yakışıklı, zeki ve harikaydı. Ve evli.

Katie'nin yüzü, Rob'u en son gördüğü zamanı hatırlayınca hüzünlendi... Müthiş bir akşam yemeği ve danstan sonra Katie'nin dairesine dönüp içki içmişlerdi. Saatlerce Rob onu kollarına alsa neler olacağını düşünmüştü. O gece, ilk kez, onunla sevişmek istediğinde Rob'u durdurmayacaktı. Son aylarda Rob yüzlerce kez onu sevdiğini söylemiş ve yüzlerce kez bunu göstermişti. Katie için artık tereddüt etmenin gereği yoktu. Aslında Rob başını koltukta geriye yaslayıp içini çektiğinde Katie ilk adımı atmak üzereydi. "Katie, yarınki gazetenin cemiyet kısmında benim hakkımda bir hikâye olacak. Sadece benim hakkımda değil – aynı zamanda karım ve oğlum hakkında. Ben evliyim."

Katie solgun ve kalbi kırılmış bir halde ona kendisini bir daha aramamasını ve görmeye çalışmamasını söylemişti. Fakat Rob bunu denemişti – defalarca. Ve Katie de aynı dirençle ofisindeki aramaları reddedip evdeki telefonda onun sesini duyar duymaz ahizeyi kapamıştı.

Bu olanlar beş ay önceydi, o zamandan beri Katie nadiren kendine o acı ve tatlı düşünme lüksünü veriyordu, onu bir dakika için aklından geçiriyor olsa bile. Üç gün öncesine kadar, Rob'u tamamen unuttuğuna inanıyordu, ama çarşamba günü telefonuna cevap verdiğinde, Rob'un derinden gelen sesi bütün vücudunun titremesine neden olmuştu.

"Katie, telefonu yüzüme kapatma. Her şey değişiyor. Seni görmem, seninle konuşmam lazım."

Rob başta Katie'nin buluşma yeri seçimine şiddetle karşı çıkmıştı ama Katie kararından dönmemişti. Canyon Inn, eğer niyeti buysa, Rob'u şevkatli ikna yolunu denemekten caydırmak için yeterince gürültülü ve kalabalıktı. Üstelik Karen her cuma buraya geliyordu, bu da Katie'nin eğer ihtiyacı olursa arkadaşından manevi destek alabileceği anlamına geliyordu.

Bayanlar tuvaleti kalabalıktı ve Katie sıra beklemek zorunda kaldı. Birkaç dakika sonra dalgın bir halde koridordan aşağı yürürken araba anahtarlarını bulmak için omuz çantasını karıştırarak tuvaletten çıktı ve sonra onun bara tekrar girmesini engelleyen kalabalığın arkasında durdu. Duvardaki ankesörlü telefonlardan birinde, bir adam İspanyol aksanıyla konuşuyordu: "Affedersiniz – bana bu yerin adresini söyleyebilir misiniz?"

Katie sıkıca kenetlenmiş insan kalabalığına doğru yolunu açmak üzereyken, telefonu kulağında tutarken ona doğru hafif bir sabırsızlıkla bakan uzun boylu adama döndü. "Benimle mi konuşuyordunuz?" diye sordu. Adamın yüzü esmerdi; saçları gür, gözleri kömür gibi siyahtı. Katie'ye her zaman IBM satış memurlarını anımsatan erkeklerle dolu bu yerde, soluk renkli bir Levis ve kolları dirseklerine kadar kıvrılmış beyaz bir gömlek giyen bu adam kesinlikle buraya ait değildi. Fazla...doğaldı.

"Demiştim ki," diye tekrarladı adam. "Bana bu yerin adresini söyleyebilir misiniz? Arabamda sorun çıktı, çekici çağırmaya çalışıyorum."

Katie, zihinsel olarak adamın yabancı, kibirli yüzündeki kısık koyu renk gözlerinden ve asil burnundan uzaklaşırken otomatik olarak Canyon Inn"In konumlandığı köşedeki iki kavşağın adını söyledi. Uzun, esmer, yabancı görünümlü adam kaba bir erkeksilik yaydığı için bazı kadınlara çekici gelebilirdi, ama Katherine Connelly'ye öyle gelmiyordu.

"Teşekkürler," diye yanıtladı, elini telefonun ahizesinden çekip Katie'nin söylediği caddelerin isimlerini tekrar ederek.

Katie geriye döndüğünde, bar bölgesine geçmesini engelleyen erkeksi göğsü saran koyu yeşil Izod bir kazakla karşılaştı. Boğazıma kadar çamura batmış durumdayım, diye düşünerek, "Affedersiniz, geçebilir miyim?" dedi. Kazak lütfederek yolun ağzından çekildi.

"Nereye gidiyorsun?" diye sordu kazağın sahibi cana yakın bir tavırla. "Saat hâlâ erken."

Katie derin mavi gözlerini adamın yüzüne kaldırdı ve gülümsemesinin içten bir hayranlıkla genişlediğini gördü. "Biliyorum ama gitmem gerek. Gece yarısında balkabağına dönüşüyorum."

"At araban balkabağına dönüşüyor," diye sırıtarak düzeltti adam, "Ve elbisen de paçavraya."

"Planlı eskimişlik ve zavallı bir işçilik, Sindrella'nın zamanında bile," diyerek sahte bir iğrenmeyle iç geçirdi Katie.

"Zeki kız," diye onayladı adam. "Yay burcu, doğru mu?"

"Yanlış," dedi Katie, çantasının dibinden anahtarlarını çıkartırken

"Öyleyce burcun ne?"

"Yavaşla ve Tedbirli Hareket Et," diye cevabı yapıştırdı Katie. "Seninki?"

Adam bir an düşündü. Katie'nin zarif bedeninin her kıvrımını inceleyen anlamlı bir bakışla "Birleşme," diye cevapladı. Uzanarak, parmak boğumlarını Katie'nin elbisesinin ipekli kollarında dolaştırdı. "Zeki kadınlardan hoşlanırım, onlar tarafından tehdit edildiğimi hissetmem."

O zaman Dr. Joyce Brothers'a* asılmasını önerme isteğini zar zor bastırdıktan sonra, Katie nazikçe, "Gerçekten gitmem gerek. Biriyle buluşacağım," dedi.

"Şanslı adam."

Katie üstü kapalı girişin altında, tanıdık beyaz Corvette'in köşedeki kırmızı ışığı geçmesini, park yerine dönmesini ve yanında ani bir fren yaparak durmasını izledi ve kalp atış-

---

**Televizyona çıkıp medyatik olan ilk psikolog, 1949 doğumlu Dr. Joyce Brothers aynı zamanda best seller bir yazardı ve gazetede bir tavsiye köşesi vardı.(E. N.)*

ları hızlandı. "Üzgünüm, geciktim. Arabaya bin, Katie. Bir yerlere gidip konuşalım."

Katie açık araba camından Rob'a baktı ve o kadar yoğun bir özlem dalgası hissetti ki canı yandı. Rob hâlâ dayanılmaz derecede yakışıklıydı, ama normalde güven dolu olan gülümsemesi şimdi Katie'nin kalbini burkan ve kararlılığını zayıflatan duygulu bir belirsizlikle doluydu. "Geç oldu. Ve eğer hâlâ evliysen sana söyleyecek hiçbir şeyim yok."

"Katie, bu şekilde burada konuşamayız. Geç kaldığım için bana zorluk çıkartma. Berbat bir yolculuk geçirdim ve St. Louise havaalanına girişimiz ertelendi. Şimdi iyi bir kız ol ve arabaya bin. Seninle tartışarak vakit kaybedemem."

"Neden zamanın yok?" diye ısrar etti Katie, "Karın mı bekliyor?"

Rob dişlerinin arasından küfretti, sonra aniden hızlanıp spor arabayı binanın yanında karanlık bir yere park etti. Arabadan çıktı ve Katie'nin yanına gelmesini bekleyerek kapıya yaslandı. Saçlarına değen ve mavi elbisesinin kıvrımlarını hareketlendiren esintiyle, Katie karanlık park yerinde ona doğru isteksizce yaklaştı.

"Uzun zaman oldu, Katie," dedi Rob, önünde durduğunda. "Beni öpmeyecek misin?"

"Hâlâ evli misin?"

Adamın cevabı, Katie'yi kollarının arasına alıp onu vahşi bir açlık ve yalvaran bir ihtiyaç karışımıyla öpmek oldu. Ama Katie'yi öpücüklerine karşılık vermediğini ve sorusuna cevap vermeden onu öptüğünde hâlâ evli olduğunu anladığını bilecek kadar iyi tanıyordu. "Böyle yapma," diye fısıldadı, nefesi Katie'nin kulaklarını ısıtıyordu. "Aylardır senden başka bir şey düşünmedim. Hadi buradan çıkalım ve sana gidelim."

Katie kararsızca içini çekti. "Hayır."

"Katie, seni seviyorum, sana deli oluyorum. Benden kaçma."

Katie ilk kez onun nefesinde içki kokusu aldı ve etkilendiğini hissetti. Ama ses tonunu sert tutmayı başardı.

"Evli bir adamla ucuz bir ilişki yaşamayacağım."

"Evli olduğumu öğrenmeden önce benimle olmanın hiçbir yanını 'ucuz' bulmuyordun."

Şimdi onu ikna etmeyi deneyecekti ve Katie buna dayanamıyordu. "Lütfen, lütfen bunu bana yapma, Rob. Eğer başka bir kadının evliliğini mahvedersem kendimi asla affedemem."

"Bu evlilik seninle tanışmadan çok önce 'mahvolmuştu' tatlım. Sana bunu söylemeyi denedim."

"Öyleyse boşan," dedi Katie umutsuzca.

Karanlıkta bile, Rob'un gülümsemesindeki acı ironiyi görebiliyordu. "Southfield'lar boşanmazlar. Ayrı hayatlar yaşamayı öğrenirler. Babama ve büyükbabama sor," dedi Rob öfkeli bir acıyla. İnsanlar restorandan içeri girip çıktıkça kapılar açılıp kapanmasına rağmen Rob'un sesi normal ayarında kaldı, elleri Katie'nin sırtını okşayarak aşağı kaydı, sonra da kalçalarını avuçlayarak onu kendi sertleşmiş bedenine doğru çekmeye çalıştı. "Bu yalnızca senin için, Katie. Yalnızca senin için. Benim evliliğimi yıkıyor olmayacaksın; uzun zaman önce zaten bitmişti."

Katie daha fazla dayanamıyordu. Durumun rezilliği kendini kirli hissetmesine neden oluyordu, geri çekilmeye çalıştı. "Bırak beni," diye yalvardı. "Ya bir yalancısın ya da korkak; ya da her ikisi de ve-"

Katie mücadele ettikçe, Rob'un elleri kollarını daha da sıkı sarıyordu. "Bu şekilde davrandığın için senden nefret ediyorum!" dedi Katie nefes nefese. "Gitmeme izin ver!"

Karanlığın içinden aksanlı bir ses konuştu. "Dediğini yap."

Rob aniden başını çevirdi. "Sen de kimsin?" diye sordu yanlarındaki binanın gölgelerinde cisimleşen beyaz gömlekli figüre. Sonra Katie'nin bir kolunu tutarak, bu davetsiz misafire ters ters baktı ve Katie'ye bağırdı: "Onu tanıyor musun?"

Katie'nin sesi utanç ve öfkeyle kısılmıştı. "Hayır, ama gitmeme izin ver. Gitmek istiyorum."

Rob kararlılıkla "Kalıyorsun," dedi. Başını diğer adama çevirdi, "Ve sen de gidiyorsun. Şimdi, eğer yoluna devam etmen için sana yardım etmemi istemiyorsan, harekete geç."

Aksanlı ses aşırı derecede, neredeyse korkutucu şekilde kibarlaşmıştı. "Eğer istersen yardım etmeyi deneyebilirsin. Ama onun gitmesine izin ver."

Rob, Katie'nin dayanıklılığının sınırlarını zorlayan ve devam eden anlaşılmaz inatçılığı ve şu anki istenmeyen olay yüzünden duyduğu bütün öfkeyi bu davetsiz misafirden çıkarmaya karar verdi. Katie'nin kolunu bıraktı ve ani bir hareketle, kocaman yumruğunu doğrudan rakibinin çenesine salladı. İkinci sessizliği, kemikleri birbirine bağlayan eklemin korkunç çatırdama sesi ve çınlayan bir gümbürtü takip etti. Katie yaşlardan parıldayan gözlerini açtığında ayaklarının dibinde yatan Rob'la karşılaştı.

Yabancı ses hiçbir tartışmaya mahal vermeyen bir ısrarla emretti. "Arabanın kapısını aç."

Katie, Corvette'in kapısını açtı. Adam resmiyetten uzak bir havada, sanki sarhoş bir uyuşuklukla bayılmış gibi başını direksiyonun üstüne sarkar vaziyette bırakarak Rob'u içeri itti.

"Hangisi senin araban?"

Katie adama boş gözlerle baktı. "Onu bu halde bırakamayız. Bir doktora ihtiyacı olabilir."

"Hangisi senin araban?" diye sabırsızca tekrar etti adam. "Birinin burada olanları görüp polise haber vermesi halinde hâlâ burada olmak gibi bir niyetim yok."

Arabasına doğru aceleyle hareket ederken omzunun üzerinden Rob'un Corvette'ine bakarak "Ah, ama-" diye itiraz etti Katie. İnatçı bir tavırla sürücü kapısına yaklaşıp durdu. "Sen git. Ben gelemem."

"Onu öldürmedim, yalnızca bayılttım. Birkaç dakika içinde ağrıyan bir suratla ve dağılmış dişlerle kendine gelecek, hepsi bu. Ben kullanırım," dedi adam, zorla Katie'yi arabasının önüne doğru ve sonra da içine iterek. "Sen kullanacak durumda değilsin."

Adam kendini ön koltuğa attığında dizini direksiyon direğine çarptı ve Katie'nin İspanyolca küfür olduğunu düşündüğü kelimeler söyledi. Oldukça uzun bacaklarına uyması için koltuğu en geri pozisyonuna iterken, "Bana anahtarlarını ver," dedi. Katie söyleneni yaptı. Gelip giden birkaç araba vardı, dışarı çıkmadan önce onların gitmesini beklemeleri gerekiyordu. Park edilmiş araba dizilerinden aşağı doğru aniden hızlanıp restoranın arkasına park edilmiş, patlak lastikli, hasarlı bir sebze kamyonunu geçtiler.

"Bu senin araban mı?" diye sordu Katie zayıf bir ses tonuyla, kendini konuşmak zorunda hissederek.

Adam, iş görmez durumdaki sebze kamyonuna göz gezdirip Katie'ye alaycı bir bakış attı. "Nasıl tahmin ettin?"

Katie küçük düştüğünü hissederek kızardı. Kendisi de adam da onun bunu adamın İspanyol olması nedeniyle sebze kamyonlarından kullandığını varsaydığı için dediğini biliyordu.

Adamın gururunu kurtarmak için, " Telefondayken

çekici araca ihtiyacın olduğunu belirtmiştin – bu yüzden biliyorum," dedi.

Katie, yalnızca birkaç sokak ötede olan dairesine giden ana yönleri söylerken park yerinden çıkıp trafiğin akışına karıştılar. "Sana teşekkür etmek isterim, şey-?"

"Ramon," dedi adam.

Katie heyecanlı bir tavırla çantasına uzandı ve cüzdanını aradı. O kadar yakında oturuyordu ki, beş dolarlık kâğıt parayı çıkardığında dairesinin olduğu sitenin park yerine gelmişlerdi bile. "Burada oturuyorum... sağdaki ilk kapı, gaz lambasının altındaki."

Adam Katie'nin kapısına en yakın olan park yerine manevra yaptı, kontağı kapattı, dışarı çıktı ve arabanın etrafından onun tarafına geçti. Katie onun otuz beş yaş civarında olduğunu tahmin ederek kuşkulu bir şekilde karanlık, gururlu ve esrarengiz yüzüne baktı. Onunla ilgili bir şeyler, yabancı olması –ya da karanlığı– kendisini rahatsız ediyordu.

Beş doları teklif ederek elini uzattı. "Çok teşekkür ederim, Ramon. Lütfen bunu al." Adam önce paraya, sonra da kızın yüzüne baktı. Kız beş doları ona uzatarak "Lütfen," diye kibarca ısrar etti. "Eminim işine yarar."

Adam kısa bir duraklamanın ardından "Tabii ki," dedi kuru bir sesle, parayı ondan alıp kotunun arka cebine sıkıştırdı. "Kapına kadar sana eşlik edeceğim," diye ekledi.

Katie döndü ve basamakları çıkmaya başladı, adamın eli hafifçe ama sabit bir şekilde dirseğini kavradığında biraz şaşırdı. Oldukça çekici ve cesur bir hareketti bu– özellikle Katie'nin istemeden onun gururunu incittiği düşünülürse.

Ramon anahtarını kilide sokup kapıyı açtı. Katie içeri adımını attı, ona tekrar teşekkür etmek için döndü. Adam

"Çekici aracın söz verdikleri gibi gönderilip gönderilmediğini öğrenmek için telefonunu kullanmak isterim," dedi.

Adam onu kurtarmak için gelmiş ve onun için tutuklanma riskine bile girmişti – Katie nezaket kurallarının onun telefonunu kullanmasına izin vermeyi gerektirdiğini biliyordu. Onu içeri almak konusundaki isteksizliğini gizleyerek, konforlu dairesine girmesi için bir adım yana çekildi. "Telefon orada, kahve masasının üzerinde," diye açıkladı.

"Aramayı yapınca, kısa bir süre arkadaşının-" adam kelimeyi küçümsemeyle vurgulamıştı, "kendine gelip buraya gelmeye karar vermediğinden emin olmak için bekleyeceğim. Ondan sonra tamirci zaten işini bitirmiş olur; ben de geriye yürürüm – buraya uzak değil."

Rob'un buraya gelebilme ihtimalini bile düşünmemiş olan Katie, ince topuklu sandaletlerini çıkarırken olduğu yerde kaldı. Rob sözlü olarak Katie tarafından reddedildikten ve fiziksel olarak Ramon tarafından yıldırıldıktan sonra bir daha buraya gelmezdi. "Eminim bir daha gelmez," dedi, gerçekten de böyle düşünüyordu. Ama yine de kendini gecikmiş bir tepkiyle titrerken buldu.

"Ben – ben sanırım kahve yapacağım," dedi, mutfağa yönelerek. Sonra başka bir seçeneği olmadığından, nazikçe ekledi: "Sen de ister misin?"

Ramon teklifini o kadar kararsızlıkla kabul etti ki Katie'nin onun güvenirliğine dair şüphelerinin çoğu yok oldu. Onunla tanıştığından beri, ne cüretkâr bir şey ne yapmış ne de söylemişti.

Mutfaktayken, Katie bu gece Rob'u görme endişesi yüzünden kahve almayı unuttuğunu fark etti, hiç kahvesi kalmamıştı. Tam da buna uygun olarak, aniden daha sert bir şeylere ihtiyaç duydu. Buzdolabının üzerindeki dolabı açarak, Rob'un brendi şişesini çıkardı. "Korkarım sana yalnızca brendi ya da su verebilirim," diye seslendi Ramon'a. "Kolanın asidi kaçmış."

"Brendi olur," diye cevap verdi adam.

Katie brendiyi iki likör kadehine koydu ve tam Ramon telefonu kapatırken oturma odasına döndü. "Arabayı tamir edecek olan araç gelmiş mi?" diye sordu.

"Şu anda oradaymış, tamirci de arabayı kullanabilmem için geçici bir tamir yapıyor." Ramon, Katie'nin uzanmış olan elinden bardağı aldı ve yüzünde alaycı bir ifadeyle dairesine baktı. "Arkadaşların nerede?" diye sordu.

Bej fitilli, kadife kumaşlı hoş sandalyeye otururken "Hangi arkadaşlar?" diye boş boş sordu Katie.

"Lezbiyenler."

Katie dehşete düşmüş bir halde kahkaha atmamak için kendini zor tuttu. "Bunu söylediğimi duyacak kadar yakında mıydınız?"

Ramon ona bakarak başını salladı. "Arkanda, barmenden telefon için para üstü alıyordum."

"Ah." Bu geceki olayların mutsuzluğu onu dibe sürükleyecek gibiydi ama Katie üzüntüsünü kızgınlıkla aklının gerilerine itti. Bunu, daha iyi üstesinden gelebileceği zaman, yarın düşünürdü. Hafifçe omuz silkti. "Lezbiyenleri sadece uydurdum. Tam havamda değildim, şey-"

"Neden avukatları sevmiyorsun?" diye sözünü kesti adam.

Katie yine kahkahasını bastırdı. "Bu tartışmamayı tercih ettiğim,oldukça uzun bir hikâye. Ama sanırım bunu ona söyleme nedenim, avukat olduğunu kendini beğenmişlikten dolayı açıkladığını düşündüğü içindi."

"Sen kendini beğenmiş biri değil misin?"

Katie şaşkın gözlerini adama çevirdi. Sandalyenin üzerinde altına aldığı çıplak ayaklarının kıvrılma şeklinde çocukça bir savunmasızlık vardı; yüzündeki saflıktan ve iri mavi gözlerindeki berraklıktan ise masum bir kırılganlık akıyordu. "Ben – ben bilmiyorum."

"Sana orada gelip bir sebze kamyonu kullandığımı söylemiş olsam, bana kaba davranmaz mıydın?"

Katie bu geceki ilk gerçek gülümsemesiyle gülümsedi, yumuşak dudakları gözlerinin parlamasını sağlayan hoş bir gülümsemeyle kıvrıldı. "Muhtemelen konuşamayacak kadar şaşırırdım. Birincisi, Canyon Inn'e gelen hiç kimse kamyon kullanmaz, ikincisi eğer kullanıyorlarsa da asla bunu söylemezler."

"Neden? Bunda utanılacak hiçbir şey yok."

"Evet, bunun farkındayım. Ama onlar taşımacılık ya da kamyonculuk işinde olduklarını söylerlerdi – veya böyle bir şeyler, böylece kulağa sanki bir demiryoluna ya da en azından bütün bir kamyon filosuna sahiplermiş gibi gelirdi."

Ramon, Katie'ye sanki bu kelimeleri onu anlamasına yardımcı olması için değil de engel olması için söylemiş gibi baktı. Adamın bakışları kızın omuzlarına dökülen kızıl altın saçlarına sürüklendi, sonra aniden bakışlarını kaçırdı. Kadehini kaldırarak, bardağın yarısına kadar dolu olan brendiyi bitirdi.

"Brendi yudumlanarak içilir," dedi Katie, sonra önerisinin kulağa kınama gibi geldiğini fark etti. "Demek istediğim," diye düzeltti beceriksizce, "bir dikişte de içebilirsin, ama brendi içmeye alışkın insanlar genelde yavaş yavaş yudumlamayı tercih ederler."

Ramon bardağını indirdi ve yüzünde tamamen anlaşılmaz bir ifadeyle ona baktı. "Teşekkürler," diye yanıtladı kusursuz bir nezaketle. "Bir daha brendi içecek kadar şanslı olursam bunu hatırlamaya çalışacağım."

Katie artık onu iyice gücendirdiğinden emin bir halde kıvranarak, Ramon'un oturma odasının penceresine doğru ilerlemesini ve kaba ve düğümlü dokusu olan bej perdenin yanına geçmesini izledi.

Penceresi, park yerinin sönük manzarasına ve onun arkasında, dairesinin önündeki yoğun, dört yol banliyö caddesine bakıyordu. Ramon pencere çerçevesine omzunu dayamıştı; anlaşılan Katie'nin önerisini dinlemişti, çünkü park yerini izlerken brendisini yavaşça yudumluyordu.

Katie onun geniş, kaslı omuzlarından dolayı sıkıca gerilen beyaz gömleğinin kolunu her kaldırışında gevşediğini fark etti, sonra bakışlarını kaçırdı. Yalnızca yardımcı olmak istemişti, ama onun yerine havalı ve üstün görünmüştü. Adamın gitmesini diledi. Zihinsel ve bedensel olarak yorulmuştu, kesinlikle adamın onu bu şekilde koruması için bir neden yoktu. Rob bu gece buraya gelmeyecekti.

Ramon birdenbire "Kaç yaşındasın?" diye sordu.

Katie'nin bakışları aniden ona kaydı. "Yirmi üç."

"Öyleyse önceliklerini daha iyi belirleyebilecek kadar büyüksün."

Katie'nin kızmaktan çok kafası karışmıştı. "Ne demek istiyorsun?"

"Demek istiyorum ki, sen brendi'nin 'doğru' şekilde içilmesinin önemli olduğunu düşünüyorsun, ama aynı zamanda da tanıştığın her adamı dairene davet etmenin 'doğru' olup olmadığı hakkında endişelenmiyorsun. Adını kirletmeyi göze alıyorsun ve–"

"Tanıştığım her adamı mı!" Katie kızgınlıkla kekeledi, artık kibar olmak için en ufak bir zorunluluk bile hissetmiyordu. "Öncelikle seni buraya sadece telefonu kullanmak istediğin için davet ettim, sen bana yardım ettikten sonra kibar olmak zorunda olduğumu hissettiğim için.

İkincisi, Meksika hakkında bir şeyler bilmiyorum, ya da hangi ülkeden geldiysen, ama-"

"Porto Riko'da doğdum."

Katie bunu duymazdan geldi. "Neyse, burada Amerika'da, böyle eski moda şeylerimiz, kadınların adı hakkında tuhaf fikirlerimiz yoktur. Erkekler hiçbir zaman kendi adları için endişe etmediler, biz de artık kendi adlarımız hakkında endişe etmiyoruz. Nasıl mutluysak öyle yaşıyoruz."

Katie buna inanamıyordu. Şimdi, adamı kızdırmak istemeye başladığında, adamO, adamı kızdırmak isterken, adam kahkaha atmak üzereydi!

Koyu kahverengi gözleri neşeyle parlıyor, gülümsemesi dudaklarının kenarında bekliyordu. "Sen nasıl mutluysan öyle mi yaşıyorsun?"

"Tabii ki!" dedi Katie, coşkuyla.

"Yaptığın şey nedir peki?"

"Efendim?"

"Kendini mutlu etmek için yaptığın şey nedir?"

"Ne istersem o."

Adamın sesi derinleşti. "Şimdi... ne istiyorsun?"

Adamın sesinin müstehcen tonuyla Katie aniden ve rahatsız edici bir şekilde, onun kotunu ve dar oturan beyaz gömleğini ortaya çıkararak belirginleştiren uzun adaleli yapısından çıkan ham şehvetin farkına vardı. Adamın bakışları kendi yüzüne çevrildiğinde, bir ürperti bütün vücudunu kapladı, koyu kahverengi gözler elbisesinin dar kumaşının altındaki göğüslerinin kıvrımlarını yavaşça inceleyerek onu bırakmadan önce yumuşak dudaklarında takılıp kaldı. Katie çığlık atmak, gülmek veya ağlamak istiyordu- ya da üçünü birden yapmak. Bu gece başına gelen her şeyden sonra, Katie Connelly, şimdi bütün cinsel ihtiyaçlarına cevap olacağını düşünen Porto Rikolu bir Kazanova elde etmeyi başarmıştı.

Sesini neşeli tutmak için kendini zorlayarak, en sonunda adamın sorusuna cevap verdi. "Şimdi ne istiyorum? Hayatımdan ve kendimden memnun olmak istiyorum. Ben- ben- hayatımdaki bazı şeylerden kurtulmak istiyorum," diyerek sözlerini zayıf bir tonla bitirdi, koyu, şehvetli bakışlardan dolayı dikkati dağılmıştı.

"Neden kurtulmak istiyorsun?"

Katie aniden ayağa kalktı. "Erkeklerden!"

Ramon ağır ağır ve temkinli yürüyerek ona yaklaştı. "Çok fazla özgürlükten kurtulmayı istiyorsun, erkeklerden değil."

Adam ona doğru ilerledikçe, Katie kapıya doğru gerilemeyi sürdürdü. Onu içeri davet etme hatasını yapmıştı ve o da bunu kasıtlı olarak yanlış anlamıştı, çünkü böylesi amacına uygundu. Sırtı kapıya vurduğunda güçlükle soludu.

Ramon ondan on beş santimetre uzaktaydı. "Eğer dediğin gibi erkeklerden kurtulmak isteseydin, bu gece o yere gitmiş olmazdın; park yerindeki o adamla buluşmazdın. Sen ne istediğini bilmiyorsun."

"Geç olduğunu biliyorum," dedi Katie titrek bir sesle, "Ve şu anda gitmeni istediğimi de."

Ramon gözlerini kısarak Katie'nin yüzüne baktı, ama soruyu sorarken sesi yumuşaktı: "Benden korkuyor musun?"

"Hayır," diye yalan söyledi Katie.

Adam memnuniyetle başını salladı. "Güzel, öyleyse yarın benimle birlikte hayvanat bahçesine gitmeye itiraz etmeyeceksin, değil mi?"

Katie, adamın yanında kendini huzursuz hissettiğini ve

onunla herhangi bir yere gitmeyi istemediğini kendisinin de bildiğini söyleyebilirdi. Yarın için başka planları olduğunu söylemeyi düşündü, ama adamın başka bir gün söylemesi için onu sıkıştıracağından emindi. Hissettiği her içgüdü adamın eğer isterse aşırı derecede ısrarcı olabileceği konusunda Katie'yi uyarıyordu. Yorgun ve bezgin olduğu için o sırada buluşmayı kabul edip sonra gitmemek daha mantıklı görünüyordu. Ramon bile bunun üzerine kesin bir şekilde reddedildiğini anlayıp bunu kabul ederdi. "Tamam," diye numara yaptı. "Saat kaçta?"

"Sabah onda seni almaya gelirim."

Kapı, arkasından kapandığında, Katie kendini sanki kırılmadan önce nereye kadar bükülebileceğini görmek isteyen bir şeytan tarafından sıkıca ve daha sıkıca gerilen bir yay gibi hissediyordu. Yatağına turmandı ve gözlerini tavana dikti. Onu hayvanat bahçesine davet eden, şehvet düşkünü bir Latinle uğraşmak dışında yeterince problemi vardı!

Katie, yüz üstü yatarak, o gece Rob'la yaşadığı rezilliği düşündü ve yorgun mutsuzluğundan kaçmak için gözlerini sıkıca kapattı. Yarın gününü ailesinin evinde geçirecekti. Hatta bütün hafta sonunu orada geçirecekti. Zaten anne babası onu yeterince görmediklerini söyleyip şikayet ediyorlardı.

3. Bölüm

Ertesi sabah sekizde çalar saatin alarmı Katie'yi derin ve oldukça yorgun bir uykudan uyandırdı. Cumartesi günü alarmı kurmasına şaşırarak, düğmesini el yordamıyla aradı ve ısrarcı sesi düğmeye basarak susturdu.

Gözlerini tekrar açtığında saat dokuzdu, çiçeklerle süslü yatak odasına dolan ışığa bakıp gözlerini kırpıştırdı. Ah, hayır! Ramon bir saat içinde burada olacaktı...

Yataktan fırlayıp, banyoya doğru koşturdu ve duşu açtı. Diğer her şey yavaşlamış görünürken, kalp atışları geçen her saniyeyle birlikte hızlanıyordu. Saç kurutma makinesinin gür saçlarını kurutması sonsuza kadar sürdü; Katie ise dokunduğu her şeyi deviriyor ve taze bir fincan kahve için yanıp tutuşuyordu.

Hızlıca hareket ederek, çekmeceleri açtı, lacivert bol pantolonunu ve onunla uyumlu beyaz çizgili bluzunu giydi. Saçlarını geriye atıp beyaz, kırmızı ve mavi desenli ipek bir eşarpla bağladı, ardından bavuluna rastgele birkaç kıyafet attı.

9:35'te dairesinin kapısını arkasından kapattı ve ılık, mavi mayıs sabahına adımını attı.

Geniş site sessizlik içindeydi; bir bekarlar sitesinde Cuma gecesinin randevularından ve eğlencelerinden sonra bu çok normaldi.

Katie, arabasına doğru hızla hareket etti, bavulunu sol eline geçirirken büyük kanvas omuz çantasında anahtarlarını arıyordu. "Lanet olsun!" diye soludu, çantasını arabasının yanına koyup çılgınca alt üst ederek anahtarlarını aradı. İşlek caddedeki her iki yönede akan trafiğe, siteden içeri tangırdayarak giren bir sebze kamyonu görme endişesiyle korkulu bakışlar atıyordu. "Anahtarları ne yaptım?" diye fısıldadı çaresizce. Sinirleri inanılmaz derecede gerilmişti, kolunda bir el kenetlendiğinde boğuk bir çığlık attı.

Kulağının dibinde derin bir ses "Anahtarlar bende," dedi hafifçe.

Katie korku ve hiddetle arkasını döndü. "Beni gözetlemeye nasıl cesaret edersin!" diye bağırdı.

"Seni *bekliyordum"* diye vurguladı Ramon.

"Yalancı!" diye tısladı Katie, ellerini yumruk yapmıştı. "Buraya neredeyse yarım saat sonra gelmen gerekiyordu. Yoksa saati bile okuyamıyor musun?"

"İşte anahtarların burada. Dün akşam yanlışlıkla onları cebime koymuşum." Ramon elini kaldırdı ve anahtarları, avucunun içindeki tek, uzun saplı kırmızı bir gülle birlikte ona uzattı.

Katie, istenmeyen kırmızı çiçeğe değmekten bile dikkatle kaçınarak, anahtarlarını adamın avucundan kaptı.

"Gülü al," dedi adam sessizce, eli hâlâ açıktı. "Senin için."

Katie, "Lanet olsun!" dedi öfkeyle. "Beni yalnız bırak! Burası Porto Riko değil, ve ben de senin çiçeğini istemiyorum." Adam, Katie'yi duymazdan gelerek, sabırla dikilmeye devam etti. Katie hayal kırıklığına uğramış bir halde

"Sana onu istemediğimi söyledim!" diye öfkeyle bağırdı ve bavuluna uzandı. Bu sırada yanlışlıkla gülü adamın avucundan düşürdü.

Çiçek betona düşerken Katie, öfkesini paramparça eden ve utancına eşlik eden ani ve şiddetli bir suçluluk duygusuna kapıldı. Ramon'a baktı; gururlu yüzü sakindi, ne öfke ne de kınama belirtisi gösteriyordu – gözlerinde yalnızca derin, anlaşılması güç bir pişmanlık vardı.

Adamın yüzüne bakacak gücü olmayan Katie, bakışlarını ondan uzaklaştırdı; suçluluk duygusu, adamın onu mutlu etmeye çalışmak için yaptığı tek şeyin çiçek almak olmadığını görünce, utanca dönüştü– ayrıca, belli ki Ramon randevuları için müthiş bir özenle giyinmişti. Yıpranmış kotu yerine tertemiz siyah bir pantolon ve kısa kollu siyah triko bir gömlek giymişti; yeni traş olmuştu, baharlı losyonunun kokusu hâlâ pürüzsüz çenesindeydi.

Sadece onu memnun etmek ve etkilemek istemişti; böyle bir davranışı hak etmiyordu, özellikle dün akşam onu öyle koruduktan sonra. Katie ayaklarının dibinde duran yamulmuş kırmızı güle baktı ve o kadar utandı ki gözyaşları gözlerini yaktı. Yere eğilip gülü kaldırırken "Ramon, ben çok, çok üzgünüm," dedi pişmanlıkla. Gülün sapını kavrayarak, bakışlarını yukarı kaldırdı ve adamın yüzüne yalvaran gözlerle baktı.

"Bu güzel çiçek için teşekkür ederim. Ve eğer- hâlâ istiyorsan, seninle hayvanat bahçesine gelirim, çünkü geleceğime söz verdim." Daralan ciğerlerine daha çok hava çekmek için duraklayarak devam etti. "Ama şunu anlamanı istiyorum ki, senin benimle ilgili– şey – *ciddi* düşünmeni istemiyorum ve ..." Katie, Ramon'un gözleri bir kahkahayla parıldamaya başlayınca şaşkınlıkla bakakaldı.

Ramon dalgacı, neşeli bir ses tonuyla "Sana yalnızca bir

çiçek ve hayvanat bahçesine bir gezinti teklif ettim, evlilik değil," dedi.

Birdenbire Katie kendini adama gülümserken buldu. "Haklısın."

"O zaman gidelim mi?" diye sordu Ramon.

"Evet, ama önce izin ver de bavulumu daireme geri götüreyim." Katie çantaya uzandı ama Ramon daha hızlıydı. "Ben taşırım."

Daireye girdiklerinde, Katie çantayı ondan aldı ve yatak odasına doğru ilerledi. Ramon'un sorusu onu durdurdu. "Kaçtığın kişi ben miydim?"

Katie kapı aralığında durdu. "Tam olarak değil. Dün geceden sonra, sadece her şeyden ve herkesten bir süreliğine uzaklaşma ihtiyacı hissettim."

"Ne yapacaktın?"

Katie'nin yumuşak dudakları, güzel gözlerine parıltı getiren hüzünlü bir gülümsemeye kıvrıldı. "Her özgür, yetkin Amerikan kadını bir şeyle başa çıkamayınca ne yaparsa onu – eve annemle babamın yanına gidecektim."

Birkaç dakika sonra daireden çıktılar. Katie park yerine doğru yürürlerken, sol elinde taşıdığı pahalı fotoğraf makinesini kaldırdı. "Bu bir fotoğraf makinesi," dedi adama.

Ramon alaycı bir ciddiyetle "Evet, biliyorum" diye onayladı. "Porto Riko'da bile fotoğraf makinelerinden var."

Katie bir kahkaha kopardı ve başını kendine itiraz eder halde salladı. "Ne kadar 'çirkin bir Amerikalı' olduğumu hiç fark etmemiştim."

Pırıl pırıl bir Buick Regal'ın yanında durduklarında, Ramon yolcu kapısını onun için açtı. " Sen güzel bir Amerikalısın," diye kısık sesle itiraz etti. "Hadi bin."

Katie bundan utanıyordu ama arabayla gidiyor oldukları için oldukça rahatlamıştı. Karayolunda çürük bir sebze kamyonuyla sarsılarak ilerlemek onun tarzı değildi. Park yerinden sıyrılıp cumartesi sabahı alışverişi trafiğine doğru ilerlerken, "Kamyonun yine mi bozuldu?" diye sordu.

"Bunu kamyona tercih edeceğini düşündüm. Bir arkadaşımdan ödünç aldım."

"Benim arabamı da alabilirdik."

Katie, Ramon'un bakışından onun birini kendisiyle bir yere gitmesi için davet ederse, ulaşımı da kendisinin halledeceğini düşündüğünü anlamıştıı. Aklı başına gelerek, FM radyoyu açtı, ardından Ramon'u gizlice yandan inceledi. Adam mükemmel fizik yapısı, bronzlaşmış yüzü ve kollarıyla Katie'ye bir İspanyol profesyonel tenis oyuncusunu hatırlatıyordu.

Katie, Şehitleri Anma günü nedeniyle kalabalık olmasına rağmen Ramon'la hayvanat bahçesinde harika zaman geçiriyordu. Yan yana çimento yoldan ilerlemişlerdi. Ramon, ayılara atması için ona yer fıstığı getirmişti ve büyük kuş kafeslerinin orada kocaman gagalı bir tukan üzerine çullanıp Katie'nin dehşet içinde çığlık atmasına ve kafasını elleriyle örtmesine neden olunca kahkahalarla gülmüştü.

Katie yılanlara karşı olan fobi boyutundaki nefretini, hiçbir şeye bakmadan kontrol altına almaya çalışarak Sürüngenler Yuvası'na girip Ramon'a eşlik etti. Gözleri hiçbir sürüngene odaklanmadan odanın içinde hareket ettikçe, ensesindeki saçları diken diken oluyordu.

Tam yanındaki kocaman camdan çite doğru başıyla işaret ederek "Şuraya bak," dedi Ramon kulağına.

Katie yutkundu. "Bakmama gerek yok," diye fısıldadı kuru dudaklarının arasından. "Orada bir ağaç olduğunu zaten biliyorum, bu da muhtemelen ondan sarkan bir yılan var demek." Elleri terlemeye başlamıştı, neredeyse sürüngenin kıvrımlı süzülüşünü kendi teninde hissediyormuş gibiydi.

Onun solan rengini fark ederek "Sorun ne?" dedi aniden Ramon. "Yılanları sevmez misin?"

"Yok," dedi Katie çatlak bir sesle "Pek sevmem."

Ramon başını sallayarak, onun koluna girdi ve Katie'yi havayı derin derin soluyabilmesi için dışarı çıkarıp en yakın banka götürdü. "Eminim Sürüngenler Yuvası'nın tam dışına bu bankları benim gibi insanlar için koymuşlardır. Yoksa, burada sinekler gibi yere düşerdik."

Ramon'un çenesindeki hafif sıyrık gülümseyince derinleşti.

"Yılanların insanoğluna epey faydası vardır. Bir sürü şeyi yerler: Kemirgenleri, fareleri..."

Katie elini itiraz edercesine kaldırıp "Lütfen!" diyerek titredi. "Onların yemek menüsünü bana tarif etme."

Ona eğlenerek baktıktan sonra, Ramon ısrar etti. "Onların oldukça yararlı ve doğanın dengesi için kesinlikle gerekli olduğu gerçeğini değiştiremezsin."

Katie kararsızlıkla ayağa kalkıp oldukları ona cilveli bir bakış attı. "Gerçekten mi? Daha önce hiçbir yılanın bir şeyi daha az tiksindirici bakışı olan bir hayvandan daha iyi yapabildiğini duymadım."

İnce burnu hoşnutsuzlukla kırıştı. Ramon düşünceli bir şekilde onun gözlerinin parlak mavisine gülümsedi. "Ben de," diye itiraf etti.

Birlikte yürüdüler, Katie bundan daha eğlenceli bir randevu geçirdiğini hatırlayamıyordu. Ramon her zaman çok kibardı, merdivenlerden ya da yokuştan çıkarken koluna giriyor, her türlü isteğini kabul ederek büyük bir incelik gösteriyordu.

Maymunların, tavuskuşlarının ve diğer ilginç ama nadir olmayan hayvanların bulunduğu adaya geldiklerinde, Katie filminin ikinci rulosunun çoğunu kullanmıştı. Ramon'un ona uzattığı kutudan kendine bir avuç dolusu patlamış mısır alarak, küçük adayı izole eden çitlere dayandı ve çekirdekleri bir süre ördeklere attı. İstemeden aldığı tahrik edici pozisyon, pantolonunun lacivert kumaşının kalçalarının ve sırtının çekici hatlarında sıkıca gerginleşmesine neden olmuş, bunun değerini bilen Ramon'a tamamen zevkini çıkardığı, memnuniyet veren bir manzara sunmuştu.

Onun dikkatinin nereye odaklandığından habersiz olan Katie, arkasına baktı ve "Bunun bir fotoğrafını ister misin?" diye sordu.

Ramon'un dudakları aniden kıpırdadı. "Neyin?"

"Adanın," dedi Katie, adamın gülen ifadesinden aklı karışmıştı. "Filmin bu rulosu neredeyse bitmek üzere. Her ikisini de sana vereceğim, sonra bastırdığında, St.Louis hayvanat bahçesine yaptığın gezinin bir hatırası olacak."

Ramon, Katie'ye şaşkınlıkla baktı. "Bu fotoğraflar benim için mi?"

"Tabii ki," diye yanıtladı Katie, bir avuç dolusu daha patlamış mısır alırken.

"Eğer onların benim için olduğunu bilseydim," diye gülümsedi Ramon, "bana bugünü hatırlatacak ayılardan ve zürafalardan daha fazlasının fotoğraflarını isterdim."

Katie merakla kaşlarını kaldırdı. "Yılanlar mı demek istiyorsun? Eğer öyleyse, sana makineyi nasıl kullanacağını gösteririm, sen de ben burada beklerken Sürüngenler Yuvası'na gidebilirsin."

"Hayır," dedi adam hoşnutsuzlukla, onu çitin uzağına doğru yönlendirirken. "Yılanların değil."

Eve giderlerken Katie'nin biraz kahve alması için yol üzerindeki küçük bir markette durdular. Katie ani bir dürtüyle, Ramon'u bir şeyler atıştırmak için eve davet etmeye karar verdi ve alacaklarına bir şişe kırmızı şarap ile biraz peynir de ekledi.

Ramon, onunla birlikte evin kapısına kadar yürüdü, ama Katie onu içeri davet ettiğinde, bunu kabul etmeden önce tereddütlü göründü.

Bir saatten az bir süre sonra, Ramon kalktı. "Bu gece yapmam gereken işler var," diye açıkladı.

Katie gülümseyerek doğruldu ve fotoğraf makinesine doğru ilerledi. "Bu ruloda kalan son bir poz var. Orada dur, ben de senin bir fotoğrafını çekeyim, sonra her iki ruloyu da al."

"Hayır, o pozu sakla, ben de yarın pikniğe gittiğimizde senin bir pozunu çekerim."

Katie onunla başka bir randevuyu kabul edip etmemek konusunda düşündü. Yıllardır ilk defa kendini neşeli ve tasasız hissediyordu, ve aynı zamanda... "Hayır, gelmesem iyi olur. Ama teşekkürler." Ramon seksi ve güçlüydü, buna şüphe yoktu ama kasvetli yüz hatları ve kaba erkeksiliği onu etkilemekten çok itici geliyordu. Ayrıca, gerçekten de hiçbir ortak noktaları yoktu.

Ramon birdenbire, "Neden bana bakıyor, ardından da sanki beni görmek istemiyor gibi bakışlarını kaçırıyorsun?" diye sordu.

Katie'nin bakışları onunkilerle buluştu. "Ben – ben öyle yapmıyorum ki."

Ramon "Evet," dedi tatmin olmamış bir şekilde. "Yapıyorsun."

Katie yalan söylemeyi düşündü, ama o koyu, delici gözlerin dikkatli gözlemi altında fikrini değiştirdi. "Bana ölmüş olan birini hatırlatıyorsun. Uzun boylu, esmer ve, evet, tam senin gibi maço görünümlüydü."

"Onun ölümü seni çok mu üzdü?"

"Onun ölümü bana büyük bir özgürlük getirdi," dedi Katie vurgulayarak. "Ölmeden önce, onu ellerimle öldürmek için yeterli cesaretimin olmasını dilediğim zamanlar olmuştur!"

Ramon güldü. "Böyle güzel ve genç olmana rağmen nasıl karanlık ve uğursuz bir hayat yaşadın?"

İçinde gömülü tuttuğu acı veren anılara rağmen, neşeli mizacıyla tanınan ve sevilen Katie, ona neşeyle gülümsedi. "Sıkıcı bir hayattansa sanırım uğursuz olan daha iyi."

"Ama sen sıkılmışsın," dedi Ramon. "Bunu tanıştığımız yerde seni izlerken gördüm." Bir eli kapı tokmağında, odanın karşısına, Katie'ye baktı. "Seni yarın öğlen ararım. Yiyecekleri ben getiririm." Katie'nin şaşkınlığına ve kararsızlığına gülerek, "Ve sen de, benimle gelmen konusunda sana sormadan ısrar ederek ne kadar kaba olduğum üzerine bir ders verebilirsin," diye ekledi.

Katie Ramon'ın ayrılırken söylediklerini o geceye, bir arkadaşının dairesindeki gürültülü bir partiden sıkıldığı için erken ayrıldığı zamana kadar ciddi bir şekilde düşünmemişti. Üzerine ipekli bir pijama ve onunla uyumlu sabahlığını geçirirken artan bu huzursuzluğun ve son birkaç aydır içinde gelişen o belirsiz, açıklanamaz memnuniyetsizliğin nedeni acaba can sıkıntısı mıydı, diye merak etti. Düşünceli bir duraklamadan sonra, hayır diye karar verdi, hayatı her şey olabilirdi ama sıkıcı değildi – çoğu kez neredeyse fazla hareketliydi.

Katie oturma odasındaki koltuğa kıvrılarak, uzun, manikürlü tırnaklarını dalgınlıkla kucağındaki romanın kapağının üzerinde gezdirdi, mavi gözleri nemli ve kasvetliydi.

Eğer sıkılmış değilse, öyleyse son zamanlardaki sorunu neydi? Bu kendisine sık sık ve artan bir hayal kırıklığıyla sorduğu bir soruydu çünkü cevabı hiçbir zaman bulamıyordu. Hayatında neyin eksik olduğunu bir bulsa, ardından bu konuda bir şeyler yapmayı deneyebilirdi.

Katie kendine sertçe, hayatımda eksik hiçbir şey yok, dedi. Hoşnutsuzluğundan dolayı sabırsızlanarak, zihinsel olarak mutlu olması için bütün nedenleri kendine saydı: Daha yirmi üç yaşında olmasına karşın, kazancı oldukça iyi bir işi vardı. Maaşı olmadan bile, yıllar önce babasının onun için kurduğu vakfın parası ona ihtiyacı olduğundan daha fazla para sağlıyordu. Güzel bir dairesi ve dolaplar dolusu kıyafeti vardı. Erkekler tarafından çekici bulunuyordu; hem kız hem erkek, iyi arkadaşları vardı, ve sosyal hayatı kendi izin verdiği ölçüde aktifti. Sevgi dolu, destek veren bir ailesi vardı, her şeyi...vardı!

Daha mutlu olmak için başka ne isteyebilir ya da neye ihtiyaç duyabilirdi ki? 'Bir erkek,' diyecekti, her zaman dediği gibi.

Katie'nin dudaklarında hafif bir gülümseme belirdi. 'Bir erkek' kesinlikle sorununun çözümü değildi. Zaten düzinelerce erkek tanıyordu, öyleyse bu huzursuzluk, bekleyiş ve boşluk duygusunun sorumlusu bir erkek arkadaş eksikliği değildi.

Kendine acıma duygusuyla yaklaşmaktan nefret eden Katie, hazırlıksız yakalanmıştı. Mutsuzluğu için kesinlikle bir bahane yoktu – kesinlikle. Çok şanslıydı! Dünyadaki bütün kadınlar kariyer özlemi çekiyordu; özgür ve yetkin olmak için savaşıyor; maddi güvence hayali kuruyordu ve o, Katie Connelly, bütün bunların hepsine sahipti, üstelik henüz yirmi üç yaşındaydı.

Katie "Her şeye sahibim," dedi kararlı bir şekilde kucağındaki kitabı açarken. Kalbinin bir yerlerinde bir ses: *Yeterli değil. Bunların hiçbir anlamı yok. Benim hiçbir anlamım yok,* diye haykırırken, gözlerini sayfadaki bulanık kelimelere dikti.

4. Bölüm

Piknik için Fōrest Park'a gittiler. Ramon Katie'nin getirdiği örtüyü, salamura edilmiş sığır etini, ithal jambonu ve yanlarında getirdikleri gevrek Fransız ekmeğiyle diğer yiyecekleri meşe ağacı salkımlarının altına dizdi.

Katie yiyip içerken, Ramon'un beğeni dolu bakışlarının ve ince dallardan yapılmış piknik sepetine uzandığında omuzlarına dökülen kızıl altın saçlarının parıldayan hareketiyle iç çekişinin farkındaydı. Ama o kadar hoş vakit geçiriyordu ki, gerçekten umursamıyordu.

Sohbete ara verdiklerinde, "Amerika'da, pikniklerde kızarmış tavuk yenmesinin geleneksel olduğunu düşünüyorum," dedi Ramon. "Ne yazık ki, yemek yapamıyorum. Eğer başka bir piknik daha yaparsak, yemekleri ben alırım, sen de pişirirsin."

Kâğıt bardağından yudumladığı güzel Chianti şarap neredeyse Katie'nin boğazına kaçacaktı. "Ne kadar da şovenist bir tahmin bu böyle," diye gülerek zarladı adamı. "Benim yemek yapabildiğimi de nereden çıkardın?"

Ramon gerinerek kolunun üzerine uzandı ve ona abartılı bir ciddiyetle baktı. "Tabii ki bir kadın olduğun için."

"Sen- sen ciddi misin?" diye kekeledi Katie.

"Bir kadın olduğun konusunda mı ciddi miyim? Ya da yemek yapabildiğin hakkında mı? Veya senin hakkında mı?"

Katie, son sorkuyu sorarken, Ramon'un sesinin duygulu bir boğuklukla değiştiğini fark etmişti. "Bütün kadınların yemek yapabilmesi konusunda ciddi misin?" diye büyük bir ciddiyetle açıkladı.

Katie'nin kaçamak yanıtından dolayı Ramon'un gülümsemesi genişlemişti. "Bütün kadınların iyi birer aşçı olduğunu söylemedim, sadece kadınların yemekleri yapması gerektiğini söyledim. Erkekler de onlara malzeme alabilmek için çalışmalılar. Olması gereken bu."

Katie ona sessiz bir kuşkuyla baktı, içten içe kendisini kasten kışkırttığına inanıyordu. "Bunu duymak seni şaşırtabilir, ama bütün kadınlar soğan doğramak ve peynir rendelemek için büyük bir arzuyla doğmuyorlar."

Ramon kısık sesle güldü, ardından aniden konuyu değiştirdi. "Ne iş yapıyorsun?"

"Büyük bir şirketin personal departmanında çalışıyorum. İnsanlarla işleri ve bu tür şeyler hakkında görüşüyorum."

"Zevk alıyor musun?"

"Hem de çok," dedi Katie, sepete uzanıp kocaman kırmızı bir elma çıkarırken. Kot pantolonla örtülmüş bacaklarını göğsüne çekti, kollarını bacaklarının etrafına doladı ve sulu elmadan bir ısırık aldı. "Bu gerçekten lezzetli."

"Ne şanssızlık."

Katie şaşkınlıkla ona baktı. "Benim elmayı sevmem şanssızlık mı?"

"İşinden çok zevk alıyor olman şanssızlık. Evlendiğinde bırakmak zorunda kalınca üzülebilirsin."

"Bırakmak mı!" deyip neşeyle kıkırdadı Katie, başını sallayarak. "Ramon, Amerikalı olmaman senin için büyük şans. Bu ülkede güvende bile değilsin. Burada böyle düşündüğün için seni *pişirebilecek* kadınlar var."

Ramon, Katie'nin korkunç uyarısını duymazdan gelerek "Ben Amerikalıyım," dedi.

"Porto Rikolu olduğunu söylediğini sanmıştım."

"Porto Riko'da doğduğumu söyledim. Aslında İspanyolum."

"Biraz önce Amerikalı ve Porto Rikolu olduğunu söyledin."

Ramon adını ilk kez kullanarak, "Katie," dedi bu Katie'nin içine açıklanamaz, coşkulu bir heyecan dolmasına sebep oldu. "Porto Riko'da doğan herkes otomatik olarak Amerikan vatandaşı olur. Ama atalarım İspanyol, Porto Rikolu değil. Ben İspanyol kökenli, Porto Riko'da doğmuş bir Amerikalıyım. Aynen senin-," sakince onun açık renk tenini,mavi gözlerini, kızılımsı sarı saçlarını inceledi, " – İrlanda kökenli, Amerika'da doğan bir Amerikalı olduğun gibi."

Katie onun bu dersi verirken sergilediği üstünlük havasından biraz rahatsız olmuştu. "Sen İspanyol – Porto Rikolu – Amerikalı bir şovenistsin – en kötü türünden!"

"Neden bana karşı o ses tonunu kullanıyorsun? Bir kadın evlendiğinde görevinin kocasıyla ilgilenmek olduğunu düşündüğüm için mi?"

Katie ona kibirli bir bakış attı. "Neye inandığının bir önemi yok, gerçek şu ki birçok kadının evi dışında farklı ilgileri ve becerileri vardır, aynen erkeklerin olduğu gibi. Gurur duyduğumuz bir kariyerimiz olmasını isteriz."

"Bir kadın kocasıyla ve çocuklarıyla ilgilenerek de gurur duyabilir."

Katie o anda Ramon'un yüzünde beliren katlanılmaz keyifli gülümsemeyi yok etmek her şeyi yapardı. "Neyse ki biz şanslıyız, Amerika'da doğan Amerikalı erkekler eşlerinin kariyer sahibi olmasına itiraz etmiyor. Çok daha anlayışlı ve düşünceliler!"

Ramon alaycı bir tavırla, "Çok anlayışlı ve düşünceliler," diye kabul etti. "Çalışmana izin verirler, kazandığın parayı ona vermene izin verirler, bebeklerine sahip çıkmana izin verirler, bebeklerine bakmak için, evini temizlemek için birini bulmana izin verirler, ve" dedi alay ederek, "yine yemek pişirmene izin verirler."

Katie'nin geçici olarak dili tutulmuştu, sonra geriye kaykılıp bir kahkaha patlattı. "Kesinlikle haklısın!"

Ramon, ellerini başının altında kavuşturarak onun yanına sırtüstü uzanmış, pamuk yumağı bulutlarla beneklenmiş pudra mavisi gökyüzüne bakıyordu. "Güzel bir gülüşün var, Katie."

Katie elmadan bir ısırık daha aldı ve neşeyle, "Bunu yalnızca fikrimi değiştirdiğimi düşündüğün için söylüyorsun, ama değiştirmedim. Eğer bir kadın kariyer istiyorsa bunu yapabilmeli. Ayrıca, birçok kadın, sadece kocasının maaşının sağlayabileceğinden daha güzel evler ve kıyafetler ister," dedi.

"Öyleyse güzel evini ve kıyafetlerini kocasının gururu pahasına alır. Kocasının işe giderek karısına sağladığı hayatın yeterince iyi olmadığını ona ve herkese kanıtlar."

"Amerikalı eşler İspanyolların olması gerektiği kadar gururlu değildir."

"Amerikalı eşler sorumluluklarını bırakmışlar. Gurur duyacakları hiçbir şeyleri yok."

"Saçma!" dedi Katie. "Sevdiğin kızın, o kamyonu sürerek kazandığın parayla ona verebileceğinin en iyisi bu olduğu için Harlem gibi bir yerde yaşamasını mı isterdin? Hem de eğer çalışırsa, sevdiği işi yaparsa, her ikinizin de daha iyi bir yerde yaşayabileceğinizi bilerek?"

"Ondan, ona verebildiğimle mutlu olmasını beklerim."

Katie'nin içi, tatlı bir İspanyol kızın, Ramon'un gururu eşinin çalışmasına izin vermiyor diye kenar bir mahallede yaşamak zorunda kalması düşüncesiyle ürperdi. Adamın uykulu sesi düşüncelerini böldü: "Ve benim para kazanmak için yaptığım işten utanırsa, aynen senin utandığın gibi, bundan pek hoşlanmam."

Katie onun kelimelerindeki sessiz kınamayı duydu ama yine de kendini korudu. "Bir sebze kamyonu kullanmaktan daha iyi bir şey yapmayı hiç istemedin mi?"

Cevabın gelmesi uzun sürdü ve Katie adamın onu hırslı, titiz bir Amerikalı kadın olarak gördüğünden şüphe etti. "İsterim. Ürün de yetiştiriyorum."

Katie iki dirseğinin üzerinde yükseldi. "Sebze tarlasında mı çalışıyorsun? Missouri'de?"

Ramon "Porto Riko'da" diye düzeltti.

Katie, onun St. Louis'te kalmayacağını duyduğunda rahatladığına mı hayal kırıklığına mı uğradığına karar veremedi.

Ramon'ın gözleri kapanıyordu, o yüzden Katie bakışlarının onun gür hafif kıvırcık siyah saçlarından yüzüne doğru gezinmesine izin verdi. Adamın bronzlaşmış yüzünde İspanyol asaleti, sert çene çizgisinde ve düz burnunda otorite ve kibir, çenesinin üzerinde ise kararlılık okunuyordu. Katie aynı zamanda hafif bir gülümsemeyle, çenesindeki hafif çiziğin ve neredeyse yanaklarına değen uzun gür kirpiklerinin yüzünün genel etkisini yumuşattığını düşündü. Dudakları sert görünüyordu ama dolgun ve biçimliydi.

Katie bir heyecan ürpertisiyle kendinınkilerin üzerinde o dudakların sıcaklığını hissetmenin nasıl olacağını merak etti. Ramon dün ona otuz dört yaşında olduğunu söylemişti, ama Katie şimdi, yüzü uykuyla gevşemişken, onun daha genç göründüğünü düşünüyordu.

Bakışlarının, yanındaki örtünün üzerinde uzanan oldukça diri ve kaslı vücut boyunca gezinmesine izin verdi. Giydiği kırmızı triko gömlek adamın geniş omuzlarını ve göğsünü sarmalıyordu, gömleğin kısa kolları, kendi kollarının gücünü açığa çıkarıyordu. Kotu dar kalçalarını, düz karnını ve sıkı kaba etlerini vurguluyordu. Uyurken bile, ham bir erkeklik etkisi yayıyor gibiydi, ama bu artık Katie'ye itici gelmiyordu. Nasıl olduysa, ona yüz olarak David'i anımsattığını itiraf etmesi gibi, iki adam arasındaki benzerlikleri de aklından çıkarmıştı.

Ramon'un gözleri açılmadı, ama ağzı yarım bir gülümsemeyle hareketlendi. "Umarım gördüklerin onayını almıştır."

Katie'nin telaşlı bakışları parka kaydı. "Aldı. Park bugün güzel, ağaçlar-"

"Ağaçlara bakmıyordunuz, *senorita.*"

Katie bunu cevaplamamayı seçti. Ona *senorita* demesi hoşuna gitmişti; yabancı ve değişik gelmişti, aralarındaki farklılıkları vurgulamış ve adamın aşırı erkeksiliğinin etkisini azaltmıştı. Ramon'un onu öpmesini nasıl isteyebilmişti ki? Onunla daha ileri gitmek yalnızca bir felakete yol açardı. Kesinlikle hiçbir ortak noktaları yoktu; tamamen farklı iki dünyadan gelmişlerdi. Sosyal olarak birbirlerinden millerce uzaktaydılar. Yarın, örneğin, ailesinin Forest Oaks Country Club'daki şık evinde bir barbekü partisine katılacaktı. Ramon orada olacak insanlarla asla uyum sağlayamazdı. Eğer onu da götürürse rahat edemeyecekti.

Kendini münasebetsiz hissedecekti. Ve annesiyle babası Ramon'un bahar boyunca sebze kamyonu kullanan bir çiftlik işçisi olduğunu fark ettiklerinde, büyük ihtimalle onların evlerine veya kızına uygun olmadığını açıkça söyleyeceklerdi.

Katie sertçe kendi kendine, *Ramon'u bugünden sonra görmeyeceğim*, diye karar verdi. Aralarında hiçbir şey olamazdı, ve ona karşı artan cinsel isteği, bu ilişkiyi hemen noktalamak için yeterince sağlam bir nedendi. Bu ilişki anlamlı ya da sürekli bir yere doğru ilerleyemezdi.

"Neden benden kaçıyorsun, Katie?"

Adam insanı delip geçen siyah gözlerini açmış, Katie'nin yüzünü inceliyordu. Katie kendini altındaki örtüyü düzeltmeye verdi, ardından da örtünün üzerine uzandı.

Özellikle Ramon'u artık görmemek için gözlerini kapayarak, "Ne demek istediğini bilmiyorum," dedi.

Ramon'un sesi kısık ve duygu doluydu. "Sana baktığımda benim ne gördüğümü bilmek ister misin?"

"Eğer bana sevdalı bir Latin aşığı gibi fikrini söyleyeceksen," dedi, hoşgörü göstermeden, "hayır. Ve sesinin tonundan, yapacağının tam da bu olduğunu anlıyorum." Katie rahatlamaya çalıştı ama kelimelerini takip eden suçlayıcı sessizlikte bu imkânsızdı. Birkaç dakika sonra aniden ayağa kalktı. "Sanırım artık eve gitmeliyim," dedi; çoktan piknik sepetini toplamaya başlamıştı. Ramon da tek bir kelime etmeden kalktı ve örtüyü toplamaya başladı.

Yolda arabadaki gergin sessizliği sadece Katie'nin daha önceki kabalığını affettirmek umuduyla konu açma çabaları ve Ramon'un tek kelimelik ters cevapları bozdu. Katie züppe düşüncelerinden ve Ramon'la konuşma biçiminden utanmıştı, ama aynı zamanda da durumu düzeltmesine izin vermediği için ona kızıyordu.

Katie, siyah Buick Regal park yerine girerken henüz saat üç olmasına rağmen günü sona erdirmek için sabırsızlanıyordu. Ramon, kapısını açmak için arabanın öteki tarafına gelemeden, Katie kapıyı itti ve hemen dışarı çıktı.

"Kapıyı senin için açmam gerek," dedi Ramon. "Bu genel nezaket kurallarının bir göstergesidir."

Katie, birden bire Ramon'un inatçılığı yüzünden çileden çıktı.

"Bunu duymak seni şaşırtabilir," diye seslendi basamakları hızlıca çıkıp anahtarını kilide sertçe sokarken, "ama ellerimde hiçbir sorun yok ve kahrolası bir araba kapısını açabilecek yeteneğim var. Üstelik ben sana çok kötü davranırken, senin neden bana karşı nazik olduğunu anlamıyorum."

Ramon, Katie'nin bu sözlerindeki öfkeli ironiyi fark etmişti, ama kızın bir sonraki cümlesi bunu gölgede bıraktı. Dairesinin kapısını açınca, kapı eşiğinde döndü ve öfkeyle, "Teşekkürler Ramon. Oldukça iyi vakit geçirdim," dedi.

Ramon'un neden kahkaha attığıyla ilgili hiçbir fikri olmayan Katie o, hâlâ kızgın olmadığı için rahatladı ve aniden kendisini dairesinin içine kadar takip etmesiyle dikkat kesildi. Ramon kapıyı arkasından sertçe kapattı ve gözlerini Katie'ye dikti.

Yumuşak bir tonla söylediği kelimelerde yarı davet yarı emir havası vardı. "Buraya gel, Katie."

Katie başını iki yana sallayarak geriye doğru tedbirli bir adım attı ama içinde garip bir beklenti belirmişti.

"Özgür bir Amerikalı bayanın teşekkürünü 'iyi zaman geçirme' öpücüğüyle göstermesi bir gelenek değil mi?" diye ısrar etti Ramon.

"Hepsinin değil," diye çatlak bir sesle konuştu Katie. "Bazıları sadece 'teşekkürler' der.

Hafif bir gülümseyiş Ramon'un dudaklarını kıpırdattı ama ağırlaşan bakışları Katie'nin dudaklarının davetkâr dolgunluğunda takılıp kalmıştı. "Buraya gel, Katie."

Katie duraksamaya devam edince, Ramon yumuşak bir sesle, "İspanyolların nasıl öpüştüğünü ve Porto Rikoluların nasıl seviştiğini merak etmiyor musun?" diye ekledi.

Katie sarsılarak yutkundu. "Hayır," diye fısıldadı.

"Buraya gel, Katie, sana göstereceğim."

Bu kadife sesle ve büyüleyici siyah gözlerle hipnotize olan Katie, korku ve heyecan karışımıyla kendinden geçerek ona yaklaştı.

Ramon'un kollarında hissettiği tek şey okşayan ellerinin uyandırmasıyla içinde akan sıvı sıcaklıktı. "Katie," diye boğuk bir sesle fısıldadı adam, dudaklarını onunkilerden ayırıp gözlerini, şakaklarını ve yanağını öperek. Dudakları yine onunkilerin hakimiyetini alırken "Katie," diyerek daha istekli bir fısıltıyla tekrarladı.

En sonunda başını kaldırması sanki bir sonsuzluk kadar uzun sürmüştü. Katie, titreyerek yanaklarını onun sert göğsüne dayadı ve kalbinin vahşi gümbürtüsünü dinledi. Az önce yaşadıklarıyla tam anlamıyla harap olmuştu. Şimdtiye kadar öpüşmeyi sanat haline getiren pek çok erkek tarafından öpülmüştü. Onların kollarında zevki hissetmişti – ama böyle acımasız bir arzu tarafından takip edilen sersemletici bir zevk patlamasını yaşamamıştı hiç.

Ramon'un dudakları, Katienin başının üzerinde parıldayan saçlara sürtünüyordu.

"Şimdi, sana baktığımda ne gördüğümü söyleyeyim mi?"

Katie neşeyle cevaplamaya çalıştı, ama sesi neredeyse onunki kadar boğuktu. "Aşık bir Latin gibi mi söyleyeceksin?"

"Evet."

"Tamam."

Ramon'un kahkahası boğuktu. "Kızıl altın saçlı bir güzellik ve bir meleğin gülüşünü görüyorum; ve o bekarlar barında dürtüleriyle mutsuz olan bir prenses hatırlıyorum; sonra bir cadının ona kur yapan bir adama oda arkadaşlarının lezbiyen olduğunu söylemesini duyuyorum." Elini Katie'nin yüzünün iki yanına koydu, parmakları hafifçe yanaklarını okşuyordu. "Sana baktığımda, senin benim melek-prenses-cadım olduğunu düşünüyorum."

Adamın kendisine "benim" diye hitap etmesi, Katie'nin sürüklenen ruhunu aniden gerçekliğe çekti. Ramon'un kollarından kurtularak, sahte bir neşeyle, "Havuza doğru yürümek ister misin? Bugün açıldı, sitedeki herkes orada olacak," dedi. Katie konuşurken ellerini arka ceplerine attığında Ramon'un bakışlarının göğüslerinin üzerindeki gergin T-shirt'üne kaydığını fark ederek aceleyle ellerini çekti.

Siyah kaşlar sessizce biraz önce elleri onun üzerindeyken neden şimdi ona bakmasına itiraz ettiğini sorar gibi merakla kalktı. "Tabii ki," dedi Ramon, "havuzu görmek ve arkadaşlarınla tanışmaktan memnuniyet duyarım."

Bir kez daha Katie ondan rahatsız oldu.

Onunla fazlasıyla ilgilenen karanlık, yabancı bir adam gibi görünüyordu. Ayrıca, artık ondan çekiniyordu ve bunun için iyi bir nedeni vardı. Bir adam onu yatağa atma niyetinde olduğu zaman bunu anlardı ve bu da Ramon'un ona yapmak istediği şeydi. Mümkün olan en yakın zamanda.

Oturma odasının arkasındaki cam kapıları iterek, mahremiyeti sağlayan çitlerle çevrilmiş avluya çıktılar. Kalın, çiçekli yastıklı iki kızılağaç şezlong güneşlenmeye uygun olarak tam ortaya yerleştirilmişti. Onların arkasına ve her iki yanına Katie'nin, bazıları çoktan çiçek açmış olan gür bitkileri serpiştirilmişti.

Katie kırmızı ve beyaz petunyalarla dolup taşan bir saksının yanında durdu. Katie, bir eli çitteki kapıda, Katie ne yapmak istediğini nasıl sözcüklere dökeceğini düşünmeye çalışarak tereddütte kaldı.

"Güzel bir dairen var," diye yorum yaptı Ramon. "Kirası çok yüksek olmalı."

Katie, aralarındaki farklılıklara dikkat çekmek ve tutkusunu azaltmak için mükemmel bir yol olduğunu düşünerek Ramon'un yorumunu değerlendirmek üzere arkasını döndü. "Teşekkür ederim. Aslında, kira oldukça yüksek. Burada yaşıyorum çünkü arkadaşlarım ve komşularımın doğru dürüst insanlar olduğunu bilmek ailemin içini ferahlatıyor."

"Zengin insanlar?"

"İlle de zengin değil; ama başarılı, sosyal olarak kabul gören insanlar."

Ramon'un yüzü sanki bütün ifadelerden arınmış bir maskeydi. "O zaman sanırım, beni arkadaşlarınla tanıştırmaman daha iyi olacak."

Katie bu soğuk, yakışıklı yüze bakınca yine kendinden utandı. Ellerini saçlarının arasında gezdirerek derin bir nefes aldı ve gerçek meseleyle yüz yüze geldi: "Ramon, evimde aramızda geçenlere rağmen, şunu anlamanı istiyorum, seninle yatmayacağım. Şimdi ya da asla."

"İspanyol olduğum için mi?" diye sordu sakin bir tavırla Ramon.

"Katie'nin yüzü sıkıntıyla kızardı. "Hayır, tabii ki ondan değil! Çünkü..." Alaycı bir şekilde gülümsedi. "Çok basmakalıp bir ifade kullanmak gerekirse, "ben senin bildiğin kızlardan değilim." Aralarında her şey şimdi daha açık olduğu için kendini çok daha iyi hissederek, çitteki kapıya doğru döndü. "Pekâlâ, aşağı inip, havuzda neler oluyor bir bakalım mı?"

Ramon, "Bunun akıllıca olacağını sanmıyorum," dedi acı bir şekilde. "Benimle görülmen 'başarılı, sosyal olarak kabul gören arkadaşlarının' önünde utanmana neden olabilir."

Katie, ona dönüp baktı; sert gözleri alaycı ve kibirliydi. İçini çekti. "Ramon, kendini beğenmiş bir ahmak gibi konuşmam, senin de öyle yapmanı gerektirmiyo. Lütfen havuza benimle birlikte gel?"

Ramon Katie'ye baktığında bir an yüzünde kahkaha atacakmış gibi bir ifade belirdi.

Tek kelime etmeden, kızın omzunun üzerinden uzanıp kapıyı açtı.

Olimpik boyutlardaki yüzme havuzu, Katie'nin tahmin ettiği gibi tam bir karmaşa içindeydi. Dört ayrı su topu oyunu, bağrışmalar ve etrafa su sıçratmalarla devam etmekteydi. Bikinileri içinde kadınlar ve şort mayolarıyla erkekler havluların ve şezlongların üzerinde yayılarak oturmuşlar, vücutları güneş kremiyle parıldayarak güneşin altında ısınıyorlardı. Her yerde bira kutuları ve taşınabilir radyolar vardı; kulüp evinin hoparlöründen her tarafa müzik yayılıyordu.

Katie en yakın şemsiyeli masaya yürüdü ve bir aliminyum sandalye çekti. Ramon yanına otururken "Amerikan yüzme havuzunun açılış günü hakkında ne düşünüyorsun?" diye sordu.

Ramon esrarengiz bakışlarla curcunayı inceledi. "İlginç."

Karen, havuzdan çekici bir denizkızıymış gibi çıkarak,

"Hey, Katie," diye seslendi, seksi vücudu su damlalarıyla parlıyordu. Yanında her zamanki gibi iki erkek vardı. Karen sitede kiracı olan iki adama bakarak başını sallayıp, "Don ve Brad'i tanıyorsun öyle değil mi?" dedi. Katie her ikisini de en az Karen kadar iyi tanıyordu, bu yüzden şaşırdı, ama sonra, kısa bir süre sonra Karen'ın Ramon'la tanıştırıldığı sürece kimin kimi tanıdığını umursamadığını fark etti.

Katie garip bir isteksizlikle, onları tanıştırdı. Ramon'un Karen'la tanıştırıldığında parıldayan beyaz gülümsemesindeki sıcak memnuniyeti ve Karen'ın ona elini uzatırken yeşil gözlerinde beliren karşılık verici kıvılcımı fark etmemeye çalıştı.

Karen bakışlarını Ramon'dan uzaklaştırmadan, "Neden kıyafetlerinizi değiştirip yüzmeye gelmiyorsunuz?" diye davet etti onları. "Gün batımında burada büyük bir parti olacak. Sen de bunun için kalmalısın."

"Ramon'un yanında mayosu yok," diye çabucak reddetti Katie.

"Sorun değil," dedi her işin üstesinden gelen Karen, havuzdan çıktığından beri bakışlarını ilk kez Ramon'dan almıştı. "Brad, Ramon'a ödünç verir, öyle değil mi, Brad?"

Neredeyse bir yıldır Karen'ın peşinde olan Brad, sanki Ramon'a şehrin dışına tek gidişlik bir bilet ödünç vermeyi tercih edermiş gibi görünse de kibarca kabul etti. Reddetmenin ona ne faydası olabilirdi ki? Karen'a karşı koymak çok zordu zaten.

Karen Katie ile aynı boydaydı, 1.67. ama onun cesarete hazır bir arzu meyvesi gibi görünmesine yol açan siyah saçlarında ve yuvarlak hatlarında açık saçık bir seksilik vardı; ancak yalnızca seçtiği erkeklere karşı. Çekik yeşil gözlerinde parlayan özgürlük seçimini yaptığını açıkça gösteriyordu. Karen'ın, Brad'le mayo giymek için uzaklaşan

Ramon'ı seyredişi, Katie'ye Karen'ın seçiminin Ramon olduğunu belli ediyordu. "Onu nerede buldun? Yunanlı Adonis'e benziyor...yoksa Adonis sarışın mıydı?

"Her neyse, siyah saçlı bir Yunan tanrısına benziyor."

Katie, Karen'ın Ramon'a olan ilgisini, onun siyah saçlı İspanyol bir çiftçi olduğunu söyleyerek yok etmek için duyduğu acımasız isteğe karşı direndi. Onun yerine, "Cuma akşamı, Canyon Inn'de tanıştım," dedi.

"Gerçekten mi? Onu orada görmedim, gözden kaçması da neredeyse imkânsız. Seksi ve muhteşem görünmek dışında ne yapıyor?"

"O..." Katie duraksadı, ardından Ramon'u olası bir utançtan kurtarmak için, "Nakliyecilik işinde. Aslında, kamyonculuk," dedi.

"Şaka yapmıyorsun ya?" dedi Karen. "Özel stoğun mu yoksa başkaları da tadına bakabiliyor mu?"

Katie, Karen'ın dobralığı karşısında elinde olmadan gülümsedi. "Fark eder mi?"

"Fark edeceğini biliyorsun. Biz arkadaşız. Eğer onu istediğini söylersen, ben de onu almam."

İşin tuhafı Katie, Karen'ın söylediklerinde ciddi olduğunu biliyordu. Karen'ın kişisel ahlak kuralları vardı; arkadaşlarının erkeklerini çalmazdı. Yine de, Karen'ın arkadaşlık ruhundan dolayı onu almamayı seçmesi, onu isteme durumunda kendiliğinden Ramon'u alabileceğini varsayması Katie'ye dert olmuştu. "Çekinme," dedi içten olmayan bir umursamazlıkla. "Eğer onu istiyorsan, tümüyle senindir. Ben gidip kıyafetimi değiştireceğim."

Katie dairesinde bikinisini giyerken, Karen'a Ramon'u rahat bırakmasını söylemediği için kendine kızdı. Aynı zamanda bunu umursadığı için de kendisine çok kızgındı.

Ayrıca, Ramon'un Karen'ın bikinili bedenine baktığında gözlerinde beliren hayranlık da içini acıtmıştı.

Katie, bikinisiyle aynanın önünde, eleştirel gözle görünümünü inceleyerek durdu. Canlı mavi bikinisi bütün görkemiyle çekici bir figürü ortaya çıkarıyordu, dolgun dik göğüslerinden ince beline ve yavaşca kavislenen kalçasından uzun düzgün, bacaklarına kadar. Neredeyse çıplakken bile soğuk göründüğünü düşündü!

Erkekler, Karen Wilson gibi kızlara hayranlıkla ıslık çalarlardı; Katie Connelly'ye ise sessizce bakarlardı. Çenesinin eğimindeki sessiz gurur ve her zaman onunla birlikte hareket eden zarafet soğuk görünmesine neden oluyordu, Katie bunu istese de değiştiremezdi, ama genellikle istemiyordu zaten.

Bekarlar barlarındaki istisnalar dışında, tanımadığı erkekler nadiren Katie'ye yaklaşırdı. Yaklaşılabilecek biri gibi görünmezdi. Bu bir kuraldı, erkekler onun kusursuz tenine ve berrak mavi gözlerine şöyle bir bakar ve seksi bir yerine klasik bir güzellik görürlerdi. Ondan soğuk, dokunulmaz olmasını beklerler ve ona sakin bir hayranlık duyarlardı. Onu aslında bastırılamaz bir mizah anlayışıyla sıcak ve arkadaş canlısı olduğunu anlayacak kadar iyi tanıdıklarında ise, kendi isteğinden daha fazlası için zorlamamaları gerektiğini de öğrenmiş olurlardı. Onunla konuşur ve onunla birlikte gülerler, onu bir yerlere davet ederlerdi, ama genelde cinsel önerileri fizikselden çok sözlü olurdu– Katie'nin gülümseyerek ve nezaketle duymazdan geldiği hafif imalar.

Katie, omuzlarına dökülen dalgalı saçlarını fırçaladı, rüzgârdan dağılmış izlenimi vermek için savurdu, ve son olarak aynaya memnuniyetsiz bir bakış attı.

Havuza geldiğinde, Ramon'u havlularını beton zemine sermiş, utanmadan onunla flört eden iki genç bayanın yanında şezlonga uzanmış halde buldu. Diğer yanında ise

Brad ve Don ile birlikte şemsiyeli masada oturan Karen vardı.

Katie hafif bir gülümsemeyle adamın tepesinde dikilerek alaycı bir tavırla, "Haremine katılabilir miyim, Ramon?" diye sordu.

Ramon ona doğru kafasını kaldırdığında, bronz yüzüne uyuşuk, çekici bir gülümseme yayıldı, ardından ayağını kaydırdı, gözde şezlongunu ona vermek için ayağa kalktı. Katie iç geçirdi. Buraya pekâlâ bir paltoyla da gelebilirdi. Ramon'un bakışı bir kere bile boynundan aşağı inmemişti.

Karen ve diğer iki adamın olduğu masaya oturdu. Karışık duygularını yok saymaya çalışarak güneş kremini bacaklarına sürmeye başladı.

"Ben bu konuda oldukça iyiyimdir, Katie." Don ona gülümsedi. "Yardıma ihtiyacın var mı?"

Katie cesur bir gülümsemeyle kafasını kaldırdı. "Bacaklarım o kadar uzun değil," diyerek onun teklifini reddetti. Brad'in tersine, Don Karen konusunda saplantılı değildi, ve Katie son birkaç aydır, eğer ona en ufak bir cesaret verirse, Karen'a olan ilgisinin kolayca kendisine kayabileceğini seziyordu.

Karen'ın, "Katie bana nakliye işinde olduğunu söyledi, Ramon," dediğini duyduğunda, güneş kremini sol koluna sürmekteydi.

"Ah, öyle mi?" Ramon, Katie'nin durmasını ve ona bakmasını sağlayacak kadar iğneleyici bir tonda konuşmuştu. Şezlongunda beyaz dişleri arasına kenetlenmiş ince bir sigarayla arkasına yaslanmıştı, delici gözleri Katie'deydi. Katie'nin yüzü kızardı ve çabucak bakışlarını ondan kaçırdı.

Birkaç dakika sonra Karen, Ramon'u kendisiyle bilrikte

yüzmeye ikna etmek için elinden geleni yaptı ama nazik bir itirazla karşılaştı.

"Yüzme *biliyor* musun?" diye sordu Katie, diğerleri gidince.

Ramon, "Porto Riko bir ada, Katie," dedi soğuk bir tavırla. "Bir yanında Atlantik okyanusu, diğer yanında Karayipler vardır. Yüzmek için su kıtlığı yoktur."

Katie şaşkınlıkla kaşlarını çattı. Onu dairesinde öptüğü andan beri, güç dengesinde bir değişim olmuştu. Ondan önce Katie kendinden emindi ve ilişkilerinin kontrolü elindeydi. Şimdi ise kafası karışmıştı ve o garip bir şekilde kendini savunmasız hissederken, Ramon kararlıydı ve kendine çok güveniyordu. Omuz silkerek, "Eğer bilmiyorsan sadece sana öğretmeyi önerecektim. Porto Riko coğrafyası hakkında bir ders vermenin hiç gereği yoktu," dedi.

Onun sinirli ses tonuna aldırmayarak, "Eğer yüzmek istiyorsan, yüzelim," dedi Ramon.

Ramon'u Brad'in mayosu içinde görünce Katie'nin nefesi kesildi.

Geniş omuzları, bir sporcuyu andıran kasları ve dar kalçaları ile 1.90'lık bedeni son derece görkemliydi. Göğsü hafif bir şekilde siyah tüylerle kaplıydı. Katie ayağa kalkarken gözlerini onun boynundan sarkan gümüş madalyona odakladı.

Adamın bronz vücudunun onu etkilemesi yüzünden telaşlanarak ve utanarak, yolundan çekilmeye niyetli olmadığını anlayana dek gözlerini Ramon'dan kaçırdı. En sonunda gözlerini ona çevirdiğinde Ramon yumuşak bir sesle, "Ben de senin hoş göründüğünü düşünüyorum," dedi.

Bastıramadığı gülümsemesi Katie'nin dudaklarının

kıvrılmasına neden oldu. "Fark ettiğini düşünmemiştim," dedi, havuza doğru yürümeye başladıklarında.

"Sana bakmamı istemediğini sanıyordum."

Karen kendi kendine, 'Ama Karen'a baktın," diye düşündü. Şaşkınlıkla kafasını salladı. "Öyle demek istememiştim."

"Tabii," dedi Ramon neşeyle. "Eminim istememişsindir."

Katie bütün bu konuşmayı unutmaya karar vererek havuzun derin ucunda dikildi. Suyu düzgün ve zarif bir çizgiyle delerek, daldı. Ramon tam yanındaydı, Katie'yi güçlü kulaçlarına hayran bırakacak bir biçimde çaba harcamaksızın hızlanarak kolaylıkla ona yetişmişti. Katie'nin ayağı yere değmeden yirmi tur attılar. Ramon'un 10 tur daha yapmasını izledikten sonra gülerek, "Şovmen!" diye bağırdı Katie.

Ramon düzgünce dalarak, Katie'nin görüş açısından kayboldu. Ayaklarını birinin tutup onu dibe sürüklediğini fark ettiğinde Katie irkilerek haykırdı. Yüzeye çıktığında nefes almak için çabalıyor, gözleri klordan yanıyordu. Ramon ıslak kıvırcık saçlarını arkaya atıp ona gülümserken "Bu," dedi gülerek, "çocukçaydı. Neredeyse, en az – bunun kadar çocukça!" Eliyle suyu yarıp Ramon'ın yüzüne sıçrattı, ardından sıçrayan suların bir bölümünden kurtulmak için başını suyun içine soktu. Bunu bir kahkaha, dalış ve on beş dakika süren bir kovalamaca devresi takip etti. Katie nefessiz ve yorgun düştü.

Katie kendini havuzun kenarına çekerek, ince keten kumaş kaplı sandalyeye ilerledi ve Ramon'a onun için getirdiği havluyu uzattı. Eğilip uzun gür saçlarını sıkarken "Oldukça sert oynuyorsun," diye onu hafifçe payladı.

Sarf ettiği enerjiden dolayı Ramon'un göğsü inip kalkıyordu, havluyu boynuna doladı ve ellerini kalçasının üstüne koydu. Sessizce, "Sana karşı olmamı istediğin kadar nazik olabilirim," dedi.

Kelimelerdeki anlamı okuyunca Katie'nin içi eridi. Onunla sevişmeyi kastettiği neredeyse kesinken, Katie karnının üstünde şezlonga yuvarlandı ve başını kollarının üzerine koydu. Ramon onun sırtına güneş losyonunu serpiştirdikçe teni irkildi, sonra Ramon onun yanına oturdu. Elleriyle sırtını aşağı ve yukarı doğru yavaşca okşayarak, ritmik hareketlerle yağı satenimsi cildine masaj yaparak sürmeye başlayınca Katie gerildi. "Arkanı açayım mı?" diye sordu.

"Bunu denemeyi düşünme bile," diye onu uyardı Katie. Ramon'un elleri omuzlarına ulaşıp, baş parmakları boynunun hemen altına dairesel hareketler yapmaya başladığında, Katie küçük sığ nefeslerle soluyor ve adamın elinin değdiği yerlerde teninin her bir noktası ateşli bir şekilde canlanıyordu.

"Seni rahatsız ediyor muyum, Katie?" diye boğuk bir fısıltıyla sordu adam.

Katie "Biliyorsun," diye uyuşuk bir şekilde mırıldandı. Ramon'den gelen tatmin olmuş kıkırdamayı duydu ve başını ondan öteye çevirdi. "Bunu bilerek yapıyorsun ve bu da beni sinirlendiriyor."

"O halde, seni rahat bırakacağım" dedi Ramon şezlongdan kalkarken. Gittiğinde, Katie onun ne yaptığını merak etmemeye çalıştı ve gözlerini sıkıca kapadı.

Arada sırada Ramon'un sesini ve ardından da bir kadın kahkahası duyuyordu ya da erkeklerden biri ona sesleniyordu. Kesinlikle buraya iyi uyum sağlamıştı Ramon. Katie sessizleşti. Sonra asık bir suratla, neden uyum sağlamasın ki, diye düşündü. Karşı cinsin ilgisini çekmek için gereken tek şey, tercihen çekici bir yüzle tamamlanmış çekici bir vücuttu, ve eğer erkekse, iyi bir iş. Katie küçük yalanıyla Ramon'un 'iyi bir işi olmasını' da sağlamıştı.

Uyuşuk bir şekilde, *Sorun ne o zaman*? diye düşündü. Şikâyet etmesi için kesinlikle bir neden yoktu. Arada sırada girdiği hoşnutsuzluk krizlerine rağmen, dünyası düzmecelerle, sığ insanlarla dolu olduğunda, tanıdığı zeki, kendine güvenen erkeklerle sohbet etmekten zevk alıyordu.

Güzel kıyafetleri, güzel bir evinin olmasını ve erkeksi beğenilerin odağı olmayı seviyordu. Erkeklerle cinsel olarak yakın olmaktan kaçınsa da, onlarla vakit geçirmeyi seviyordu. Katie'nin fiziksel arzuları hiçbir zaman David'den sonra azalan gururuna ve özsaygısına yeniden kavuşma isteğini bastırmıyordu.

Rob, eğer izin verseydi, onunla sevişen ikinci adam olacaktı. Neyse ki evli olduğunu sevişmeden önce fark etmişti. Doğru adam bir gün gelecekti ve o zaman kendini tutamayacaktı. Doğru adam herhangi bir adam değildi. Katie Connelly hiçbir zaman kendini bir havuzun etrafında ya da bir bekarlar barında onun vücudu hakkında bilgiye sahip üç dört adamla oturuyor bulmayacaktı. Diğer kadınlara her zaman olurdu bu; ama Katie bu fikri küçük düşürücü ve tiksindirici buluyordu.

"Hey, Katie, uyan ve kendine gel," diye seslendi Don.

Katie uykuya daldığını ve itaatkâr bir şekilde arka üstü uzandığını fark ederek gözlerini kırpıştırdı.

"Saat neredeyse altı. Brad'le akşamki parti için biraz bira ve pizza alacağız. Ramon'la senin için daha sert bir şeyler getirmemi ister misin?" Ramon'un adını söyleme şeklinde bir alay mı vardı?

Katie burnunu kırıştırdı. "Mama Romano'nun pizzalarından daha sert bir şey mi? Tanrı korusun!" Etrafına bakınarak Ramon'u aradı ve onu bir yanında Karen, diğer yanında başka bir kadınla kendisine doğru yürürken buldu. Hissettiği saçma kıskançlık ateşini dikkatlice söndürerek, Ramon'a "Bu gece burada bir parti olacak – dans filan. Kalmak ister misin?" diye sordu.

Karen atılarak, "Tabii ki kalır, Katie," dedi.

Katie, "Peki öyleyse," dedi omuz silkerek. Arkadaşlarıyla partinin tadını çıkaracaktı, Ramon da Karen veya her kimi seçiyorsa onunla eğlenebilirdi.

O akşam 9:30'a doğru yiyecekler, kutularca bira ve sayısız likör şişesi silinip süpürülmüştü. Havuzun ışıkları suya yanardöner yeşil bir parıltı veriyordu, ve birileri hopörlerden verilsin diye bir disko CD'si getirmişti. Dans etmeyi seven Katie, Ramon'ı hareketlilikten çok uzak, havuzu çevreleyen parmaklıklara yaslanmış halde, yalnız başına ayakta durup uzaklara bakarken gördüğünde, neredeyse son bir saattir çeşitli partnerlerle dans ediyordu. Ramon gecenin içinde, simsiyah karanlıkta sade beyaz çizgili mayosuyla oldukça soğuk, ve aynı zamanda nedense yalnız görünüyordu.

"Ramon?" dedi Katie, endişeli bir şekilde onun arkasına yaklaşıp elini koluna koyarak. Adam yavaşça döndü ve ona baktı, Katie dokunuşunun onu gülümsettiğini gördü. Sakınarak, elini çekti. "Neden burada tek başınasın?"

"Düşünebileyim diye gürültüden kaçmam gerekiyordu. Hiç yalnız başına kalmak istediğin olmadı mı?"

"Evet," diye kabul etti Katie, "ama genellikle bir partinin ortasındayken olmaz bu."

Ramon anlamlı bir şekilde, "Burada partinin ortasında olmak zorunda değiliz," dedi.

Katie'nin kalbi çarpmaya başladı. "Dans etmek ister misin?"

Ramon başıyla gürültülü bir müziğin yayıldığı hoparlörü işaret etti. "Dans ettiğimde bir kadını kollarıma almaktan hoşlanırım," diye yanıtladı. "Ayrıca, seninle dans etme ayrıcalığı için sırada beklemem gerekir."

"Ramon, dans etmeyi biliyor musun?" diye ısrar etti Katie, muhtemelen bilmediğinden emin olarak; ona öğretmeyi teklif etmek üzereydi.

Ramon sigarasını parıldayan kırmızı bir kavis halinde savurup attı. "Evet, Katie, dans etmeyi biliyorum. Yüzmeyi biliyorum. Kendi ayakkabılarımı bağlamayı biliyorum. Aksanım yüzümden geri kalmış ve cahil olduğumu düşünüyorsun, halbuki birçok kadın konuşmamı seksi buluyor."

Katie öfkeyle kasıldı. Çenesini kaldırarak, doğrudan dik dik onun gözlerine baktı ve "Cehenneme git," dedi. Uzaklaşmak niyetiyle topuklarının üzerinde döndü; Ramon'ın elinin kolunda kenetlenip onu kendi yüzüne doğru çevirmesiyle şaşırdı.

Ramon kızgınlıkla titreyen bir sesle, "Bir daha asla benimle o şekilde konuşma ve küfretme. Bu sana yakışmıyor," dedi.

"Seninle nasıl istiyorsam öyle konuşurum," diye parladı Katie. "Ve eğer diğer bütün kadınlar seni son derece çekici buluyorsa, onlara git!"

Ramon, Katie'nin öfkeli mavi gözlerine ve güzel yüzüne baktı; yüzüne isteksiz bir hayranlık gülümsemesi yayıldı. "Seni küçük şey, ne çabuk öfkeleniyosun böyle," diye kıkırdadı. "Ve öfkelendiğinde de–"

"Ben küçük şey değilim," diye onun sözünü öfkeyle kesti Katie. "Neredeyse 1.67 boyundayım. Ve eğer kızgınken güzel olduğumu söyleyeceksen, seni uyarıyorum, kahkahalarla gülerim buna. Erkekler bunu eski saçma bir filmde duydukları için her zaman kadınlara söylerler, ve–"

"Dudaklarını onun dudaklarına yaklaştırırken, "Katie" diye soludu Ramon. "Kızgınken güzelsin- ve eğer gülersen, seni havuza atarım."

Ramon'un sıcak dudakları onunkileri ağır bir öpücükle kaplarken Katie'nin içini bir heyecan kapladı. Ramon kollarını onun beline kaydırdı ve Katie'nin karşı konulamaz bedenini kendininkine yaklaştırdı; sonra ağır romantik bir şarkı çalmaya başladığında onu dans eden çiftlerin olduğu kalabalığa götürdü.

Dans ederlerken, Ramon'un kısık sesi kulağına bir şeyler mırıldanıyordu, ama Katie kendine söylenen kelimeleri anlamıyordu. Ramon müziğin ritmiyle hareket ettikçe kendisine değen çıplak bacaklarının ve kaba etlerinin yarattığı tahrik duygusuyla meşguldü. Arzu, içine doluyor, verdiği kararı eritiyordu.

Katie başını kaldırmak ve evinde olduğu gibi Ramon'un dudaklarının kendisininkilere talepkâr bir biçimde yaklaştığını hissetmek istiyordu; onun güçlü kollarında ezilmek ve daha önce hissettiği tatlı, vahşi dalgınlıkta kaybolmak istiyordu.

Katie gözlerini umutsuzlukla kapayarak gerçeği kendine itiraf etti. Onu kırk sekiz saattir tanımasına rağmen, Ramon'un bu gece onunla sevişmesini istiyordu. O kadar çok istiyordu ki, sarsılmış ve şaşırmıştı...ama en azından ona karşı olan fiziksel isteğini anlayabiliyordu. Anlayamadığı ise, onu neyin korkuttuğuydu, ona karşı duygusal olarak hissettiği tuhaf, manyetik çekicilik miydi acaba?

Katie kendini toparlamaya çalıştı. Ramon'la yakınlaşmak felaket olurdu. Ramon gururlu, fakir ve hükmediciyken Katie gururlu, onun standartlarına göre zengin ve doğuştan özgürdü. Aralarındaki ilişki acı ve öfkeyle sona erebilirdi.

Katie eskiden olduğu gibi zeki ve mantıklı düşünerek, Ramon'un çekiciliğinden sakınmanın en iyi yolunun onu kendisinden uzak tutmak olduğuna karar verdi. Gecenin devamında ondan mümkün olduğunca uzak duracaktı ve onu bu geceden sonra görmeyi reddedecekti. Bu kadar basitti işte. Ama Ramon'un dudakları önce şakaklarına, ardından da alnına sürününce, Katie neredeyse mantıklı ve zeki olduğunu unutup dudaklarını Ramon'un sunacağını bildiği baştan çıkarıcı öpücüğü kabul etmek için onunkilere doğru yaklaştıracaktı.

Katie şarkı bittiği an ondan uzaklaştı. Neşeli gülümsemeyle Ramon'un meraklı bakışlarına cevap verdi ve, "Neden kalabalığa karışıp eğlenmiyorsun? Sonra görüşürüz," dedi.

Katie sonraki bir buçuk saat, tanıdığı her erkekle ve tanımadığı birkaçıyla flört etti. Göz alıcı, sosyal bir kimliğe bürünmüştü ve nereye giderse gitsin erkekler onu takip ediyordu, her biri onun tercihine göre dans etmek, yüzmek, içmek ya da sevişmek için hazırdı. Güldü, içti ve dans etti... Görünüşe göre Ramon da onun önerisini dinliyor ve başka en az dört kadınla, özellikle asla onun yanından ayrılmayan Karen'la çok eğleniyordu.

"Katie, hadi gel, buradan çıkıp sessiz bir yerlere gidelim," dedi Dan.

"Sessiz yerlerden nefret ediyorum," diye bağırdı Katie, dönüp kendini neye uğradığını şaşıran ama çok da memnun olan Brad'in kollarına attı. "Brad de sessiz yerlerden nefret ediyor, öyle değil mi?"

'Tabii ki ediyorum," diyerek şehvetli bir bakış fırlattı Brad. "Öyleyse bana gidelim ve kendi gürültümüzü yapalım."

Katie dinlemiyordu. Göz ucuyla Ramon'la dans eden

Karen'ı izliyordu. Karen iki kolunu da adamın boynuna dolanmış, bedenini şehvetli hareketlerle onunkiyle uyumlu bir şekilde sallıyordu.

Karen ona her ne söylüyorsa kesinlikle komik bir şey olmalıydı, çünkü ona bakıp sırıtan Ramon aniden başını çekti ve bir kahkaha patlattı. Katie mantıksızca ona kendisini hemen terk etmesinden dolayı kırılmıştı. Neşeli olmak için çabalarını iki katına çıkararak gidip Brad'i ayağa kaldırdı. "Hadi kalk tembel, dans edelim."

Brad kutu birasını bıraktı ve kolları Katie'nin omuzlarında, dans edenlerin arasına ilerledi, ardından onu kollarının arasına alıp sıkı sıkı tuttu. "Sana neler oldu böyle?" diye sordu kulağına, "Hiç böyle davrandığını görmemiştim."

Katie cevap vermedi çünkü Ramon'la Karen'ın görünürlerde olmadığını fark ettiğinden beri çılgınca onları arıyordu. Kalbine bir ağırlık çökmüş gibiydi. Ramon partiden Karen'la birlikte ayrılmıştı.

Otuz dakika sonra hâlâ dönmediklerini görünce Katie kendini eğlendirmek için bulduğu bütün bahaneleri bıraktı. Midesi bulanıyor ve dans ederken ya da konuşurken gözleri sürekli hareket halindeki vücutları tarıyor, çaresizce Ramon'un uzun gövdesini arıyordu.

Karen'ın Ramon'la kayboluşunu tek fark eden kendisi değildi. Katie tekrar Brad'le dans ederken, boynunu ortadan kaybolan çifti aramak için uzatıyor, Brad'i tamamen yok sayıyordu, bunun üzerine Brad alaycı bir şekilde, "Aklını Karen'ın o kızılderiliyi evine götürmesi gibi bir olasılığa takmadın değil mi?" dedi.

Katie kollarını çekip kızgınlıkla, "Ona öyle hitap etme!" dedi. Dönüp dans eden çiftlerin kalabalığına daldığında gözlerinde yaşlar vardı.

Birden kulağının dibinde sert bir ses, "Nereye gidiyorsun?" diye sordu.

Katie döndü ve yetersiz bir güçle sıktığı yumrukları iki yanında, Ramon'la yüz yüze geldi. "Nerelerdeydin?"

Siyah kaşlar havaya kalktı. "Kıskandın mı?"

"Biliyor musun," dedi Katie, neredeyse nefes nefeseydi, "senden hoşlanabileceğimi bile düşünmüyorum!"

"Ben de bu gece senden pek hoşlanmadım," diye aynı şekilde cevap verdi Ramon. Bir anda gözlerini kısıp Katie'nin yüzüne baktı. "Gözlerinde yaşlar var. Neden?"

"Çünkü," diye fısıldadı Katie öfkeyle, "o aptal, alçak herif sana kızılderili dedi!"

Ramon bir kahkaha patlattı ve onu kollarının arasına çekti. "Ah, Katie," diyerek gülümsedi. "Adam kızgın, çünkü istediği kadın benimle birlikte yürüyüşe çıktı."

Katie başını yana yatırarak onun yüzünü inceledi. "Yalnızca yürüyüşe mi çıktınız?"

"Sadece yürüdük. Hepsi bu. Daha fazlasına değil." Müzikle beraber hareket ettikçe Ramon'un kolları Katie'yi yakınına çekerek daha da sıkı sardı.

Katie yanağını onun güçlü güven verici göğsüne dayadı ve Ramon'un elleri çıplak omuzlarını ve sırtını okşadıkça kendini memnuniyetle ona bıraktı.

Ramon'un eli, Katie'nin gür ipeksi saçlarının arasına girdi. Katie onun öpücüğünü kabul etmek için başını kaldırdı.

Ramon hızlı hızlı soluyor, Katie'nin kalbi deli gibi çarpıyordu. Ramon'a doğru baktı ve titrek bir halde " Sanırım korkmaya başladım," dedi.

"Biliyorum, *querida,*" dedi yumuşak bir sesle. "Olaylar senin için çok çabuk gelişiyor."

"*Querida* ne demek?"

"Sevgilim."

Katie gözlerini kapadı ve ona doğru güçsüzce sallanarak yutkundu. "Porto Riko'ya dönmeden önce ne kadar daha burada olacaksın?"

Cevabın gelmesi uzun sürdü. "Pazara kadar kalabilirim, bugünden sonra bir hafta, ama daha fazla değil. O zamana kadar her günü beraber geçireceğiz."

Katie saklamayı deneyemeyecek kadar hayal kırıklığına uğramıştı. "Geçiremeyiz. Yarın ailemin evindeki büyük Şehitleri Anma toplantısına katılmam gerekiyor. Salı günü izin günüm ama çarşamba ofise geri dönmeliyim." Ramon'ın tartışmak üzere olduğunu gördü ve kendi de kalan zamanda onunla mümkün olduğunca birlikte olmak istediğinden hemen, "Yarın benimle birlikte ailemin evine gelmek ister misin?" dedi. Ramon huzursuz göründü, Katie de birden mantığına tekrar kavuştu. "Sanırım bu iyi bi fikir değil. Sen oları sevmezsin, onlar da seni..."

"Onlar zengin ben ise fakir olduğum için mi?" Ramon hafifçe gülümsedi. "Belki paralarına rağmen onları sevebilirim, kim bilir?"

Katie, Ramon'un kasıtlı olarak sorunu yanlış ifade etmesi üzerine gülümsedi, Ramon'un kolları sahiplenici bir tavırla onu kendine çekerek sıkılaştı. Erkeksi havasını yumuşatan ve onu neredeyse çocuk gibi gösteren oldukça çekici bir gülümsemesi vardı. "Bana dönelim mi?" dedi Katie.

Ramon başını salladı ve o iki kâğıt bardağa viski koyup su ve buz eklerken Katie de eşyalarını toplamaya gitti.

Katie'nin küçük verandasına vardıklarında, Katie Ramon'un içeri gideceğine bardakları iki şezlongun ortasındaki küçük masaya koymasına ve ardından bir tanesine uzanmasına şaşırdı. Bir şekilde, sohbetlerinin kalanını onun yatağına taşımayı deneyeceğini düşünmüştü.

Hayal kırıklığı ve rahatlama karışımı duygularla, diğer şezlonga kıvrıldı ve Ramon'a doğru döndü. Ramon sigarasını yaktı, parıldayan kırmızılık karanlıkta Katie'nin tek ilgi odağına dönmüştü. "Bana aileni anlat, Katie."

Katie içkisinden bir yudum aldı. "Birçok kişiye oranla varlıklılar, ama her zaman öyle değillerdi. On yıl önce, babam bankayla lüks bir süpermarkete dönüştürmek için konuşana dek sıradan bir bakkal dükkânına sahipti. İyi iş yaptı, ondan sonra bu marketlerden yirmi tane daha açtı. 'Connelly's adının olduğu modern süpermarketlere hiç rastlamadın mı?"

"Sanırım rastladım."

"Pekâlâ, o biziz işte. Dört yıl önce babam Forest Oaks Country Club'a katıldı. Old Warson ya da St.Louis Country Club kadar prestijli değil ama Forest Oaks üyeleri öyleymiş gibi yaparlar, babam da kulüp sahasına, golf sahasının sağına en büyük evi inşa etti."

"Sana aileni sordum, sen bana onların parasını anlatıyorsun. Nasıl insanlar?"

Katie dürüst ve objektif olmaya çalıştı. "Beni çok seviyorlar. Annem golf oynar, babam çok çalışır. Sanırım, çocukları dışında onlar için en önemli şey görkemli bir ev, bir hizmetçi, iki Mercedes ve şehir kulübüne üye olmak. Babam elli sekiz yaşında birine göre yakışıklı, annem her zaman müthiş görünür."

"Kardeşin var mı?"

"Var. Ben en küçükleriyim. Ablam Maureen, otuz yaşında ve evli. Babam kocasını Connelly Şirketi'nin başkan yardımcısı yaptı; şimdi babam emekli olunca başa geçmeyi dört gözle bekliyor. Ağabeyim Mark, yirmi beş yaşında ve iyi biri. Hayatını, babam emekli olunca Mark'ın o ve eşinden daha fazla pay alması ihtimali yüzünden endişelenerek geçiren Maureen kadar hırslı ve açgözlü değil. Artık her şeyi biliyorsun, yarın gelmek istiyor musun? Ailemin birçok arkadaşı ve komşusu da orada olacak, onların da bizimkilerden pek farkı yok."

Ramon sigara izmaritini attı ve yorgun bir halde başını geriye yasladı. "Gelmemi istiyor musun?"

"Evet," dedi Katie, vurgulayarak. "Ama bu benim bencilliğimden, çünkü ablam geçimini nasıl sağladığını öğrenince seni küçümseyecek. Ağabeyim Mark ise büyük ihtimalle sana Maureen gibi olmadığını göstermek için uğraşacak, bu da seni daha da fazla utandıracağı anlamına geliyor."

Ramon, "Sen ne yapacaksın, Katie?" diye sordu.

"Şey, ben – ben gerçekten bilmiyorum."

"O zaman sanırım ne yapacağını görmek için gelmem gerekecek." Ramon bardağını bırakıp ayağa kalktı.

Onun gitmeye niyetlendiğini fark eden Katie, henüz gitmesine dayanamayacağı gibi kahve içmeyi bahane edip kalması konusunda ısrar etti. Kahvelerini küçük bir tepside oturma odasına taşıdı ve koltuğa, Ramon'un yanına oturdu. Kahvelerini, Katie'nin bozamadığı ve anlayamadığı, uzun ve giderek artan rahatsız edici bir sessizlik içinde içtiler.

Masa lambasının loş ışığında Ramon'un kasvetli profilini inceleyerek, "Ne düşünüyorsun?" diye sordu Katie en sonunda.

"Seni." Ramon neredeyse sertçe ekledi, "Ailen için önemli olanlar, aynı zamanda senin için de önemli mi?"

"Sanırım, bazıları," diye kabul etti Katie.

"Ne kadar önemli'

"Neyle kıyaslandığında?"

"Şununla kıyaslandığında," dedi Ramon, acımasız bir fısıltıyla. Ağzı Katie'ninkine sertçe değdi, dudakları kabaca geriye ve ileri doğru hareket edip dudaklarını dilinin saldırısı için ayırmaya zorlarken, Ramon Katie'yi koltukta aşağı çekti ve vücudunu onunkini kaplayacak şekilde döndürdü.

Katie itiraz ederek inledi ve ağzı anında yumuşadı. Hemen ardından öpüşmeleri Katie'nin altında vahşi bir açlıkla kıvrandığı, yavaş, karşı konulamaz, erotik bir baştan çıkarışa dönüştü. Ramon'un dili onunkine dolanıyor, geri çekiliyor, ardından derine dalıyor ve Katie tutmaya çalışırken yavaşça geri çekiliyordu, bu Katie ayrılmış dudaklarını acımasızca onunkilere bastırıp, sıradan bir öpücükte kaybolana dek sürdü.

Ramon başını kaldırmaya yeltendiğinde, Katie onun ağzını kendininkinin üstünde tutmaya çalışarak elini başının etrafına doladı. Ramon onun bikinisinin üzerini aşağı çekip göğüslerini açığa çıkararak ağzını pembe tepeciklere indirince müthiş bir hazla soludu. Ramon ilkini sertçe emmeye başladı; ardından diğerini, ta ki Katie arzuyla kıvranmaya başlayıncaya dek.

Ramon ağırlığını elleriyle destekledi ve hafifçe onun üzerinden kalktı. Şehvetli gözleriyle ona bakıp göğüs uçlarını okşamaya devam ederek, "Ellerini vücuduma koy, Katie," diye kulak tırmalayıcı bir sesle mırıldandı.

Katie ellerini kaldırdı, duyarlı parmak uçlarını güçlü göğüs kaslarında dolaştırdı.

"Çok güzelsin," diye fısıldadı, ellerini adamın göğsünden güçlü kol kaslarına kaydırırken.

"Erkekler güzel değildir," diye takılmaya çalıştı Ramon, ama sesi Katie'nin ellerinin onun üzerinde olmasının etkisiyle kalınlaşmıştı.

"Öylesin. Okyanusların ve dağların güzel olması gibi." Katie düşünmeden, parmak uçlarının adamın göğsünde daralan siyah tüylerin düşük belli beyaz şortunun kemer kısmından aşağı doğru kayboldukları yere doğru hareket etmesine izin verdi.

"Yapma!" diye boğuk bir sesle emretti Ramon.

Katie elini olduğu yerde bıraktı ve adamın arzuyla kararmış yüzüne baktı. "Güzelsin ve güçlüsün," diye fısıldadı. "Ama naziksin de. Tanıdığım en nazik erkek olduğunu düşünüyorum – ve neden böyle düşündüğümü bilmiyorum bile."

Ramon kontrolünü kaybederek "Ah,Tanrım!" diye inledi. Ağzı, Katie'nin ağzını artık serbest bırakılmış bir tutkuyla hapsetti. Katie onun erkekliğinin gücünü hissedince heyecanlandı. Ardından Ramon'ın kalçaları onunkiler üzerinde dairesel hareketler yapmaya başlayınca arzuyla inledi. Ramon "Beni iste," diye emretti kabaca. "Beni paranın alabileceği diğer şeylerden daha çok iste. Beni, benim seni istediğim kadar iste."

Ramon aniden kendini çekip oturduğunda ve gözlerini kapayarak başını geriye koltuğa yasladığında, Katie neredeyse arzuyla kendinden geçmişti. Ramon'un zorlukla aldığı nefesleri izledi, sonra kıyafetlerini ve dağılmış saçlarını düzeltip oturdu. Kendini kovulmuş ve incinmiş hissederek koltuğun Ramon'dan en uzak köşesine attı ve bacaklarını altına aldı.

"Katie." Ramon'un sesi soğuk ve sertti.

Katie, dikkatle onu gözledi. Kafası hâlâ koltuğun arkasına dayalıydı, ve konuşurken gözlerini açmadı: "Bunu sana benim kollarımdayken ve her ikimiz de birbirimiz için vahşice arzu duyarken söylemek istemezdim. Sana bunu asla söylemek istemezdim. Ama yine de tanıştığımız ilk akşamdan beri bunu söyleyeceğimi biliyordum...'

Katie'nin neredeyse kalbi durmuştu. Ona evli olduğunu söyleyecekti, ve o – o da duygularını kontrol edemeyecekti.

"Benimle Porto Riko'ya gelmeni istiyorum."

"*Ne?*" diye fısıldadı Katie.

"Benimle evlenmeni istiyorum."

Katie ağzını açtı ama birkaç saniye konuşamadı. "Ben – ben yapamam.Yapamam.Burada bir işim var; ailem, arkadaşlarım – hepsi burada. Ben buraya aitim."

"Hayır," dedi Ramon öfkeyle, başını çevirdi ve bakışlarını ona yöneltti. "Sen buraya ait değilsin. Seni barda gördüğüm ilk andan beri izliyorum, bu gece de izledim. Bu insanları sevmiyorsun bile; onlara ait değilsin." Ramon, Katie'nin gözlerinin olduğunu gördü ve kollarını ona doğru uzattı. "Gel," dedi yumuşak bir sesle. "Şimdi seni kollarımda istiyorum."

Katie'nin kafası ona uymak dışında bir şey yapamayacak kadar karışmıştı. Başını Ramon'un omzuna dayayarak onun huzur verici kollarına sokuldu. Ramon nazik bir sesle devam etti, " Seni, arkadaşlarım dediğin insanlardan ayıran bir zarafetin var."

Katie yavaşça başını salladı. "Beni tanımıyorsun bile. Benimle evlenmek istediğin konusunda ciddi olamazsın."

Ramon Katie'nin yüzünü kendisininkine çevirerek çenesine dokundu, ve onun cam gibi mavi gözlerine baktı. "Senin nasıl biri olduğunu, sana getirdiğim çiçeği yere attığın ve ardından yaptığın şeyin utancıyla neredeyse gözyaşlarına boğulduğun andan beri biliyorum. Ben otuz dört yaşındayım; ne istediğimi tam olarak biliyorum." Dudaklarını ezici bir öpücükle onunkilere bastırdı. "Benimle evlen, Katie," diye fısıldadı.

"Amerika'da kalamaz...kalamaz mısın, St.Louis'te?

Böylece birbirimizi daha iyi tanıyabiliriz? Ondan sonra, belki-"

"Hayır," dedi Ramon çok kesin bir sesle. "Kalamam." Ayağa kalktı, Katie de ona katıldı. "Bana şimdi cevap verme. Karar vermen için hâlâ zaman var." Lambanın yanındaki küçük cam saate göz attı. "Geç oldu. Giyinmeliyim, sonra da bu gece yapılması gereken bir işim var. Seni ailene götürmek için yarın ne zaman aramamı istersin?"

Katie hissiz bir şekilde zamanı söyledi. "Ah, bir de annem barbekü partisi olacağını söylemişti, o yüzden ikimiz de kot giyebiliriz."

Katie Ramon gittikten sonra ortalıkta dolandı, kahve fincanlarını topladı, lambayı söndürdü ve yatmak için soyundu.

Tavana gözlerini dikerek uzandı ve az önce olanları anlamaya çalıştı. Ramon onunla evlenmesini ve onunla birlikte Porto Riko'ya gitmesini istemişti! Bu imkânsızdı, söz konusu bile olamazdı, böyle bir şeyi düşünmek için bile çok erkendi.

Düşünmek için çok erken mi? Ramon ona zaman vermiş olsa bile, düşünecek miydi ki?

Başını yastığına gömdü; Ramon'un onu şiddetli bir duyarlılıkla okşayan ellerini, kendi ağzı üstündeki aç ve ısrarlı ağzını hâlâ hissedebiliyordu. Daha önce hiçbir erkek, vücudunu böyle canlandırmayı başaramamıştı ve başka birinin bunu yapabileceğinden de şüpheliydi. Ramon'la sadece cinsel dürtülerle hareket etmişlerdi, içgüdüyle. Ramon için böyle istekli, hükmedici bir şehvetle sevişmek doğaldı; o doğduğundan beri, hükmetmeye alışmış bir erkekti.

Komik, diye düşündü Katie, ona hükmetmesinden hoşlanmıştı. Bugün ona kollarının arasına gelmesini isterken yavaşça, "Buraya gel, Katie" dediğinde bile bir heyecan dalgası hissetmişti. Aynı zamanda, Ramon oldukça naz ikti.

Katie gözlerini kapadı. Ramon ona zaman verse, onunla evlenmesi muhtemel miydi? *Kesinlikle hayır!* diye mantıklı br şekilde cevapladı aklı. Ama kalbi fısıldadı: *belki...*

Neden onunla evlenmeyi düşünecekti ki? Cevap, Ramon'la gülerlerken ya da konuşurlarken bazen hissettiği garip duyguda saklıydı - duygusal olarak her ikisinin de neredeyse mükemmel derecede uyumlu olduğunu söyleyen o açıklanamaz his; Ramon'un derinliklerinden Katie'ye ulaşan ve ona bir yanıt bulan o his; yavaşça, yılmaz bir şekilde onları birbirine çeken o güçlü, çekici etki.

Bu düşünceden sonra, Katie'nin mantığı anında duygularıyla savaşa girdi : Eğer Ramon'la evlenecek kadar aptalsa, Ramon da onun sadece kendi geliriyle geçinmesini bekleyecekti, ama o şu anki gbi Amerikan Prensesi olarak yaşamaktan oldukça mutluydu.

Ramon bir İspanyol şovenistti; ama Katie'nin sahip olduğu her içgüdü ona Ramon'un duygusal bir adam olduğunu, güçlü olduğu kadar inanılmaz nazik de olduğunu söylüyordu.

Katie kendini bulduğu bu içinden çıkılamaz durum karşısında yüksek sesle inledi. Gözlerini kapadı, en sonunda yorgun bir uykuya sürüklendiğinde, savaşı ne mantığı ne de duyguları kazanmıştı.

5. Bölüm

Katie, bir sonraki sabahı Ramon'u ailesiyle tanıştıracak olmaktan dolayı evlilik teklifini düşünemeyecek kadar gergin bir halde, endişeyle Ramon'u bekleyerek geçirdi.

Partideki felaket olasılıkları nerdeyse sınırsızdı. Ailesinin Ramon'u sevmemesi Katie için önemli değildi, ayrıca onların fikrinin Porto Riko'ya gidip gitmeme kararını etkilemesine izin de vermeyecekti. Ailesini seviyordu, ama kendi kararlarını verecek kadar da büyümüştü. Korktuğu şey, ailesinin Ramon'u küçük düşürecek bir şeyler söylemesiydi. Ablası Maureen, ailesinin bir zamanlar zengin olmadığını unutmuş, terbiyesiz bir zübbeydi. Eğer Ramon'un kamyon kullanan bir çiftçi olduğunu fark ederse, kendi sosyal üstünlüğünü vurgulamak için onu bir ev dolusu insanın önünde aşağılayabilirdi.

Annesiyle babası da Ramon'un onunla evlenmek istediğinden şüphelenirlerse, ona diğer konukların önünde yüksek tabakadan insanlara yamanmaya çalışan bir asalakmış gibi davranma kabalığında bulunurdu. Katie'yi modaya uygun ve konforlu yaşatmasının mümkün olmadığını anladıkları an, Ramon damat adayı olarak elenecekti ve annesiyle babası eğer gerekli görürlerse fikirlerini açıkça belirtmekten çekinmeyeceklerdi.

Saat tam 3:30'da Ramon geldi. Katie onu olasılıkla yalnızca iki saniye kandıran en iyi, neşeli ve iyimser gülümsemesiyle karşıladı. Ramon onu kollarına çekerek, çenesini kaldırdı, gözlerinin içine baktı ve şakayla karışık, "İdama gitmiyoruz. Sadece ailenle görüşeceğiz," dedi.

Katie'yi öyle yumuşak öptü ki genç kadın biraz sonra kendini çok daha güvende hissedtiyordu. Bu duygu otuz dakika sonra, arabaları Forest Oaks Şehir Kulübü'nün taş kapılarından geçtiğinde ve ailesinin evinin önüne park ettiğinde hâlâ onunlaydı.

Biçilmiş çimlerle döşeli yola döndüklerinde, Connelly'lerin oldukça görkemli, beyaz sütunlu eviyle karşılaştılar. Katie, tepkisini ölçmek için Ramon'u izledi, ama o sanki böyle binlerce ev görmüş gibi sıradan bir bakış attı ve Katie'ye yardım etmek için arabadan dışarı çıktı.

Kocaman ön kapılara çıkan dönemeçli tuğla yolun yarısına vardıklarında hâlâ bir şey söylememişti.

Katie şeytani bir içgüdüyle gülümsedi ve, "Pekâlâ ne düşünüyorsun? diye sordu. Ellerini özel tasarım kotunun ceplerine soktu. Dört adım sonra, Ramon'un sadece sorusuna cevap vermemekle kalmayıp aynı zamanda yürümeyi de bıraktığını fark etti.

Arkasını döndü. Ramon'un neşeli bir kıvılcımla parlayan bakışları zevkle açık renk saçlarından yol alarak dudaklarında ve göğüslerinin dolgunluğunda takıldı; belinin, kalçalarının ve kaba etlerinin çekici kıvrımlı hatlarını takip etti ve uzun düzgün bacaklarına kaydı, sandaletli ayaklarında durdu. Arkasından tekrar yukarı kaydı ve yüzüne döndü. "Bence," dedi ciddiyetle, "gülüşün karanlığı aydınlatabilir. Güldüğünde sanki bir müzik yayılıyor. Bence saçların gün ışığında parıldayan ipek gibi."

Bu derin sesle hipnotize olan Katie, vücudunun içine sızan sıcaklıkla öylece durdu.

"Bence senin gözlerin gördüğüm en mavi gözler ve mutlu olduğunda onların parlamasını seviyorum, ya da kollarımdayken arzuyla kararmasını." Katie'nin ellerinin arka cebinde durması yüzünden iyice ortaya çıkan göğüslerine baktığında Ramon'un dudaklarında muzip bir gülümseyiş belirdi. "Ve o pantolonu giyiş tarzını seviyorum. Ama eğer ellerini ceplerinden çıkarmazsan, seni arabaya geri götürürüm, böylece ben de ellerimi oraya koyabilirim."

Katie, onun birkaç kelimeyle üzerine saçtığı duyguların okşayıcı büyüsünün etkisinden kurtulmaya çalışarak yavaşça ellerini çekti. "Demek istemiştim ki," dedi boğuk bir sesle, "ev hakkında ne düşünüyorsun?"

Ramon eve bir göz attı ve hoşnutsuzlukla başını salladı. "*Rüzgâr Gibi Geçti'den* fırlamış gibi."

Katie, zili çaldı, içeriden gelen gülüşmeleri duyabiliyordu.

"Katie, hayatım," dedi annesi, onu kucaklayarak, "İçeri gel. Herkes çoktandır içeride." Katie'nin yanında duran Ramon'a gülümsedi, Katie onları tanıştırınca nezaketle elini uzatarak, "Burada olmanızdan mutluluk duyuyoruz, Bay Galverra," dedi.

Ramon da aynı mükemmel tavırla orada olmaktan mutluluk duyduğunu belirtti ve nedenini bilmeden nefesini tutan Katie gerginliğinin azaldığını hissetti.

Annesi yemek şirketini kontrol etmek için izin isteyince, Katie, Ramon'u evin içine yönlendirdi ve küçük gruplar halinde konuşan ve gülen kalabalığın bulunduğu muhteşem çimlerin üzerine konuklar için kurulmuş barın olduğu yere götürdü.

Katie'nin barbekü partisi diye düşündüğü şey, aslında bir kokteyl ve ardından 30 kişilik resmi bir akşam yemeğine dönüşmüştü; Ramon'un orada kot giyen tek kişi olduğu apaçık ortadayken, Katie onun tam anlamıyla müthiş göründüğünü düşündü.

Katie gururla, Ramon'u çekici bulan tek kadının kendisi olmadığını fark etti; annesinin birçok arkadaşı, girişken bir tavırla ortalıkta dolaşırlarken yanında duran bu uzun boylu, siyah saçlı adama hayranlıklarını gizleyemiyorlardı.

Katie Ramon'u ailesinin arkadaşlarıyla ve tanıdığı komşularla tanıştırdı; Ramon'un ışıldayan gülümsemesi ve çekiciliğiyle bayanları cezbetmesini izledi. Beklediği de buydu. Beklemediği ise, hepsi varlıklı işadamları olan erkeklerle bu kadar iyi iletişim kurabilmesiydi. Ramon'un geçmişte sosyal inceliği ve nezaketi öğrendiği ortadaydı; bu Katie'yi sevindirmiş ve şaşırtmıştı. Bu martini toplantısında tam anlamıyla rahat görünüyordu, spordan dünya siyasetine kadar her konuda mükemmel sohbet edebiliyordu. Özellikle de dünya siyaseti. Katie'nin bunu fark etmemesi mümkün değildi.

Yalnız kaldıkları bir an, "Dünyada olup bitenler konusunda çok bilgilisin," diye fikrini belirtti.

Ramon çarpık bir gülümsemeyle " Okumayı biliyorum, Katie," dedi.

Katie aklını başına toplayarak bakışlarını kaçırdı, ama Ramon sanki onun diğer sorusunu sezinlemiş gibi ekledi, "Bu parti de diğerlerinden farklı değil. Erkekler ne zaman toplansalar hepsi benzer işlerdeyseler iş konuşmaya eğilimlidirler. Eğer değillerse, o zaman spor, siyaset ya da dünya meselelerini konuşurlar. Bu her ülkede aynıdır."

Katie, Ramon'un bu cevabıyla tam olarak tatmin olmamıştı ama şimdilik bu konunun kapanmasına izin verdi. İki büyük kızı olan 45 yaşında bir kadın Ramon'un ilgisini tam on dakika boyunca kendi üzerinde tutunca "Sanırım kıskancım!" diyerek güldü bir süre sonra.

Katie'ye kadınların hayranlığına alışık olduğunu düşündüren bir neşeyle, "Kıskanç olma," dedi Ramon. "Benim sadece bir çiftçi olduğumu öğrendikleri an bu ilgilerini kaybedecekler."

Bu, ne yazık ki, bütünüyle gerçek değildi, Katie bunu iki saat sonra rahatsız olarak fark etti. Herkes özenle hazırlanmış yemek masasında oturmuş, gurme yemeklerini yerken, Katie'nin ablası uzun yemek masasının öteki ucundan, "Ne işle meşgusünüz, Bay Galverra?" diye sordu.

Katie ince İngiliz porselenlerinin üzerindeki gümüş çatal bıçak çınlamalarının, masadaki diğer sohbet kırıntılarıyla birlikte bir anda durduğunu hissetti. Ramon'dan önce atılıp, "Kamyonculuk işinde – ve yiyecek," diye uydurdu.

"Kamyonculuk? Nasıl yani?" diye ısrarla sordu Maureen.

Katie ablasına öldürücü bir bakış atarak, "Nasıl olabilir?" dedi.

"Yiyecek mi dediniz?" diye araya girdi Bay Connelly, kaşları ilgiyle kalkmıştı. "Toptan mı perakende mi?"

"Toptan," diye atıldı Katie yine.

Ramon ona doğru eğilmiş, çekici bir tavırla gülümsüyordu ama kısık ve öfkeli bir sesle "Kapa çeneni Katie, yoksa konuşmayı bilmiyorum sanacak," dedi.

"Toptan?" Katie'nin babası masanın başındaki yerinde derin derin düşündü. Her zaman yiyecek sektörüyle ilgili konuşmaya hevesliydi. "Hangi alanındasınız – dağıtım mı?"

"Hayır, üretim," diye cevapladı Ramon, sonra da Katie'nin buz gibi elini masanın altından tutarak adeta sessizce özür diledi.

"Bir şirket işi sanırım?" dedi babası. "Ne kadar büyük?"

Ramon dana etinden küçük bir parça kesti. "Küçük bir çiftlik, sadece kendine yetiyor."

Maureen hafif bir öfkeyle "Sıradan bir çiftçi olduğunuzu mu söylüyorsunuz?" diye sordu. "Missouri'de?"

"Hayır, Porto Riko'da."

Katie'nin ağabeyi atıldı. "Geçen hafta Jake Masters'la konuşuyordum, bana bir keresinde Porto Riko'dan gelen ananasların nakliye aracında şu büyüklükte bir örümcek bulduğunu anlatmıştı-"

Konuklardan örümceklerle ilgilenmediği belli olan biri, Mark'ın sıkıcı konuşmasını kesti ve Ramon'a "Galverra yaygın bir İspanyol ismi mi? 'Galverra' ismini daha önce duymuştum ama her kimse ilk ismini hatırlayamıyorum," dedi.

Katie, Ramon'ın gerildiğini görmekten çok hissetti. "Nadir bir isim değil," diye yanıtladı Ramon. "Ve ilk adım da oldukça yaygın."

Katie'nin, Ramon'a özür dilemek için gönderdiği cesaret verici gülümseyiş annesi tarafından ancak memnuniyetsizlik olarak nitelendirilebilecek bir bakışla durduruldu ve Katie midesinin düğümlendiğini hissetti.

Evden ayrılmadan önce, Katie'nin midesi tam anlamıyla çalkalanıyordu. Annesiyle babası antrede onları uğurlarken Ramon'a karşı naziktiler, ama Katie Ramon'a bakarken annesinin gözlerinde beliren şüpheyi gördü; annesi tam olarak bir şey söylemeden, Katie'ye ve şüphesiz Ramon'a da, Katie'yle devam eden arkadaşlığını ve onu onaylamadığını iletmeyi başarmıştı.

Maureen'in yedi yaşındaki oğlu her şeyi daha da kötüleştirerek, Ramon ve Katie giderken, annesinin eteğine asıldı ve "Anne, bu adam garip konuşuyor!" diye bağırdı.

Arabada Ramon düşünceli, içine kapanık bir tavır içindeydi. "Sana kot pantolon giy dediğim için özür dilerim," diye konuştu Katie en sonunda, evine yaklaştıklarında. "İki hafta önce barbekü partisi olacağını söylediği için anneme küfredebilirdim."

"Önemli değil," dedi Ramon. "İnsanların giydikleri ne olduklarını değiştirmez."

Katie onun daha iyi giysilerin imajını düzeltemeyeceğini mi yoksa ne giydiğinin önemi olmaksızın imajının yeterli olduğunu mu söylemeye çalıştığını bilmiyordu. "Maureen'ın davranış biçimi için de özür dilerim," diye tekrar şansını denedi.

"Özür dilemekten vazgeç, Katie. Bir insan başka biri yerine özür dileyemez. Bunu denemek bile saçma."

"Biliyorum, ama ablam tam bir baş belası ve annemle babam-"

"Seni çok seviyorlar," diye onun yerine tamamladı Ramon.

'Seni güvenli bir gelecek ve paranın alabileceği bütün diğer şeylerle mutlu görmek istiyorlar. Ne yazık ki, çoğu anne baba gibi, ancak geleceğin güvencede olursa mutlu olacağına inanıyorlar. Eğer olmazsa, o zaman da mutlu olmayacağına..."

Katie, Ramon'un anne ve babasını koruma şekline şaşırmıştı. Eve girince, bakışlarını onun karanlık, esrarengiz yüzünde dolaştırdı. "Sen nasıl bir insansın?" diye sordu.

"Kimsin? Porto Riko'ya gitmeye karar verirsem bunu önlemek için ellerinden geleni yapacaklarını bile bile onları savunuyorsun. Bu gece tanıştığın insanlarda ve ailemin evinde seni etkilemeyen ama eğlendiren bir şeyler mi var? İngilizceyi aksanlı konuşuyorsun, ama kelime dağarcığın tanıdığım üniversite mezunu birçok adamdan daha iyi. Her neyse, kimsin sen?"

Ramon ellerini Katie'nin gergin omuzlarına koydu. "Ben seni bildiğin her şeyden ve seni seven insanlardan uzaklaştırmak isteyen bir adamım. Seni, benim değil, senin dil engeli yaşayacağı garip bir ülkeye götürmek isteyen bir adamım. Seni, temiz, dört odalı, ama daha fazla bir şeyi olmayan doğduğu kulübeye götürmek isteyen bir adamım. Bunların bencilce olduğunu bilen, ama yine de yapmaya çalışan bir adamım."

"Neden?" diye fısıldadı Katie.

Ramon başını eğdi ve dudaklarını onunkilere bastırdı. "Çünkü seni hayal edebileceğinden daha fazla mutlu edeceğime inanıyorum."

Katie bir yandan Ramon'un dudaklarının en ufak bir dokunuşundan bile etkilenerek onun mantığını anlamaya çalıştı. "Peki ama kimseyi tanımadığım ve denesem bile kimseyle konuşamadığım ilkel bir kulübede nasıl mutlu olabilirim?"

"Sana daha sonra anlatırım." Ramon sırıttı. "Ama şimdi, kendi mayomu getirdim."

"Y – yüzmek mi istiyorsun?" Katie çok şaşırmıştı.

Ramon'un gülümsemesi gerçekten baştan çıkarıcıydı. "Seni mümkün olduğunca az kıyafetle görmek istiyorum, ve bunun için en güvenli yer, her ikimiz için de, havuz."

Katie yatak odasına giderken hissettiği rahatlık ve, hayalkırıklığını yendi, çabucak kıyafetlerini çıkardı, parlak sarı bikinisini giydi. Hafif bir gülümsemeyle aynada kendini inceledi. Sahip olduğu en az kapalı kıyafetti bu; vücudunun her kıvrımını ortaya çıkaran, parlak kumaştan iki dar şerit. Daha önce bunu giymek için hiç cesareti olmamıştı, ama bugün mükemmel görünüyordu. Mesafesini korumak için keyfince karar veren Ramon için hava hoştu, ama aksine, Katie onun için bunu mümkün olduğunca zorlaştırmak istiyordu. Saçlarını parlayana kadar fırçaladı ve Ramon tam banyodan çıkarken o da yatak odasından çıktı. Bedenini sarmalayan, göz alıcı fiziğini Katie'nin ağzının kurumasına neden olacak şekilde sergileyen siyah şort bir mayo giymişti.

Ancak Ramon'un Katie'ye verdiği tepki, oldukça keyifsizdi. Siyah gözleri neredeyse çıplak vücudunu tepeden tırnağa taradı. "Üzerini değiştir," dedi Katie'nin daha önce duymadığı sert bir tonda. Gecikmiş bir şekilde "Lütfen," diye ekledi.

"Hayır," dedi Katie kararlı bir ifadeyle. "Değiştirmeyeceğim. Neden değiştireyim ki?"

"Çünkü senden değiştirmeni istiyorum."

"Bana emrediyosun, bundan hoşlanmadım.."

"Şimdi de istiyorum," diye tatmin olmaz bir şekilde ısrar etti Ramon. "Lütfen üzerini değiştir."

Katie ona öldürücü bir bakış fırlattı. "Havuza bu mayoyla gideceğim."

"Öyleyse ben seninle gelmiyorum."

Katie birdenbire kendini bayağı bir şekilde çıplak hissetti ve küçük düştüğü için Ramon'u suçladı. Odasına gitti, bikiniyi çıkardı ve yeşil bir bikini giydi.

O oturma odasına yürürken Ramon yavaşça, "Teşekkürler," dedi.

Katie konuşamayacak kadar sinirliydi. Cam veranda kapısını iterek açtı, çitlerin olduğu kapıyı çarptı ve neredeyse terk edilmiş görünen havuza doğru ilerledi. Kiracıların çoğu Anma Günü'nü aileleriyle birlikte geçiriyordu. Katie elleri kalçasında ona bakarak dikilen Ramon'u görmezden gelerek havuza en yakın şezlonglardan birine gömüldü.

"Yüzecek misin?" diye sordu Ramon.

Katie dişleri birbirine kenetlenmiş bir halde başını salladı.

Ramon onun karşısındaki sandalyeye oturarak, seviyor gibi göründüğü o çok ince sigaralardan birini yaktı ve dirseklerini dizleriyle destekleyerek öne doğru uzandı. "Katie, beni dinle."

"Seni dinlemek istemiyorum. Söylediğin birçok şeyden hoşlanmıyorum."

"Ama yine de beni dinleyeceksin."

Katie'nin başını ona doğru öyle hızlı çevirdi ki uzun saçları omuzlarına döküldü. "Ramon, bu gece ikinci kez bana ne yapacağımı söylüyorsun ve bundan hoşlanmıyorum. Eğer gerçekten seninle evlenmeyi düşünüyor olsaydım, ki düşünmedim, bu son yirmi dakika fikrimi değiştirmeme neden olurdu." Ona üstün gelme duygusuyla mutlu olarak ayağa kalktı. "Son gecemizin hatrına, yüzeceğim. Çünkü eminim şimdi de bana bunu yapmamı emredeceksin."

Üç uzun ve öfkeli adımdan sonra Katie havuza daldı. Birkaç saniye sonra Ramon'un suya çarpan bedeninin etkisini hissetti. Bütün gücüyle yüzdü fakat Ramon kolayca onu yakaladığında ve gergin vücudunu kendininkine çektiğinde şaşırmadı. "Bu havuzda bizden başka dört insan daha var, Ramon. Şimdi imdat diye bağırmadan önce beni bırak."

"Katie, çeneni kapayıp beni-"

"Bu üç oldu," diye bağırdı Katie öfkeyle. "Oyundışısın."

"Lanet olsun!" dedi Ramon vahşice, elini Katie'nin ensesindeki saçlarının arasına sokup kafasını geriye çekerek dudaklarını dudaklarıyla hapsetti.

Katie iyice çileden çıkarak, başını öteye çekti ve elinin tersiyle dudaklarını sildi. "Bundan hoşlanmadım!" diye tükürdü.

"Ben de," diye cevapladı Ramon. "Lütfen beni dinle."

"Başka bir seçeneğim olduğunu sanmıyorum. Ayaklarım yere bile değmiyor."

Ramon bunu duymazdan geldi. "Katie, üzerindeki çok güzel bir bikiniydi ve görüntün nefesimi kesti. Eğer dinlersen, onu neden giymeni istemediğimi anlatacağım. Geçen gece burada oturan birden fazla adam bana onların 'namuslu bakiresiyle' bir yere gidip gitmeyeceğimi sordu. Sana böyle diyorlar."

"Ne?" Katie iğrenerek öfkeyle tıslamıştı.

"Sana böyle diyorlar çünkü hepsi de seni istiyor, hiçbiri sana sahip olmamış."

Katie, "İddiaya varım ki bu seni şaşırtmıştır," dedi acı acı, "Böyle bayağı bir bikini giyen birinin şüphesiz-"

"Bu beni çok gururlandırdı," diye onun sözünü kesti Ramon.

Katie Ramon'u itti. "Seni hayal kırıklığına uğratmaktan nefret ediyorum ama ben bakire değilim."

Bu açıklamasının etkisini Ramon'un çenesinin sertleşen çizgisinde gördü ama bu konuda hiç yorum yapmadı. "Şimdiye kadar sana küçük, güzel bir kız kardeş gibi saygıyla davrandılar. Ama eğer burda küçücük ip parçalarıyla ve bikini bile denemeyecek küçük bir kumaşla görünürsen, senin peşinden çiftleşmeye hazır dişi bir köpeğin peşindeki köpek sürüsü gibi gelirlerdi."

"Ne düşündükleri umurumda değil! Canları cehenneme! Böyle konuşmanın bana yakışmadığını söylersen seni öyle bir tokatlarım ki feleğin şaşar!"

Ramon'un kolları onu bıraktığında Katie merdivene yüzdü, havuzdan çıktı, kurulandı ve evine tek başına döndü.

İçeri girdiğinde kapıyı kilitleyecekti ama Ramon'ın kıyafetleri hâlâ oradaydı, bu yüzden sadece yatak odasının kapısını kilitledi.

Otuz dakika sonra, duş alıp yatağına girdiğinde, Ramon kapısını çaldı. Katie kapıyı açıp Ramon'a onu kollarına alma şansını verebileceğini biliyordu. Ramon söz konusu olduğunda, bedeni ona itaat etmeyi reddediyordu; iki dakika içinde Ramon onu uysal bir hale sokup eritecekti.

"Katie, surat asmayı kes ve kapıyı aç."

Katie soğuk bir tavırla, "Eminim çıkış yolunu bulabilirsin," dedi. "Uyuyacağım." Sözünü vurgulamak için komodindeki lambasını kapattı.

"Katie, Tanrı aşkına, bunu bize yapma."

" 'Biz' diye bir şey yok. Hiç olmadı da," dedi Katie. Ardından, bu sözleri söylemek bir şekilde kendisini incittiğinden, ekledi: "Neden benimle evlenmek istediğini bilmiyorum ama seninle evlenmeyecek olmamın bütün nedenlerini biliyorum. Bunları konuşmak bir şey değiştirmeyecek. Lütfen git. Bunun her ikimiz için de en iyisi olduğunu sanıyorum."

Bundan sonra dairede sinir bozucu bir sessizlik oldu. Katie kırk beş dakika saati izleyerek bekledi, ardından sessizce, dikkatle kapısının kilidini açtı ve karanlık dairesinin içine bir göz attı.

Ramon bütün ışıkları kapatıp arkasından kapıyı kilitleyerek gitmişti. Yatağına döndü ve soğuk çarşafların arasına kıvrıldı, yastıkları arkasına destekledi ve yatağın baş ucundaki lambayı açtı.

Ucuz kurtulmuştu! Tamam o kadar da ucuz değil – aslında Ramon'la evlenmeyi düşünmemişti. Onun kollarında cinsel çaresizliğin ucuna gelmişti, hepsi bu. Neyse ki bugünlerde ve bu çağda, Katie Connelly dahil hiçbir kadın cinsel ihtiyaçlarını karşılamak için evlenmek zorunda kalmıyordu! Sadece Ramon'u şimdiye kadar kimseyi arzulamadığı kadar fazla arzulamıştı – Rob'dan bile fazla.

Bu düşünce Katie'nin aklını karıştırdı. Belki de teslimiyete fark ettiğinden daha fazla yaklaşmıştı. İşi aslında o kadar da cazip değildi; tanıdığı erkekler sığ ve bencil görünüyordu. Ramon ise onların tam tezatıydı. Katie'nin her türlü kaprisini çekmişti. Hayvanat bahçesinde Katie nereye gitmek isterse oraya gitmişti. Katie yorgun göründüğünde oturup dinlenmesi için ısrar etmişti. Gözü bir yiyecek-içecek standına takılsa, hemen acıkıp acıkmadığını ya da susayıp susamadığını sormuştu. Yüzmek istediğinde, o da yüzmüştü. Dans etmek istediğinde, o da dans etmişti – tabii onu kollarında tutma şartıyla. Katie bunu kendine öfkeyle hatırlattı.

Küçük bir yiyecek poşetini ya da gece çantasını bile taşımasına müsaade etmemişti. Bir kapıyı açıp, ilerleyip, çoğu erkeğin yaptığı gibi arkasından yüzüne çarpmasına izin vermemişti – sonra ona yüzünde "Pekâlâ, siz kadınlar eşitlik istiyorsunuz; kendi kapılarınızı kendiniz açın," diyen bir bakışla bakmamıştı.

Katie kafasını salladı. 2,5 kiloluk yiyecek torbasını taşıdığı için ve kapıları kendisine açtığı için bir adamla evlenmeyi düşünüyordu, neler oluyordu ona böyle? Ama Ramon'da bundan fazlası vardı. Kendi erkeksiliğinden o kadar emindi ki nazik olmaktan çekinmiyordu. Kendine güveni tamdı ve çok gururluydu, aynı zamanda Katie söz konusu olduğunda tuhaf bir şekilde savunmasız görünüyordu.

Katie'nin düşünceleri bir başka konuya döndü. Ramon gerçekten fakirliğin eşiğinde yaşıyorsa, ailesinin özenle hazırlanmış yemek masasındaki formalitelere nasıl bu kadar aşinaydı? Hangi yemekle hangi gümüş çatalın kullanılacağı konusunda en ufak bir tereddüte bile düşmemişti. Ayrıca, ailesinin varlıklı arkadaşlarının yanında bir parça huzursuzluğa bile kapılmamıştı.

Neden onunla sadece yatmak değil de evlenmek istiyordu? Dün gece koltukta, Katie'nin ondan bir şey esirgeme noktasını çoktan geçtiğini biliyordu. "Beni en az benim seni istediğim kadar iste," diye ısrar etmiş ve yalvarmıştı. Sonra Katie o kadar fazlasını istediğinde, geri çekilmiş, oturmuş, gözlerini kapamış ve duygusuz bir şekilde onunla evlenmesini istemişti. Bakire olduğunu düşündüğü için mi sevişmek yerine evlenmek istemişti acaba? Latinler cinsel özgürlüğün olduğu bugünlerde bile bakireliğe değer veriyorlardı. Bakire olmadığını biliyor olsaydı yine de onunla evlenmek ister miydi? Katie bundan şüphe duyuyordu ve bu da kendini küçük düşürülmüş ve öfkeli hissetmesine neden oluyordu. Ramon Galverra kesinlikle Katie'yi arzunun en heyecanlı noktasına çıkarmayı biliyordu ve bunu kitaplardan öğrenmemişti! Her neyse, Ramon kim olduğunu sanıyordu ki? O da bakir değildi!

Katie ışığı söndürerek yastıkları indirdi. Tanrı'ya şükür onunla Porto Riko'ya gitmenin eşiğine gelmemişti! Ramon evin resisi olmak için ısrar edecekti; piknikte hemen hemen böyle düşündüğünü dile getirmişti. Karısının ona yemek yapmasını, temizlik yapmasını ve bakmasını bekleyecekti. Dizinin dibinde oturmasını isteyecekti.

Neden özgür bir Amerikalı kadın böyle klasik bir şovenistle evlenmek istesindi ki...neredeyse acımasız derecede korumacı olan bir şovenist...karısına sanki kırılgan bir camdan yapılmış gibi davranacak biri...ona her istediğini verene kadar çalışacak güçlü, tutkulu ve nazik...

6. Bölüm

Ertesi sabah Katie yatağının yanında ısrarla çalan telefonla uyandı. Sersemlemiş bir şekilde el yordamıyla sehpadan ahizeyi kaldırdı ve yastığının yanına çekerek kulağına dayadı. Annesinin sesi daha Katie merhaba bile diyemeden konuşmaya başlamıştı. "Katie, canım, o adam neydi öyle?"

Katie gözleri hâlâ kapalı halde, "Ramon Galverra," diye cevapladı.

"Adını *biliyorum*, bize söylemiştin. Seninle ne işi var?"

"Ne işi mi?" diye mırıldandı Katie. "Hiç."

"Katie, aptal olma! O adam kesinlikle paran olduğunu biliyor – bizim paramızın olduğunu- onun bir şeylerin peşinde olduğunu hissediyorum."

Katie Ramon'u savunmaya başladı. "Paranın peşinde değil, evlenebileceği bir kadının peşinde."

Telefon sessizleşti. Annesinin sesi tekrar duyulduğunda, bütün kelimeler aşağılamayla buz kesmişti. "O Porto Rikolu çiftçi seninle *evlenebileceğini* mi düşünüyor?"

"İspanyol," diye düzeltti Katie, annesinin sesi onu dikkatini toplamaya zorluyordu.

"Ne?"

"Onun Porto Rikolu olmadığını, İspanyol olduğunu söyledim. Aslında bir Amerikalı."

"Katherine," Annesinin sesi sabırsızdı. "Onunla evlenmeyi düşünmüyorsun değil mi?"

Katie, oturup bacaklarını yatağın yanından sarkıtırken tereddüt etti. "Sanmıyorum."

"*Sanmıyor musun?* Katherine, orada kal ve biz oraya gelene kadar o adamın sana yaklaşmasına izin verme. Tanrım, bu babanı öldürecek. Kahvaltıdan hemen sonra orada olacağız."

"Hayır, gelmeyin!" dedi Katie en sonunda uyku sersemliğinden kurtularak. "Anne, dinle. Beni uyandırdın, doğru düzgün düşünemiyorum, ama endişelenmen için hiçbir neden yok. Ramon'la evlenmeyeceğim; onu bir daha göreceğimden bile şüpheliyim."

"Katherine, emin misin? Bunu sadece beni sakinleştirmek için söylemiyorsun değil mi?"

"Hayır, gerçekten onun için değil."

"Pekâlâ canım, ama eğer bir daha sana yaklaşırsa bizi ara, otuz dakika içinde orada oluruz."

"Anne-"

"Bizi ara, Katie. Baban ve ben seni seviyoruz ve korumak istiyoruz. O İspanyol, ya da Porto Rikolu ya da her ne ise, onunla baş edemediğini itiraf etmekten çekinme."

Katie ağzını Ramon'dan korunmaya ihtiyacı olmadığını dile getirmek için açtı ama sonra fikrini değiştirdi. Annesi ona inanmayacaktı ve Katie onunla kavga etmek istemiyordu. "Tamam," diyerek iç geçirdi. "Eğer sana ihtiyacım olursa, ararım. Hoşça kal anne."

İki saat sonra sarı kadife pantolonunu ve onunla uyumlu sarı bluzunu giydiğinde, annemle babamın nesi var diye düşündü. Neden Ramon'un onu inciteceğini ya da onları yardım etmeleri için aramasına sebep olacak bir şey yapacağını düşünmüşlerdi? Saçlarını alnının gerisine doğru tarayarak, tepesinde kaplumbağa kabuğu tokasıyla tutturdu, ardından dudaklarına ruj sürüp kirpiklerini maskarayla belirginleştirdi. Aklından Ramon'u ve annesiyle babasını çıkarmak için havalı ve pahalı bir şeyler almak üzere alışverişe gitmeye karar verdi.

Kahve kupasını bulaşık makinesine koyarken, Katie'nin korktuğu gibi kapının zili çaldı. Gelen annesiyle babasıydı, elbette. Kahvaltılarını bitirmiş, şimdi de Ramon'ın işini bitirmek için gelmişlerdi, mecazi olarak tabii.

Boyun eğmiş bir tavırla oturma odasına girdi, kapıyı açtı ve ardından gün ışığını engelleyen uzun figür karşısında şaşkınlıkla bir adım geriledi. "Ben –ben tam çıkmak üzereydim," dedi Katie.

Ramon onun bu imasını duymazdan gelerek içeri girdi ve kapıyı arkasından sertçe kapattı. Dudaklarında acımasız bir gülümseme vardı. "Ben de bunu tahmin etmiştim."

Katie onun yakışıklı yüz hatlarına ve gergin güçlü omuzlarına baktı. Etkileyici erkeksiliğine ve kuvvetli azmine karşı koyarak, dağılmış aklını toplayabilmek için geri çekilme stratejisi uygulamaya karar verdi. Topuğunun üzerinde dönüp omzunun üzerinden, "Sana bir fincan kahve vereyim," dedi.

O kahveyi bir fincana koyarken Ramon'un elleri Katie'nin belini sarmalayarak sırtını kendi göğsüne yasladı. Nefesi hafifçe saçlarına değdi, "Ben kahve istemiyorum, Katie."

"Kahvaltı?"

"Hayır."

"Öyleyse ne istiyorsun?"

"Arkanı dön de göstereyim."

Katie başını salladı, Formika tezgâhın köşesini o kadar sert tutmuştu ki parmak uçları beyazlaşmıştı.

"Katie, o bikiniyi giymeni istemememin asıl nedenini sana söylemedim çünkü kendime itiraf etmekten de hoşlanmadım. Sen de hoşlanmayacaksın. Ama aramızda her zaman dürüstlük olmalı." Durakladı; ardından içini çekti. "Asıl gerçek, kıskandığımdı – benim dışımda başka birinin güzel vücudunu görmesini istemedim."

Katie konuşmaya çalışarak yutkundu, arkasını dönmekten korkuyordu, sırtı ve bacaklarındaki gücün etkisiyle sarsıldı. "Açıklamanı kabul ediyorum, ve haklısın – bundan hoşlanmadım. Ne giyeceğim benim kararım, başka birinin değil. Ama bunlardan hiçbiri artık sorun değil. Dün gece çocukça davrandığım için özür dilerim; sana veda etmek için dışarı çıkmalıydım. Ama seninle evlenemem, Ramon. Böyle bir evlilik yürümez."

Katie, Ramon'un bunu kabul etmesini beklemişti. Böyle olmayacağını bilmeliydi. Ramon'un elleri kollarından omuzlarına doğru kaydı ve onu kendine çevirdi. Katie bakışlarını Ramon'un yakası açık mavi gömleğinin yukarısındaki boğazında tuttu.

"Bana bak, *querida.*"

Ona sevgilim diyen o derin, boğuk ses Katie'nin başını kaldırmasına sebep oldu. İri, kaygılı mavi gözlerini onunkilere dikti.

"Benimle evlene*bilirsin*. Ve *yürür* de. Yürümesini sağlayacağım."

"Aramızda milyonlarca mil genişlikte bir kültürel boşluk var!" diye bağırdı Katie. "Nasıl yürüteceğini düşünebiliyorsun?"

Ramon'un gözleri onunkilere sabitlendi. "Çünkü gece

eve geldiğimde, sen durmam için yalvarana kadar seninle sevişeceğim. Sabah seni dudaklarında öpücüğümün tadıyla bırakacağım. Hayatımı senin için yaşayacağım. Günlerini neşeyle dolduracağım, eğer Tanrı bize sıkıntı verirse, gözyaşların dinene kadar seni kollarımda tutacağım, sonra sana tekrar gülmeyi öğreteceğim."

Katie büyülenmiş bir halde ona doğru alçalan sert dudaklara baktı. "Kavga ederiz," diye uyardı onu titreyerek.

Ramon dudaklarını onunkilere sürttü. "Kavga sadece önemsemenin öfkeli şeklidir."

"Biz – biz her şey hakkında fikir ayrılığına düşeriz. Sen zorlayıcı birisin, ben ise özgür."

Dudakları onunkilerle birleşti. "Orta yolu bulmayı öğreniriz."

"Bir insan her zaman verici olamaz. Karşılığında ne isteyeceksin?"

Ramon'un kolları onu sardı. "Sana sunduğumun ne fazlasını ne de azını – verebileceğin her şeyi vereceksin. Her zaman." Dudakları dudaklarını hapsetti.

Katie için sıcak bir kıvılcım olarak başlayan şey bir aleve, ardından titrek bir kızgınlıkla içinde ilerleyen öfkeli bir ateşe dönüştü. Bitmek bilmeyen uyuşturucu öpücüklerine karşılık vererek adama doğru eğiliyor, göğüsleri onun okşayan avuçlarını doldurmak için şişerken hafifçe inliyordu.

"Biz birbirimize aidiz," diye fısıldadı Ramon. "Bana bunu bildiğini söyle," diye sertçe emretti, eli çıplak kaba etlerini avuçlamak için Katie'nin esnek kemerini zorluyor ve onu uyarılmış erkekliğinin sarsılan sertliğine doğru sıkıca çekiyordu. "Bedenlerimiz bunu biliyor, Katie."

Çıplak vücudundaki elin vahşi duygusu ve Ramon'un arzusunun kibirli kanıtını arsızca ona doğru bastırması arasında kalan Katie'nin zayıflamış savunması tamamen parçalandı. Elleri Ramon'un omuzlarında dolaşırken, gür siyah saçlarını düzeltirken, tırnaklarını sırtının kas demetlerine batırırken kollarını sıkıca onun boynuna doladı. Ramon kabaca "Söyle bana," diye emrettikten sonra, ayrılmış dudakları Katie'ninkilere çarptı ve neredeyse hıçkırdı: "Birbirimize aidiz."

Fısıldanan kelimeler odanın içinde yankılanarak Katie'nin tutkusunu soğuk bir sarsıntıyla söndürmüş gibiydi. Hâlâ Ramon'un kollarında, ona bakarak geriye yaslandı.

Ramon'un bakışlarında heyecan vardı. Katie'nin gösterişli kirpiklerinin altındaki derin mavi gözlerine ise panik yayıldı. Ramon ellerini onun saçlarına geçirerek yüzünü tuttu.

"Korkma, *querida,*" dedi yumuşak bir şekilde. "Bence aramızda olanlardan çok her şeyin bu kadar çabuk gelişmesinden korkuyorsun." Baş parmakları sıcak yanaklarını okşarken ekledi, "Sana daha fazla zaman verebilmek için her şeyi yapardım ama veremiyorum. Pazar günü Porto Riko'ya gitmek için yola çıkmalıyız. Yani sana kıyafetlerini toplaman için hâlâ dolu dolu dört gün kalıyor. İki gün önce gitmeyi planlıyordum, gidişimi pazar gününden sonraya erteleyemem."

"Ama ben – ben yarın işe gitmek zorundayım," diye dikkati dağılmış bir halde itiraz etti Katie.

"Evet. Porto Riko'ya gittiğini ve bunun burada geçireceğin son haftan olduğunu söylemek için."

Katie Ramon'la evlenmesi arasındaki engellerden en zayıfına, işine tutundu. "Oraya gidip sadece dört günlük bildiriyle istifa edemem. İki hafta önceden haber vermem gerekiyor. Yapamam bunu."

"Evet, Katie," dedi Ramon sessizce. "Yapabilirsin."

"Ve bir de ailem – ah hayır! Buradan çıkmalıyız," dedi anikle. "Onları unuttum. Tek ihtiyacım olan şey onların şimdi buraya gelmesi ve seni burada bulması. Bu sabah annemle bir 'Katherine' telefon görüşmesi yaptım." Katie heyecanlı bir hareketlilikle Ramon'un kollarından kurtuldu, onu aceleyle oturma odasına doğru götürdü, çantasını kaptı ve Ramon'un arabasına binene kadar rahatlamadı.

Ramon Buick'ini çalıştırırken, "Bu 'Katherine' telefon görüşmesi de neymiş diye sordu."

Katie, direksiyondaki uzun erkeksi parmaklarına hayranlık duyarak Ramon'un araba sürerken sergilediği ustalığı izledi. "Annem ve babam bana Katie yerine Katherine dediğinde, bu savaş hattının çekildiği, topçu birliklerinin yerlerini aldığı ve ben çabucak bir beyaz bayrak sallamazsam, ateşe başlayacakları anlamına geliyor."

Ramon ona güldü ve Katie rahatladı. Doğuya giden 40. karayoluna doğru döndüklerinde, Katie tembelce "Nereye gidiyoruz?" diye sordu.

"Gateway Arch'a. Orayı yakından görmek için hiç zamanım olmadı."

"Turist!" diye takıldı ona Katie.

Bütün bir sabahı ve öğleye doğru olan zamanı tam birer turist gibi davranarak geçirdiler. Mississippi Nehri'nin karanlık sularında kısa bir gezinti için çarklı vapurlardan birine yerleştiler. Katie nehrin Illinois tarafında akıp giden manzarayı dalgın dalgın izledi, aklında kopuk düşünceler dolaşıyordu.

Ramon, Katie'yi izleyerek parmaklıklara yaslandı. "Ailene ne zaman söyleyeceksin?"

Katie'nin elleri bu düşünceyle terlemeye başladı. Islak avuçlarını sarı pantalonuna silerek, kafasını iki yana salladı.

"Karar vermedim," diye yanıtladı, neye karar vermediğini kasti olarak belirtmemişti.

Nehrin ön tarafındaki Laclede Rıhtımı'nın eski tuğla caddelerinde dolaştılar ve sandviçleri muhteşem olan hoş, küçük bir barda durdular.

Katie çok az yedi ve camdan dışarı, rıhtımda yemek yemeğe gelen kalabalığı izledi.

Ramon sandalyesinde geriye yaslandı, dişlerinin arasına sıkıştırılmış bir sigarayla Katie'yi izleyerek dumana doğru gözlerini kıstı. "Onlara söylerken benim de yanında olmamı ister misin?"

"Bunu henüz düşünmedim."

Katie bir turist rehberi gibi davranıp Ramon'a etrafı tanıttı. Ardından sessizleşip gözlerini ön tarafta akan nehre dikti.Aklında belirli bir yer olmadan nehrin önüne çıkan geniş basamakları çıktı ve oturdu, aslında hiçbir şey düşünemeden düşüncelere dalmıştı.

Ramon hemen yanında durdu, bir ayağını Katie'nin kalçasının yakınına dayamıştı – onu izliyordu. "Onlara söylemek için ne kadar çok beklersen, o kadar çok endişeleneceksin ve söylemek o kadar zorlaşacak."

"Gerçektten Arch'ın içinden yukarı çıkmak istiyor musun?" diyerek cevap vermekten kaçındı Katie. "Teleferiğin çalışıp çalışmadığını bilmiyorum, ama eğer çalışıyorsa, manzara büyüleyici olmalı. İlk elden tecrübeyle söyleyemiyorum...Yüksekte gözlerimi açmaktan her zaman oldukça korkmuşumdur."

"Katie, çok zamanımız yok."

"Biliyorum."

Arabaya doğru yürüdüler; Market Caddesinden aşağı doğru sürerlerken Katie Lindell Bulvarı'ndan gitmelerinin daha iyi olabileceğini önerdi. Ramon onun söylediği yönleri takip etti. O, "Bu da ne?" dediğinde Lindell'ın güneyine ilerliyorlardı.

Katie sağına, yukarıya baktı. "St. Louis Katedrali." Ramon bu etkileyici binanın önünde durunca Katie çok şaşırdı. "Ne demeye burada durduk?"

Ramon koltuğunda döndü ve kollarını Katie'nin omuzlarına koydu. "Gitmeden önce, verilecek bir sürü karar ve yapılacak bir sürü şey için yalnızca birkaç günümüz var. Elimden geldiğince toparlanmana yardım edeceğim, ama senin yerine ailene ben söyleyemem, senin yerine işten istifa da edemem."

"Evet, biliyorum."

Ramon'un boşta kalan eli Katie'nin çenesine dokundu, ona verdiği öpücük ikna edici bir hassasiyetle doluydu.

Ramon ona kapıyı açarken, "Ama neden kiliseye girmek istiyorsun?" diye sordu Katie.

"Dünyanın neresinde olursa olsun, en yetenekli el işçileri hep kiliselerde çalışır."

Katie oraya gelmelerinin nedeninin bu olduğuna pek inanmamıştı, zayıflayan sinirleri kubbeli katedrale çıkan dar taş merdiven katını daha tırmanmadan tamamen gerilmişti. Ramon büyük oymalı kapılardan birini açtı ve uçsuz bucaksız görünen kiliseye girmeden önce Katie'nin önüne geçebilmek amacıyla yana doğru bir adım attı. Katie anında, yanan mumların ve mimber çiçeklerin hatıralarına gömülmüştü.

Ramon, Katie'ye ana koridora kadar yanında yürümekten başka şans bırakmayarak, elini onun dirseğinin altına koydu. Katie sonsuz gibi görünen oturma sıralarının yanından geçerken gözleri mermer mimbere bakmaktan kaçınarak altınla parıldayan görkemli mozaiklerle döşenmiş yüksek kubbeli tavanları tarıyordu. Ön sırada, Ramon'un yanına kendini bir hilekâr, hoş karşılanmayan bir yabancı gibi hissederek diz çöktü. Bakışlarını mimbere doğru çevirdi. Tanrı onu orada istemiyordu –bu şekilde değil– Ramon'la değil. Onunla birlikte burada olmak çok acıydı ve yanlış. Bütün istediği Ramon'ın bedeniydi, hayatı değil.

Ramon onun yanında diz çökmüştü, Katie onun dua ettiğine dair korkunç bir hisse kapıldı. Ne için dua ettiğinden oldukça emindi. Katie sanki onun bu özel yalvarışını iptal edebilirmiş gibi, çabucak, anlamsızca dua etmeye başladı, panik içindeydi. *Lütfen, lütfen onu dinleme. Bunun olmasına izin verme. Onun beni bu kadar önemsemesine izin verme. Onun benden istediğini yapamam. Yapamayacağımı biliyorum. Yapmak istemiyorum. Tanrım* – Katie sessizce hıçkırdı. *Beni dinliyor musun? Beni hiç dinledin mi?*

Katie ayağa fırladı, gözyaşları onu kör etmişçesine döndü ve Ramon'un bedeniyle çarpıştı. "Katie?" Ramon'un kulağının dibindeki sesi endişe doluydu, elleri kollarını yumuşak bir şekilde tutuyordu.

"Gitmeme izin ver, Ramon. Lütfen! Buradan çıkmam gerek."

Gözlerini parmak uçlarıyla silerken, "Bana – bana içeride ne oldu bilemiyorum," diye özür diledi Katie. Parlak gün ışığında kilisenin basamaklarında dikiliyorlardı. Katie, Lindell Bulvarı'ndan akan trafiğe baktı, açıklama yaparken bile Ramon'a bakamayacak kadar üzgündü ve utanmıştı. "Evlendiğimden beri kiliseye gitmedim."

Ramon'ın sersemlemiş sesiyle duraksayarak bakışlarını basamaklara yöneltti.

"Daha önce evlendin mi?"

Katie dönmeden başını salladı. "Evet. İki yıl önce, yirmi bir yaşındayken, üniversiteden mezun olduğum yıl. Bir yıl sonra da boşandım."

Bunu birine itiraf etmek hâlâ canını yakıyordu. İki basamak daha indi. Arkasını döndüğünde, Ramon'u kısık gözlerinde sert bir ifadeyle kendisine bakarken buldu. "Bir Katolik Kilisesi'nde mi evlendin?"

Ramon ses tonunun sertliği, sorunun görünürdeki önemsizliğiyle birlikte Katie'yi şaşırtmıştı. Neden bir Katolik Kilisesi'nde evlenmiş olması, onu evlendiğini gerçeğinden daha çok üzmüştü? Cevap, Katie'nin canını acıttı. Ramon Katolik olmalıydı. Dini, eğer Katie bir Katolik Kilisesi'nde evlenmiş ve boşanmışsa, onunla evlenmesini zorlaştıracaktı.

Tanrı en sonunda dualarıma yanıt verdi, diye düşündü Katie. İçinde hem memnuniyet duygusu hem de bir yalanla Ramon'a yaşatacağı acının suçluluğu vardı. Boşanmıştı ama David altı ay sonra öldürülmüştü; bu yüzden Ramon'un onunla evlenmesi için gerçek bir engel yoktu.

Diğer yandan, Ramon bunu bilmiyordu ve Katie de ona söylemeyecekti. "Evet, bir Katolik Kilisesi'nde evlendim," dedi yavaşça.

Katie arabaya bindiklerinin ve karayoluna doğru ilerliyor olduklarının neredeyse hiç farkında değildi. Aklı acı dolu geçmişe kayıyordu. David. Hukuk Firması'nın yaşlı ortağının karısı ve birçok bayan müvekkil ile ilişkileri hakkındaki dedikoduları susturmak için bir çareye ihtiyaş duyan ve bunu Katie Connelly'yle evlenerek yapan yakışıklı David. Katie çok güzel, zarif zeki ve saftı. Dedikodulara inananlar, Katie'ye şöyle bir bakıyor ve yanıldıklarını anlıyorlardı. Hangi akıllı adam Katie gibi bir kadına sahipken, diğer kadınlarla zahmete katlanırdı?

David Caldwell katlanırdı. David bir avukat, eski bir kolej futbolcusuydu. Müthiş karizması olan, egosunu kadınlarla tatmin eden sofistike bir adamdı. Tanıştığı her kadın onun için bir meydan okumaydı. Her cinsel başarı onun diğer adamlardan daha iyi olduğunu kanıtlıyordu. O kadar etkileyici bir adamdı ki ....ta ki sinirlenene kadar.

Evliliklerinin altıncı ayında, Katie işinden öğlen izin almıştı. Markette özel bir şeyler almak için durmuş, aklı David'i şaşırtacak heyecanlı kutlama planlarıyla dolu bir şekilde eve gitmişti. Evde ise, David'in hukuk firmasının yaşlı ortağının çekici, orta yaşlı eşiyle zaten bir "kutlama" yapıyor olduğunu keşfetmişti.

Katie, yatak odasınının kapısında durup onları gördüğü anı asla unutamayacağını biliyordu. Şimdi bile bu anı midesini bulandırıyordu.

Ama onun ardından gelen kâbusun anısı çok daha acı doluydu.

David'in o gece ona uyguladığı fiziksel darbeler çabuk iyileşmişti; duygusal olanlarsa yara izi olarak kalmıştı. İyileşmişlerdi ama hâlâ hassastılar.

Katie, onu terk ettikten sonra, gece yarısı gelen telefonları hatırladı: David değişeceğine söz verip, onu sevdiği konusunda ısrar etmişti. Acımasızca küfredip eğer yaptığı şeyi birine söylemeye cesaret ederse ona insanlıktan uzak şeyler yapacağını söyleyerek tehdit etmişti. Katie'nin medeni bir biçimde boşanma umutları bile yıkılmıştı. Boşanmanın nedenini 'aradaki uçurumlar' olarak gösterip sessiz kalmıştı, ama David'in kendisi hiç de öyle değildi. Katie'nin sırrını birilerine söyleyebileceğinden korkmuş, öfkeli bir dehşetle, işinde ve ailesinde onu dinleyen herkese Katie'nin karakterini kötülemeye çalışmıştı. Söyledikleri o kadar adice, o kadar saldırgandı ki konuştuğu çoğu insan iğrenerek arkasını dönmüş ya da David'in akıl sağlığını sorgulamaya başlamış olmalıydı. Ama Katie kendini bunları düşünemeyecek kadar küçük düşmüş ve harap olmuş hissediyordu.

Ve ardından boşandıktan dört ay sonra bir gün, kendini yaşadığı korku ve üzüntü çukurundan çekip çıkarmış, aynada kendisine bakıp: "Katherine Elizabeth Connelly, David Caldwell'in hayatının geri kalanını mahvetmesine izin mi vereceksin? Gerçekten onu bu kadar memnun etmek istiyor musun?" demişti.

Eski ruhundan ve neşesinden kalanların bir kısmıyla hayatındaki parçaları tekrar bir araya getirmeye başlamıştı. İş değişikliği yapmış, ailesinin evinden kendi dairesine taşınmıştı. Önce gülümsemesi geri gelmişti, ardından da kahkahası. Kaderin ona verdiği hayatı tekrar yaşamaya başlamıştı. Ve arada sırada hayatın çok sığ göründüğü anlar dışında. Çok anlamsız... Çok boş...

"Kiminle?" diye bağırdı Ramon arkasından.

Katie başını koltuğun arkasına yasladı ve gözlerini kapattı. "David Caldwell. Bir avukat. Altı ay evli kaldık ve ondan altı ay sonra boşandık."

"Bana onu anlat," dedi Ramon sertçe.

"Onun hakkında konuşmaktan nefret ediyorum. Aslında, onu düşünmekten nefret ediyorum."

Ramon, "Anlat bana," dedi kararlılıkla.

David'le evliliğinin korkunç hatıralarına esir düşmüş ve Ramon'un onunla evlenmesi için yaptığı acımasız baskılarla paniklemiş olan Katie, o anda düşünebildiği tek kaçış yoluna sarıldı: korkaklığından nefret etse de, Porto Riko'ya gitmesi ve onun karısı olması için yaptığı baskılara son vermek amacıyla Ramon'u , David'in hâlâ hayatta olduğuna inandırmak için kandıracaktı. Kendine David hâlâ yaşıyormuş gibi konuşması gerektiğini hatırlatarak, "Onun hakkında anlatacak önemli bir şey yok. 32 yaşında – uzun boylu, esmer ve oldukça yakışıklı. Aslında bana seni hatırlatıyor," dedi.

"Neden ondan boşandığını bilmek istiyorum."

"Onu sevmediğim ve ondan korktuğum için onu boşadım."

'Seni tehdit mi etti?"

'Tehdit etmedi."

"Sana vurdu mu?" Ramon kızmış ve tiksinmiş görünüyordu.

Katie umursamıyormuş gibi görünmeye kararlıydı. "David buna bana görgü öğretmek olarak adlandırıyordu."

"Ve ben sana onu mu hatırlatıyorum?"

Ramon patlamaya hazır görünüyordu; Katie alelacele onu ikna etti. "Yalnızca görünüş olarak, birazcık. Her ikiniz de esmer tenli, siyah saçlı ve koyu kahverengi gözlüsünüz. David kolejde futbol oynuyordu ve sen..." Yan gözle Ramon'a baktı. "Sende tenisçi tipi var."

Evinin önündeki park yerine park ederlerken, Katie'nin aklına bunun Ramon'la son günleri olduğu geldi. Eğer Ramon, dindar bir Katolikse, onunla evlenmeyi düşünüyor olamazdı.

Onu bir daha görmeyecek olmanın düşüncesi şaşırtıcı derecede acıydı; Katie kendini terk edilmiş ve üzgün hissetti. Onunla daha çok vakit geçirmek için günü uzatmak isterdi. Ama yalnız başlarına geçirmek için değil; Ramon'un kendisini kollarına alıp beş dakika içinde onu arzuya boğabileceği ve kendisinin ona her şeyi itiraf edebileceği bir yerde değil. Bunun ardından hemen bir saat önceki haline dönerdi. Kapana kısılırdı.

Katie, Ramon kapısına doğru eğilirken, "Bu akşam ne yapmak isterdim, biliyor musun?" dedi. "Tabii eğer çalışmak zorunda değilsen."

Sıktığı dişlerinin arasından, "Hayır, ne?" diye sordu Ramon.

"Müzik dinleyebileceğimiz ve dans edebileceğimiz bir yerlere gitmek isterdim." Basit cümlesi Ramon'ın yüzünü öfkeyle kararttı. Çenesinin sert çizgisi yanaklarında atan nabzı belirene kadar gerildi. Kızdı, diye düşündü Katie korkarak. Çabucak, özür diler bir tavırla, "Ramon, senin Katolik olduğunu ve benim daha önce kilisede evlenmiş olmamın senin benimle evlenmeni imkansızlaştırdığını fark etmem gerekirdi. Sana daha önce söylemeyi düşünemediğim için üzgünüm," dedi.

"Dans etmek istediğin için şu an oldukça 'üzgünsün'," dedi Ramon kırıcı bir alayla. Sonra, öfkesini kontrol etmek için gözle görülür bir çaba harcayarak sordu, "Kaçta geleyim?"

Katie öğle güneşine baktı. "Dört saat içinde, sekizde'

Katie tam gözlerinin renginde, mavi, boyundan askılı, sırtı açık ve saçlarındaki kırmızı parlaklıkları vurgulayan ipek bir elbise seçti. Aynada, göğüslerinin arasındaki boşluğu gösteren hafif miktardaki dekolteyi, Ramon'ın elbiseyi fazla açık bulmaması için emin olmak adına inceledi. Bu birlikte son geceleri olacaksa, bunu kıyafeti hakkında bir başka tartışmayla mahvetmek istemiyordu. Kulaklarına altın halka küpe, koluna altın bir bilezik taktı ve elbisesiyle aynı tondaki sandaletlerini giydi. Omuzlarından aşağı dökülmesi için saçlarını hızlı bir şekilde savurarak, Ramon'u beklemek üzere oturma odasına gitti.

Birlikte geçirecekleri son akşam...Katie'nin cesareti endişeyle yok oldu. Mutfağa gitti ve bardağa küçük bir yudum brendi koydu; ardından sekize çeyrek kala kadife koltuğa oturdu, yavaşça brendisini yudumlayarak karşı duvardaki saati seyretti. Kapının zili tam sekizde çaldığında, telaşla fırladı, boş bardağı bir kenara koydu ve kapıyı açmaya gitti.

Katie karşısında gördüklerine hiç hazırlıklı değildi.

Ramon koyu mavi, üzerine mükemmel oturan takımıyla güzel bir şekilde tezat oluşturan kar beyazı gömleği ve sade çizgili kravatıyla nefes kesecek kadar şık görünüyordu. Hayranlık dolu bir gülümsemeyle, "Harika görünüyorsun," dedi Katie. "Bir bankanın müdürü gibi görünüyorsun," diye ekledi, Ramon'un uzun, atletik figürünü daha iyi inceleyebilmek için bir adım gerileyerek.

Ramon'un ifadesi alaylıydı. "Göründüğü üzere, ben bankacılara benzemiyorum. Çoğu, yaratıcı kabiliyeti olmayan, risklerden kâr elde etmeye hevesli, aynı zamanda kendilerine risk almak istemeyen adamlardır."

"Ah." Katie, her nedense utanmıştı. "Ama yine de çok şık giyiniyorlar."

"Nereden biliyorsun?" dedi Ramon. "Belirtmeyi unuttuğun bir bankacıyla da mı evlenmiştin?"

Katie'nin eli elbisesiyle uyumlu ipek şala uzanırken donakaldı. "Hayır, tabii ki hayır."

Nehir botlarından birine inip Dixieland Jazz dinlediler; ardından jazz ve blues müzik dinlemek için üç farklı barın olduğu Lacledes Binası'na döndüler. Akşam ilerledikçe, Ramon gittikçe soğuk ve yaklaşılamaz oluyordu. O ne kadar ilgisiz davranırsa, Katie de o kadar içip neşeli olmaya çalışıyordu.

Havaalanının yakınlarındaki popüler bir mekana gitmeden önce, Katie hafifçe kızarmıştı; kendini endişeli ve perişan hissediyordu.

Seçtiği mekan salı akşamı için şaşırtıcı derecede kalabalıktı, ama dans pistinin yanında bir masa bulacak kadar şanslıydılar. Ancak Katie'nin şansı bununla sınırlı kaldı. Ramon kesin bir şekilde onunla dans etmeyi reddetti. Katie bu buz gibi tavırlara ne kadar dayanabileceğini bilmiyordu. Sert bakışları Katie'yi duygusuz, alaycı bir ilgiyle inceliyordu.

Katie, Ramon'un soğuk bakışlarından kaçınmak için etrafına baktı ve bakışları barda oturmuş onu izleyen yakışıklı bir adamla karşılaştı. Adam kaşlarını kaldırarak "Dans ?" diye sorunca Katie, çaresizlikle kabul etti.

Adam masaya yaklaştı, Ramon'a şöyle bir bakıp Katie'yi kibarca dansa davet etti.

Katie, uzaklaşmak için hevesli bir tavırla "Sakıncası var mı?" diye sordu Ramon'a.

Ramon da ilgisiz bir omuz silkmeyle, "Zerre kadar bile sakıncası yok," diye cevapladı.

Katie dans etmeyi seviyordu; doğal bir zarafeti ve alımlı hareketleri vardı. Partnerinin de dans etmeyi sevdiği, ayrıca bu konuda iyi bir gösterici olduğu açıktı. Renkli ışıklar tepelerinde parladı, müzik ritmini artırdı ve Katie de kendini ritme bırakarak müzikle birlikte hareket etti. "Hey, oldukça iyisin," dedi partneri. Bir yandan da hareketleriyle Katie'nin yapmayı tercih etmediği daha cesur bir dans stiline onu zorluyordu.

"Gösteriş yapıyorsun," dedi Katie, dans pistindeki kalabalık geriye çekilip onlara daha fazla alan bıraktı, sonra da hepsi birden dans etmeyi kestiler. Çalan şarkı bittiğinde, dans edenler de etmeyenler de ısrarla onları alkışladılar.

"Biraz daha dans etmemizi istiyorlar," dedi partner'i Katie masaya dönerken onun kolunu sıkıca tutarak. Aynı anda, bir başka disko şarkısı salonda yankılanmaya başladı. Katie dansın gösteriş için olduğunu hissetse de incelikle teslim olmaktan başka seçeneği yoktu. Dans ederken Ramon'a gizli bir bakış attı, ardından çabucak bakışlarını kaçırdı. Ramon sandalyesinin açısını dans pistine doğru ayarlamış, ellerini ceplerine sokmuş, Katie'yi bir İspanyol istilacısının parayla tuttuğu bir dansçıyı incelemesi gibi soğuk bir ilgiyle izliyordu.

Müzik sonuna yaklaştığında sevindirici bir alkış tufanı koptu. Partneri bir başka dans için onu tutmak istese de, bu sefer Katie teklifi sertçe reddetti. Ramon'un tam karşısına oturdu ve birbirlerine karşı davranış biçimlerinden giderek rahatsız olarak içkisinden bir yudum aldı.

Katie, Ramon'un dansına hiç yorum yapmamasından dolayı duyduğu düşmanlık hissiyle, "Eee?" diye sordu.

Ramon'un siyah kaşları alaylı bir tavırla havaya kalktı. "Fena değil."

Katie onu yumruklayabilirdi. Bir başka şarkı başladı, bu seferki yavaş ve romantikti. Kathie etrafına bakındı ve kendi masalarına bakan iki partner adayı daha gördü. Ramon da Katie'nin bakışlarını takip ederek onları gördü ve isteksizce ayağa kalktı. Tek kelime etmeden elini Katie'nin dirseğine koydu ve onu dans pistine götürdü.

Romantik şarkı, tekrar Ramon'un kollarında olmanın içe işleyen hazzıyla birlikte, Katie'nin felaketini getiecek gibiydi. Ona doğru yaklaşarak, yanağını ceketinin lacivert kumaşına dayadı. Ramon'un kollarının ona daha da sıkı sarılmasını ve havuzun dışında son kez dans ettiklerinde olduğu gibi dudaklarını şakaklarına sürmesini istiyordu. İmkânsız şeyler istiyordu.

Dairesine geri döndüklerinde Katie bunları hâlâ istiyordu. Ramon kapıya kadar ona eşlik etti ve Katie ona bir gece içkisi için neredeyse yalvarmak zorunda kaldı. Ramon brendiyi içer içmez ayağa kalktı ve hiçbir şey söylemeden kapıya yöneldi.

"Ramon, lütfen gitme. Böyle gitme," diye yalvardı Katie.

Ramon döndü ve ona baktı, yüzü ifadesizdi.

Katie ona doğru ilerledi, ardından birkaç adım ötede, kalp kırıcı bir üzüntü ve özlemle sarsılarak durdu. Kendi sesinin "Gitmeni istemiyorum," deyişini duydu ve sonra kendini bedenini onun güçlü vücuduna bastırırken buldu, Ramon'u çaresizce öperken kolları da boynundaydı.

Ramon'un dudakları soğuktu ve karşılık vermiyordu, kolları hareketsizce iki yanında duruyordu.

Katie küçük düşürülmüş ve incinmiş bir halde bir adım geriledi ve yaşlarla parıldayan mavi gözlerini Ramon'unkilere çevirdi. Sesi yalvarır bir tonda, "Bana hoşça kal öpücüğü bile vermek istemiyor musun?" diye sordu.

Ramon'un bütün vücudu kasılmıştı, bu reddetmenin sert duruşu gibi görünüyordu ama sonra Ramon onu kollarının arasına çekti. "Lanet olsun!" diye öfkeyle tıslarken ağzı sertçe aşağı yöneldi, Katie'yi okşuyor, kabaca vücudunu kendininkine çekiyordu. Sonra birdenbire onu itti.

Katie titreyerek ve nefesi kesilmiş bir halde ona baktı, ardından gözlerindeki öldürücü öfkeyle dehşete kapılarak geriledi.

"Bu benden istediğin tek şey mi, Katie?" diye bağırdı Ramon.

"Hayır!" Katie çabucak inkâr etti. "Demek istediğim, hiçbir şey istemiyorum. Ben – ben sadece bu akşam çok iyi vakit geçirmediğini biliyorum ve bu yüzden-"

Ramon, "Ve bu yüzden," diyerek aşağılar gibi onun sözünü kesti, "daha iyi vakit geçirmem için beni buraya mı getirdin?"

"Hayır!" dedi Katie çaresizlikle. "Ben-" Gözleri onu baştan aşağı tarayınca Katie'nin sesi boğuklaştı. Tam onun ne zaman arkasını dönüp gideceğini düşünürken, Ramon bir başka yöne döndü ve kahve sehpasına doğru ilerledi.

Katie'nin telefonun yanında tuttuğu kalemi aldı ve yanındaki küçük not defterine bir şeyler yazdı.

Sonra geri dönerek, kapının kolunu tek eliyle açtı. "Perşembeye kadar bana ulaşabileceğin bir telefon numarası yazdım. Eğer konuşmak istersen, beni ara."

Bakışları Katie'nin yüzünde takıldı, sonra kapıyı arkasından kapayarak gitti.

Katie, onun bıraktığı yerde, sersemlemiş bir halde üzüntüyle kalakaldı. Gitmeden önceki o son bakışı...sanki yüzünü ezberliyormuş gibiydi. Ramon kendisinden nefret ediyordu, kendisine kızgındı ama aynı zamanda nasıl göründüğünü de hatırlamak istiyordu. Katie böyle mahvolduğuna inanamıyordu. Yaşlar gözlerini yakıyordu ve boğazı ağrıyordu.

Döndü ve yavaşça yatak odasına yürüdü. Neyi vardı böyle – olmasını istediği şey buydu, değil mi? Hayır, tam olarak değil. Ramon'u istiyordu, bunu kendine itiraf etmeye hazırdı, ama onu *kendi* yolunda istiyordu: burada St.Louis'te, iyi bir işte çalıştığını görmek istiyordu.

7. Bölüm

Ertesi sabah Katie, neşeli olmak konusunda kararlı bir halde işe gitti; fakat uykusuz gecesinin etkileri gözlerinin altındaki mor halkalardan ve her zamanki doğal gülümsemesinin gerginliğinden belliydi.

"Merhaba, Katie," diye selamladı onu sekreteri. "Uzattığın hafta sonu tatilinden keyif aldın mı?"

"Oldukça," dedi Katie. Sekreterinin ona uzattığı bir sürü mesajı aldı. "Teşekkürler, Donna."

"Kahve ister misin?" diye önerdi Donna. "Cuma akşamından beri uyumamış gibi görünüyorsun."

Katie yorgun bir şekilde gülümsemeyi başardı. "Kahve çok iyi olur." Mesajlara bir göz atarak, küçük ofisine doğru yürüdü. Masasının arkasındaki koltuğa oturdu ve etrafına baktı. Özel bir ofisinin olması, boyutu ne olursa olsun, Tecnical Dynamics'te önemli bir statü sembolüydü, Katie de her zaman başarısının bu işaretinden gurur duyardı.Ama bu sabah bu önemsiz ve anlamsız görünmüştü.

Cuma günü işten çıkarken tanımadığı Ramon'u şimdi bir daha göremeyecek olmak içini acıtırken odanın ne anlamı olabilirdi ki? Kalbine değil bedenine acı verirken, diye sertçe kendini düzellti Katie. Donna, dumanı tüten beyaz bir kupayı masasına yerleştirirken başını kaldırdı.

"Bayan Johnson seni 9:15'te ofisinde görmek istiyor," dedi Donna.

Virginia Johnson, Katie'nin şimdiki amiri, 40 yaşında, hiç evlenmemiş, personel yöneticiliğini elinde tutan, zeki, yetenekli ve çekici bir kadındı. Katie tanıdığı bütün kariyer sahibi kadınlar arasında Virginia'ya herkesten daha fazla hayranlık duyardı.

Katie'nin küçük ve fonksiyonel döşenmiş odasına zıt olarak Virginia'ninki şık Fransız mobilyaları ve kalın çimen yeşili halı ile döşenmiş geniş bir ofisti. Katie, Virginia'nin kendisini onun işi için hazırladığını, Katie'nin bir sonraki personel yöneticisi -ofisinin bir sonraki kullanıcısı- olmasını istediğini biliyordu. Virginia, Katie odaya girerken "İyi bir tatil yaptın mı?" diye sordu gülümseyerek.

Virginia'nin masasının karşısındaki sandalyeye otururken "Çok güzeldi," dedi Katie. "Yine de bugün pek iyi bir gün geçirmiyorum; işlere yoğunlaşabilmiş değilim."

Virginia "O zaman heyecanını ateşleyebilecek haberlerim var," diyerek anlamlı bir şekilde güldü ve masanın üstünden Katie'ye bir form uzattı. "Maaş zammın onaylandı," diyerek gülümsedi.

"Ah, çok güzel. Teşekkür ederim,Virginia."

Katie maaşında yüzde on sekizlik muazzam bir artışı gösteren forma göz atarak güç bela "Beni görmek istemenin başka bir sebebi var mıydı?" dedi.

"Katie!" dedi Virginia sabırsız bir kahkahayla. "Senin bu zammı alman için canımı dişime takarak mücadele ettim.'

"Biliyorum," dedi Katie, gerektiği gibi minnettar görünmeye çalışarak. "Bana karşı her zaman çok iyiydin; zam fikrine de bayıldım."

"Bu senin hakkındı ve senin saygıdeğer icraat başkan yardımcına söylediğim gibi, eğer erkek olsaydın bunu çoktan almıştın."

Katie sandalyesinde kımıldadı. "Beni görmek istemenin başka bir nedeni var mıydı? Az sonra bir görüşmem var. Aday bekliyor."

"Hayır, hepsi bu."

Katie ayağa kalktı ve kapıya yöneldi, sonra Virginia'nin endişeli sesiyle durdu. "Katie, neyin var? Benimle konuşabileceğin bir şey mi?"

Katie tereddüt etti. Biriyle konuşmaya ihtiyacı vardı ve Virginia Johnson mantıklı bir kadındı – aslında, Katie'nin en çok yerinde olmak istediği kadındı. Katie geniş pencerelerden, aşağıdaki yedi kata, bitmek bilmeyen trafiği izleyerek baktı. "Virginia, hiç evlenmek için kariyerini bırakmayı düşündün mü?" Katie aniden döndüğünde, Virginia'yı kaşlarını çatmış büyük bir ilgiyle kendisini incelerken bunları.

"Katie, birbirimize karşı açık olalım mı? Özellikle biriyle evlenmeyi mi düşünüyorsun yoksa sadece belirsiz geleceğine mi bakıyorsun?"

"Geleceğim onunla kesinlikle belirsiz olacak," diyerek güldü Katie, ama kendini gergin ve üzüntülü hissetti. Endişeli bir şekilde topuzunu düzeltirken açıkladı: "Bu adamla – oldukça yakın bir zamanda- tanıştım ve o, evlenmemi, Missouri'den ayrılmamı istiyor. Buralı değil."

"Onunla ne kadar zamandır tanışıyorsun?" diye zekice sordu Virginia.

Katie kıpkırmızı kesildi. "Cuma akşamından beri."

Virginia, minyon görünümünden beklenmeyecek kadar yüksek sesle kahkaha attı. "Bir an beni endişelendirdin, ama şimdi sanırım anlıyorum.Dört gün önce, mükemmel bir adamla tanıştın, tanıdığın hiçbir adama benzemeyen biriyle. Onu kaybetme düşüncesine katlanamıyorsun. Doğru anlamış mıyım? Elbette inanılmaz derecede yakışıklı. Ve etkileyici. Seni hiç kimsenin heyecanlandırmadığı kadar heyecanlandırıyor. Öyle değil mi?"

"Hemen hemen," diye itiraf etti Katie, içten içe kıvranıyordu.

"O zaman, çareyi biliyorum Sana onu mecbur kalmadıkça gözünün önünden ayırmamanı tavsiye ediyorum. O harika adamla yemeğe çık, onunla yat, onunla yaşa. *Her şeyi* birlikte yap."

"Yani," dedi Katie şaşkınlıkla, "işler yolunda gidebilir mi – onunla evlenmeli miyim?"

"Kesinlikle hayır! Bir ilaç öneriyorum, evlenmeni değil! Reçetesini yazdığım şey, gece gündüz yüksek dozda bu erkeği alman – tam antibiyotik gibi. İlaç oldukça etkili ve tek yan etkisi hafif miktarda hayal kırıklığı. İnan bana. Eğer istiyorsan onunla yaşa, Katie, ama dört günde âşık olma, onunla evlenme ve sonsuza kadar mutlu yaşama fikrinden vazgeç." Virginia gülümsedi. "Seni yeniden iyi görmek istiyorum. Şimdi adayınla görüşmeye git ve maaşındaki artışı hak et."

Yirmi dakika sonra morali bozuk genç adamın ofisinden çıkmasını seyreden Katie, bıkkın bir şekilde sekreterinin bile bu adamla görüşmeyi daha iyi kotarabileceğini düşündü. Adama belirsiz, genel sorular sormuş ve sonra onun cevaplarını ilgisizlikle dinlemişti. Ama en kötü an şanssız görüşmenin sonunda gerçekleşmişti. Ayağa kalkıp adamın elini sıkmış, ona üzülerek Technical Dynamics'de mühendis olmak için şansının çok da kuvvetli olmadığını bildirmişti.

Genç adam biraz da öfkeyle, "Denetçi olarak başvuruyorum," diye cevap vermişti.

"Tamam, denetçi olarak da pek şanslı sayılmazsınız," demişti Katie patavatsızca.

Katie yaptığı büyük hatanın utancıyla kıpkırmızı bir halde, ahizeyi kaldırıp şehir merkezindeki Karen'ın ofisinin numarasını çevirdi. Karen'ın sekreteri onu bağladığında, "Gazetecilikte işler nasıl gidiyor?" diye sordu.

"İyi, Katie. Ya senin?"

"Korkunç! Başvuran birine hemen hemen hiçbir mevkide bizimle çalışmak için şansı olmadığını söyledim."

"Bunun nesi yanlış?"

Katie içini çekti. "Personelle ilgilenenler daha ince olmalıdırlar. Normalde, onların geçmiş ve deneyimlerine uygun bir mevki olmadığını söyleriz. Anlamı aynıdır ama kulağa daha iyi gelir ve hiç kimsenin duygularını incitmez." Katie elini gergin kaslarına masaj yaparak ensesinde dolaştırdı. "Bak seni bugün ne yapacağını öğrenmek için aradım. Akşam tek başıma olmak istemiyorum." *Ve Ramon'u düşünmek,* diye sessizce ekledi Katie.

"Birkaç kişi Purple Bottle'a gideceğiz," dedi Karen. "Neden bizimle orada buluşmuyorsun? Seni uyarmalıyım, kesinlikle bekârlar için. Ama iyi bir şarkıcıları var ve müzik de fena değil."

Katie pek hevesli olmasa da, bu konuşmadan sonra verimliliği arttı. Gününü her zamanki sorunları çözümleyerek ve olağan tartışmaları yatıştırarak geçirdi.

Bir denetçinin dosya memuruyla ilgili yüksek sesli şikâyetlerini dinledi; ardından da gözü yaşlı memurun denetçiyle ilgili sorunlarını dinlemek zorunda kaldı. Sonuç olarak, Katie denetçinin, dosya memurunun işine son verilmesi taleplerini duymadan geldi ve onun yerine, memuru bir başka departmana sevk etti. İş için yapılan başvurulara bir göz gezdirdikten sonra, onu görüşme sırasında oldukça iddialı ve kendine güvenen görünümüyle etkileyen bir dosya memurunu seçti ve onun için danışmanla bir randevu ayarladı.

Terfi ettirilmediği için şirkete karşı bir ayrımcılık iddiasını resmi işleme koymak isteyen kızgın bir muhasebeciyi sakinleştirdi. Şirketin, resmi güvenlik gerekliliklerine uyumuyla ilgili araştırmasını bitirdi.

Bütün bunların ve adaylarla görüşmelerin arasında, Katie'nin günü akıp gitmişti. Günün sonunda, sandalyesinde arkaya yaslandı ve karamsarlıkla hayatında böyle geçip giden günleri düşündü. İşte bu 'kariyer yapmak'tı. Virginia Johnson bütün enerjisini, bütün hayatını 'kariyer yapmaya' adamıştı.

Son birkaç aydır içini sıkan his yine kendini göstermişti işte. Katie bunu yok saymaya çalıştı ve masasını kilitledi.

Katie, Purple Bottle'da hayatının en kötü zamanını geçirdi. Müziği dinliyormuş gibi yaparak ayakta durdu, erkeklerin ve kadınların birbirine yakınlaşmasını izledi. Sağındaki masada oturan ve onun muhtemel yatak değerini ölçen üç adamın farkındaydı ve bundan rahatsız oluyordu.

Katie kocalarını boşamayı düşünen bütün kadınların önce bekarlar barında bir gece geçirmeleri gerektiğine inanıyorlardı. Bu küçük düşürücü ve moral bozucu deneyimin ardından, birçoğu kocasına uçarak geri dönebilirdi.

Dokuz otuzda, geldikten bir saat sonra çıktı ve evine doğru yola koyuldu. Arabada aklında sürekli Ramon vardı. Burada yaşaması gereken bir hayat vardı ve Ramon bu hayatın bir parçası olamazdı. Öyleyse hayatını onunla paylaşmayı düşünmesi anlamsızdı.

Katie on otuzda yatağa girdi ve birkaç saat sonra derin, yorgun bir uykuya daldı.

8. Bölüm

O kadar derin uyumuştu ki, alarmın çaldığını bile duymamış, çılgın bir aceleyle giyinmiş ve yine de işe on beş dakika geç kalmıştı.

Masasını kilitleyip Donna'nın ona getirdiği kahve kupasına uzanırken takvim *3 Haziran Perşembe*'yi gösterdiğini fark etti.

Perşembe.

Ramon'a ulaşabileceği son gün. Ne kadar süre telefonu ulaşılabilir olacaktı? Beş ya da altıda çalışmayı bitirinceye kadar mı? Ya da bu gece geç saate kadar çalışacak mıydı? Ne fark ederdi ki? Eğer onu ararsa, onunla gitmek ve evlenmek için hazır olmalıydı. Ve bu da yapamayacağı bir şeydi.

3 Haziran.

Katie, dumanları tüten kahvesini yudumlarken üzüntüyle gülümsedi. Ramon'un onu sürükleyeceği ışık hızıyla, muhtemelen bir Haziran gelini olurdu. Yine.

Katie sertçe başını salladı ve işe koyuldu, bu boşanma sırasında sahip olduğunu fark ettiği özel bir yetenekti :

Aklına istenmeyen bir düşünce girdiğinde, anında kendini başka bir şey düşümeye zorlayarak, o konuyu tamamen kafasından çıkarabilirdi.

Katie bütün günü üretken bir hareketlilik içinde geçirdi. Sadece planlamış bütün görüşmelerini yapmakla kalmadı, ayrıca gerekli gördüğü için randevusu olmayan üç adayla daha görüştü.

Virginia'nin ofisine gitti, ona harika zammı ve müthiş tavsiyesi için içtenlikle teşekkür etti, sonra sessizce ofisinin kapısını kapattı ve isteksizce eve döndü.

Tekniğini, evinin ıssızlığında uygulaması pek kolay olmadı, özellikle radyo ona saati hatırlatmaya devam ettikçe. *Kmox Radyoda'sınız ve saatler altı kırkı gösteriyor,"* dedi spiker.

Ramon artık o numarada olmayacak, eğer hâlâ oradaysa, diye aklındaki spiker ekledi.

Katie öfkeyle radyoyu kapattı ve televizyonu açtı, ama oturamadı, evin içinde dolaşmaya başladı. Ramon'u ararsa, bir uzlaşmaya varamazlardı; ona gerçeği söylemek zorunda kalırdı. Ramon daha önce evlendiği için ona kızmıştı. Belki de asıl mesele kilise değildi. Belki de 'ikinci el' istemiyordu. Ama eğer onunla işini bitirmek istiyorsa, neden ona ulaşabileceği bir telefon numarası bırakmıştı ki?

Televizyon ekranı canlandı.

"St. Louis'te altı kırk beşte, dereceler 25'i gösteriyor," diye spiker düşüncelerinin arasına girdi.

Eğer işinden bir gün önce haber vererek istifa etmeye hazırlıklı değilse, Ramon'u arayamazdı. Bu kesindi. Virginia Johnson'ın ofisine gitmek zorunda kalacak ve ona karşı her zaman çok iyi olan kadına "Seni zor durumda bıraktığım için üzgünüm ama olması gereken buydu," diyecekti.

Henüz anne ve babası sorununu düşünmemişti bile. Kızacaklar, dehşete kapılacaklar, kırılacaklardı. Eğer Porto Riko'ya giderse onu çok özleyeceklerdi. Katie annesinin numarasnı çevirdi ve hizmetçilerinden Bay ve Bayan Connelly'nin akşam yemeği için şehir kulübüne gittikleri bilgisini aldı. *Lanet olsun!* diye düşündü Katie. Neden onlara ihtiyacı olduğunda yanında olmuyorlardı? Birkaç haftada bir gördükleri küçük Katie'lerini özlüyor olmaları gerekiyordu. Birkaç ayda bir görseler çok özlerler miydi acaba?

Katie hızla ayağa kalktı, bir şeyler yapması gerekiyordu. Çaresizlik içinde bikinisini giydi –sarı bikinisini! Geniş yatak odasında, tuvalet masasına oturarak çabucak saçlarını fırçaladı.

Nasıl bütün bunları, Ramon'un ona sunabileceği o tarz bir ev ve yaşam için bırakmayı düşünebilirdi? Delirmiş olmalıydı! Kendi hayatı modern Amerikalı bir kadının rüyasıydı. Kariyeri, güzel bir dairesi, pahalı kıyafetleri vardı ve hiç maddi endişesi yoktu. Genç, çekici ve özgürdü.

Her şeyi vardı. Kesinlikle her şeyi.

Bu düşünce Katienin fırça darbelerinin yavaşlamasına neden oldu.

Yüce Tanrım, bütün bunlar gerçekten her şey mi demekti? Gözleri umutsuzlukla karardı. Hayatta bundan daha fazla şey olmalıydı. Elbette bütün bunlar her şey demek değildi. Olamazdı.

Katie kasvetli düşüncelerini aklından çıkarmaya çalışarak, havlusunu kaptı ve havuza yöneldi. Şemsiyeli masalarda dinlenen ve yüzen otuz civarında kişi vardı. Don ve Brad birkaç adamla bira içiyorlardı. Katie'ye seslenip kendilerine katılması için onu çağırdıklarında, Katie onlara el salladı başıyla hayır işareti yaptı. Bulabildiği en ücra köşedeki şezlonga havlusunu koyduktan sonra dönüp havuza doğru yürüdü. Yirmi kulaç yüzdü, ardından havuzdan çıktı ve kendini sandalyeye attı. Birinin taşınabilir radyosu vardı. " Saatler St.Louis'te yedi on beşi gösteriyor, hava 25 derece."

Katie düşünmemeye çalışarak gözlerini kapattı. Neredeyse Ramon'un sıcak, sert dudaklarının kendininkilerin üzerinde olduğunu hissetti, öpücük sertleşti ve Katie onun ağzının açlığına ve ellerine keyifle teslim oldu. Derin, kısık sesi yüreğine konuştu: "Hayatımı senin için yaşayacağım....bana dur diye yalvarana kadar seninle sevişeceğim...Günlerini mutlulukla dolduracağım."

Katie nefessiz kaldığını hissetti. "Birbirimize aidiz," demişti, sesi arzuyla doluydu. "Bana bunu bildiğini söyle. Söyle." Katie söylemişti. Bilmesine rağmen –beraber olamayacaklarını kesinlikle bilmesine rağmen.

Çok yakışıklıydı, güzel siyah saçları ve baş döndürücü gülümsemesiyle çok erkeksiydi. Katie onun çenesindeki hafif çiziği ve gözlerinin şeklini düşündü "Ahh!" Soğuk su uyluklarına dökülünce şaşkınlıkla bağırararak oturur pozisyona geçti.

"Uyan, uyuyan güzel." Don şezlonga oturarak gülümsedi. Katie ona yer açmak için sıkıştı ve dikkatle baktı. Bakışları cansızdı, yüzü hafifçe kızarmıştı; bütün gün içmiş gibi görünüyordu. "Katie," dedi, ufacık bikinisinden ortaya çıkan göğüslerinin dekoltesine bakarak "Beni gerçekten tahrik ediyorsun, bunu biliyor musun?"

Don'un sol bacağından süzülen su damlalarını takip eden parmaklarını iterek "Bunu yapmanın çok zor olduğunu düşünmüyorum," diye cevapladı Katie.

Don güldü. "Bana karşı nazik ol, Katie. Ben de sana nazik olayım."

"Ben yaşlı bir bayan değilim, sen de bir erkek avcı değilsin." Katie rahatsızlığını küstahlığın arkasına saklıyordu.

Dilini beni iğnelemekten daha farklı şeyler için kullanabilirsin." Don'un ağzı onunkine doğru alçalmaya başladı ve Katie başını başka yöne çevirerek onu engelledi.

"Don," neredeyse yalvarıyordu, "gerçekten rezalet çıkarmaya çalışmıyorum ama buna bir son vermezsen çığlık atmaya başlayacağım ve her ikimiz de rezil olacağız."

Don geriye çekilip ona baktı. "Senin sorunun ne böyle?"

"Hiçbir şey!" dedi Katie. Kendine bir düşman yaratmak istemiyordu, yalnızca Don'un gitmesini istiyordu. "Ne istiyorsun?" diye sordu en sonunda.

"Şaka mı yapıyorsun? Şu an baktığım kadını istiyorum – harika bir yüzü, nefis bir vücudu ve bakire bir zihni olan bu kadını."

Katie onun gözlerinin içine baktı. "Neden?" dedi açık açık.

"Tatlım," dedi Don gözlerini onun vücudunda gezdirerek "Ne kadar aptalca bir soru bu."

"Benden uzaklaş," diye tısladı Katie. "Çok sarhoşsun."

Don, "Ben sarhoş değilim!" dedi gücenmiş bir tavırla.

"O zaman iğrençsin! Şimdi, defol."

Don ayağa kalkarak omuz silkti. "Tamam. Brad'i yollıyım mı? O da seninle ilgileniyor. Ya da Dean'e ne dersin, o-"

"Hiçbirinizi istemiyorum!" dedi kızgınlıkla Katie.

Don gerçekten şaşırmıştı. "Neden? Biz diğer erkeklerden daha kötü değiliz. Aslında, çoğundan daha iyiyiz."

Katie yavaşça doğruldu. "Ne dedin sen?" diye fısıldadı.

"Diğer erkekler kadar iyi olduğumuzu söyledim, ve çoğundan da daha iyi."

"Haklısın..." Katie nefes aldı. "Kesinlikle haklısın!"

"Öyleyse sorun ne? bekaretini ne için saklıyorsun? Ya da, daha önemlisi, kim için saklıyorsun?"

Birdenbire Katie anladı. Ah Tanrım, biliyordu!

Ayağa fırlayıp yürüdü. "O kahrolası İspanyol değil, değil mi?" diye arkasından bağırdı Don.

Ama Katie cevap vermek için zamanını harcayamazdı, koşmaya başlamıştı bile. Patikadan koşarak, çitteki kapıyı çarptı ve yana doğru kayan cam kapıyı açmak için telaşla hareket edince tırnağını kırdı.

Çok geç kalmış olması korkusuyla nefessiz kalarak, Ramon'un telefonun yanındaki not defterine yazdığı numarayı çevirdi. Umudu giderek tükenerek, çevir seslerini saydı.

"Merhaba," Katie kapatmak üzereyken telefonu bir kadın açtı.

"Ben – ben Ramon Galverra'yla görüşmek istiyordum. Orada mı?" Ramon'un ev telefonu numarasında bir kadın sesi duyması Katie'yi o kadar şaşırtmıştı ki kadının beklediği bilgiyi vermeyi neredeyse unutmuştu. "Benim adım Katherine Connelly."

"Üzgünüm, Bay Galverra burada değil. Ama, kısa zamanda gelmesini bekliyoruz. Sizi aramasını söyleyeyim mi?"

"Evet, lütfen," dedi Katie. "Benim aradığım mesajını gelir gelmez aldığından emin olabilir misiniz?"

'Tabii ki. Gelir gelmez."

Katie telefonu kapayıp gözlerini ahizeye dikti. Ramon gerçekten dışarıda mıydı, yoksa Katie'yi atlatmak için mi o içten sesli kadına öyle dedirtmişti? Daha önce evlendiğini söylediğinde kendisine kızmıştı...muhtemelen hazır şimdi tutkuları iki günde soğumuşken , artık "dul" bir eşi elde etmekle ilgilenmiyordu. Eğer bıraktığı mesaja cevap vermezse ne yapmalıydı? Mesajını almadığını varsayıp onu tekrar aramalı mıydı? Yoksa onun kendisiyle konuşmak istemediği imasını fark edip aramamalı mıydı?

Yirmi dakika sonra telefon çaldı. Katie telefonu kaptı ve nefes nefese "Alo?" dedi.

Ramon'un sesi telefonda daha da derin çıkıyordu. "Katie?"

Katie ahizeyi o kadar sıkı tuttu ki, eli acıdı. "Eğer konuşmak istersem – aramamı söylemiştin." Ramon'un ona yardım etmesi için bir şeyler söyleyeceğini umarak durakladı, ama Ramon sessiz kaldı. Katie derin bir nefes aldı. "Konuşmak istiyorum...ama telefonda olmamasını tercih ederim. Ramon, buraya gelebilir misin?"

Ramon'un sesinde duygu yoktu. Tek söylediği şey 'evet'ti.

Ama bu yeterliydi. Katie sarı bikinisine baktı ve değiştirmek için hızla odasına gitti. Ne giyeceği konusunda kararsız kaldı. En sonunda, yumuşak şeftali rengi degaje yakalı bir üst ve ona uygun pantolonunu seçti, saçlarını kurutup fırçaladı; şeftali rengi bir ruj, biraz allık ve maskara ile makyaj yaptı.

Aynaya baktığında gözleri parlıyor ve teni kızarıyordu. Yansımasına, "Bana şans dile," dedi.

Oturma odasına gitti, otururken parmaklarını şıklattı. "Viski," dedi yüksek sesle. Ramon viski seviyordu; ama evde viski yoktu. Ön kapıyı hafif aralık bırakarak, yandaki kapıya koştu ve orada oturan adamdan bir şişe J&B ödünç aldı.

Geri döndüğünde, Ramon'un dairede onu bekliyor olmasını umuyordu ama evde kimse yoktu. Mutfağa gitti ve Ramon'un viskisini dışarı çıktıklarında ısmarladığı gibi hazırladı -buzlu ve su katılmış. Eleştirel bir tavırla, içindekileri inceleyerek bardağı ışığa tuttu. Tam olarak ne kadar su katılacaktı? Ve neden Ramon gelmeden buzlar eriyeceğine göre içkisini bu kadar erken karıştırmak gibi bi aptallık yapmıştı? Katie içkiyi kendi içmeye karar verdi. Tadıyla yüzünü buruşturarak, bardağı oturma odasına götürdü ve oturdu.

Dokuza çeyrek kala, kapı zilinin tiz sesi onu yerinden sıçrattı.

Kapıya doğru koşmaktan son anda vazgeçerek yüzüne resmi bir gülümseme kondurdu ve kapıyı açtı. Gaz lambasının yumuşak ışığında, Ramon takım elbisesi ve kravatıyla çok yakışıklı görünüyordu. Yüzündeki ifade ne sıcak ne soğuktu.

"Geldiğin için teşekkür ederim," dedi Katie, bir adım geriledi ve arkasından kapıyı kapattı. O kadar heyecanlıydı ki nereden başlayacağını bilemiyordu. "Sen otur, ben de sana bir içki hazırlayayım."

'Teşekkürler," dedi Ramon, oturma odasına ilerledi ve ceketini çıkardı. Katie'nin olduğu yöne bakmak için başını çevirmeden, ceketini sandalyenin arkasına umursamazca attı.

Katie onun bu davranışı karşısında çok bozuldu, ama en azından eğer ceketini çıkarmışsa bir süre kalmayı düşünüyor demek ki. İçkisiyle beraber mutfaktan döndüğünde, Ramon ona sırtını dönerek ayakta dikilmiş, elleri ceplerinde, oturma odasının camından dışarı bakıyordu. Katie'yi fark ettiğinde döndü ve Katie ilk kez onun gözlerinde gerginliğin ve yorgunluğun derin izlerini gördü. Tedirginlikle, yüzünü inceledi. "Ramon, çok yorgun görünüyorsun."

Ramon kravatının düğümünü gevşetti ve Katie'nin ona

uzattığı bardağı aldı. "Sağlığımı tartışmak için buraya gelmedim, Katie," diye onu tersledi.

"Hayır, biliyorum." Katie iç geçirdi. Ramon soğuk ve uzaktı, Katie onun hâlâ kendisine kızgın olduğunu hissetti. "Bunu açıklamama yardımcı olmayacaksın, değil mi?" dedi, düşüncesini yüksek sesle dile getirerek.

Ramon'un koyu renk gözleri kayıtsızdı. "Bu tamamen bana ne söylemek zorunda olduğuna bağlı. Sana önceden söylediğim gibi, eğer benimle evlenirsen sana sunabileceğim az şey var, ama bunlardan biri de aramızdaki dürüstlük. Her zaman. Senden de aynısını bekliyorum."

Katie, adamdan manevi hiçbir destek alamayacağı oldukça açık olduğunda sandalyenin arkasını fiziksel destek için tutarak döndü. Derin bir nefes alarak gözlerini kapattı. "Ramon, salı günü kilisede ben – ben senin büyük ihtimalle dindar bir Katolik olduğunu fark ettim. Ve ardından eğer öyleysen, eğer ben bir Katolik kilisesinde evlenmişsem ve sonra boşanmışsam benimle evlenemeyeceğini fark ettim. Bu yüzden sana boşandığımı söyledim. Bu yalan değildi, boşandım, ama David artık yaşamıyor."

Adamın sesi buz gibiydi. "Biliyorum."

Katie sandalyenin arkasını o kadar sert tuttu ki, parmakları uyuştu. "Biliyor musun? Nereden biliyorsun?"

"Bana bir kere, sana başka birini anımsattığımı söylemiştin, ölümünün sana büyük özgürlük sağladığı birini. Bana eski eşini anlatırken, yine benim sana onu hatırlattığımı belirttin. Senin beni anımsatan iki adamı birden tanıyor olamayacağını varsaydım. Ayrıca, sen kötü bir yalancısın."

Ramon'un umursamazlığı Katie'nin kalbini acıttı. "Anlıyorum," dedi, boğazı gözyaşlarıyla daralıyordu. Açıkça, Ramon, bir başka adamın karısını istemiyordu, boşanmış ya da dul olması fark etmezdi. "Bana neden hâlâ kızgın olduğunu söyleyecek misin? Kızgın olduğunu biliyorum, sadece neden kızgın olduğundan emin değilim, ve-"

Ramon'un elleri Katie'nin kolllarını tuttu ve onu kendisine çevirdi, parmakları tenine bastırıyordu. Kısaca, "Çünkü seni seviyorum!" diyerek dişlerini gıcırdattı. "Ve iki gündür beni bu dünyada cehennemde yaşatıyorsun." Sesi sertti. "Seni seviyorum ve nerdeyse kırk sekiz saattir, aramadığın her saatte ölerek senin aramanı bekliyorum."

Katie gözü yaşlı bir gülümsemeyle onun yüzüne dokundu. "Benim için de korkunç günlerdi."

Ramon'un kolları Katie'yi sardı, dudakları onunkilerin üzerine Katie'nin de ona sunulan aynı fırtınalı tutkuyla cevap verdiği öpücüğü talep ederek açılıyordu. Elleri vücudunu istiyordu, boynunu, sırtını, göğüslerini okşuyor, ardından aşağıya kayıyor, onu uyarılmış erkekliğine doğru çekiyordu. Ramon artan bir arzuyla inledi ve dili onun ateşli hareketlerine uyum sağlamaya başladığında Katie'nin dudaklarını kendininkine çekerken elini onun saçlarına geçirdi.

"Aklımı başımdan alacaksın, bunu biliyor musun?" diye duygulu bir sesle mırıldandı. Ama Katie cevap veremiyordu. Ramon'un dudakları çoktan onunkileri esir almıştı ve Katie bir arzu okyanusuna doğru çekiliyor, onun her aç dokunuşuyla, ellerinin ve ağzının arayışıyla kendisini daha da derine gönderen zevk dalgalarının altında istekle boğuluyordu.

Katie, Ramon'un dudaklarının kendininkiler üzerindeki baskısı azalmaya başlayınca, sonra da tamamen teması kesince yavaşça su yüzüne çıkmaya başladı. Yanağını kendini muhtaç ve yoksun hissederek Ramon'un göğsüne dayadı, Ramon'un kalbi demir bir çekiç gibi atıyor, kulağında gümbürdüyordu.

Ramon'un elleri yanaklarını kavradı ve Katie, onun gözlerinde gördüğü şefkat karşısında eriyerek başını kaldırdı. "Katie, o hayvanla yeryüzündeki her kilisede evlenmiş ve ardından her mahkemede boşanmış olsaydın bile seninle evlenirdim."

Katie nefes nefese fısıldadı. "Daha önce evlendiğimi söylemeden aramızdaki şeylerin bu kadar ileri gitmesine izin verdiğim için kızdığını düşünmüştüm."

Ramon başını salladı. "Sana kızgındım çünkü kocanın hayatta olduğu konusunda yalan söylediğini ve bunu evlenmemek için bahane olarak kullandığını biliyordum; kızgındım çünkü bana karşı hissettiğin şeyler yüzünden korktuğunu biliyordum ve aynı zamanda da, bu korkunun üstesinden gelebilmen için burada daha fazla kalamıyordum."

Katie parmak uçlarında yükseldi ve Ramon'un sıcak bir karşılık veren dudaklarına bir öpücük kondurdu, ama Ramon'un kolları onu sıkıca sardığında geri çekildi. Yakınlığının baştan çıkarıcılığından bir adım uzaklaşarak, "Sanırım, cesaretimi kaybetmeden ve geç olmadan önce, annemlere söylesem daha iyi olur. Bu akşamdan sonra, gitmeden onları kendi tarafımıza çekmek için yalnızca üç günümüz var," dedi.

Katie kahve sehpasına doğru yürüdü, ahizeyi kaldırdı ve annesinin numarasını çevirmeye başladı, ardından Ramon'a baktı. "Onlara, oraya geleceğimizi söyleyecektim, ama sanırım onları buraya çağırmak daha iyi olur-"

Ramon'a endişeli, üzüntülü bir şekilde gülümsedi. "Seni evlerinden kovabilirler ama benim evimden kovamazlar."

Annesinin sesini duyunca, "Merhaba, anne," dedi. "Benim."

"Katie, bir sorun mu var? Saat dokuz buçuk."

"Hayır, hiçbir sorun yok." Durakladı. "Eğer çok geç değilse, babamla bir şeyler içmeye gelirsiniz diye umuyordum."

Annesi güldü. "Sanırım gelebiliriz. Kulüpte akşam yemeğinden az önce geldik. Birazdan orada oluruz."

Katie, konuyu açmaya çalışıyordu. "Bu arada, içki getirseniz iyi olur. Sadece viskim var."

'Tamam, tatlım, getiririz. Başka bir şey getirmemizi istiyor musun?"

Katie, "Sakinleştirici ve amonyak ruhu," diye belli belirsiz mırıldandı.

"Ne, canım?"

"Hiçbir şey anne, size söylemem gereken bir şey var, ama ondan önce, sana bir şey sormak istiyorum. Küçük bir kızken bana ne yaparsam yapayım, babamla beni her zaman seveceğinizi söylemiştin, hatırlıyor musun? Ne kadar korkunç olursa olsun demiştin-"

"Katie," diye sözünü kesti annesi sertçe. "Eğer beni korkutmak istiyorsan, bunu başarıyorsun."

Katie çaresizce içini çekti. "Anne, Ramon burada. Pazar günü onunla birlikte gideceğim ve Porto Riko'da evleneceğim. Seninle ve babamla bu akşam bu konuda konuşmak istiyoruz."

Bir hat sessizleşti, ardından annesi, "Biz de seninle konuşmak istiyoruz, Katherine," dedi.

Katie telefonu kapattı ve merakla kaşlarını kaldıran Ramon'a baktı. "Tekrar Katherine oldum." Katie annesinin ve babasının yaptığı şeyle ne kadar yıkılacaklarının farkındaydı ve bu onu mutsuz ediyordu. Porto Riko'ya gitme kararının arkasında duracaktı, ne söylerlerse söylesinler; ama onları çok seviyordu ve onlara yaşattığı bu mutsuzluktan nefret ediyordu.

Ramon'la birlikte pencerede beklediler, Ramon'un kolu omuzlarındaydı. Bir çift farın, sitedeki dairesinin girişine doğru yaptığı hızlı dönüşten annesiyle babasının geldiğini anladı.

Katie endişeyle kapıya yürüdü ama Ramon'un sesi onu durdurdu. "Katie, eğer yapmak üzere olduğun şeyin yükünü omuzlarından ve kalbinden alabilseydim, alırdım. Ama yapamam; sadece önümüzdeki üç gün boyunca katlanman gerekenin sana kasten yaşattığım tek mutsuzluk olacağına söz verebilirim."

Katie, "Teşekkür ederim," diye fısıldadı ve elini Ramon'un açık avucuna koydu, onun parmaklarının güven verici sertliğinden güç bulmuştu. "Sana hiç bana söylediğin şeyleri ne kadar çok sevdiğimi söylemiş miydim?"

Ramon, "Hayır," dedi hafif bir gülümsemeyle. "Ama bu iyi bir başlangıç."

Katie'nin bunun anlamını düşünüp taşınması için zamanı yoktu çünkü kapı zili çoktan ısrarla çalmaya başlamıştı.

Çekiciliği ve iyi huylarıyla ünlü olan Katie'nin babası, eve fırtına gibi daldı, Ramon'un elini sıktı ve "Seni tekrar görmek güzel, Galverra, önceki gün seni evde ağırlamaktan keyif duydum. Katie'ye evlenme teklif etme cüretinde bulunmuşsun. Bana izin vereceğimizi düşünüyorsan, delirmiş olmalısın," dedi.

Aşırı stresli zamanlarda bile soğukkanlılığını koruma yeteneğiyle ünlü annesi, "Buna katlanmayacağız," diye yüksek sesle bildirdi. "Bay Galverra, sizden buradan gitmenizi istemek zorunda kalacağız." Elindeki likör şişesiyle kapıyı işaret etti. "Ve sen, Katherine, aklını kaybetmişsin. Çabuk odana git."

Bu sahneyi korkuyla izleyen Katie, en sonunda "Baba,

otur. Anne, sen de," diyebilecek kadar kendine geldi. Her ikisi de koltuklara gömüldüklerinde likör şişelerini annesinin elinden aldı."

Nasıl başlayacağını düşünmeye çalıştı, avuçlarını şeftali rengine bürünmüş tenine sürttü ve Ramon'a çaresiz, yalvarış dolu bir bakış attı.

Ramon, Katie'nin babasının bu hareketine kızgın bir şekilde kaşlarını çatmasına aldırış etmeden kolunu Katie'nin ince beline doladı ve sükunetle, "Katie Pazar günü benimle birlikte, evleneceğimiz yere, Porto Riko'ya gelmeyi kabul etti. Bunu kabul etmenizin zor olduğunu anlıyorum, ama Katie'nin sizin güveninizi hissetmesi büyük anlam ifade edecek," dedi.

Gitmesine izin vermeyeceğim," diye bağırdı Katie'nin babası.

"Öyle bir durumda," dedi Ramon, "onu ikimiz arasında bir seçim yapmaya zorluyor olacaksınız ve her ikimiz de kaybedeceğiz. Yine benimle gelecektir ama ailesiyle arasında uçurumlar açmasına neden olduğum için benden nefret edecektir – aynı zamanda sizden de nefret edecek, onu anlamadığınız ve mutluluğunu istemediğiniz için. Katie'nin mutlu olması benim için önemli."

"Bizim için de önemli," dedi Bay Connelly sinirli bir şekilde. "Porto Rico'da küçücük bir çiftlikte ona nasıl bir hayat sunabilirsiniz?"

Katie, Ramon'un solgunlaştığını gördü; Ramon'un gururunu böyle çiğnediği için babasının boğazını sıkabilirdi. Ama Ramon cevap verdiğinde, sesi sakindi. "Yaşamak için sadece küçük bir kulübesi olacak, ama çatısı akmayacak. Her zaman yemek için iyi yiyecekleri ve giymek için iyi giysileri olacak. Ona çocuklar vereceğim. Bunun ötesinde, hayatının her gününde sevildiğini bilerek uyanması dışında Katie'ye hiçbir şey için söz veremem."

Katie'nin annesinin gözleri yaşlarla doldu, Ramon'a baktıkça içindeki kin yüzünden akıyordu. "Aman Tanrım..." diye fısıldadı.

Katie'nin babası ise savaş için hazırdı. "Yani, Katie bir köle mi olacak, bir çiftçi karısı mı?"

"Hayır, benim karım olacak."

"Ve bir çiftçinin karısı gibi çalışacak!" dedi babası küçümseyici bir tavırla.

Ramon'un çenesi kasıldı, rengi daha da soldu. "Evet, yapması gereken bazı işler olacak."

"Farkında mısınız, Bay Galverra, Katie bütün hayatı boyunca sadece bir kere çiftliğe gitmiştir. Olayı oldukça net hatırlıyorum." Babanın acımasız bakışları aniden ürkmüş kızına döndü. "Bundan ona bahsetmek ister misin, Katherine, yoksa ben mi anlatayım?"

"Baba, yalnızca on iki yaşındaydım!"

"Diğer üç arkadaşın da öyleydi, Katherine. Ama çiftçi tavuğun boynunu büktüğünde onlar çığlık atmamıştı. Kendi masasında adama katil dememişler ve iki yıl boyunca tavuk yemeği reddetmemişlerdi. Atları 'pis kokulu'; bir ineği sağmayı 'iğrenç' bulmamışlardı ve çok zengin bir çiftliğe 'pis hayvanlarla dolu koskocaman berbat bir yer' dememişlerdi."

"Ama," Katie isyankâr bir biçimde arkasını döndü, "onlar, bir gübre yığınına düşmemişler, bir kaz tarafından gagalanmamışlar veya kör bir at tarafından çifte yememişlerdi!" Katie kendini savunmak için Ramon'a aniden döndüğünde, onu kendisine çarpık bir gülümsemeyle bakarken bulunca şaşırdı.

"Şimdi gülüyorsun, Galverra," dedi Bay Connelly öfkeyle, "ama Katie'nin kısıtlı bir bütçeyle yaşama anlayışının yaptığı her harcamayı ve istediği diğer her şeyi bana fatura ettirmek olduğunu keşfedince gülüyor olmayacaksın. Bir çantada, kutuda ya da konservede gelmeyen hiçbir şeyi pişiremez; iğnenin hangi ucuna iplik geçirileceğini bilmez, o-"

"Ryan, abartıyorsun!" Bayan Connelly beklenmedik bir biçimde araya girdi. "Katie kolejden mezun olduğundan beri kendi geliriyle yaşadı ve nasıl dikiş dikileceğini de biliyor."

Ryan Connelly patlamaya hazır görünüyordu. "Kanaviçe filan biliyor. Hiç de başarılı değil! Bizim için yaptığı balık mı yoksa baykuş mu olduğunu bile anlamıyoruz!"

Katie kendini tutamayıp güldü. "O – bir mantardı," dedi çatlak bir sesle. "Ben – ben onu on dört yaşındayken yapmıştım." Gözyaşlarını silerek, Ramon'a sarıldı ve parıldayan gözlerini onunkilere çevirdi. "Biliyor musun – *senin*, benim için yetersiz olduğunu düşüneceklerini sanmıştım."

"Düşündüğümüz şey, " diye bağırdı Ryan Connelly, "şu ki-"

Bayan Connelly araya girerek kocasının sözünü kesti. "Sizinle birlikte sürdürmek zorunda olacağı bir hayat için, Katie'nin yetersiz donanıma sahip olduğu, Bay Galverra. Katie hep beyin gücüyle çalıştı; bilek gücüyle değil. Okuldan çok iyi dereceyle mezun oldu ve ben de onun işinde ne kadar çok çalıştığını biliyorum. Ama kesinlikle ağır fiziksel bir çalışma tepmosu konusunda tecrübesi yok."

"Bu tecrübesi benimle evlendiğinde de olmayacak," diye yanıtladı Ramon.

Ryan Connelly mantıklı olmaya çalışmaktan vazgeçmişti. Ayağa kalktı, iki sinirli adım attı, ardından Ramon'a öfkeyle baktı. "Önceki gün evimizde sizi yanlış yargılamışım, Galverra. Gururunuz ve haysiyetiniz olduğunu düşünmüştüm, ama yanılmışım."

Ramon'un yanında duran Katie, onun babası sert konuşmasına devam ederken dimdik durduğunu hissetti.

"Fakir olduğunu biliyordum – bunu söylemiştin, ama yine de düzgün bir adam olduğunu düşünmüştüm. Ancak şimdi bize ona hiçbir şey veremeyeceğin halde kızımızı bizden alacağını, onu tanıdığı her şeyden, ailesinden, arkadaşlarından uzaklaştıracağını söylüyorsun – sana soruyorum, bu ahlaklı onurlu bir adamın yapacağı bir şey midir? Eğer cesaretin varsa, bana cevap ver."

Araya girmek üzere olan Katie, Ramon'un tehlikeli yüz ifadesine baktı ve bir adım geriledi. Ramon kısık, korkunç bir sesle kibirli bir şekilde ağır ağır konuştu. "Katie'yi kendi kardeşimden bile uzağa götürürdüm! Bu cevap sizin için *yeterli* mi?"

"Bu bana senin ne tarz-"

"Otur, Ryan," dedi aniden Bayan Connelly. "Katie, sen ve Ramon mutfağa gidin ve içkilerimizi hazırlayın. Babanla özel olarak konuşmak istiyorum."

Ramon içkileri hazırlarken kapının eşiğinde dikilen Katie, annesinin babasına doğru yürümesini ve elini onun koluna koymasını izledi. "Savaşı kaybettik, Ryan ve sen kazananı kışkırtıyorsun. O adam seninle tartışmamak için çok çabalıyor, sen de kasten savaşmak dışında bir şans bırakmayarak onu köşeye sıkıştırıyorsun."

"O henüz galip değil! Katie onunla o uçağa binene kadar değil. Ondan sonra da bir düşman olur, galip değil."

Bayan Connelly gülümsedi. "O bizim düşmanımız değil. En azından, benim düşmanım değil. Sana Katie'nin hayatının her gününü sevildiğini bilerek geçireceğini söylediği andan beri değil."

"Boş kelimeler! Başka hiçbir şey değil, sadece boş kelimeler bunlar!"

"Bizimle konuştu, Ryan. Samimi bir şekilde ve utanmadan Katie'nin anne babasıyla konuştu – bu sözcükleri aşk dolu bir anda Katie'nin kulağına fısıldamadı. Bir kızın anne babasına böyle şeyler söyleyecek başka bir adam düşünemiyorum bile. Onun incinmesine asla izin vermeyecek. Maddi şeyleri ona veremeyecek, ama hayatta gerçekten önemi olan şeylerin hepsini verecek. Vereceğini biliyorum. Şimdi incelikle vazgeç, yoksa çok daha fazlasını kaybedeceksin." Kocası bakışlarını ondan uzaklaştırdığında, onu kendine çevirerek yüzüne dokundu.

Katie'ninki gibi, derin mavi gözleri, nemlenmişti. "Ryan," dedi yumuşak bir sesle, "Senin itiraz ettiğin aslında adamın kendisi değil, değil mi?"

Ryan içini çekti. "Hayır," dedi boğuk bir sesle.

"Sorun o adam değil aslında. Sadece Katie'mi uzağa götürmesini istemiyorum. O her zaman benim gözbebeğim olmuştur, biliyorsun Rosemary. Dört çocuğumun arasında beni umursayan bir tek oydu; beni açık bir cüzdanın ötesinde biriymişim gibi gören bir tek oydu; yorgun ya da endişeli olduğumu fark edip beni neşelendirmeye çalışan bir tek oydu." Uzun, yorgun nefes aldı. "Katie benim dünyamda bir güneş ışığı gibi olmuştu, eğer o adam onu benden alırsa, artık Katie'min ışığını göremeyeceğim."

Ramon'un arkasında durmak için geldiğinden habersiz olan Katie, başını kapı çerçevesine dayamıştı, gözyaşları yanaklarından akıyordu.

Ryan mendilini çıkardı ve yüzündeki yaşları sildi. Bayan Connelly gülümsemeyi başardı. "Bunu bekliyor olmalıydık...bu tamamen Katie'nin yapabileceği tarzda bir şey. Her zaman neşe ve aşk doluydu, bu yüzden de kendinden vermeye hazırdı. Her zaman kimsenin oynamadığı bir çocuğun arkadaşı olmuştur. Katie'nin âşık olmadığı bir sokak köpeği kalmamıştır. Şu ana dek, David'in onun bu verici ruhuna zarar verdiğini düşünüyordum, bunun için ondan nefret ediyordum...ama zarar vermemiş." Gözyaşları kirpiklerinden yanaklarını parıldatarak aktı. "Ah, Ryan, görmüyor musun – Katie sonunda seveceği yeni bir 'sokak köpeği' buldu."

Ryan, "En sonuncusu onu ısırmıştı," deyip üzüntüyle gülümsedi.

"Bu seferki ısırmayacak," dedi karısı. "Ramon onu koruyacak."

Gözü yaşlı eşini kollarında tutan Ryan, odanın karşısına baktı ve Katie'nin de Ramon'un kollarında ağladığını gördü.

Kızını korumacı bir tavırla kollarında tutan uzun boylu adama kısa, gönül alıcı bir bakış attı, Ryan, "Ramon, yedek mendilin var mı?" diye sordu.

Ramon'un gülümsemesinin ışıltısı ateşkesi kabul ettiğini gösterdi. "Bayanlar için mi, bizim için mi?"

Katie'nin annesiyle babası gittiğinde, Ramon telefonu kullanmak istedi ve Katie de onun telefon görüşmesini özel yapabilmesi için verandaya çıktı. Dalgın dalgın kocaman saksılarda büyüyen bitkilere dokundu, ardından şezlonglardan birinin arkasına oturarak gökyüzü boyunca elmaslar gibi serpilmiş yıldızlara göz gezdirdi.

Ramon cam kapıyı açmak için geldi ve durdu, Katie'nin oluşturduğu resmin güzelliğiyle dili tutulmuştu. Dairenin içinden gelen lamba ışığı Katie'yi siyah kadife geceye karşı gölgelendirmişti. Saçları muhteşem bir biçimde omuzlarına dökülüyordu; profilinde bir olgunluk vardı, gururlu hali de eklenince kışkırtıcı bir şekilde güzel görünüyordu.

Katie, Ramon'un varlığını hissederek hafifçe başını çevirdi. "Bir sorun mu var?" diye sordu telefon konuşmasını düşünerek.

"Evet," dedi Ramon. "Biraz daha yakınına gelirsem senin bir hayal olduğunu keşfetmekten korkuyorum."

Katie'nin dudaklarında tatlı ama aynı zamanda çekici bir gülümseme belirdi. "Son derece gerçeğim."

"Melekler gerçek değildir. Hiçbir erkek uzanıp bir meleği kollarının arasına almayı beklemez."

Katie'nin gülümsemesi genişledi. "Beni öptüğünde, düşüncelerim bir meleğinki gibi olmuyor."

Ramon onun karşısına geçti, gözleri gözlerinin derinliklerindydi. "Peki ya sen burada yıldızlara tapınan bir tanrıça gibi tek başına oturup gökyüzüne bakınca düşüncelerin nasıl oluyor?"

Derin ve kısık ses tonu Katie'yi kışkırttı, aynı zamanda şimdi kendini ona teslim ettiği için tuhaf bir çekingenlik duyuyordu. "Sadece yedi gün içinde bütün hayatımın değişmesinin ne kadar inanılmaz olduğunu düşünüyordum. Hayır, yedi gün değil, yedi saniye. Bana yol tarifi sorduğun an, bütün hayatım bambaşka bir yöne doğru değişti. Eğer o koridorda beş dakika sonra yürüseydim ne olacağını hâlâ merak ediyorum."

Ramon nezaketle onu ayağa kaldırdı. "Kadere inanmıyor musun, Katie?"

"Yalnızca işler kötü gittiğinde."

"Peki ya iyi gittiğinde?"

Katie'nin gözlerinin içi dans ediyordu. "O zaman, işlerin iyi gitmesinin benim zekice planlamam ve sıkı çalışmam sayesinde olduğuna inanıyorum."

Ramon çocukça bir gülümsemeyle, "Teşekkürler," dedi.

"Ne için?"

"Son yedi gün içinde beni gülümsettiğin zamanlar için." Dudakları Katie'ninkileri sıcak, tatlı bir öpücükle kapladı.

Katie, Ramon'un bu gece onunla sevişmeye niyeti olmadığını fark etti ve onun kendini kontrol etmesinden dolayı büyük memnuniyet ve minnet duydu. Duygusal olarak tükenmişti ve fiziksel olarak çok yorgundu.

"Yarın için planların ne?" diye sordu Katie birkaç dakika sonra Ramon giderken.

"Benim zamanım senin," dedi Ramon. "Yarın Porto Riko'ya gitmeyi düşünmüştüm. Pazar gününe kadar gitmeyeceğimize göre, burada tek işim sabah babanla kahvaltı etmek."

"Onunla görüşmeden önce sabah beni işe bırakmak ister misin?" diye sordu Katie. "Bu bize birlikte olmamız için fırsat yaratır; sonra da beni alabilirsin."

Ramon'un kolları onu sardı. "Evet," diye fısıldadı adam.

9. Bölüm

Katie masasında oturmuş, kalemini parmaklarının arasında yuvarlıyordu. Virginia, cuma sabahı çalışmalarına katılıyordu, bu da Katie'ye 10:30'a kadar aklını toplaması için zaman tanıyordu. İşinden istifa mı etmesi mi yoksa iki haftalık tatil ve ek olarak iki haftalık ücretsiz izin mi talep etmesi gerektiğine karar vermek için bir buçuk saati vardı.

Ramon'un ondan neyi yapmasını istediğini biliyordu – hayır, beklediğini. Ondan istifa etmesini, işinden vazgeçmesini ve bütün bağları koparmasını bekliyordu. Eğer istifa etmek yerine, kendisine bir kaçış yolu imkânı sağlayan bir aylık izni talep ederse, Ramon, kendini bütün kalbiyle ona adamadığını düşünecekti.

Katie bu sabah Ramon onu işe bırakmak için almaya geldiğinde kendisine nasıl baktığını hatırladı. Koyu renk gözleri yüzünü delici bir ısrarla incelemişti. "Fikrini değiştirdin mi?" diye sormuştu. Katie değiştirmediğini söyleyince onu kollarının arasına almış ve öpmüştü.

Ramon'la geçirdiği her an,ona duygusal olarak daha da

yakınlaşıyordu. Kalbi, ne olursa olsun, Ramon'un kendisi için doğru insan olduğunu, yaptığının doğru olduğunu söylemeye devam ediyordu.

Aklı, ise yine de, uyarılarda bulunuyordu. Her şeyin çok hızlı geliştiğini, çok çabuk olduğunu ve daha da kötüsü, Ramon'un göründüğü gibi olmadığını, ondan bir şeyler sakladığını söyleyerek Katie'ye işkence çektiriyordu.

Katie'nin mavi gözleri bulutlandı. Ramon bu sabah güzel, altın rengi golf süveterini giyerek gelmişti. Daha önce iki kez de usta terzi işi resmi kıyafetlerini giymişti. Bir çiftçinin, özellkle de yoksul bir çiftçinin, böyle kıyafetler giymesi o kadar tuhaftı ki Katie ona açıkça nasıl böyle şeyler giydiğini sormuştu.

Ramon da gülümseyerek ona çiftçilerin de diğer adamlar gibi kıyafetlere ve süveterlere sahip olduklarını açıklamıştı. Katie bu cevabı şüpheyle kabul etmişti ama onun hakkında daha fazla şey öğrenmeye çalıştığında, Ramon sorularından kaçmış, "Katie, benim hakkımda ve senin geleceğinle ilgili çok soru var, ama bütün cevaplar Porto Riko'da," demişti.

Katie sandalyesinde geriye yaslanarak sıkıntılı bir şekilde adayların formlar doldurduğu, testlere girdiği ve Katie ya da diğer beş iş arkadaşından birinin Ginny'e rapor etmesini bekledikleri personel kabulü bölgesindeki kontrollü telaşı izledi.

Belki de Ramon'la ilgili huzursuz olmasına gerek yoktu. Belki de sevgilisi kasıtlı olarak kaçamak davranmıyordu. Muhtemelen, bu aşırı detaycılık ve ısrarlı korku sadece kendisinin David Caldwell'le olan evliliğinin ürkütücü tecrübesinden kaynaklanıyordu.

Ama belki de öyle değildi. Porto Riko'da cevap bulmak zorundaydı, ama bütün korkuları çözülene kadar, işinden istifa etme riskini göze alamazdı.

Eğer bugün istifa ederse, önceden haber vermeden istifa etmiş olacaktı. Bunun yaparsa, Technical Dynamics'te tekrar işe girmek için hak sahibi olamayacaktı, aynı zamanda eğer başka bir işveren için çalışmayı denerse iyi bir referansı da olmayacaktı. Ayrıca, Virginia, Katie'nin yükselişini desteklemişti kendi himayesindeki Katie'nin, yerleri paspaslayan, sorumsuz, geçici bir elemanmış gibi önceden haber vermeden istifa ettiğini şirketin ortaklarına söylemek zorunda kalırsa tam bir aptal gibi görünürdü.

Katie ayağa kalktı, şık topuzunu düzeltti, ve resepsiyon alanına çıktı, Donna'yı ve personelde çalışan diğer iki sekreteri geçti. Daktilo testlerinin uygulandığı küçük odalardan birine girerek, elektrikli daktiloya temiz bir sayfa yerleştirdi ve baktı; elleri klavyenin üzerinde kararsızca duruyordu.

Ramon onun istifa etmesini bekliyordu. Onu sevdiğini söylemişti. Katie onun kendisine ihtiyaç duyduğunu hissetmişti. Eğer bir aylık izin alırsa, ona sadık olmadığını hissedecekti. Bu konu hakkında ona yalan söylemeyi düşünmüştü, ama dürüstlük Ramon'a ve Katie'ye çok şey ifade ediyordu. Ona yalan söylemek istemiyordu. Ama diğer yandan, dün akşam Porto Riko'ya gitmeye ve onunla evlenmeye karar verdikten sonra, bu sabah ona şüphelerini ve kaygılarını açıklamayı düşünemiyordu. Aynı zamanda ona neler hissettiğini söylemenin akıllıca olup olmadığı konusunda bile emin değildi. Bunu ona söylese belki de Ramon onu öyle olmadığına ikna etmeye çalışırdı.

Belki de Porto Riko'ya gitmesi ve Ramon'u daha iyi tanımak için kendisine zaman vermesi en iyisiydi. Zamanla şüpheleri ya bitecek ya da doğrulanacaktı.

Katie içini çekerek Ramon'a istifa etmeme nedeni için iyi bir bahane bulmak için düşünmeye çalıştı. Bir anda aklına parlak bir fikir geldi. Bu gerçekti; bu Ramon'a karşı bütün vefasızlık duygularını açıklayan bir şeydi ve Ramon'un da anlamasını sağlayabilirdi. Bu o kadar açıktı ki Katie önceden haber vermeden istifa etmeyi düşündüğüne bile şaşırdı.

Çabucak Virginia'ya bir sonraki gün başlayacak olan iki haftalık tatil ve ardından da iki haftalık ücretsiz izin talep eden resmi bir belge yazdı. Bu gece Ramon'a sadece evlenmek için önceden haber vermeden öylece istifa edemeyeceğini açıklayacaktı.Erkekler evlenmek için önceden haber vermeden istifa etmezlerdi, ve eğer Katie bunu yaparsa bu açıkça idari mevkide görev alabilmek için eşit fırsatlar üzere çaresizce mücadele eden bütün diğer kadınları da etkileyecekti. İdari mevkiye bir bayanı getirme konusunda çıkan en sık tartışma, evlenmek, bebek bakmak ya da tayin olduğunda kocalarını takip etmek için işten çıkmalarıydı. İşletme müdürü tam bir erkek şovenistti. Eğer Katie evlenmek için önceden haber vermeden istifa ederse, zavallı Virginia'nın bunu unutmasına asla izin vermezdi; Virginia'nın Katie'nin yerine almak isteyeceği herhangi bir bayan adayı diskalifiye etmek için yasal, mantıklı sebepler bulurdu.

Diğer yandan, eğer Katie Porto Riko'da tatildeyken istifa ederse, tatilde olduğu süre iki haftalık ihbar süresi sayılabilirdi. Bu da Katie'nin Ramon'la evlenme konusundaki korkularını çözümlemesi için sadece iki haftası var demek oluyordu.

Yine de Katie büyük ölçüde rahatlamıştı. Şimdi mantıklı düşündüğünde, eğer Porto Riko'daykén istifa ederse, bunu evlenmek için yaptığını söylemeyecekti. Erkeklerin her zaman söylediği şeyi söyleyecekti: 'Daha iyi bir pozisyonu kabul etmek için' istifa ediyordu.

Katie kararlı bir şekilde bir başka kâğıdı daktiloya yerleştirdi ve resmi olarak daha iyi bir pozisyonu kabul etmek için istifa etme nedeniyle birlikte iki hafta sonraya ait bir tarih koydu.

Katie'nin programındaki adaylarla görüşmesi bittiğinde saat neredeyse 11:30'du. Tatil izni ve ileri tarihli istifası için belgesini alarak Virginia'nın ofisine yöneldi.

Virginia büyük hesap defterine rakamlar kaydetmeye dalmıştı, kısa kesilmiş siyah saçları işin üzerine eğilmişti. Her zamanki gibi hem çok güçlü hem de çok kadınsı görünüyordu.

Katie lacivert ceketini ve ekose eteğinin plilerini düzelterek içeri girdi. "Ginny, bana birkaç dakika ayırabilir misin?" diye kaygıyla sordu, genellikle yalnızca iş saatleri dışında kullandığı adı kullanarak.

"Eğer acil değilse, öncelikle bu raporu bitirmem için bana yarım saat ver," diye yanıtladı Ginny başını bile kaldırmadan.

Geçen her saniye, Katie'nin gerginliği artıyordu. Yarım saat daha dayanabileceğini düşünmüyordu. "Bu – bu oldukça önemli."

Virginia, Katie'nin sesindeki titremeyi duyunca hemen başını kaldırdı. Kalemini masaya bıraktı.

İşte zamanı gelmişti ve Katie nasıl başlayacağını bilemiyordu. Virginia'ya tatil – izin istek kâğıdını uzattı.

Virginia kâğıda bir göz attı. "Bir aylık tatil istemek için bildiri süren kısa," dedi kâğıdı yanına koyarak. "Ama tatili hak ettin, bu yüzden onaylıyorum. Ayrıca neden iki haftalık izin istiyorsun?"

Katie, Virginia'nın masasının önündeki sandalyeye çöktü. "Ramon'la Porto Riko'ya gitmek istiyorum. Oradayken onunla evlenip evlenmeme konusunda karar vereceğim. Evlenmeye karar vermem durumunda – istifam burada. İki haftalık izin benim ihbarım yerine geçebilir, işte burada, eğer sen izin verirsen."

Virginia koltuğunda geriye yaslandı ve Katie'ye şaşkınlıkla baktı. "Kim?" diye sordu.

"Çarşamba günü konuştuğumuz adam." Virginia ona inanmadığını belli eden bir ifadeyle bakmayı sürdürünce, Katie açıkladı. "Ramon'un Porto Riko'da küçük bir çiftliği var. Benimle evlenmek ve orada yaşamak istiyor."

Virginia "Tanrım!" dedi

Virginia'yı daha önce böyle görmeyen Katie, faydalı olacağını düşünerek ekledi. "Kendisi aslında İspanyol."

Virginia tekrar "Tanrım," dedi.

Katie "Ginny!" diye çaresizce yalvardı. "Bunun ani olduğunu biliyorum ama o kadar da inanılmaz değil. Bu-"

"Delilik," diye açıkça bağırdı Virginia, sonunda sakinliği elden bırakmıştı. Sanki anlamak istermiş gibi kafasını salladı. "Katie, iki gün önce bu adamdan bahsettiğinde onu sadece yakışıklı değil, aynı zamanda stil sahibi ve seninkiyle uyumlu bir entelektüelliği olan bir insan olarak hayal etmiştim. Şimdi sen bana onun Porto Rikolu bir çiftçi olduğunu ve onun karısı olacağını mı söylüyorsun?"

Katie başını salladı.

"Bence sen aklını kaçırmışsın, ama en azından istifa etmeyecek ve arkandaki bütün köprüleri yıkmayacak kadar mantığın var. Dört hafta içinde, bu romantik ve komik dürtünden pişmanlık duyacaksın. Benim haklı olduğumu biliyorsun yoksa izin istemezdin, istifa ederdin."

"Bu delilik değil ve bir dürtü de değil," dedi Katie; gözleri Ginny'ye anlaması için yalvarıyordu. "Ramon farklı-"

"Eminim farklıdır!" dedi Ginny küçümseyen bir tavırla. "Latin erkekleri onlarla anlaşmayı imkansız kılacak kadar şovenisttir."

Katie bunu duymazdan geldi çünkü Ramon'un Latin ve şovenist olduğunu zaten biliyordu. "Ramon özel biri," dedi, ona karşı hislerini kelimelere dökmeye çalışmaktan mahcup bir şekilde. "Ve bana kendimi özel hissettiriyor. Sığ ya da tanıdığım çoğu erkek gibi bencil değil." Ginny'nin pek ikna olmadığını gören Katie ekledi, "Ginny, o beni seviyor; bunu hissedebiliyorum. Ve bana ihtiyaç duyuyor. Ben-"

"Elbette sana ihtiyacı var!" diye alay etti Ginny. "O bir aşçı, hizmetçi ve bir yatak arkadaşı tutamayan küçük bir çiftçi. Bu yüzden de, yalnızca bir odaya ihtiyaç duyacak ve her üçünün de yerini tutacak bir eşe ihtiyacı var." Ginny hemen özür dileyerek elini kaldırdı. "Üzgünüm Katie, bunu söylememeliydim. Evlilikle ilgili kendi düşüncelerimle seni etkilememeliyim. Sadece, böyle bir hayatın varken, öyle bir hayatta kesinlikle bir anlam bulamayacağını düşünüyorum."

"Bu hayat benim için yeterli değil, Ginny," dedi Katie. "Ramon'la tanışmadan çok önce de böyle hissediyordum. Bütün zamanımı kendime harcayarak mutlu olamıyorum – kariyerime, terfime, geleceğime. Yalnız bir hayat olduğu için değil, çünkü asla yalnız değilim. Bu boş bir hayat; kendimi işe yaramaz ve anlamsız hissediyorum."

"Şu an kaç kadın senin sahip olduklarının özlemini çekiyor biliyor musun? Kaç kadının düşüneceği tek kişinin kendisi olmasını istediğini biliyor musun?"

Katie, hem Ginny'nin hem de kendinin yaşam tarzını reddettiğinin farkında olarak başını salladı. "Biliyorum. Belki de onlar için doğru olan bu. Ama benim için doğru değil."

Ginny saatine göz attı ve pişmanlıkla ayağa kalktı. "Acele etmem gerek, şehir merkezinde bir toplantıya bekleniyorum, ancak sen gittikten sonra dönerim. İki hafta içinde beni ara. Bu dört haftayı kendine ayır. Eğer istifa etmeye karar verirsen, sadece bu belgeyi dosyana koyarım ve bana peşinen verdiğini söylerim. Bu şirketin zorunlu prensibi, ama arkadaşlar böyle günler içindir?"

Belgeye göz gezdirdi ve Katie'nin istifa nedenine bakıp gülümsedi. "Daha iyi bir pozisyonu kabul etmek için," diye tekrarladı. "Oldukça güzel hazırlanmış."

Katie de ayağa kalktı, gözleri yaşlarla sızlıyordu. "Öyle bir durum olması ihtimaline karşı, sanırım bu bir veda."

Ginny bir kahkaha atarak, "Hayır, Katie," dedi, ince evrak çantasına kâğıtları sıkıştırmaya başladığında. "Şu andan itibaren iki hafta içinde sıkılmaya başlayacaksın. Dört hafta sonra kariyerinin zorlu yanlarını özleyeceksin. Geri döneceksin. Bu arada, iyi tatillller; tek ihtiyacın olan bu ne de olsa. Sadece biraz yorgunsun. Bir ay sonra görüşmek üzere –ya da daha yakında."

Katie 5.30'da dönen cam kapılardan geçti ve kendini Ramon'un onu beklemek için arabayı park ettiği kaldırımın kenarına attı. Koltuğa oturdu Ramon'a baktı ve "İstifa etmek yerine bir aylık izin aldım," dedi.

Ramon'un çenesi gerildi. Katie onunla yüz yüze gelmek için koltukta döndü. "Bunu yapmamamım nedeni-"

"Şimdi değil!" diye bağırdı Ramon. "Bunu evine gittiğimizde tartışırız."

Katie'nin evine birlikte girdiler, her ikisi de otuz beş dakikalık araba yolculuğu sırasında konuşmamıştı. Katie'nin yıpranmış sinirleri çantasını bırakırken iyice gerilmişti, lacivert ceketini çıkardı ve Ramon'a döndü. Onun öfkesinin farkında olarak, tedbirli bir tavırla "Nereden başlamamı istersin?" diye sordu.

Ramon onun kollarını kavradı. "Nedenini anlatmakla başla," diye emretti sertçe, onu sarsarak. "Bana nedenini olduğunu söyle!"

Katie korkudan büyümüş mavi gözlerini onunkilere sabitlemeyi başardı. "Lütfen bana bu şekilde bakma. Kırıldığını ve kızgın olduğunu biliyorum, ama olmamalısın." Uzanarak ellerini altın renkli golf süveterinin yumuşak dokusunun altında gezdirdi, avuçlarını kaslı göğsüne bastırdı, bir şekilde onu sakinleştirmeye ve yumuşatmaya çalışıyordu.

Ama bu hareket geri tepti. Ramon ellerini geri çekti. "Dokunuşunla benim dikkatimi dağıtmaya çalışma, işe yaramayacak. Böyle bir oyun oynamamalısın!"

"Ben oyun oynamıyorum!" Katie, öfkeyle geri çekildi. "Eğer seninle oyun oynamak isteseydim, yalana başvurur ve istifa ettiğimi söylerdim." Ağır adımlarla ondan uzaklaşarak odanın ortasına doğru yürüdü. "Dört haftalık izin istedim, böylece çok önemli birkaç neden yüzünden buradan değil, Porto Riko'dan istifa edebileceğim.

"Öncelikle, Virginia Johnson sadece benim amirim değil, sevdiğim ve saygı duyduğum biri. Eğer önceden haber vermeden istifa edersem, Ginny'nin tam bir aptal gibi görünmesine neden olurdum."

Katie gözleri ateşler saçarak devam etti. "Bir de erkekler var tabii. Eğer önceden haber vermeden istifa etseydim, bu onlara kendilerini haklı çıkarmaları ve üstün hissetmeleri mükemmel sebepler verirdi çünkü erkekler evlenmek için istifa etmezler. Kendi cinsime ihanet etmeyi kesinlikle reddediyorum! Bu yüzden...önceden haber vererek Porto Riko'dan istifa ettiğimde 'daha iyi bir pozisyonu kabul etmek' için ayrıldığımı söyleyeceğim. Bu pozisyonun da karın olmak olduğunu düşünmüştüm!"

"Teşekkürler," dedi Ramon neredeyse sıradan bir şekilde. Gülümseyerek Katie'ye doğru yürümeye başladı.

Kendini saf bir öfkeye kaptırmış olan Katie geriledi. "Henüz bitirmedim," dedi, yüzü kızarmıştı; gözleri sinirli bir kırgınlıkla doluydu. "Benden her zaman dürüstlük istediğini söyledin, şimdi dürüst olduğumda kabadayılık taslayıp gözümü korkutuyorsun. Eğer tamamen dürüst olmam gerekiyorsa, gerçek ne kadar kötü olursa olsun bunu sana söylediğim için bana kızmayacağını bilmem gerekiyor. Birkaç dakika önce âdil ve mantıklı değildin, ben senin dayanılmaz bir öfken olduğunu düşünüyorum!"

"Şimdi bitirdin mi?" diye nazikçe sordu Ramon.

"Hayır, bitirmedim!" dedi Katie ayağını yere vurarak. "Sana dokunduğumda, yalnızca kendimi sana yakın hissetmeye çalışıyordum. Oyunlar oynamıyordum ve bana bu şekilde davranmandan nefret ettim!" Şikâyet etmekten yorgun düşen Katie, ters ters Ramon'a baktı.

Ramon'un sesi ikna ediciydi. "Bana şimdi dokunmak istiyor musun?"

"Zerre kadar bile istemiyorum."

"Oldukça üzgün olduğumu ve bana dokunmanı istediğimi söylesem bile mi?"

"Hayır."

"Artık bana yakın olmak istemiyor musun, Katie?"

"Hayır, istemiyorum."

"Bana bak." Ramon'un parmakları, Katie'nin yüzünü çenesine dokundu. "Seni kırdım, ve şimdi sen de beni kırdın, ikimizin de kalbi kırıldı. Öfkemiz bitene kadar her ikimiz de birbirimize saldırabiliriz ya da şimdi durup kırgınlıkları nasıl iyileştireceğimizi öğrenmeye başlarız. Hangi yolu istediğini bilmiyorum."

Onun gözlerine bakan Katie söylediklerinde samimi olduğunu anladı; kendisinin tartışmalarını, öfkeleri tükenene kadar süren bir savaşa dönüştürmeye, ya da Ramon'dan onu sakinleştirmesini istemeye karar vermesini bekliyordu. En sonunda yutkundu ve cesurca, "Ben –ben kollarınla beni sarmanı istiyorum," dedi.

Ramon yumuşacık bir tavırla onu kollarına çekti.

"Ve beni öpmeni istiyorum."

Ramon, "Nasıl?" diye fısıldadı.

"Dudaklarınla," diye yanıtladı Katie, sorudan kafası karışmış bir şekilde.

Ramon'un dudakları şehvetle onunkilere dokundu.

Katie, "Ve dilinle," diye nefes nefese ekledi.

"Bana seninkini verecek misin?" diye sordu Ramon, kendi kırgınlığının nasıl dindirileceğini ona öğretmeye başlayarak.

Katie başını salladı, Ramon'un dudakları onunkilerin üzerinde açlıkla açıldı, dilleri dolaşmıştı, birbirini okşuyordu. Ramon'un elleri durmaksızın omuzlarını ve sırtını okşuyor, ardından beline geçiyor kalçalarını uyluklarına doğru yukarı kaldırması için onu zorluyordu. Ramon kucağına doğru uzanması için Katie'yi koltuğa çekerken dudakları onu yiyip tüketiyordu, bir yandan da parmakları ipek bluzundaki küçük düğmeleri el açmakla meşguldü. Sonunda sabırsızlanan Ramon, ellerini onun göğüslerine yöneltti. "Çöz," dedi kısık bir sesle.

Bluzunun düğmelerini çözmek Katie'ye sonsuza kadar uzamış geldi çünkü elleri titriyordu ve Ramon onu öpmeyi hiç bırakmıyordu. En sonuncusu da nihayet açılınca, Ramon dudaklarını onunkilerden çekti ve sarsılarak fısıldadı. "Benim için onu çıkarmanı istiyorum."

Katie bluzunu, beyaz ipeğin titreyen parmaklarından kaymasına izin vererek kollarından çıkarmaya başladığında hızla atmaya başladı. Ramon'un bakışları dantelli sutyenine kaydı. "Onu da."

Katie sutyenini açtı ve yavaşça kollarından aşağı kaydırdı. Göğüslerinin fildişi yuvarlakları, Ramon'un sahiplenici bakışları altında görkemli bir şekilde kabardı, göğüs uçları Ramon'un parmakları onlara dokunurken yavaşça sertleşti. Ramon onları izledi, bakışları tutkuyla yanıyor, sesi sertleşiyordu. "Göğüslerinde bebeğimi görmek istiyorum."

Bedeninin ona açıkça verdiği tepki karşısında Katie'nin utancı, içine saplanan istek tutkularıyla tükendi. Titrek bir nefes alarak, "Şimdi orada seni görmeyi tercih ederim" dedi.

"Onu bana ver, Katie."

Ramon, Katie ensesine elini doladığında, esmer başını aşağı çektiğinde ve aynı zamanda göğüs ucunu ona sunarak göğüslerini kaldırdığında, kontrol edilemez bir heyecanla sarsıldı.

Ramon onu emmeye başladığında, arzuyla neredeyse çığlık atacaktı. Dudakları onu bıraktığında, arzu erimiş çelik gibi damarlarında akıyordu. Ramon, "Bana diğerini ver," diye emretti.

Katie'nin titrek eli diğer göğsünü avuçladı ve Ramon'un dudaklarına kaldırdı. Dudaklarının onu kapladığı an, içinde ateş tutuştu. "Lütfen, dur," diye yumuşak bir sesle feryat etti. "Sana ihtiyacım var, daha fazla dayanamayacağım."

"Dayanamayacak mısın?" diye nefes nefese sordu Ramon, onun yanına uzanırken dudakları zevkle kulaklarını, boynunun ve yanaklarının kıvrımlarını keşfediyordu. Artan arzunun coşkusunda kaybolmuşken, Katie, Ramon'un ellerinin eteğinin altına doğru uzadığını, külodunun esnek bağını kalçalarından aşağı uyluklarına doğru çekerek kaydırdığınu hissetti.

Ramon, parmakları Katie'nin uyluklarının arasında iz sürerken hafifçe inledi. "Beni *istiyorsun,*" diye düzeltti. "Beni istiyorsun ama henüz bana ihtiyacın yok," diye nefes nefese konuştu.

Katie, neredeyse arzuyla ağlıyordu, elleri ateşli bir şekilde Ramon'un sırtının ve omuzlarının gergin kaslarında dolaşıyordu. "Sana ihtiyacım var," diye fısıldadı, ayrık dudaklarını onunkilere bastırırken. "Lütfen-"

Ramon başını kaldırdı ve neredeyse kaba bir tavırla, "Bana ihtiyacın yok," dedi. Katie'nin ellerinden birini boynundan alarak, sıkıca uyarılmış sertliğine bastırdı. "İhtiyaç budur, Katie."

Arzuyla perdelenmiş gözlerini açan Katie, Ramon'un gergin yüzüne baktı.

"Seni kollarımın arasına aldığımda bana ihtiyacın var, ama benim sana her saatin her saniyesi ihtiyacım var. Bu beni asla terk etmeyen br sızı; beni sana bağlayan, seni benim yapma özlemi." Birdenbire sordu. "Korku nedir bilir misin?"

Konunun aniden değişmesine şaşıran Katie, onun yakışıklı yüz hatlarını inceledi, ama cevap vermeye kalkışmadı.

"Korku, seni istemeye hakkım olmadığını ve kendimi durduramadığımu bilmektir. Korku, yaşamak zorunda kalacağın küçük kulübeyi gördüğünde artık orada yaşamamı istemeyeceğine karar vermendir."

"Böyle düşünme," diye yalvardı Katie, parmakları şakaklarındaki kısa saçları düzeltiryordu. "Lütfen, düşünme."

"Korku, gece uyanık kalmak, eğer benimle evlenmemeye karar verirsen, bu acıya nasıl katlanırım diye düşünmektir." Nazikçe, Katie'nin gözünün kenarından süzülen yaşı sildi. "Seni kaybetmekten korkuyorum ve eğer bu beni 'mantıksız' ve 'aksi' yapıyorsa, özür dilerim. Bu sadece korktuğumdandır."

Onun hassaslığıyla eriyen Katie, elini çenesine koydu ve koyu renk gözlerine baktı. "Bütün hayatım boyunca," diye fısıldadı, "korktuğunu ifade edecek kadar cesareti olan bir adam tanımadım."

"Katie..." Dudakları tekrar buluştu. Ramon, arzuyla Katie'yi tatminin doruklarına sürüklüyordu.

O sırada zil çaldı.

Ramon durdu. "Boş ver!" diye yalvardı Katie. "Geri giderler."

Ramon pişmanlıkla gülümsedi. "Hayır, gitmezler. Heyecan...içindeyken sana anne babanın toplanmamıza yardım etmek ve ardından da bizimle akşam yemeği yemek için geleceklerini söylemeyi unuttum."

Katie ayağa fırladı, yatak odasına doğru aceleyle koşarken kıyafetlerini kaldırdı. "Acele et ve onları içeri al, yoksa ne yaptığımızı tahmin edecekler." Katie onunla konuşurken Ramon'un koltuğun yanında, elleri kalçalarında durduğunu gördü.

"Katie," dedi Ramon, muzip bir gülümsemeyle, "Eğer onları bu kadar çabuk içeri alırsam, ne yaptığımızı görecekler."

"Ne?" diye sordu Katie, odasının kapı eşiğinde durarak, şaşkın bakışları suçlayıcı bir delil için önce koltuğun üzerinde, ardından yerde ve sonra Ramon'un üzerinde dolaştı. "Ah!" dedi, çocuk gibi kızararak.

Katie, tuhaf biri olduğunu düşünerek kıyafetlerini çılgınca bir hızla çıkardı. Yirmi üç yaşındaydı, daha önce evlenmişti ve Ramon'la da evlenecekti. Üstelik anne babası modern, mantıklı insanlardı.

Zilin çalmasından tam dört dakika sonra, Katie taba rengi pantolon ve krem rengi balıkçı yaka bir kazakla odasından çıktı, saçları omuzlarının üzerinde parlayan bir örtüydü sanki. Annesine neşeli bir selam vermeyi başardı, ama yüzü hâlâ hafifçe kızarıktı ve içi hâlâ arzunun ardında kalan şoklarla titriyordu.

Onun şehvetli duygularının hiçbirini hissetmiyor gibi görünen Ramon'u mutfakta dördü için içki hazırlarken ve babasıyla birlikte bir şeylere gülerken buldu. "Ben bu içkileri oturma odasına götüreyim," dedi Ryan Connelly, iki bardağı alarak. Döndüğünde, dalgın kızını nişanlısına bakarken buldu. "Tatlım, göz alıcı görünüyorsun," dedi, Katie'nin alnına şefkatli bir öpücük kondururken. "Ramon sana iyi gelmiş olmalı."

Babasına çaresizce gülümserken Katie'nin yanakları pembeleşti. Katie annesiyle babası oturma odasına doğru gidene kadar bekledikten sonra, diğer iki bardağa da buz koyan Ramon'a döndü. Nişanlısının dudaklarının kenarında bir gülümseme oluşmuştu. Ona bakmadan, "Kızarıyorsun, *querida*. Ve göz alıcı görünüyorsun," dedi.

"Teşekkürler," dedi Katie kızgın bir gülümsemeyle. "Ben büyülenmiş gibi görünüyorum, sense gazete okuyormuş gibi! Nasıl bu kadar sakin olabiliyorsun?" Ramon'un az önce ona hazırladığı içkiye uzandı ama Ramon bardağı yanındaki tezgaha koydu. Dönüp onu öpmek için kendine çekti. "Sakin değilim, Katie," diye fısıldadı dudaklarının arasından. "Senin yokluğunu hissediyorum."

Annesi oturma odasından, Katie'nin Ramon'un kollarından alelacele geri çekilmesine neden olarak, "Katie?" diye seslendi. "Siz ikiniz buraya geliyor musunuz, yoksa verandada mı bekleyelim?"

"Oraya geliyoruz," diye çabucak cevap verdi Katie.

Ramon'a gülerek, "Bir zamanlar kadınla adam her sevişmeye başladığında telefonun çaldığı, birilerinin kapıya geldiği, ya da onları durduracak bir şeylerin olduğu bir roman okumuştum."

Ramon güldü. "Bu bize olmayacak. Buna izin vermeyeceğim."

10. Bölüm

Büyük jet, yerden 30 bin fit yüksekte güneydoğuya doğru hızla giderken güneş ışığı üzerinde parlıyordu.

Başını onun omzuna yaslayarak, uykuya dalmış olan Katie'yi rahatsız etmemek için dikkatle hareket eden Ramon uzandı ve sevgilisinin güzel yüzünü güneşin ışıltısından korumak için gölgeliği aşağı çekti. Uçuş olağanüstü bir şekilde zor geçmişti, bir çok yolcu telaşın açık belirtilerini gösteriyordu. Ramon şefkatli bir gülümsemeyle, *ama Katie göstermiyor,* diye düşündü. Ramon onun yumuşak, kadınsı görünümünün altında, muazzam bir cesaret, güç ve kararlılığa sahip olduğunu keşfediyordu.

Dün ve bugün, anne babasının yaklaşan ayrılık nedeniyle âşikar olan üzüntüsü Katie'nin cılız omuzlarında bir suçluluk yüküne dönüştüğünde bile, Ramon'un onun hissettiğini görebildiği duygusal baskıya rağmen Katie, onların mutsuzluğuna sakin bir anlayışla ve azimli gülümsemesiyle dayanmıştı.

Cuma gecesi, Katie'nin anne babası, onun dairesini kiraya verme işine ve kalan eşyalarını Porto Riko'ya nakletmek için toparlamaya gönüllü olmuştu. Ardından hafta sonunu kendi evinde değil de onların evinde geçirmesi için ısrar etmişlerdi.

Hafta sonu Ramon da orada kalmıştı ama Katie ile baş başa kalamamışlardı hiç.

Saatler geçtikçe, Katie'nin gerginliğinin artmasını izleyip kendisini Katie'nin, ailesinin ve işinin ona sunduğu sevgi ve güvenceye karşılık onunla olan belirsiz geleceğini tartacağı ve ona Porto Riko'ya gitme konusunda fikrini değiştirdiğini söyleyeceği zamana hazırlamıştı. Bencilce, Katie'yi tutkusunun aklına üstün gelmesini sağlayabileceğini bildiği yere, mahremiyet ve zamanlarının olacağı dairesine götürme özlemi duymuştu. Ama, arzunun fiziksel dürtüsü olmadan bile, Katie cesur azmiyle onunla birlikte gelmekte tereddüt etmemişti.

Uzun kıvrık kirpikleri, yumuşak yanaklarında gölgeler oluşturuyordu ve Ramon onun yandan görünümünün tüm güzelliğiyle kendini ödüllendiriyordu. Birinci sınıf koltuklar ayırttığı için memnundu çünkü bu koltuklar genişti. Katie bu şansı yakalamalarının gerçek nedeninin havayolu şirketinin ekonomi sınıfındaki bütün yerleri satması ve otomatik olarak onlara boş yerleri sunması olduğunu sanmıştı. Ramon da buna inanmasına izin vermişti.

Ramon koridorun karşısındaki pencereden dışarı bakmak için başını çevirdi. Birkaç ay önce Katie'yi Porto Riko'ya Uluslararası Galverra Şirketi'nin, muazzam antikalarla döşenmiş ve beyaz halı kaplanmış görkemli yatak odası, yemek odası ve geniş salonu olan özel Boeing 725 jetiyle götürebilirdi. *Katie bundan zevk alırdı*, diye düşündü. Ama, St. Louis'e uçurduğu ve şimdi de St. Louis havaalanının hangarında duran kendi özel Lear jetiyle daha fazla heyecanlanabilirdi.

Lear onun uçağıydı, şirketin değil; ama sahip olduğu diğer her şey gibi; evler, ada ve yat gibi, küçük jeti de, şirketin ihtiyaç duyduğu ve şimdi de geri ödeyemediği krediye karşılık ipotek altındaydı. Katie'yi bugün Porto Riko'ya Lear'la uçurmanın, ona bir zamanlar kendisine sunabileceği lüks hayatı tattırmanın anlamı ne olurdu – bunu yapmak sadece o yaşamla bunu karşılaştırarak şu an sunabileceği hayatın daha da kasvetli ve fakir görünmesine neden olmaz mıydı?

Bitkin bir halde, başını koltuğunun arkasına yasladı ve gözlerini kapadı. Katie'den bu sürgününü paylaşmasını istemeye, onu modern dairesinden, kariyerinden ayırmaya ve bir çiftlikteki tamir edilmiş bir kulübede yaşamasını istemeye hakkı yoktu. Bu çok bencilce ve yanlış bir davranıştı, ama onsuz bir hayatı düşünmeye dayanamıyordu. Bir zamanlar ona her şeyi verebilecekken, şimdi ona hiçbir şey veremezdi – dürüstlük bile. Henüz değil.

Ertesi gün için birkaç görüşme ayarlamıştı, biri muhasebecisiyleydi; şahsi ekonomik durumunun göründüğü kadar kötü olamayabileceği gibi zayıf bir ihtimale tutunuyordu. Görüşmeden sonra tam olarak hangi durumda olduğunu bilecekti, ardından da Katie'ye kim olduğunu ve ne olduğunu açıklamanın bir yolunu bulmalıydı. Aralarında dürüstlük olması konusunda ısrarcıydı, ve aslında ona tam olarak yalan söylememiş olmasına rağmen, şimdi ona gerçeği borçluydu –bütün gerçeği.

Katie'ye başarısız biri olduğunu söyleme düşüncesi içini burkuyordu. Bütün dünyanın onun hakkında öyle düşünmesi umurunda değildi, ama Katie'nin gözünde başarısız biri olacağını bilmesi canını acıtıyordu.

Cuma sabahı durumu Katie'nin babasına açıklamak zaten yeterli olmuştu. O yemeğin düşmanca başlangıcını anımsayınca, Ramon'un gergin yüz kasları müstakbel kayınpederine duyduğu şefkatle yumuşadı.

Buluşmayı kararlaştırdıkları özel erkekler kulübünden içeri yürüdüğünde, Ryan Connelly bütün bedeninden yayılan bastırılmış bir öfkeyle onu bekliyordu. Ramon oturur oturmaz yaşlı adam kısık, sinirli bir sesle "Ne tarz bir oyun oynuyorsun böyle, Galverra?" diye sormuştu. "Porto Rikolu bir çiftçi değilsin. Bana bu kadar tanıdık gelmen beni deli ediyordu. Tanıdık gelen sadece ismin değildi, yüzünü de biliyordum. Dün gece Time Dergisinde senin hakkında bir makale okudum, ve-"

Ramon, Katie'nin babasına Uluslararası Galverra Şirketi'nin yaklaşan çöküşünü açıkladıkça, Ryan Connelly'nin öfkesi öncelikle şaşkınlığa ve ardından da merhametli bir anlayışa dönüşmüştü. Ramon, Katie'nin babası ekonomik destek önerdiğinde gülümsememeye çalışmıştı. Ryan Connelly zengin bir adamdı, ama Ramon'un ona açıkladığı gibi, Uluslararası Galverra'yı kıyıya çıkarmak için Ryan gibi 100 tane yatırımcı gerekiyordu. Yoksa şirket kendi ağırlığı altında çökmeye devam ederdi ve şirkete yatırım yapmış herkesi de beraberinde götürürdü.

Büyük uçak, güçlü bir akımın içine düştü, sonra aniden yükseldi. "İniyor muyuz?" diye mırıldandı Katie.

"Hayır," dedi Ramon. Dudaklarını Katie'nin güzel kokulu saçlarına sürttü. "Uyumaya devam et. Miami'ye iniş yaparken seni uyandırırım." Katie itaatkâr bir şekilde gözlerini kapattı ve Ramon'a daha da sokuldu.

Kokpit kapısı açıldı ve pilot koridordan tuvalete doğru ilerledi. Ramon'un önündeki yolcu birkaç soruyla onu durdurdu ve pilot yanıtlamak için eğildiğinde, Ramon onun gözlerinin hayranlıkla Katie'nin yüzünde dolaştığını gördü. Anında kıskançlık olarak algıladığı bir rahatsızlık hissetti.

Kıskançlık... Katie yüzünden baş etmeyi öğrenmek zorunda olduğu bir başka yeni duygu. Şanssız pilota buz gibi bir bakış atarak, Katie'nin eline uzandı ve parmaklarını onunkilere geçirdi. İçini çekti. Demek kıskançlık onun sürekli yoldaşı olacaktı.

Katie'yle birlikte havaalanına yürürken, nişanlısına bakmak için dönen adamları izlemek onu sinirlendirmişti. Katie yüksek topuklarla, uzun, şekilli bacaklarını gösteren turkuaz ipek elbisesiyle bir manken gibi görünüyordu. Hayır – bildiği mankenlerde Katie'nin düzgün kıvrımları ya da yüz hatlarının müthiş uyumu yoktu. Onlarda ışık vardı, Katie'de ise güzellik.

Katie parmaklarını esnetti; Ramon birden onun elini sıkıyor olduğunu fark etti.

Hafifçe, duygusal bir tavırla, baş parmağıyla onun avucunu okşadı. Uykusunda bile, Katie dokunuşuna karşılık vermiş ve ona daha yaklaşmıştı. Tanrım, onu ne kadar da istiyordu! Yalnızca omzuna sokulmuş olması bile, kalbinin arzuyla çarpmasına ve hassasiyetle sızlamasına neden oluyordu.

Ramon başını geriye dayayarak gözlerini kapadı ve büyük bir memnuniyetle iç geçirdi. Başarmıştı! Katie'nin bu uçağa kendisiyle birlikte binmesini sağlamıştı! Sevdiği kadın Porto Riko'ya geliyordu. Onun olacaktı. Katie'nin özgürlüğüne ve zekâsına hayrandı, içindeki savunmasızlığa ve yumuşaklığa da bayılıyordu. Bir kadında sevdiği her şeyin cisimleşmiş haliydi Katie; kibirsiz ama gururlu, agresif olmadan hakkını savunan biriydi. Cinsel olarak, düşüncelerinde serbestti, ama hareketlerinde değil; bu da Ramon'u fazlasıyla memnun ediyordu. Eğer Katie güzel bedenini gelişigüzel başka erkeklere vermiş olsaydı, bundan nefret edeceğini biliyordu. Son derece özeldi; rasgele sekse düşkün olmadığı için Ramon için daha değerliydi. Bu da St.Moritz'den St.Croix'e kadar geçen on yılda sahip olduğu kadınların sayısını düşündüğünde, erkekler ve kadınların ahlakına uyguladığı çifte standart için kendini suçlu hissetmesine neden oluyordu.

Ramon, Katie'nin onun kendisi hakkındaki ahlaki düşüncesini bilse ne kadar öfkeleneceğini düşünerek gülümsedi. Onu aşırı gerikafalı olmaktan çaresiz bir Latin olmaya kadar her şey için suçlardı – ki bu da komik olurdu çünkü Katie'nin onunla gelme nedeninin bu olduğundan şüpheleniyordu.

Hissettiği kısa mutluluk, son birkaç gündür içinde daha da güçlenen bir şüpheyle kesildi. Katie'nin neden onunla geldiğini bilmiyordu. Neden onunla evlenmesi gerektiğini düşündüğünü bilmiyordu, bunun için kendine ne nedenler sunduğu hakkında hiçbir fikri yoktu. Tek geçerli sebep onu sevmesi olurdu.

Ama Katie onu sevmiyordu.

Ramon zihinsel olarak bu fikirden kaçındı, ama aynı zamanda bununla yüzleşmek ve sonuçlarına katlanmak zorunda olduğunu biliyordu. Katie *aşk* kelimesini asla sarf etmemişti. Üç gece önce, ona onu sevdiğini söylediğinde, kelimeler ağzından çıkıvermişti ama Katie sanki duymamış gibi davranmayı seçmişti. Hayatında ilk kez bir kadına onu sevdiğini söylediğinde, onun da kendisine cevap vermemiş olması ne kadar da ironikti.

Belki de kader ondan, diğer kadınların intikamını alıyordu.

Eğer Katie kendisini sevdiğini düşünmüyorsa, neden şimdi bu uçaktaydı? Cinsel olarak onu istiyordu, bunu biliyordu.Onu kollarına aldığı ilk andan beri daha fazlasını istemesi için zorluyor, acımasızca bedeninin alevini kendisi için yakıyordu. Apaçık ortada olan arzu Ramon için hissettiği tek şeydi; arzu bu uçakta olmasının tek sebebiydi.

Hayır, lanet olsun! Bu doğru olamazdı. Katie onunla yalnızca cinsel doyum için evlenmeyi düşünmeyecek kadar zekiydi. Ona karşı başka şeyler de hissediyor olmalıydı. Her şeye rağmen, aralarında her zaman muazzam bir çekim vardı, ve bu fiziksel olduğu kadar duygusaldı da. Eğer onu sevmiyorsa, Katie'yi yalnızca bedeniyle kendisine bağlayabilir miydi? Yapabilecek olsa bile, ona karşı duygularının, Katie'nin ona hissettiğinden çok daha derin olduğunu bilerek, onunla birlikte yaşamaya dayanabilir miydi?

11. Bölüm

Katie San Juan'a indikten sonra Miami-San Juan uçuşundan getirdikleri bavullarının bulunduğu bavul kontrol bölümüne ilerledi.

Etrafındaki İngilizce ve ispanyolca karışımı hızlı konuşmaları dinlerken, bekleyiş heyecanını iliklerinde hissetti. Solunda kılık kıyafetlerinden zengin seçkin oldukları anlaşılan bir grup adam onun kesinlikle İsveçli olduğu yönünde konuşuyorlardı. Arkasında akıcı bir dille Fransızca konuşan kalabalık bir grup turist vardı.

Katie kalabalığa göz gezdirdi ve tek işaretiyle yönünü değiştiren görevlinin Gucci markalı altı bavulunu doldurduğu el arabasını ona yönelttiği sırada Ramon'u gördü. Güldü, çünkü herkes görevliye seslenirken dikkat çekmek için çılgınca el sallıyordu ama Ramon sadece başını eğip selam vermişti. Tabii ki bunun gururla ilgili olduğunu düşündü. Klasik siyah takım elbisenin içinde Ramon kesinlikle Katie'nin hayatında gördüğü en etkileyici erkekti. Onda herhangi bir görevlinin bile görmezden gelemeyeceği, karşı konulamaz, güçlü bir hava vardı. Katie onun hayat mücadelesi içinde bir çiftçiden çok, varlıklı bir yöneticiye benzediğini düşündü. Görevli de onun gibi düşünmüş olmalıydı; kesinlikle yaptığı iş için hatırı sayılır bir bahşiş almayı umuyordu. Katie rahatsız olarak Ramon'un da bunu fark edip etmediğini merak etti.

Niye kendi bavullarını taşıyabileceklerini söylememişti ki. Ramon sadece iki bavulla seyahat ettiği için iki üç kez gidip gelerek rahatça eşyalarını taşıyabilirlerdi. Ramon'un az parası olduğunu, hatta tasarruf etmek için bavullardan birini kendisinin taşıdığını göz önüne aldığında, Katie daha tutumlu olması gerektiğine karar verdi.

Ramon elini Katie'nin dirseğine koyarak ona eşlik ederek hazır olup olmadığını sordu.

Dışarda müşteri bekleyen taksiler sıralanmıştı. Ramon'u ve Katie'yi takip eden görevli, sıranın başındaki ilk taksiye işaret verdi. Yüzünü kabarık bulutlarla süslü mavi gökyüzüne kaldıran Katie, "Hava daima güneşli midir?" diye sordu. Ramon'un gülümsemesindeki mutluluk onun Katie'nin yeni evini sevmesini ne kadar çok istediğini anlatıyordu. "Evet, hep böyle," dedi. Ramon görevlinin nerede olduğunu bakmak için kafasını kaldırdı ve söylemek üzere olduğu sözcükler yarım kaldı.

Onun kızgın bakışını gören Katie bavullarının taksi zincirinin önünde kaldırımda bekleyen göz kamaştırıcı Rolls-Royce'a yüklendiğini görünce şaşırdı. Kusursuz siyah bir üniforma ve siperli bir şapka giyen şoför Rolls'un yanında dikkatle bekliyordu. Onlar arabaya yaklaştıkça, şöfor de onların binmesine imkân sağlayacak şekilde arka kapıyı açmak için acele etti.

Katie durdu ve şoföre aralıksız bir şekilde İspanyolca sorular soran Ramon'a meraklı gözlerle baktı. Adam her ne cevap verdiyse söylediği şey Ramon'u kızdırmışa benziyordu. Ramon hiçbir şey söylemeden Katie'yi hafifçe dokunarak onu Rolls'un beyaz döşemeli sıradışı konforuna davet etti. Ramon onu arabanın içine iter itmez "Neler oluyor? Kimin arabası bu?" dedi Katie. Ramon cevap vermeden önce şoförün yolcu kapısını kapatmasını bekledi. Sesi açıklanamaz öfkesini kontrol etme sıkıntısıyla gergindi.

"Araba adada villası olan bir adama ait, ama nadiren buradadır. Şoför Garcia ailemin yakın bir arkadaşıdır. Bugün geldiğimizi duyunca, bizi karşılamaya karar vermiş."

Katie neşeli bir sesle, "Ne kadar düşünceliymiş," dedi.

"Bunu yapmamasını özellikle söylemiştim."

"Ah," diyen Katie bir an bocaladı. "Anlaşılan o ki iyi yapmış,"

Dikkatini dikiz aynasından sabırsızca onlara bakan şoföre çeviren Ramon, bir tuşa bastı ve cam bölmeyi açtı. Kesik İspanyolca konuşmasıyla talimatları verdi, cam bölme kapandı ve Rolls kaldırımdan kayar gibi uzaklaştı.

Katie daha önce hiç Rolls Royce'a binmemişti ve arabadan çok etkilenmişti. İnanılmaz derecede yumuşak, beyaz derideki duyguyu hissederek parmaklarını koltukta gezdirdi. Geriye uzanıp şoför koltuğunun arkasındaki bir düğmeye basarak, "Bu nedir?" diye sordu. Küçük gül ağacı yazı masası üzerine fırlayıp kucağına düşünce güldü. Kapağı kaldırdıktan sonra, içeri baktı ve kalın parşomen kâğıdı, altın dolmakalem ve hatta altın zımbayla donatılmış olduğunu gördü. Birey uğraştıktan sonra "Bunu nasıl yerine koyabilirim?" diye sordu.

"Aynı düğmeye tekrar bas."

Katie düğmeye bastı. Kucağından mekanik bir vızıltıyla kalkan gül ağacı yazı masası beyaz derinin içine yerleşerek bir ayna görüntüsü aldı. Katie, Ramon'un dizlerinin üzerindeki düğmeyi gördü ve kafasını sallayarak gülümsedi.

Ramon ifadesiz bir yüzle onu izliyordu. "Önümdeki koltukta gizli bulunan likör dolabı açılır."

Katie "Televizyon ve müzik seti nerde?" diye şaka yaptı.

"Yazı masası ve likör dolabının arasında."

Katie'nin yüzündeki memnun gülüş kayboldu. Ramon'un onunla bu arabadaki eşsiz konforun zevkini yaşamadığını anladı. Kısa bir duraklamadan sonra dayanamayıp, "Bu arabanın sahibi her kimse çok zengin olmalı," dedi.

"Öyleydi."

"Öyleydi? Öldü mü?"

"Ekonomik açıdan ölü." Bu sert ve anlaşılmaz cevaptan sonra Ramon kafasını çevirdi ve camdan dışarı bakmaya başladı.

Onun bu soğuk tavrından incinen Katie kendi tarafında bulunan camdan dışarı baktı. Katie'nin bu derin düşünceye dalmış hali Ramon'un sıcak, avucunun eline dokunmasıyla bölündü. Hâlâ camdan dışarı bakmakta olan Ramon, "Keşke sana bunun gibi düzinelerce araba verebilsem, Katie," dedi.

Katie bir an için konuşmakta güçlük çekti. İçi rahatlayınca işi espriye vurdu. "Keşke sadece bunun gibi bir tanesini almaya gücün yetse. Unutma pahalı bir araba mutluluğun garantisidir, değil mi?" Ramon kızgın bakışlarını Katie'ye çevirdi, o da mavi gözlerini abartılı bir masumiyetle açtı.

"David bana düğün hediyesi olarak bir Porsche vermişti..." Katie konuştukça, Ramon'un ağzının kenarındaki sert çizginin yerini hafif bir gülümseme aldı. "Eğer Rolls Royce vermiş olsaydı, kesinlikle mükemmel bir evliliğim olurdu." Ramon'un kolu omzunu kavrayıp onu kendine çekerken, "Yine de hayatımı mükemmel yapabilecek tek şey," dedi Katie ve cümlesi Ramon'un dudaklarını onunkine yaklaştırıp son derece içten bir şekilde öpmesiyle yarım kaldı. Katie bunu memnuniyetle kabul etti.

Sonunda kafasını kaldırdığında, Katie onun şefkatli gülümsemesinin tadını çıkardı. "Hayatını mükemmel yapabilecek tek şey nedir?" diye boğuk sesle sordu.

Katie güldü. "Bir Ferrari!"

Ramon kahkalara boğuldu ve Katie gerilimin sonunda nişanlısını terk ettiğini hissetti. Şimdi her şey olması gerektiği gibiydi.

Porto Riko kelimenin tam anlamıyla Katie'yi büyülemişti. Katie gür yeşil vadiler ve güneş ışığında parlayan gölleri barındıran böylesine dağlık, tropik bir cennetle karşılaşmayı beklemiyordu. Araba, dalları pembe ve sarı çiçeklerle süslü muazzam ağaçların çevrelediği kıvrımlı, engebesiz yollar boyunca ilerledi.

Her biri kilise kulesinin göğe uzandığı meydanın merkezinde, dağların arasına kurulmuş, resmedilmeye değer güzellikteki köylerden geçtiler. Katie boynunu uzattı, gözleri doğanın tepelere ve çayırlara yaydığı parlak renklerden zevk alıyordu, sesi eğreltiotlarından çiftlik evine kadar her şeyden bahsederken mutluydu.

Bu yolculuk boyunca, Ramon'un delici bakışlarını üzerinde hissedebiliyordu. Ortamı hareketlendirecek bir yorum yapmak için iki kez aniden döndü ve onun nazik gülümsemesiyle saklayamadığı endişeli ifadesini görür gibi oldu.

Ramon Katie'nin onun doğup büyüdüğü bu yeri sevmesini izliyordu, ve nedense, Katie'nin gerçekten sevdiğine inanmakta güçlük çekiyormuş gibi görünüyordu. Havalimanından ayrıldıktan sonra yaklaşık bir saat boyunca, araba başka bir köyü geçti ve ilerlemeye devam ederken çamurlu patikadan asfaltlı yola saptılar. Sanki ışıklarla hafifçe aydınlatılmış kırmızı ipek bir tünelden geçiyorlardı. Bu manzara karşısında Katie'nin nefesi kesildi. Ramon'a dönüp "Kesinlikle inanılmaz," dedi. "Sizin eve yaklaştık mı?"

"Bu patikadan bir buçuk mil uzaklıkta," dedi Ramon, ama sesine gerginlik hakimdi ve gülümsemesi de gergin dudaklarının hafifçe kıvrılmasından ibaretti. O da bu yolculuğun sonunda ne olduğunu anlamaya niyetliymiş gibi karşıya bakıyordu. Katie tam gördüğü kırmızı çiçeklerin bir tür lale olup olmadığını sormak üzereydi ki Rolls iki mil uzunluktaki kırmızı kanopiden ayrılıp, eski beyaz tuğla evin olduğu çirkin alana girdi. Katie hayal kırıklığını saklamaya çalışarak Ramon'a dönmüştü ki onu öfkeyle eve bakarken buldu ve bilinçsizce oturduğu koltuğun minderine gömüldü. Ramon araba ormanlık alanda tamamen duramadan kapısını açtı, bir hamlede atıldı, kapıyı arkasından hızlıca çarptı ve öfkeyle çimlerden yürüyerek karşıya geçti.

İhtiyar şoför Katie'nin arabadan inmesine yardım etti; Ramon'un başta kapıya hafifçe vurup cevap alamayınca kapının mengelerinin parçalanıp yere düşmesine neden olacak bir kuvvetle kapıya yüklenmesini görmek için tam zamanında arkalarını döndüler. Katie bir dakika önce kapının bulunduğu boş alana bakarken olduğu yerde donakaldı. Bakışları tahta çerçeveyi sıyıran boyaya ve pencerelerde rasgele sallanan süngülere kaydı.

Bir anlığına, bütün iyimserlik ve cesaret Katie'yi terk etti. Verandalı güzel apartman dairesini özledi. Daha önce böyle bir yerde yaşamamıştı; lüks içinde yaşama zevkini, yaşam tarzını inkâr etmeye çalışması aptallıktı. Rüzgâr şık topuzundan birkaç saç telinin kopmasına neden oldu.

Gözüne gelen birkaç saçı geriye atmak ve aynı zamanda tıpkı bu ormanlık alan gibi dağınık, perişan görüntüsünü düzeltmek için elini kaldırdı. Bir veya iki yıl içinde tıpkı yaşadığı yer gibi dağınık ve derbeder olacaktı; çünkü böyle yaşamak gururunu yok edecekti.

İsteksizce evin kapısına giden tuğla yapılmış yolda yürümeye başladı

Çatıdan düşen ve düştükleri yerde parçalanan kırmızı çiniler vardı. Katie pahalı, kalın tabanlı İtalyan sandaletleriyle bunların üzerinden dikkatlice atlayarak kurtulmaya çalıştı. Işığa alışabilmek için gözlerini kırpıştırarak aceleyle giriş kapsından geçti. Boğazında ani bir değişiklik oldu, tiksintisi arttı. Boş kulübenin içi örümcek ağı, kir ve tozla kaplıydı. Güneşin kırık pencerelerin süngüsünü aydınlattığı yerde, toz parçacıkları havada uçuşuyordu.

Ramon'un bu şekilde nasıl yaşayabildiğini düşününce irkildi. Her zaman son derece temiz giyimliydi Ramon, onun böyle bir pislik içinde nasıl yaşabildiğini hayal edemiyordu.

Katie büyük bir güçlükle çılgın duygularını kontrol altına aldı ve kendini mantıklı düşünmeye zorladı. Görünüşe göre yıllardır hiç kimse burada yaşamamıştı-toz belli bir noktada toplanmış, homojen olarak eve dağılmamıştı. Duvarlardan gelen kulak tırmalayıcı sesi duyunca, farelerin yaşadığını fark edip ürperdi.

Ramon arkasını Katie'ye dönmüş, odanın ortasında dikiliyordu.

"Ramon?" Katie'nin sesi endişeli bir fısıltı halindeydi.

"Buradan çık." Ramon'un kısık sesi öfkeliydi. "Hiçbir şeye dokunmasan bile üzerin toz olur."

Katie buradan gitmekten fazlasını istiyordu, havaalanına gidip, güzel evine dönmek istiyordu. Çıkmak için hareket ettiğinde Ramon'un onu takip etmediğini fark etti, durdu ve tekrar ona döndü. Ya isteksiz olduğundan ya da yüzünü ona dönüp Katie'yle yüzleşmeye cesaret edemediğinden odanın ortasında hâlâ arkası dönük olarak duruyordu.

Şefkat duygusuyla Katie, kendisinin evi gördüğü an Ramon'un ne kadar endişe duyduğunun farkına vardı. Şüphesiz arabayla patikadan giderlerken, çok gergin görünüyordu. Şimdi ise kendisine sunabileceği en güzel şey bu harabe kulübe olduğu için kızgındı ve mahcup olmuştu. Katie rahatsız edici sessizliği bozmak için konuştu. "Sen-sen burda doğduğunu söylemiştin."

Ramon yavaşça döndü ve sanki Katie orda değilmiş gibi baktı.

Onun bu durumundan cesaret alan Katie devam etti. "Sanıyorum doğduğundan beri burda yaşadığını söylemek istemiştin, ama burda yıllardan beri kimse yaşamıyor, değil mi?"

"Hayır," dedi Ramon kızgınlıkla.

Katie onu ses tonu karşısında geri çekildi. "Buraya son geldiğinden beri çok zaman geçti mi?"

Ramon dişlerinin arasından, "Evet," dedi.

"Bu evler çok güzel olsalar bile, uzun süre kimse yaşamadığında çirkinleşirler." Aslında Ramon'un onu teselli etmesi gerekirken Katie çaresizce onu teselli etmeye çalışıyordu. "Hatırladığın, bildiğin gibi görünmüyordur belki."

"Kesinlikle hatırladığım gibi görünüyor!"

Onun bu keskin alaycılığı Katie'nin oldukça hassas duygularını bıçak gibi kesti ama denemeye devam etti. "Eğer-eğer tam olarak hatırladığın gibi görünüyorsa, niye bu kadar öfke...üzgünsün," diye hemen düzeltti.

"Çünkü," dedi Ramon, korkunç bir ses tonuyla. "Dört

gün önce bu yerin temizlenmesi ve tamir edilmesi için mümkün olduğunca fazla sayıda adamın gerekli olduğunu belirttiğim bir telgraf göndermiştim."

Katie rahatlamış gibi nefes aldı. "Ah!"

Onun rahatlaması Ramon'u iyice sinirlendirdi. Gözleri onu delip geçen iki siyah hançer oldu. "Benim seni böyle yıkık dökük bir yere yaşamak için getirebileceğim fikrine mi kapıldın? Böyle bir yerde yaşamana izin vermeyeceğim. Bu manzarayı hayatın boyunca unutamazsın."

Katie kızgın ve şaşırmış bir ifadeyle baktı. Bundan sadece birkaç dakika önce geleceğinden, sevildiğinden ve istendiğinden emindi. Şimdi hiçbir şeyden emin değildi ve Ramon'a kendi hayal kırıklığından onu sorumlu tuttuğu için kızgındı.

Aklına dargınlığının geçmesi için birçok neden geldi, ona bakınca içinde şefkat hissetti. Doğduğu bu dağınık, boş evde ayakta duran Ramon yenilmiş görünüyordu ve kalbinin kırıldığını göstermemek için oldukça kararlıydı. "Eğer böyle bir düşünceye kapıldıysan sanırım benimle ilgili çok az şey biliyorsun," dedi heyecan, dolu kısık bir sesle.

Katie Ramon'un bakışlarından uzaklaşarak, oturma odasının sağına çıkan kemerli iki kapıdan geçti ve iki yatak odasına, evin ön kısmında bulunan büyük odaya, arka tarafta bulunan daha küçük odaya göz attı.

'Yatak odasının penceresinde harika bir manzara var," diye haykırdı.

Ramon "Her iki camda da çerçeve yok," diye kısaca karşılık verdi.

Katie onu duymazdan geldi ve diğer kapıya yöneldi. Paslanmış lavabo ve küvete bakınca buranın banyo olduğunu sanısına kapıldı. Ailesinin paslanmış mermer banyoyu görünce sergileyeceği hoşnutsuzluk ve ardından apartmanlarındaki modern banyo görüntüsü Katie'nin aklını meşgul ediyordu. Cesurca, her iki imgeyi de kafasından çıkarmayı başardı ve ışık yakmak için düğmeyi çevirdi. "Evde elektrik var," diyerek sevindi.

Ramon beklenmedik bir cevap verdi: "Bir türlü yanmaz."

Katie emlakçı gibi davrandığını biliyordu ama kendini alamıyordu. Bakır ayakların üzerinde duran antik bir porselene yürürken "Burası da mutfak olmalı," dedi. "Hangisi soğuk su, hangisi sıcak su?" Bunu anlamak için, muslukları denedi.

Ramon gergin bir tavırla, "Bunu dert etme," dedi. "Çalışmıyorlar."

Katie ona dönüp yüzleşecek cesareti kendinde bulmaya çalıştı. O an, kendini lavabonun üzerinde bulunan kirli geniş kirli pencereden bakarken buldu. Derin bir nefes alarak "Ramon," dedi. "Bu evi inşa eden her kimse benim gibi manzaraya önem veren biri olmalı."

Önünde yamaçları pembe ve sarı çiçeklerle kaplı, yemyeşil tepeler harika bir manzara oluşturuyordu.. Musluğun yanından çekildiğinde, ifadesinde gerçek bir zevk vardı. "Kesinlikle harika! Eğer sürekli bu manzaraya bakabilseydim geçimimi sağlamak için bulaşık yıkardım!" Hevesle, bakışlarını dörtgen mutfakta gezdirdi.

Tam karşısında, pencerenin bulunduğu bir duvarın tamamına geniş bir pencere dizisi takviye edilmişti. Bunların önünde kaba bir tahta masa ve sandalyeler vardı. "Terasta yemek gibi olacak-iki farklı yönde de uzakları görebiliriz." Ramon'un donmuş ifadesinin hafifçe değişmesini izlerken bağırdı. "Mutfak daha aydınlık ve ferah görünebilir!" Katie biçimsiz parkenin üzerinde bulunan soyulmuş muşammaya bakmamaya çalışarak arkasını döndü ve oturma odasına gitti. İki duvar boyunca uzanan geniş camlarını geçti ve kir tabakasının birazını sildi. Temizlediği yerden dışarı baktıktan sonra manzarayı izledi. Sevinç içinde "Köyü görebiliyorum!" diye haykırdı. "Hatta kiliseyi bile görebiliyorum. Buradan sanki etrafında yeşil tepeler bulunan küçük beyaz oyuncak bir köy gibi görünüyor. Ramon, sanki bir kartpostala bakmak gibi. Nereden bakarsan bak daima görülecek güzel bir şeyler bulunsun diye bu pencereler bir an önce yerleştirilmeli. "Biliyor musun?" Ramon'un peşinden geldiğinden habersiz olan Katie, yalpaladı ve onun uzun, güçlü gövdesiyle çarpıştı." Bu evin gerçekten harika bir potansiyeli var." Katie onun parlak gülümsemesiyle karışık alaycı ifadesini yakaladı. "İhtiyacı olan tek şey bir kat boya ve yeni perdeler."

"Ve bir böcek öldürücüyle bir ordu dolusu marangoz," dedi Ramon. "Ya da daha iyisi, etkili bir kundakçı."

"Tamam; boya, yeni perdeler ve çekici ve vidaları olan bir böcek öldürme görevlisi." Katie dudağını ısırdı. "Halıcılık hakkında bilgin var, değil mi?"

Eve geldiklerinden beri ilk kez Katie Ramon'un yakışıklı yüzünde espri ışıltısı gördü. "Tahmin ediyorum ki sen perdeler hakkında ne kadar şey biliyorsan ben de halıcılık hakkında o kadar biliyorum, Katie."

Perde yapımı hakkında en ufak bilgisi olmayan Katie, "Harika!" diye blöf yaptı. "O zaman tamir işlerinde herhangi bir sorun yaşamayacaksın, değil mi?"

Ramon duraksamış gibiydi, dağınık odayı baştan aşağıya yürüdü. Yüz ifadesi taşlaşmış gibi olana kadar sertleşti. Katie elini onun omzuna koydu. "Burası sıcak, neşeli bir ev olacak. Gördüğüm kadarıyla utanmış gibisin, ama sonunda ev düzene girince rahatlayacaksın. Sana burayı onarırken yardım etmekten gerçekten zevk alacağım- dürüstçe söylüyorum Ramon," Katie ona yalvarırcasına fısıldadı, "lütfen, lütfen bunu benden esirgeme."

"Senden esirgemek mi?" Ramon Katie'yu kucakladı. "Biliyorum, seni Porto Riko'ya getirmemem gerekiyordu, Katie," diye acı çeker gibi fısıldadı. "Biliyorum, benim bencilliğim ama oldu işte. Şimdi ise seni ait olduğun yere, evine geri göndermem gerekiyor," dedi. "Ama- Tanrı beni affetsin, bunu yapmaya dayanamam!"

Katie yanağını onun sert göğsüne dayadı. "Eve gitmek istemiyorum; seninle kalmak istiyorum." Ve- en azından bir dakikalığına- onunla kalmak istediğinden emindi.

Ramon geri çekildi. "Niye?" dedi. "Niye benimle kalmak istiyorsun?"

Işıl ışıl bir gülümseme Katie'nin yüzünü aydınlattı. "Bu evin senin rüyalarının evin olabileceğini kanıtlayabileyim diye!"

Cevabı Ramon'un gözlerini gölgeleyen, açıklanamaz bir üzüntüye neden oldu. Ramon bu sözlerin etkisiyle başını eğdi. "Benimle kalmak istemenin sebebi bu, Katie." Dudaklarını sıcak ve baştan çıkarıcı şekilde onun dudaklarında gezdirdi.

Katie'nin bedenindeki tüm sinirler heyecandan titremeye başladı. Ramon onu tutkuyla öpmeyeli günler değil, haftalar geçmiş gibiydi. Şimdi sıra Ramon'daydı ve kasıtlı olarak onu bekleterek onunla dalga geçiyordu. Katie boşuna umutlanıp hayal kırıklığına uğramak istemiyordu. Kollarını Ramon'un boynuna dolayarak, vücudunu onun kaslı vücuduna bastırdı. Katie demir gibi olan kontrolünü yıkmak umuduyla onu duygulu bir şekilde öptü. Katie Ramon'un uyluklarını gerginleştiren, artan sertliği hissediyordu, ama sanki Katie'nin onu kasti olarak tahrik etmesine misilleme yaparcasına, Ramon dudaklarını onunkilerden aşağı kaydırdı ve ağzının köşesini öpmeye başladı, dudaklarını yanaklarından boynunun hassas kısmına kaydırdı, sonra tekrar dili şehvetle her kıvrımı, her yarığı keşfederek, yukarı, kulağına doğru ilerledi.

Katie acıyla "Yapma," diye yalvardı. "Benimle oynama, Ramon. Şimdi değil." Ramon onu duymazdan geldi. Katie'yi alt üst eden büyük bir tutkuyla ağzını onunkine yapıştırdı. Ensesinden başlayıp omzuna, ordan da ağrıyan göğüslerine büyük bir arzuyla dokunuyordu. Sonra onu sertliğine sıkıca bastırdı.

Zevkten ürperen Katie parmaklarını onun omzundaki ve sırtındaki güçlü kaslarında gezdirdi ve kendini onun ritmik dürtüleri ve erkekliğini hissettiren ihtiyaca arzuyla teslim etti.

Uzun bir süre sonra, Ramon'un dudaklarındaki istek azaldı ve yavaşça kafasını kaldırmasıyla tamamen bitti. Katie onun bu sersemlemiş halinde bile gözlerindeki arzuyu görebiliyordu, Ramon'un da onun gözlerinde aynısını gördüğünü biliyordu. Delici arzu hissiyle yanarken, Ramon'un ateşli bakışının onun dudaklarına kayışını izledi. Kafasını ona doğru çevirirken kolları da kasıldı, baştan çıkmamaya çalışırken bir an tereddüt etti. "Aman Tanrım!" diyerek inledi ve onu bir kez daha aynı istekle öptü.

Zaman geçtikçe Ramon birkaç kere çekilmeye çalıştı, ama sonra her seferinde kararını değiştirip dudaklarını tekrar baştan çıkarıcı halde onunkilere gömdü.

Sonunda durduklarında, Katie ürperdi. Karşılıklı tutku ve hazzın gücünün bir araya gelmesiyle koşulsuzca, umursamazca ürperdi. Katie ve savunmasızca ona yaslanmışken, Ramon şefkatle onun sırtını okşuyordu.

Katie Ramon'un bir şeyler mırıldandığını duyduğunda birkaç dakika geçmişti. Kafasını kaldırıp bitkin mavi gözleriyle ona bakmayı başardı. Bir kez daha Ramon'un ona bakan erkeksi yüzüne hayran oldu. Onun etkileyici çukuruyla bütünleşmiş kararlı çenesini, boynunu ve biçimli ağzındaki şehvet ifadesini çok beğeniyordu. Ve tabii Katie'nin erimesine neden olan zorlayıcı ve baştan çıkarıcı gözleri vardı.

Katie yerinde doğruldu ve Ramon'un şakağındaki saçı düzeltti, baş parmağıyla belirsizce çene çukurunu izleyip eliyle yanağını okşadı.

Ramon'un koyu renk gözleri onu izliyordu. Kafasını çevirip dudaklarıyla hassas avucuna öpücükler kondururken, gözleriyle Katie'yi yakaladı.

Sesi tutkulu olmaktan çok duyguluydu. "Beni çok mutlu ettin, Katie."

Katie gülmeye çalıştı, ama Ramon'un sesinde duyduğu acı gözlerinin yaşlarla yanmasına neden oldu. Duygusal açıdan çalkantılı geçen üç günün ardından, Katie kendini gözyaşlarına hakim olamayacak kadar zayıf hissediyordu. Gözlerinden iki damla yaş akarken "Sen de beni mutlu ettin," diye fısıldadı.

Ramon onun ağladığını fark ederek çoşkuyla "Evet," dedi. "Bunu görebiliyorum."

Katie ona bakakaldı. On dakika önce Ramon'un sesinde ağlamaklı bir ton olduğuna yemin edebilirdi, ama şimdi o gülüyor, Katie ise ağlıyordu. Ağlamayı bir kenara bırakıp gülmeye başladı. Gözyaşını silerken "Ben-ben mutluyken daima ağlarım," diye açıkladı.

Sahte bir korku ifadesiyle "Olamaz!" diye haykırdı Ramon. "Üzgün olduğun zamanda da güler misin?"

Yüzü ışıl ışıl bir gülümsemeyle aydınlanan Katie, "Sanırım şu ara gülebilirim," diye itiraf etti. "Seninle karşılaştığımdan beri tüm duygularım allak bullak oldu." Birdenbire doğruldu ve Ramon'u sıcacık dudaklarından öptü, sonra onu sarmalayan kollarına uzandı. "Garcia ne yaptığımızı merak ediyordur. Gitsek iyi olacak."

O kadar büyük pişmanlıkla iç çekti ki Ramon onun bu haline güldü. "Garcia ağırbaşlı bir adam bizim ne yaptığımız hakkında fikir yürütecek kadar alçalmaz."

Yine de Ramon isteksizce Katie'yi serbest bıraktı. Kapıdan çıkıp güneş ışığına doğru yürüdüler.

Katie evi tamir etmeye ne zaman başlayabileceklerini sormak üzereydi, ama Ramon'un dikkati biraz ileride yürüyen yaşı altmış civarında olan bir adam üzerinde yoğunlaşmıştı.

İhtiyar, Ramon'u görünce, bronzlaşmış buruşuk yüzü bir gülümsemeyle aydınlandı. "Telgraf Rolls'un köye yaklaştığını görmeden tam bir saat önce bana ulaştı.Bu yaşlı gözlerim bana oyun mu oynuyor, Ramon, yoksa karşımda duran bu adam gerçekten sen misin?"

Ramon gülümseyerek elini uzattı."Gözlerin camdan çıkan dumanı görüp beni sigara içerken yakaladığın gece kadar keskin, Rafael."

Rafael adındaki adam hemen elini uzatıp şefkatle Ramon'un omzuna vururken "İçtiğin sigaralar benimdi," diye hatırlattı.

Ramon Katie'ye göz kırptı. "Ne yazık ki içecek bir sigaram bile yoktu."

Rafael, Katie'ye üçkağıtçı bir ifadeyle gülerek, "Çünkü dokuz yaşındaydı ve sigara almak için çok küçüktü," diye açıkladı. "Onu görmeliydiniz, senyora. Ellerini ensesine koymuş, samanlığa uzanmış, sanki baoş vaktinde eğlenen önemli bir adammış gibiydi. Ona o üç sigarayı yedirdim."

Katie "İşe yaradı mı?" diye kahkaha attı.

Ramon "Yaradı," diye itiraf etti. "O günden sonra sigara içmeyi bıraktım."

Sözde bir ciddiyetle Rafael, "Kızlarla ilgilenmeye başladı," dedi. Katie'ye döndü. "Padre Gregorio bu sabah kilisede evlilik ilanını okuyunca, tüm kadınlar büyük bir hayalkırıklığıyla ağladı."

Rafael sonra herhangi bir rahatsızlığa neden olmamak için ekledi: "Ama endişelenmeyin, senyora. Sizinle nişanlı olduğu için, şüphesiz ki Ramon hayatı boyunca onu kovalayan tüm kadınları görmezden gelip ahlaksızca davranışlarını telafi edecektir."

Ramon yaşlı adama tehditkâr bir bakış attı. "Eğer benim karakterime saldırıyorsan, Rafael,- Katie'in seni dinledikten sonra da benimle evlenme niyetinden vazgeçmeyeceğini bildiğimden- sana nişanlımı tanıştırayım."

Katie bu evlilik ilanının burada bulunan bir kilisede okunmuş olmasına şaşırdı. Ramon St. Louis'ten duyurmayı nasıl başarmıştı? Başta, Ramon ona Rafael Villages'ın 'İkinci bir baba gibi' olduğunu anlatırken, Katie bir şekilde zayıf bir gülümsemeyle karşılık verebildi. Ama dikkatini toplayıp Ramon'un konuşmasına kendisini verebilmesinden önce birkaç dakika geçmişti.

Rafael "Bu yöne doğru gelen arabayı görünce," diyordu, "nişanlını buraya getirmekten utanmadığını ve ona köklerinin burada olduğunu gösterdiğine sevindim; yine de şimdi-"

Ramon birdenbire "Katie," diyerek konuşmayı böldü. "Buranın güneşine henüz alışamadın. Belki arabada beklesen daha iyi olur. Orası daha serin."

Katie bu sözler karşısında şaşırarak Rafael'e veda etti ve uysalca klimalı Rolls'a bindi. Ramon'un Senor Villages'e söylediği her neyse adamı etkilemiş ve hemen ardından şaşırmasına, son olarak da suratına asmasına sebep olmuştu. Tokalaştıktan sonra eskisi gibi güldüklerini görünce Katie rahatladı.

Ramon arabaya binerken "Senden o şekilde gitmeni istediğim için özür dilerim," dedi. "Bir sürü şey arasında evde yapılması gereken bazı işleri tartışmam gerekiyordu, ve biz paradan konuşurken senin orada olman Rafael'i utandırırdı." Şoförle yolcu arasında bulunan camı açan düğmeye bastıktan sonra, Ramon İspanyolca bazı talimatlar verdi ve ceketini çıkardı, kravatını gevşetti, gömleğinin düğmelerini açtı ve ayaklarını uzattı. Katie onun zorlu bir işten geçtiğini ama bunun sonucuyla mutlu olan biri gibi göründüğünü düşündü.

Bir sürü soru aklını meşgul ediyordu; en önemsiz olan soruyla başladı."Nereye gidiyoruz?"

"Güzel bir yemek yiyeyeceğimiz köye gidiyoruz." Ramon kolunu Katie'nin omzuna koyup, kulağındaki küçük turkuaz küpeyle oynadı. "Biz yemek yerken Rafael'in küçük kızı da senin için boş odalardan birini hazırlayacak. Senin evde kalmanı istemiştim, ama ev yaşanabilir halde değil. Bununla beraber, Rafael bana hatırlatana kadar sana eşlik edecek birinin gerekli olduğu aklıma gelmemişti."

"Yardım edecek biri! Ciddi olamazsın." Katie kekeledi." Bu-bu-"

"Gerekli." Ramon onu telkin etti.

"Ben eski kafalı ve bağnazca olduğunu söyleyecektim."

"Doğru. Ama şimdiki durumumuzda birinin olması gerekli."

Katie ince kaşlarını kaldırdı."Bizim durumumuz mu?"

"Katie, burası neredeyse hiçbir olayın olmadığı bir kasaba, bu yüzden herkes diğer insanların neler yaptığını izler ve dedikodu çıkarır. Ben bekar biriyim ve bu yüzden ilgi odağıyım."

"Senyor Villages'ın ne demek istediğini şimdi anlıyorum." Katie ciddiyetle karşılık vermişti.

Ramon'un dudakları kıpırdadı ama hiçbir yorum yapmadı. "Ve benim nişanlım olduğundan sen de ilgi odağısın. Daha da önemlisi Amerikalısın ve bu seni eleştiri hedefi yapar. Burada Amerikalı kadınların ahlâki değerlerinin düşük olduğunu düşünen çok sayıda insan var."

Katie'nin güzel yüzüne isyan ifadesi yerleşti. Çıkık elmacık kemikleri pembe allıkla renklendirilmişti ve mavi gözleri tehlikeyle parlıyordu. Ramon tehlike sinyallerini görünce onu hemen kendine çekti ve dudaklarını şakağına bastırdı."Yardımcı derken, seni takip edecek birini kastetmedim. Sadece tek başına yaşayamayacağını düşündüm. Eğer yaşarsan evinden içeri adımımı attığım an senin benimle yatağını paylaştığına dair dedikoduların yayılmasına izin vermiş olurum ve Amerikalı olduğundan herkes bunun doğru olduğuna inanır. Umursamayacağını düşünebilirsin ama burası senin evin olacak. Eğer yıllar sonra senin hakkında fısıldaşan insanlar olmadan burada dolaşamazsan burayı sevemezsin."

Katie, "Prensipte hâlâ bu fikre itiraz edebilirim," dedi, ama çok ikna edici konuşamamıştı çünkü Ramon diliyle kulağını keşfetmekle meşguldü.

Ramon'un kahkahası Katie'nin iliğinde dahi hissettiği bir heyecana neden oldu. "Bu fikre itiraz etme sebebinin yardımcı bir kadının bunu bizim için daha zor hale getireceğini düşünmen olduğunu umuyorum....yalnız kalmamızı zor hale getireceğini düşünmen..."

Katie dürüstçe, "O da var tabii," diye itiraf etti.

Ramon'un kahkahası içtendi. "Ben Rafael'in ailesiyle

kalacağım. Gabriella'nın evinde kalıcağın yerden bir mil uzaklıkta."

Elini Katie'nin ipeksi yüzünden şık topuzunun tokasına götürürken, Ramon boğuk bir sesle, "Baş başa kalıp birbirimizle olacağımız uygun zaman ve yeri bulacağız," dedi.

Katie bunun sevişmek için güzel bir yol olduğunu düşündü. Ramon'un bir yandan bu kadar arzulu görünürken bir yandan kendini böyle tutabilmesine şaşıyordu. Zaten onunla karşılaştığı günden beri aklı karışmıştı. Hayatı boyunca ona az da olsa benzeyen kimseyi tanımamıştı.

Köy meydanının sınırında, Garcia arabayı kenara çekti ve durdu. Ramon Katie'nin inmesine yardım ederken "Yürümek istersin diye düşünmüştüm," dedi. "Garcia eşyalarını Gabriella'nın evine bırakacak, oradan da yaşadığı yere Mayaguez'e dönecek."

Merkezinde eski yüksek İspanyol kilisenin olduğu alana doğru yürürlerken, mavi gökyüzüne karşı güneş, sarı ve pembe bir alev içinde batmaya başlıyordu.

Ramon, Katie'ye, "Burası evleneceğimiz yer," dedi. Katie'nin bakışları hayranlıkla meydanı oluşturan ve kilisenin dört tarafını çevreleyen küçük binalarla kilise arasında gezindi. Dini heykelciklerin satıldığı dükkanlardaki siyah dövme çelikten yapılmış süslemelerde, kemerli kapılarda ve pencerelerde İspanyol etkisi açıkça belli oluyordu. Balkonlardan sarkan çiçekler dükkanların önünde bulunan vazolarla manzaralı küçük meydana canlı renklerini ekleyerek her yerde açmıştı. Turistler kameralarıyla dükkanlara göz atmak için duruyor ya da köylüleri izlerken soğuk romlarını yudumluyorlardı. Katie süet ceketi içinde yanında yürüyen Ramon'a baktı. Onun rahat görünmesine karşın endişeli olduğunu hissedebiliyordu. Katie dürüstçe

"Çok güzel," dedi. "Çok canlı ve etkileyici." Ramon'un Katie'ye bakışında kuşku vardı. "Ama küçük; sen de bunu beklemiyordun değil mi?"

Katie inatla "Umduğumdan daha sevimli," dedi. Alaycı bir bakışla ekledi. "İki de oteli var! Çok etkilendim."

Katie'nin esprileri samimi iltifatlarının olmadığı kadar başarılı oldu. Ramon gülümseyerek, elini onun beline doladı ve nişanlısını kendine çekip ona sıkıca sarıldı. Başıyla demir balkonlu, üç katlı, eski oteli işaret ederek "The Casa Grande," dedi. "Küçük bir yer ama yemekleri güzeldir. Burada yemek yiyeceğiz."

Restoranda sohbet edip gülüşen turistlerle dolu beş masa vardı. Katie ve Ramon'a boş kalan son masa verilmişti. Garson, kırmızı beyazlı masa örtüsünün ortasındaki mumu yaktı ve siparişlerini aldı. Ramon arkasına yaslandı ve onu şaşkın bakışlarla izleyen Katie'ye gülümsedi. "Ne düşünüyorsun?" dedi.

"Bundan önce nerede yaşadığını ve ne yaptığını merak ediyordum. Çiflikte çalışmış olamazsın yoksa Rafael'le kalmana da gerek kalmazdı."

Ramon kelimeleri seçerek cevap verdi. "Mayaguez'in yakınında yaşadım, ve şimdiye kadar da artık faaliyet göstermeyen bir şirkette çalışıyordum."

Katie, "Şirket çiflik işiyle ilgili miydi?" diye sordu.

Ramon bir an tereddüt etti ve başıyla onayladı. "Daha çok konserve işiydi denebilir. Sonra başkalarına para kazandırmak yerine kendi çiftliğimde çalışmaya karar verdim. Gelecek iki hafta boyunca, zamanınım bir kısmını işlerle ilgilenerek geçireceğim, geri kalanını da evimizi onaracak olan adamlarla çalışarak."

Evimiz. Bu sözcük Katie'nin heyecanlanmasına neden oldu.

Ramon bardağıyla oynadı.

Bir anlık duraksamadan sonra, "Bunun nesi seni korkutuyor, Katie?" dedi.

"Hiçbir şey. Ben----ben sadece sen yokken ne yapacağımı merak ediyordum."

"Ben çalışırken, sen de evimiz için gerekli olan malzemeleri almak için alışveriş yaparsın. Köyde alabileceğin çok sayıda eşya var. Mobilya San Juan'dan satın alınmalı. Gabriella seni dükkanlara götürecek ve gerekli olduğu zaman senin çevirmenin olacak."

Katie "Mobilya mı?" diyerek baktı."Mayaguez'deki evinde mobilyan yok muydu?"

"Satın alacağım. Mayaguez'deki mobilyalar buradaki eve uymaz."

Katie, onun gerildiğini fark edince mobilyalarının da tıpkı buradaki ev gibi ona layık olmadığını düşündüğünden utanmış olabileceğini tahmin etti. Ramon'un onun Rafael'in kızıyla kalmasını istemesinin nedenini çok iyi biliyordu, çünkü üç hafta otelde kalmasını sağlayacak parası yoktu; dedikodularla ilgili açıklamaları Katie'yi kandıramamıştı. Otele verecek parası yoktu; bir ev dolusu mobilya alabilecek parası da yoktu. Ama Katie'yi memnun etmek için mobilya alacaktı. Bunu bilmek Katie'yi huzursuz etti.

Ya onunla evlenmemeye karar verirse? Parasının büyük bölümünü harcamasına neden olduktan sonra bunu ona nasıl söylerdi?

Kendini bile bile bir kafese girmiş gibi hissediyordu, Kapılar bir bir yüzüne kapandıkça, paniği artıyordu. Her şeyden önce evlilik, tüm ürkütücü gerçekliğiyle birdenbire önünde belirmişti, Oysa üç hafta içinde evlenmekten vazgeçmek konusunda kendini özgür bırakmalıydı.

Birdenbire heyecanla, ''Mobilyaların bir kısmının parasını ödemek istiyorum," dedi.

Ramon cevap vermeden önce yemeklerini masaya getiren garsonun servisi bitirmesini bekledi. Sonra kısaca, "Hayır,'' dedi.

"Ama-''

"Parasını ödeyemesem, sana satın almak için öneride bulunmazdım."

Böyle diyerek tartışmayı sonlandırdı ama Katie çaresizdi. "Sorun bu değil!"

"Peki sorun ne?"

"Sorun şu; evi yenilemek için çok para harcıyorsun zaten, mobilyalar da çok pahalı."

"Sana yarın evin ihtiyaçlarını karşılamak için üç bin dolar vere-''

Katie şaşırarak onun sözünü kesti. "Üç bin dolar mı? Bu kadar parayı nasıl bulabiliyorsun? Nereden aldın?"

Ramon'un yüzünde tereddüt dolu bir ifade belirdi. "Kapanacak olan şirketin bana birkaç ayın ödemesini yapması gerek. Parayı böyle temin edeceğim."

Katie, "Ama-'' diye itiraz etti.

Ramon kendinden emin, sakin bir kararlılıkla "Erkek olarak, sana yaşacağın bir yer sağlamak ve içini mobilyayla döşemek benim görevim. Hiçbir şey için para ödemeyeceksin," dedi

Katie, itiraz dolu mavi gözlerini Ramon'un içine işleyen bakışlarından kaçırmak için uzun kirpiklerini aşağı indirdi.

"Çok ciddiyim, Kate."

Ramon'un otoriter sesi Katie'nin donakalmasına neden oldu.

"Evlendikten sonra da şimdi kendi paranı kullanmayı

yasaklıyorum sana. Paran St.Louis'teki bankanda duracak ve el sürmeyeceksin."

Katie düşündüğünü yapmak konusunda o kadar kararlıydı ki, Ramon'un kullandığı 'Yasak' kelimesinin onda yarattığı öfkeyi unutmuştu. "Anlamıyorsun... Para harcamak beni zor duruma düşürmez. İşimden biriktirdiğim paranın yanı sıra, babamın benim için temin ettiği bir fon ve bir tür ortak hesap var. Anaparaya dokunmak zorunda kalmayacağım, faizin bir kısmını alabileceğim ve-"

Ramon sertçe, "Hayır," dedi. "Beş parasız, sefil biri değilim ben. Öyle olsam bile, paranı kabul etmezdim. Bu konuda ne düşündüğümü başından beri biliyorsun, değil mi?"

"Evet." Katie homurdandı.

Ramon içini çekti, "Katie, sadece çiftlikten kazanacağım parayla hayatımı sürdürmeyi hiç denemedim. Her bir hektarın tekrar verimli olabilmesi için tarlaya ne kadar para harcamamın gerekli olduğunu henüz bilmiyorum. Tamamen hazır olduğunda bize makul miktarda yardımı olacak, ama o zamana kadar, ne kadar para artırabilirsem, çiftliğe harcamalıyım. Bu çiftlik sana sunabileceğim tek güvence; o yüzden birçok lüksten önce geliyor. Seni buraya getirdikten sonra, bunları açıklamak bana utanç verici geliyor. Sanırım buraya gelmeden önce sana nasıl bir hayat sunabileceğimi anlamıştın. "

"Anlamıştım. Lüks eşyalar olmadan da yaşayabileceğimi biliyorum ayrıca."

"O zaman neden endişeleniyorsun?"

Artık parasını mobilyalar için harcamak istediğinden kesinlikle emin olan Katie, "Hiç," diye yalan söyledi. Ramon aşırı gururluydu! Tutumu mantıklı, gerçekçi değildi. Eski kafalıydı; özellikle evlenmeleri söz konusu olduğunda.

Madem para konusunda bu kadar hassastı, ona ne yaptığını asla söylemeyecekti.

Ramon'un ifadesi yumuşadı. "İstersen paranı çocuklarımız için bir güvence kaynağı olarak kullanabilirsin. Bunu yapmanın vergi açısından da birçok getirisi olduğuna inanıyorum."

Çocuklar mı? Katie kalbinin hem panik hem de mutluluk duygusuyla titreştiğini hissetti. Bu konuda Ramon çok aceleci davranıyordu, Katie bir yıl içinde kesinlikle bebek sahibi olacaktı sanki. Her şey neden bu kadar çabuk olmak zorundaydı? Rafael'in kilisede bu sabah okunan evlilik ilanlarıyla ilgili sözleri aklına geldi ve paniği arttı. Evlenmeden önce evlilik ilanlarının art arda üç hafta boyunca her pazar okunmak zorunda olduğunu biliyordu. Ramon bugün bir şekilde evlilik hazırlıklarına başlayarak, Katie'nin son kararı vermek için sahip olduğu çok önemli üç haftanın birini ortadan kaldırmıştı. Katie yemeğine odaklanmaya çalıştı, ama zorlukla yutabiliyordu. "Ramon, biz daha bu öğlen buraya gelmeden, evlilik ilanının sabahtan kilisede okunmasını nasıl sağlayabildin?"

Sesindeki bir şey, Ramon'un içinde bulunduğu karışık ruh halini harekete geçirmişe benziyordu. Tabağını kenara çekti. Sakin bir ifadeyle, "Cuma günü sen işteyken, Padre Gregorio'ya telefon ettim ve ona bir an önce burada evlenmek istediğimizi söyledim. Doğduğumdan beri beni tanır; kilisede evlenmek için hiçbir engelim olmadığını bilir. Senin de hiçbir engelinin bulunmadığının garantisini verdim. Sabah erken saatte babanla kahvaltı yaparken, bana seni de tanıyan bir papazın adını verdi, emin olması için bu bilgiyi Padre Gregorio'ya da verdim. İşte bu kadar basitti."

Katie Ramon'un delice bakışlarından kaçmaya çalıştı, ama geç kalmıştı.

"Seni memnun etmeyen şey," diyerek sözlerini duygusuzca bitirdi Ramon, "nedir?"

Katie gergin sessizliğin ardından başını salladı. "Aslında hiçbir şey. Sadece bunların benim haberim olmadan gerçekleşmesine biraz şaşırdım."

"Babanın sana bunları anlattığını sanmıştım, o da açıkçası senin bildiğini düşünmüş."

Katie tabağını kenara çekerken eli titredi. "Bizi evlendirmeye karar vermeden önce, Padre Gregorio'nun benimle –bizimle- konuşması gerekmeyecek mi?" dedi.

"Evet."

Ramon bir sigara yaktı, Katie'yi dikkatle inceleyerek sandalyesine yaslandı.

Katie sinirli bir tavırla saçlarını düzeltti. Yalvarır gibi, "Lütfen bana şöyle bakmayı bırak," dedi.

Ramon omzunun üzerinden bakarak garsona hesap için işaret etti. "Sana bakmamak elimde değil, Katie. Çok güzelsin, soluğumu kesiyorsun."

Ramon bunu öyle duygusuz söylemişti ki, Katie onu doğru duyup duymadığından uzun bir süre emin olamadı. Bu zaman içerisinde doğru tepki vermesi mümkün değildi, Ramon hesabı ödedikten sonra ayağa kalkıp Katie 'nin yanına gelerek sandalyesinden kalkmasına yardım etti.

Simsiyah gecenin içinde sessizce yürüdüler, boş meydanı geçtiler. Sıcak öğlen güneşinden sonra, gece rüzgârı Katie'nin ipek, turkuaz elbisesine dokunurken şaşırtıcı derecede serin geliyordu. Katie soğuktan çok kendi duygularından dolayı ürperdi. Ramon ceketini çıkardı ve Katie'nin omuzlarına koydu.

Sevimli eski İspanyol kilisesinden geçerken, Ramon'un

sözleri Katie'nin zihninde yankılandı: "Burası evleneceğimiz yer."

On dört gün sonra bu kilisede gelin olarak yürümesi imkânsızdı.

Bu kiliseden gelin olarak çıkmadan hemen önce...

Fotoğrafçılar fotoğraflarını çekerlerken, gün ışığında merdivenlerde David yanında durmuştu. David harika bir smokin giymişti, kendi de göz kamaştırıcı beyaz gelinliğin içindeydi. Havada uçuşan pirinç yağmurundan kaçarken, kahkaha atan sevinç dolu kalabalığı yarıp geçmişlerdi. David çok yakışıklıydı, ve Katie de onu o günlerde çok seviyordu. Uğrunda ölecek kadar çok sevmişti!

Pencereleri ışıklarla aydınlatılmış evlerin yanında, küçük kır yolunda Ramon'un yanında yürürken, Katie'nin zihni unuttuğunu sandığı anılarla doluydu.

David.

Evliliklerinin ilk altı ayı boyunca Katie'ye inanılmaz bir utanç yaşatmış, daha sonra bu korkuya dönüşmüştü.

Kısa nişanlılık döneminde bile, Katie onun zaman zaman diğer kadınlara baktığını fark etmişti, ama bu anlar çok nadirdi. Acı veren bu kıskançlığını David'in otuz yaşında olduğunu ve onu aşırı derecede sahiplenen tavrıyla çocukça davrandığını kendisine hatırlatarak kontrol altında tutmuştu. Ayrıca David onlara sadece bakıyordu, bunda sadakatsizlik olarak adlandırılacak herhangi bir şey yoktu.

Katie onu sonunda uyardığında iki aydır evliydiler. Katie o kadar incinmiş ve utanmıştı ki kendini böyle davranmaktan alıkoyamıyordu. Kansas şehrinin tanınmış avukatının karısının David'in ilgisini çektiği yer olan Missouri Bar'daydılar. David'le kadının flörtü yemek öncesi kokteylde başlamış, yemekte yan yana oturduklarında artmış, dans pistinde de zirveye tırmanmıştı. Bundan kısa süre sonra, ikisi yaklaşık bir buçuk saat ortada görünmemişlerdi, Katie etrafındaki insanların ona acıyarak bakmasının yanında bir de kadının giderek öfkelenen kocasına dayanmak zorunda kalmıştı.

David'le kadın döndüklerinde, Katie sinirden delirmek üzereydi. David onun öfkeyle içini dökmesini elini bir sıkıp bir gevşeterek dinlemişti, ama Katie'nin onun elinin bu garip hareketini anlaması için dört ay geçmesi gerekmişti.

Konuşmasını bitirince, David'in inkar etmesini veya davranışı için özür dilemesini beklemişti. Bunun yerine kocası onu aşağılamış ve sonra yatağına gitmişti.

David'in intikamı ertesi gün başlamıştı. Katie'ye zorla tahammül ediyormuş gibi görünmeye başlamış, ona ruhen işkence çektirmişti.

Katie'nin yüzündeki, duruşundaki veya kişiliğindeki hiçbir kusur o günden itibaren David'in gözünden kaçmamıştı. "Plili etekler kalçalarını daha da büyük gösteriyor," demişti. Katie geniş kalçaları olmadığından duruma itiraz etmişti ama emin olmak için egzersiz sınıfına kayıt olmuştu.

"Saçını kısa kestirirsen, çenen çıkık görünmeyecektir."

Katie çenesinin çıkık olmadığını söylemiş ama saçını kısa kestirmişti. "Dizlerindeki kasları sıkılaştırırsan, yürüdükçe arka tarafları sallanmayacaktır." Katie buna da itiraz etmiş ama yine de onun söylediğini yapmıştı.

Katie her hareketini düşünür olmuştu artık. Odanın içinde masaya çarpmadan ya da sandalye devirmeden yürüyemez duruma gelmişti. Bu da David'in gözünden kaçmamıştı. Ne Katie'nin yaktığı yemek, ne yıkamayı unuttuğu çamaşırlar ne de kitap rafında dikkat etmediği tozlar gözünden kaçıyordu. Katie bir gece mobilyayı cilalarken, David, "Bazı kadınlar kariyer yaparken ev işlerini de aksatmadan yapabiliyorlar," demişti. "Anlaşılan sen onlardan değilsin. İşi bırakmak zorundasın."

Geçmişe bakarken, Katie David'in onu bu kadar kolayca kullanabildiğine inanamıyordu. İki hafta boyunca David ,ofiste geç saate kadar çalışmıştı. Eve geldiğinde Katie'yi tamamen dışlamaya başlamıştı. Katie'yle konuştuğu nadir zamanlarda ise onunla alay etmiş ve soğuk bir tavırla onu aşağılamıştı. Katie her tartışmada alttan almaya çalışıyordu ama David onun bu çabalarını akıl almaz aşağılamalarla yerle bir ediyordu. İki hafta boyunca Katie'yi sinir krizine sokmuş, ve onu aptal, sakar olduğuna inandırmıştı. Ama o zaman Katie yirmi bir yaşındaydı ve üniversiteden yeni mezun olmuştu; David ise ondan dokuz yaş büyük, daha bilgili ve otoriterdi.

İşini bırakma düşüncesi Katie'nin kontrolünü kaybetmesine neden olmuştu. Gözyaşlarıyla ıslanmış yüzüyle "Ama işimi seviyorum," demişti.

David "Ben de kocanı ,sevdiğini düşünmüştüm," diye duygusuzca cevap vermişti. Katie'nin sinirle mobilyayı cilaladığı ellerine bakmış ve "Steuben kasesine çok düşkünüm," demişti. "Devirmeden önce kenara koysan iyi olur."

Katie sonunda büyük bir öfkeyle değerli kaseyi masadan devirerek "Devirmeyeceğim," diye bağırmıştı. Kase büyük bir gürültüyle yere düşmüş ve kırılmıştı. Katie de kase kadar kırılmıştı. Kendini David'in kollarına atmış ve yalvararak hıçkırıklara boğulmuştu. "Seni seviyorum, David; bende nasıl bir sorun olduğunu bilmiyorum. Çok üzgünüm. İşimi bırakacağım ve..."'

David öcünü almıştı. Her şey affedilmişti. Katie'yi teselli edercesine okşayıp, ona kendisini sevdiği sürece her şeyin çözüleceğini ve tabii ki işinden vazgeçmemesini söylemişti. Güneş yeniden doğmuştu ve David yine düşünceli, anlayışlı davranmaya başlamıştı.

Dört ay sonra, Katie yıldönümlerini kutlamak ve yemek hazırlayarak onu şaşırtmak niyetiyle ofisten erken ayrılmıştı.

David'i avukatlık bürosunun yöneticisinin karısıyla yatakta birlikte yakalamıştı. Midesinin bulanmasına rağmen çok sakin davranmıştı. Kapıda durup, "İşiniz biter bitmez, ikiniz birden buradan defolun," demişti. Mutfağa geçip mantarları poşetinden çıkarmış ve yemek için dilimlemeye başlamıştı. Kanı fark etmeden iki kez parmağını kesmişti. Dakikalar sonra David'in kısık, acımasız sesini arkasında duymuştu. "Seni kaltak, bu gece bitmeden nasıl terbiyeli olman gerektiğini öğreneceksin. Sylvia Conner'ın kocası patronum olacak. Şimdi git ve ondan özür dile."

Katie acı ve aşağılamayla karışık bir sesle "Cehenneme git," demişti.

David ellerinin Katie'nin saçlarının dolayıp kafasını duvara çarpmıştı. "Seni uyarıyorum, ne dediysem onu yap; yoksa o gittikten sonra her şey senin için daha zor olacak."

Katie'nin gözleri yaşlarla dolmuştu, ama David'in üzüntüden eser olamayan parlayan gözlerini görünce duraksamıştı. "Hayır."

David onu bırakmış ve oturma odasına gitmişti. Katie onun "Sylvia," dediğini duymuştu. "Katie seni üzdüğü için çok üzgün ve senden kabalığı için yarın özür dileyecek. Hadi sana arabana kadar eşlik edeyim."

Apartmandan ayrıldıklarında, Katie David'le paylaştığı yatak odasına gitmiş ve bavullarını dolaptan çıkarmıştı.

David'in eve döndüğünü duyduğunda, düşünmeden çekmeceleri açıyor ve elbiselerini yerleştiriyordu.

Kapının eşiğinde duran David yumuşak, ipeksi bir sesle, "Sevgilim biliyor musun?" demişti. "Dört ay önce, beni bir daha kızdırmamak için nasıl davranman gerektiğini öğrendiğini düşünmüştüm. Bunu sana en kolay yolla öğretmeye çalıştım, ama belli ki işe yaramamış. Korkarım şimdi vereceğim ders biraz daha kalıcı olacak."

Katie aldırış etmeksizin bavulundan başını kaldırıp David'e bakmış ve onun kemerini çözdüğünü görmüştü. Katie'nin ses telleri bile korkuyla donmuştu. Boğuk bir sesle, "Bana dokunmaya cesaret edersen," demişti, "seni saldırıdan tutuklatırım."

Katie geri çekildikçe, David onu odanın içerisinde ağır adımlarla takip ediyordu. "Hayır, tutuklatmayacaksın. Zorla ağlayacak, üzgün olduğunu ve beni ne kadar sevdiğini söyleyeceksin."

Haklıydı. Otuz dakika sonra, Katie kapının David'in arkasından kapandığını duyduğunda bile, yastığın altından "Seni seviyorum" diye bağırmaya devam etmişti.

Yataktan çıkıp, montunu giyip, cüzdanını alarak apartmanı terk etmeden önce ne kadar zaman geçtiğine dair fikri yoktu. O akşam ne ailesinin evine gitmeye ne de kendi evine dönmeye niyeti vardı.

David onu gece gündüz arayıp eve dönmeye razı etmeye çalışıyor ve dönmesi için tehdit ediyordu. Çok üzgündü; ofisteki durumundan dolayı büyük baskı altındaydı; bir daha olmayacaktı.

David'i bir sonraki görüşünde mahkemede avukatıyla birlikteydi.

Katie dar yolu dönerken Ramon'a baktı. Tam karşısında tepede yanan ışıkları görebiliyordu. Orasının Gabriella'nın evi olduğunu düşündü. Diğerlerinden uzakta olan yüksek ve alçak evlerden gelen pırıl pırıl ışıklarla dolu tepelere baktı. Işıklar tepelerin tıpkı karanlık bir gecede güvenli bir liman gibi onları sıcak karşılamasını sağlıyordu. Katie bu ana ve geleceğe odaklanmaya çalışarak manzaranın keyfini çıkarmaya çalıştı. Manzara onu uyararak kucaklıyordu....

Katie, David'in kendisini kandırmasına izin vermişti aslında. Daha küçükken, yirmi bir yaşındayken bile, onun hayal ettiği büyüleyici adam olmadığını hissetmişti. Garson zamanında servis yapmadığında David'in gözlerindeki kontrollü öfkeyi görmüştü; bir sürücü yolundan çekilmediği zaman ellerini yumruk yaptığını görmüştü, hatta başka bir kadına baktığında gözlerindeki esrarengiz kurguyu görmüştü. Onun inanmak istediği adam olmadığından şüphelenmişti, ama ona âşıktı ve ne olursa olsun onunla evlenmişti.

Şimdi Ramon'la evlenmek üzereydi ve onun da inanmak istediği adam olmadığına dair korkutucu bir şüpheyle sarsılmadan duramıyordu. Parçaları birbirine tam uymayan bir yapboz gibiydi. Ona geçmişiyle ilgili sorular sorduğunda nişanlısı çok tereddütlü, bilgisiz görünüyordu.

Saklayacak bir şeyi yoksa kendisi hakkında konuşmak konusunda ne kadar bu kadar gönülsüzdü?

Bu düşünce Katie'nin kalbine çelişki tohumu ekmişti. Ramon'un kendisiyle ilgili konuşmak istememesi, ondan kendisine dair kötü bir kişilik özelliği sakladığı anlamına gelmiyordu. David kendisiyle ilgili konuşmayı severdi, iki adam bu açıdan birbirinden çok farklıydı.

Katie kendine kızgınca ikisinin her açıdan farklı olduklarını söyledi. Yoksa değiller miydi?

Tekrar evlenme fikrine alışabilmek için biraz zamana ihtiyacı olduğuna karar verdi. Her şey o kadar hızlı olmuştu ki panik yaşıyordu Gelecek iki hafta içerisinde sinir bozucu korku bitecekti. Yoksa bitmeyecek miydi?

Ramon önünde durup yolunu kestiğinde Gabriella'nın evi açıkça görülüyordu. Gergin, hayal kırıklığı dolu bir sesle ''Niye?" dedi. "Niye bu kadar korkuyorsun?"

Katie irkilerek "Ben -ben korkmuyorum," diye inkar etti.

"Evet," dedi Ramon. "Korkuyorsun."

Katie onun aydınlık yüzüne baktı. Sert sesine rağmen, gözlerinde şefkat vardı. David ne şefkatli ne de güçlüydü. Zalim bir korkaktı. Katie içinde biraz doğruluk payı olan bir ifadeyle "Sanırım her şey bu kadar hızlı olduğu için," dedi.

Ramon kaşlarını çattı. "Seni endişelendiren tek şey her şeyin bu kadar hızlı olması mı?"

Katie tereddüt etti. Ona korkusunun kaynağını açıklayamazdı. Henüz bunun nedenini tam olarak kendisi de anlayamamıştı.

"Yapılacak çok şey var ve zamanımız çok az," diye kaçamak bir cevap verdi.

Katie'yi kollarından tutup kendine çekerken, Ramon derin bir oh çekti. "Katie, iki hafta sonra evlenebilmemiz için niyetlendim. Ailen tören için gelecek ve ben de gerekli tüm hazırlıkları yapacağım. Senin o zamana kadar yapman gereken tek şey Padre Gregoria'yla konuşmak."

Teninin misk aromalı erkeksi kokusu, Katie'nin saçını havalandıran nefesi ve kadifemsi sesi birbirine karışarak Katie'yi etkiliyordu.. "Töreni tartışmak için Padre Gregoria'yla konuş mu demek istiyorsun?"

Ramon "Hayır," dedi. "Benim karım olmaya uygun olduğuna ikna etmek için."

Ramon dudaklarını onun dudaklarına yaklaştırırken, arzu, Katie'nin korku ve şüphelerini yok ederek damarlarına doğru yol almaya başlıyordu.

Ramon'un dudakları şimdi o kadar yakındı ki ılık nefesi Katie'ninkine karışmıştı. "

"Sana iyi bir eş olacağım konusunda Padre Gregoria'yı ikna etmem gerektiğini söylerken ciddi misin?" diye tekrarladı Katie.

"Evet," diye fısıldadı Ramon. "Şimdi beni ikna et."

Katie'nin yüzünde hafif bir gülümseme belirdi.

"İkna etmek konusunda zorluk çıkaracak mısın?" diye takıldı.

Ramon'un sesi boğuktu. "Deneyeceğim."

Katie elini Ramon'un kaslarının gerilmesine ve nefesinin kesilmesini neden olan bir okşamayla onun göğsünde gezdirdi. Baştan çıkaran bir ifadeyle, "Seni ikna etmem ne kadar zamanımı alır sence?" dedi.

Ramon heyacanla "Yaklaşık üç dakika," diye mırıldadı.

Katie derin, yorgun uykusundan gözlerini açıp arkasına yaslandı. Uyuduğu oda ayna gibi parlayan bir komodin ve eski akçaağaçtan yapılma bir şifoniyerle döşenmişti, çok temiz ve güneşliydi.

Gabriella'nın yumuşak sesini duydu. "Günaydın."

Gabriella odayı geçip yatağın yanındaki komodine köpüklü bir fincan kahve koyarken, Katie'nin zihni başka bir şeye odaklanmıştı. Yirmi dört yaşında olan Gabriella çok sevimliydi. Çıkık elmacık kemikleri ve pırıl pırıl kahverengi gözleriyle bir dergi fotoğrafçısının çekim yapmak isteyeceği bir kızdı. Önceki gece, Katie'ye bir sır vermişti. Günün birinde ünlü bir fotoğrafçı onu görmüş ve ondan poz vermesini istemişti, ama kocası Eduardo buna izin vermemişti. Bu Katie'nin tam olarak geçen gece karşılaştığı yakışıklı, sessiz adamdan beklediği tepkiydi. Katie kahve için teşekkür etti ve Gabriella gülümsedi. "Ramon gitmeden önce seni görmeye geldi, ama uyuduğunu duyunca, seni rahatsız etmek istemediğini söyledi."

Gabriella devam etti. "Benden bu akşam döndüğünde seni görmek için tekrar geleceğini söylememi istedi."

Sohbeti sürdürmek için, "Mayaguez'den mi?" diye sordu Katie.

"Hayır, San Juan'dan," diye Gabriella düzeltti. "Ya da belki Mayaguez'dendir. Özür dilerim, hatırlamıyorum."

Gabriella'nın açıkça belli olan gerginliği yüzünden kafası karışan Katie, "Sorun değil." dedi.

Gabriella rahatladı. "Ramon senin için para bıraktı. Kendini hazır hissediyorsan, bugün alışverişe başlamamız gerektiğini söyledi."

Katie başını salladı ve yatağının yanındaki alarmlı plastik saate baktı. Saatin daha on olduğunu görünce şaşırdı. Yarın Ramon Mayaguez'deki çiftliğe çalışmaya gitmeden önce onu görmek için geldiğinde kesinlikle uyanmış olacaktı.

Uluslararası San Juan yöneticilerinin Galverra toplantı salonundaki konferans masasında oturan yedi adam çok sessizdi.

Uzun masanın en başında oturan Ramon'un bakışları, solunda bulunan Galverra Uluslararası yöneticilerinin oluşturduğu beş kişilik grubun arasında gezindi. Her kişi babası tarafından özenle seçilmişti, ve her biri Simon Galverra'ın istediği üç özelliğe sahipti: zekâ, hırs ve korkaklık.

Yirmi yıl boyunca, Simon zekâlarını kullanmış, hırslarını sömürmüş, acımasızca onun fikirlerine meydan okuyamamalarının ve düşüncesine karşı gelememelerinin avantajını kullanmıştı.

Ramon soğuk bir sesle, "Şirket iflasını engelleyecek bir alternatif olarak tutarlı herhangi bir öneriniz var mı diye sordum," diye tekrarladı. İki yönetici rahatsızca boğazlarını temizledi, diğeri masanın ortasında bulunan buzlu su sürahisine uzandı.

Kaçırdıkları bakışları ve sürekli sessizlik Ramon'un zorlukla kontrol altında tuttuğu öfkesini ateşledi. Tehditkâr bir ifadeyle "Hiç öneriniz yok mu?" dedi. "O zaman belki içinizden konuşma güçlüğü yaşamayan biri, babamın son on ay boyunca aldığı bu feci kararlar ve değişken tavrı hakkında neden hiçbir bilgim olmadığını açıklayabilir."

Parmağını penye gömleğinin düğmesinde ve boğazında gezdiren bir adam "Babanız buradaki sorunlarla meşgul edilmeyeceğinizi söyledi. Bize özellikle söyledi, değil mi? Charles?" dedi. Yanında oturan Fransız adamın onayını almak için kafasını sallayarak sordu. "Hepimize 'Ramon Fransa ve Belçika'daki tüm işleri altı ay için denetleyecek, altı ay sonra İsviçre'd'eki Dünya İş Konferans'ına bildirecek. Buradan ayrıldığında, Kahire'deki kişilerle müzakerelere girmekten dolayı yoğun olacak. Bizim buradaki küçük sıkıntılarımızla meşgul edilmeyecek,' demişti. Tam olarak böyle söyledi, değil mi?" Beş kişi onaylayan ifadelerle başını salladı.

Ramon kalemini parmaklarının arasında çevirirken, onlara baktı. Tehlikeli, yumuşak bir sesle, "Bu yüzden," dedi, "içinizden bir kişi bile, beni 'rahatsız etmedi.' Babam bir alay dolusu yağ tankerini ve değerinin yarı fiyatına havaalanını satarken bile...hatta Güney Amerika maden yerlerini yerel hükümete bir hediye olarak verirken bile. "

"Bu -bu sizin ve babanızın parası, Ramon." Masanın

sonundaki adam çaresizlik içinde ellerini birleştirdi. "Anlaşmadaki stoktan sadece küçük bir bölümünü hepimiz birleştirdik. Geri kalanı ailenizin. Yaptığı anlaşmanın en iyi yatırım olmadığını biliyorduk, ama şirketin sahibi aileniz. Ve babanız şirketin bazı vergilerini iptal etmemizi istedi."

Öfke damarlarından geçerek Ramon'un tüm bedenini kapladı; elindeki kalemi ikiye ayırdı, sert sert "Vergi iptali mi?" dedi.

Diğeri "E -evet," dedi. "Şirket için yapılan vergi kesintileri, bilirsiniz."

Ayağa kalktığında, Ramon elini bir öfke patlamasıyla masaya vurdu. "Siz bana babamın onlar için vergi ödememek amacıyla şirket kazancını vermesinin onun açısından mantıklı bir karar olduğunu düşündüğünüzü mü söylemeye çalışıyorsunuz?" Onlara tehdit eder gibi baktı. "Eminim şirket bu toplantıya katılmak için yaptığınız seyahat masraflarını geri ödemeyecektir." Diğer üyelerin şaşırmış ifadelerinin keyfini çıkararak duraksadı.

"Hizmetiniz için geçen sene ,yöneticilere verilen yıllık vekalet ücretini de veremeyeceğim.Toplantı bitmiştir!"

Vekillerden biri bu anı kendi lehine kullanmaya çalıştı. "Şey, Ramon, yöneticilerin her yıl belli bir miktar ...şirket tüzüğünde mevcuttur."

Ramon, "İstersen beni mahkemeye ver," diye patladı. Arkasını dönüp, sağında toplantıyı sessizlik içinde izleyen adamla beraber kapıdan çıkarak yandaki odasına gitti.

Ramon süet ceketini çıkarırken, "Kendine bir içki al, Miguel," dedi. Kravatını gevşeterek pencereye yürüdü.

Miguel Villegas ahşap bölmeli duvarın karşısında bulunan içki dolabına baktı, sonra barok tarzı çalışma masasının yakınında bulunan altın kaplamalı dört kadife koltuktan birine oturdu. Ramon'a bakarken, koyu renk gözleri sempati doluydu.

Gergin birkaç dakikadan sonra, Ramon'un bir eli yumruk halini bıraktı ve diğeri de aşağıya indi. Ramon geniş omuzlarını dikleştirdi ve eliyle boynunun arkasındaki sertleşmiş kaslara masaj yaptı. Arkasını dönerek acı acı içini çekti. "İki hafta önce yenilgiyi kabul ettiğimi düşünmüştüm," dedi. "Görünüşe bakılırsa, kabul etmemişim."

Oturduğu yüksek sandalyeden kalkıp masaya yönelirken Rafael Villages'ın en büyük oğluna baktı.

İfadesiz bir yüzle, "Sanırım araştırmandan cesaret verici bir sonuç alamadın?" dedi.

Miguel neredeyse yalvardı. "Ramon, ben sadece başarılı bir hesap uzmanıyım; bu iş senin şirket denetleyicilerinin işi - benim bulgularıma güvenemezsin."

Ramon, Miguel'in kurnazlığıyla caymamıştı. "Denetleyicilerim bu sabah New York'tan geliyorlar, ama onlara sana verdiğim gibi babamın kişisel hesabına giriş hakkı vermeyeceğim. Bulguların neler?"

"Beklediğin gibi." Miguel içini çekti. "Baban kar sağlamak için şirketin sahip olduğu her şeyi satmış ve son zamanlarda kaybı olan şirketleri elinde tutmuş. İndirimlerden sağladığı parayla bir şey yapamayınca, neredeyse her yardım kuruluşuna milyonlar bağışlamış." İş çantasından çok sayıda defter sayfasını çıkardı ve gönülsüzce Ramon'a uzattı. "Benim için asıl hayal kırıklığı yaratan şey, Chicago ve St.Louis'te inşa ettiğin yüksek bütçeli kuleler. Her biri için yirmi milyon dolar yatırdın. Bankalar bitirebilmen için paranın geri kalanını sana borç verirse, onları satabilir, yatırımı geri çekebilir ve bunun yanında oldukça büyük bir kâr sağlayabilirsin."

Ramon, "Banka yardım etmeyecektir," dedi. "Chicago ve St.Louis'te bankalarla konuştum."

"Ama neden, lanet olsun!!" Miguel profesyonelliği bir

kenara bırakıp patlamıştı. Kardeşi gibi sevdiği adama bakarken yüzünde dokunaklı bir ifade belirdi. "Binaları tamamlaman için sana şu ana kadar bir miktar borç para verdiler, gerisini getirmek için paranın geri kalan kısmını niye vermesinler ki?"

"Çünkü başarıma ve yapabileceğime karşı inançlarını kaybettiler." Ramon ana sayfa defterindeki rakamlara bakarak konuştu. "Binaların inşasının tamamen biteceği ve paralarının geri ödeneceği konusunda bana güvenmiyorlar. Onların açısından, babam hayattayken her ay bir milyon dolarlık ödemelerini aldılar. Babam öldü, şirketin yönetimini ben aldım, ve birdenbire ödememizde neredeyse dört ay geciktik."

"Ama ödemeleri yapacak paranın olmaması babanın suçu." Miguel dişlerinin arasından konuşuyordu.

"Bunu bankaya açıklarsam, düşünceleri tersine dönecek; babam derneğin başkanıyken ben yardımcıydım, onun hata yapmasını engellemeliydim diye düşünecekler."

"Hatalar!" Miguel patladı. "Onlar hata değildi. Senin hiçbir şeye sahip olmaman için planlamıştı her şeyi. Öldüğünde şirketin dağılmasını istedi."

Ramon'un gözlerindeki ifade sertleşti. "Beyninde tümör vardı, hareketlerinden sorumlu değildi."

Miguel Villegas sandalyesinde dikleşti. "O, bencil, aşağılık bir zorbaydı ve bunu sen de biliyorsun! Herkes biliyordu. Başarını kıskanıyor ve senin ününden nefret ediyordu. Tüm bu bunalım sonunda bu kıskançlık kontrolünü kaybetmesine neden oldu." Ramon'un yüzündeki öfkeyi görünce, Miguel sesini yumuşattı. "Bunu duymak istemediğini biliyorum ama gerçek bu. Şirkete geldin ve kısa süre içinde babanın yarattığından çok daha büyük, dünya çapında bir imparatorluk yarattın. Bunu sen yaptın, o değil. Dergi ve gazetelerin yazdığı isim sen oldun, dünyanın en dinamik girişimcilerinden biri olarak adlandırıldın; Geneva'daki Dünya İş Konferansı'na çağrılan sen oldun. Babanın bunu öğrendiği gün onun yakınındaki bir masada öğle yemeği yiyordum. Gururlu değildi, öfkeliydi! Yanındaki adamları senin ikinci seçenek olarak gittiğine ikna etmeye çalışıyordu, çünkü kendisinin İsviçre'ye gitmek için ayıracağı boş vakti yokmuş."

"Yeter," dedi Ramon. Yüzü bembeyaz olmuştu. "O yine de benim babamdı ve öldü. Hayattayken; aramızda çok az sevgi vardı; onun için duyduğum bu sevgiyi de yok etme."

Derin bir sessizlik oldu. Ramon, Miguel'in verdiği defter sayfalarına odaklandı. Gözleri son kısma takıldı. "Listenin sonundaki üç milyon dolarlık maden kazancım ne?" dedi

"Ciddi bir kazanç değil," dedi Miguel. "Babanın Mayaguez'deki evinde gizli eşyalarının arasında bu dosyayı buldum. Dediğim gibi, dokuz yıl önce Missouri'de, St.Louis'te Sidney Green'e yaptığın bir borç. Sana hâlâ borcu var; geri almak için herhangi bir kanuni harekette bulunamıyorsun veya dava açamıyorsun; kanun çerçevesinde dava açabilmen için sadece yedi yılın var - ve bu süre daha önce doldu."

Ramon umursamaz bir ifadeyle, "Borç geri ödendi," dedi.

"Bulduğum kayıtlara göre ödenmedi."

"Dikkatlice incelersen ödendiğini göreceksin, ama tüm dosyalara bakmak için zamanını boşa harcama. Yapacak çok şeyin var."

Kapıda aniden Simon Galverra'nın sekreteri belirdi..

"New York'tan gelen denetleyiciler burada. Ayrıca, görüşmeler için uygun zamanınızı soran iki gazete muhabiri Zürih'ten gelen acil bir telefon var."

"Denetleyicileri konferans odasına gönder, muhabirlere gelecek ay röportaj vereceğimi söyle. Zürih'i daha sonra arayacağım." Sekreter başını sallayarak geri çekildi.

Miguel hayranlık dolu gözleriyle Elise'in gidişini izledi."Hiç değilse baban sekreter seçiminde zevk sahibiydi," dedi.

Ramon çalışma masasının kilidini açtı ve üç ağır dosyayı çıkarırken cevap verdi: "Elise güvenilirdir."

Miguel kağıtlarını toplarken, umursamazca devam etti."Manavın kızıyla ne zaman karşılaşabileceğim?"

Ramon sağında bulunan dahili telefonu bulup, düğmeye bastı ve Elise'e talimat verdi: "Davidson ve Ramirez'e gelmelerini söyle. Geldiklerinde, onları denetleyicilerle birlikte konferans salonuna gönder." Dikkati hâlâ önündeki kağıtlarda olan Ramon, ''Ne manavın kızı mı?" dedi.

"Amerika'dan getirdiğin. Eduardo çok etkileyici olduğunu söylüyor. Amerikalı kadınlardan hoşlanmadığını göz önüne alırsak, olağandışı güzel olmalı. Bir manavın kızı olduğunu söyledi."

''Manavın mı---?" Bir anlığına Ramon sinirli ve boş ifadeyle baktı, sonra çenesindeki çizgi yavaşça kayboldu. Soğuk ve sert gözleri hoş bir sıcaklıkla doldu, gülümsedi. "Katie," diyerek nefes aldı. ""Katie marketler zinciri olan zengin bir Amerikalının kızı. Dün onu Amerika'dan getirdim. Evlenene kadar Gabriella ve Eduardo'yla birlikte kalacak."

"*Dios mio*, onun senin metresin olacağını düşünmüştüm."

"Eduardo öyle olmadığını biliyor. Hiçbir Amerikalı kadına güvenmiyor ve benim onunla evlilik kararımı değiştireceğimi düşünmeyi tercih ediyor. Katie'yi tanıdıkça, onu sevecektir. Bu süre içinde, bana gösterdiği saygı yüzünden, ona evinde misafirmiş gibi davranacak ve Katie'yle ilgili geçmişimi tartışmayacak."

"Ama dönüşün tartışmasız köyün konuşma konusu oldu. Katie'in kulağına köy dedikoduları gelecektir."

"Duyacağından eminim ama konuşulanların tek bir kelimesini bile anlamayacaktır."

Miguel sandalyesinde doğrulurken, Ramon'a endişeli bir bakış attı. "Ya ailemin geri kalanı - hepsi İngilizce konuşuyor; ve genç olanları yanlışlıkla seni ele verebilirler."

"Sadece ailen, Gabriella ve onun kocası İngilizceyi hatırlıyor. Dün itibariyle, kardeşlerin sadece İspanyolca biliyor."

"Ramon, bundan sonra söyleyeceğin hiçbir şey beni şaşırtmayacak."

"Sağdıcım olmanı istiyorum."

Miguel güldü. "Bu beni şaşırtmadı. Daima sağdıcın olmayı bekliyordum, tıpkı senin de Atina'dan benim sağdıcım olmak için gelmeni beklediğim gibi. "

Elini uzattı. "Tebrikler, arkadaşım. Şimdi babanın dosyalarına göz atmak için işin başına dönüyorum."

Telefon çaldı ve sekreterin sesi Ramon'un çağırdığı iki şirket avukatının konferans salonunda denetleyicileri beklediğini duyurdu.

Ramon, Miguel'in kalın altın halıdan karşıya geçişini izledi. Kapı arkasından kapandığında, Ramon bilinçsizce odayı tüm güzelliğiyle hafızasında tutmaya çalışarak sanki son kez görüyormuş gibi bakışlarını ofiste gezdirdi.

Özel bir koleksiyoncudan çok yüksek bir fiyatla satın aldığı Renoir tablosu zengin, ahşap bölmeli duvarlarına büyük zıtlık oluşturan renkler ve betimleyici ışıkla çerçevelenmişti. Tüm kişisel eşyalarını babasının geniş çaptaki zararını fark etmeden önce şirket için ödeme sağlayabilmek adına ikinci el olarak ortaya koymuştu. Sahip olduğu diğer şeylerle birlikte, Renoir yakında açık artırmaya sunulacaktı. Kim satın alırsa alsın onu kendisinin sevdiği kadar sevmesini umut ediyordu.

Kafasını sandalyesine dayayıp gözlerini kapadı. Bir dakika içinde konferans odasına gidecek, denetleyicilere tüm kayıtları serbest bıraktıracak ve şirketin avukatlarına mahkemelere duyurulacak kanuni belgeleri açıklamaları talimatını verecek, sonra da iş dünyasına Galverra'nın uluslararası alanda iflas ettiğini duyacaktı.

Dört ay boyunca, kendi parasını aktararak şirketi kurtarmak için savaşmış ama şirketi ayakta tutabilecek hiçbir şey yapamamıştı. Başarısız olmuştu. Şimdi yapabileceği tek şey şirketin dürüstçe ve aniden battığını kanıtlamaktı.

Geceler boyunca bu anı düşünerek uykusuz kalmıştı. Ama şimdi o an gelmişti. Tahmin ettiği kadar acı çekmiyordu. Çünkü şimdi Katie vardı.

Hayatının geri kalanını Katie'ye verecekti. Sadece Katie'ye.

Bu kadar yıl sonra ilk kez, Ramon kendini aşırı dindar hissetmişti. Sanki Tanrı ailesini, servetini, sosyal statüsünü almaya karar vermişti ve Ramon'un kaybedecek bir şeyi olmadığının farkına varınca, ona acımış ve Katie'yi göndermişti. Katie kaybettiği her şeyi telafi ediyordu.

Katie uzun ojeli tırnaklarıyla uyumlu koyu renkli rujla dudaklarını boyadı. Rimelini sürdü, parmaklarıyla saçını ayırarak, rüzgardan dağılmış at kuyruğunu gösterişli hale getirmeye çalıştı. Memnun olmuş halde, aynadan kafasını çevirdi ve saate baktı. Beş buçuktu, hava hâlâ günışığıyla aydınlıktı ve Ramon Gabriella'ya Katie'yi yemeğe götürmek için beş buçukla altı arasında geleceğini söylemişti.

Bir anlık dürtüyle, Katie yürümeye ve onu karşılamaya karar verdi. Şık, sade beyaz ipek gömleği ve beyaz pantolonunu değiştirdikten sonra, Gabriella'nın kocası Eduardo'nun işkence eden varlığından kaçmayı başardığı için rahatlayarak ön kapıdan çıktı.

Yukarıda kabarık bulut kümesiyle süslenmiş duru mavi gökyüzü vardı. Düz yeşillik içinde pembe ve kırmızı çiçeklerle donanmış tepeler Katie'nin etrafını sarmıştı. Memnun bir iç çekişle, yüzünü hafif rüzgara döndü ve otoyoldan karşıya geçerek anayola çıkan ağaçların arasından geçti.

Tüm gün boyunca yabancıların arasında olduğundan kendini kaybolmuş hissetmişti ve Ramon'un güven veren varlığını özlemişti. Onu kendisini geçen gece Gabriella ve kocasına tanıştırıp, Rafael'in evine dönmek için bir saat sonra ayrıldığından beri görmemişti.

Tanıdık bir ses onu düşüncelerinden kurtardı. "Katie!" Arkasını döndüğünde, Katie, Ramon'un yaklaşık elli metre uzaklıkta olduğunu gördü. Rafael'in evinden geçip geliyordu ve Katie yola doğru yürürken onun yolunun üzerinden geçmişti. Katie'nin ona gelmesi için durdu. Katie neşeli bir şekilde el sallayarak tepeye koşmaya başladı.

Ramon'un kalbi onu kollarına alıp, kendine çekerek sıkıca sarma isteğiyle çarpıyordu. Dudaklarını dudaklarıyla buluşturmak ve sürekli, seni seviyorum, seni seviyorum, seni seviyorum, demek istiyordu. Ama ondan karşılık alamamaktan korkuyordu. Buna dayanamazdı.

Katie ondan birkaç metre ötede durdu, tuhaf bir mutluluk ve çekingenlik karışımıyla hareketsizdi. Ramon'un koyu gömleği kıvırcık siyah kıllarla kaplı yanık tenini ortaya çıkararak beline doğru yarı açıktı, koyu renk pantolonu uzun bacaklarının her çizgisini takip ederek, düz ve sert kalçasını sarıyordu. Akıttığı cinsel cazibe Katie'ye kendini savunmasız ve tuhaf bir şekilde kırılgan hissettiriyordu.

''Merhaba,'' dedi Katie yavaşça.

Ramon kollarını Katie'ye açtı. "Merhaba, sevgilim."

Katie tereddüt etti ve kendini Ramon'un sıcak kucağına bıraktı.

Dudakları sonunda onunkilerle buluşunca, Ramon fısıldadı: "Beni özledin mi?"

Katie Ramon'un taze tıraş sonrası kolonyası ve sarhoş edici erkeksi teninin kokusunu içini çekerek dudaklarını boynuna bastırdı. "Evet, sen beni özledin mi?"

"Hayır."

Katie geri çekilip ona baktı."Özlemedin mi?"

Ramon ağırbaşlı bir ifadeyle "Hayır," dedi."Çünkü bu sabah saat ondan beri seni yanımda tuttum; bir dakika bile yanımdan ayrılmana izin vermedim. Hep seni düşündüm.""

Katie güldü. "Diğer adamlar ne durumda?"

"Hangi diğer adamlar?"

"Seni dövmeye çalışanlar."

Ramon, "Kavgadan çıkmış gibi göründüğümü mü kastediyorsun?" dedi.

Katie yavaşça kafasını salladı, bu kez ciddileşti. "İflas edeceğini bile bile bir şirket için çalışmak zor ve yorucu olmalı. Paranın bir kısmını şirkete yatırım için kullandığın oldu mu?"

"Neredeyse tüm paramı ve hayatımın büyük bölümünü." Ramon Katie'ye baktı. "Ama endişelenmene gerek yok. Bugünden sonra daha kolay olacak, her gün uzun saatler boyunca şirkette olmak zorunda kalmayacağım. Yarın öğleden sonra evimizde çalışan işçilere yardım etmeye başlayabilirim."

Rafael'in evindeki akşam yemeği çok neşeli geçti.. Rafael'in karısı, Senyora Villages, Ramon'a tıpkı kocası ve çocuklarına gösterdiği saygıyla davranan -çocuklarından ikisi yirmili yaşlarda erkek, diğeri on dört civarında bir kızdı- tombul, hareketli bir kadındı. Neyse ki konuşmaların çoğu gençlerin konuşamadığı ama biraz anlayabildiği İngilizce dilindeydi. Çünkü Katie birçok kez onları Rafael veya Ramon'un söylediği şeye gülerken görmüştü. Yemekten sonra kadınlar masayı toplayıp bulaşıkları yıkarken, erkekler oturma odasına geçti. Sonra kadınlar da kahve içmek için erkeklere katıldılar. Katie Ramon'un üzerindeki bakışlarını hissediyordu, sonra Ramon elini Katie'ye uzattı. Katie elini Ramon'un sert avucuna koydu ve onun kendisini yanına çekmesine izin verdi. Katie, Rafael Villegas'ın çiftlik hakkında önerilerini içeren konuşmasını dinledi, ama her an Ramon'un sert kalçasının onunkine dokunuşunu hissediyordu.

Ramon parmağıyla Katie'nin gür saçlarının altından boynunu okşuyor, eliyle ara ara omzunu okşayıp kolunu kanepenin arkasına uzatıyordu. Sanki sürekli yanında olduğunu hissettirmek ister gibiydi.

Sonunda Katie bilerek esnedi ve Ramon'un bakışları birden üzerinde yoğunlaştı."Yorgun musun?"

"Biraz," diye yalan söyledi Katie. Üç dakika içinde Ramon onun ne demek istediğini anladı, Villegaslara bahane uydurarak Katie'ye ön kapıya kadar eşlik etti. "Yürüyecek durumda mısın yoksa seni arabayla bırakmamı mı ister-sin?"

"İçimden her şeyi yapmak geliyor." Katie hafifçe güldü. "Ama sen yorgun ve dağılmış görünüyorsun; bu yüzden o evden çıkmanı sağlamak için bu bahaneyi uydurdum."

Ramon inkar etmedi. "Teşekkürler," dedi yumuşak bir sesle.

Gabriella ve kocası çoktan uyumuştu ama ön kapıyı kilitlememişlerdi.

Ramon yürüyüp kanepeye oturduğunda, Katie lambayı yaktı. Ramon uzandı ve onu kucağına çekip kollarını yakaladı. Katie kendini sert bir hareketle kurtardıktan sonra Ramon'un arkasına geçti.

Kalın kaslarının gerginliğini azaltmak için ona masaj yapmaya başladı. Becerikli ellerinin altında Ramon'un geniş omuzları sertti. Katie onun bu halini garipsedi. Aralarında daha önce hiç olmamış bir yakınlık vardı; Ramon'un daima Katie'nin duyularını sarsıcı derecede heyecan içinde tutan kontrollü cinsel enerjisi vardı. Bu gece bu enerji oldukça manyetikti. Boynundaki kaslara bastırarak "Nasıl?" dedi Katie.

"Çok güzel," dedi Ramon. "Bunu yapmayı nerden öğrendin?"

Katie'nin elleri dondu. "Hatırlamıyorum," diye yalan söyledi.

Katie'nin sesindeki bir şey Ramon'un sertçe dönmesine neden oldu. Onun gözlerindeki sıkıntılı ifadeyi gördü, kollarını yakaladı ve Katie'yi kucağına çekerek önüne getirdi. Gömleğinin düğmelerini ve sutyeninin kopçasını açıp göğüslerini ortaya çıkarırken "Şimdi sana kendini daha iyi hissettireceğim," dedi.

Katie dikkatini toplayamadan, Ramon'un ağzı onu düşüncelerinden uzaklaştırmaya başlamıştı bile,. Bir yandan arzuyla inlerken, "O artık ölü," diye fısıldadı Ramon. "Ve ben hayaletinin aramıza girmesini istemiyorum." Sesindeki sertliğe rağmen, öpücüğü şefkatliydi. Fısıltıyla "Göm onu," diye yalvardı. "Lütfen."

Katie bedeninin alt kısmını ona yaklaştırırken kollarıyla omuzlarını sardı ve birden tüm dünyayı unuttu.

13. Bölüm

Ertesi gün, Miguel Ramon'un ofis kapısını açtı ve arkasından sertçe kapattı. *Arkadaş* kelimesini vurgulayarak, "St. Louis'teki iyi arkadaşın Sidney Green hakkındaki her şeyi anlat," dedi.

Sandalyesinde arkasına yaslanan Ramon bazı yasal belgeleri inceliyordu, Miguel'e dikkati dağılarak baktı. "Arkadaşım değildi, sadece bir arkadaşımın tanıdığıydı. Dokuz yıl önce bir arkadaşımın verdiği partide bana yaklaştı ve araba boyası için yeni bulduğu bir formülü anlattı. Bu formülü kullanarak piyasadaki diğer ürünlerden daha dayanıklı ürünler yaratacağını söyledi. Ertesi gün bana boyanın bağımsız bir laboratuarda gerçekleşen bir analizini getirdi, ve iddiasını kanıtladı.

"Üretmek ve piyasaya sürmek için üç milyon dolara ihtiyacı vardı, ben de Uluslararası Galverra'nın ona bu parayı vermesini sağladım. Buralarda bir yerde bir dosyada gereken bilgiyi bulacaksın. Yaptığım şey bu kadar basitti."

"Bilginin bir kısmı dosyadaydı, geri kalanını şirket kasasından aldım. Düşündüğün kadar basit değil. Baban

Green'i araştırmış, üç milyon doların boşa gideceğini anlamış. İyi, sevgi dolu baban sana bir ders vermeye karar vermiş. Muhasebeciye senin kişisel hesabına üç milyon dolar aktarmasını söylemiş ve ödemeyi senin kişisel hesabından Green'e yapması talimatını vermiş. Bir yıl sonra, borç ödendiğinde, Green mektuba ek süre istediğini yazmış.

"Muhasebeciye göre, o zamanlar sen Japonya'daydın, o yüzden Green'in mektubunu babana vermiş. Baban parayı bulmak için herhangi bir girişimde bulunmamasını ve mektubu yok etmesini istemiş. Parayı bulmak senin sorumluluğundu."

Ramon sinirli bir halde iç çekti. "Buna rağmen borç ödendi. Babamın bana ödendiğini söylediğini hatırlıyorum."

''O şeytanın sana ne söylediğini bilmiyorum ama ödenmemişti. Bunu bana Sidney Green'in kendisi söyledi."

Ramon başını çevirdi, çenesi öfkeyle kasıldı. "Onu aradın mı?"

"Ee....evet...bana dosyaları teker teker inceleyerek zaman kaybetmememi söylemiştin, Ramon." Miguel, Ramon'un öfkeli bakışını görünce geri çekildi.

"Lanet olsun!! Sana bunu yapacak yetkiyi vermedim." Ramon öfkeden patlamıştı.

Sandalyesinde arkasını yaslanıp açıkça belli olan öfkesini kontrol altında tutmak için gözlerini kapadı. Tekrar konuştuğunda sesi kontrollüydü. "Hatta ben St. Louis'teyken bile, onu aramadım. Başımın belada olduğunu biliyordu; yardım etmek isteseydi benimle iletişime geçerdi. Ödeme için onu aradığından, benim kendi payımı ondan almaya çalışarak dolap çevirdiğimi düşünecek. Dokuz yıl önce sırtında tişörtünden başka hiçbir şeyin olmadığı zaman bile kendini beğenmiş adamın tekiydi; şimdi başarılı olduğunda nasıl biri olacağını hayal edebiliyorum."

"Yine kendini beğenmiş, kibirli adamın teki," dedi Migel. "Ve bana paranın tek bir kuruşunu bile ödemedi. Ona verdiğin paranın yeniden ödenmesi için kayıtları bulmaya çalıştığımı söyleyince, onu mahkemeye vermek için geç kaldığını söyledi."

Ramon bunu alaycı bir şaşkınlıkla dinledi. "Tabii ki, haklı. Paranın ödendiğini görmek benim sorumluluğumdu, ödenmediğinde belli zaman içinde yasal tedbirler almak da yine benim sorumluluğumdu."

"Tanrı aşkına! Adama üç milyon dolar verdin ve onu zengin yaptıktan sonra sana parayı ödemeyi reddediyor! Neden bir şey yapmıyorsun?"

Ramon omuz silkti. "Ona parayı borç verdim. Bunu hayırseverlik adına yapmadım, üretebileceği böyle üstün bir ürüne ihtiyaç duyulduğunu hissettim ve bu işten kâr edebileceğimi umduğum için üç milyon doları borç verdim. Bir iş yatırımıydı ve parasını gözetmek yatırımcının sorumluluğudur. Ne yazık ki, yatırımcı olduğumun farkına varmadım, şirketin denetleyicilerinin bunu öngöreceğini varsaydım."

Miguel, "Bu hırsızlık!" dedi.

Ramon, "Hayır, sadece iş," dedi."Parayı ödemeyeceğini sana söyledikten sonra, sanıyorum bu üzücü durumumdan dolayı bana 'derin pişmanlığını' ve saygılarını göndermiştir?"

"Kesinlikle öyle yapmadı! Sana eğer insanların düşündüklerinin yarısı kadar aklın olsaydı, yıllar önce paranı talep etmiş olacağını söylemi istedi. Seni temsil eden herhangi birinin parayı almak için tekrar kendisiyle temasa geçmesi halinde, seni tacizden sorumlu tutacak bir dosya hazırlayacağını söyledi ve telefonu yüzüme kapattı."

Şaşkınlık ifadesi Ramon'un yüzünden kayboldu. Kalemini kenara koydu. Tehlike dolu bir sakinlikle, "Ne yapacakmış?" dedi.

"O - o işte bunları söyledi, ardından telefonu kapattı."

"İşte bu çok kötü," dedi Ramon.

Arkasına yaslandı, bir an düşündü. Birden uzandı ve telefonun tuşuna bastı. Elise çağrısına cevap verince, isimlerini ve telefon numaralarını verdiği yedi kişiyi dünyada yedi farklı şehirde aramasını söyledi.

Ramon, "Eğer borcun şartlarını doğru hatırlıyorsam," dedi, "ona ödeme faiz oranın ne kadarsa ödeme gününde belirleneceğini söyleyerek üç milyon doları verdim."

Miguel, "Doğru," dedi. "Parayı bir yıl içinde ödemiş olsaydı, faiz oranı o zaman yüzde sekizdi ve sana üç milyon iki yüz kırk bin dolar borçlu olacaktı."

"Şimdi faiz oranı yüzde on yedi ve bu dokuz yıl için geçerli."

"Teknik olarak sana on iki milyon dolardan fazla borcu var," dedi Miguel, "Ama fark etmez, tahminen alamayacaksın."

Ramon nezaketle, "Almak niyetinde değilim," dedi. Atlantik ötesi telefon görüşmelerini beklerken, gözü masanın üzerindeki telefona takıldı.

"O zaman ne yapacaksın?"

Ramon'un kaşları şaşkınlıkla havaya kalktı. "Arkadaşımız Green'e aslında yıllar önce alması gereken dersi şimdi vereceğim. Ona asla gereksiz yere düşman kazanmaması gerektiğini göstereceğim. Bu ders ona on iki milyon dolara mal olacak."

Aramalar gelince, Ramon Miguel'in de duyabilmesi için hoparlör tuşuna bastı.

Konuşmanın çoğunluğu Fransızcaydı ve Miguel

Ramon'un akıcı konuştuğu bu dilin temel bilgisinin eksikliğiyle çaresizce konuşmayı takip etmeye çalışıyordu. Yine de ilk dört aramadan sonra, neler olduğunu anlayabildi.

Ramon'un konuştuğu her adam Sidney'in şirketinde üretilen ürünü ya önceden kullanmış olan ya da kullanan şirketlerin tanıdık sanayicileriydi. Her biri Ramon ne yapacağını kısaca anlatırken onu şaşkınlıkla dinledi ve ona arkadaşça davrandılar. Her biri Ramon'a bu 'zor durumda' yardım etmeyi teklif ettikçe Miguel şaşırıyordu ve her durumda Ramon kibarca tekliflerini geri çeviriyordu.

Öğlen saat dört buçukta dördüncü telefondan sonra Miguel sonunda patladı. "Ramon!" dedi, "Bu adamlardan herhangi biri bile seni içinde bulunduğun zor durumda kurtarabilir, kaldı ki hepsi sana teklifte bulundu."

Ramon kafasını salladı. "Bu sadece kibar bir formaliteden ibaret, başka bir şey değil. Yardım etmeyi teklif ederler ve benim tekliflerini geri çevireceğim anlaşılır. İşler böyle yürüyor. Görüyorsun," dedi. "Bay Green'e öğretilecek dersin ne olduğunu hepimiz öğrenmiş bulunmaktayız."

Miguel gülmeden edemedi. "Bu telefon görüşmelerini doğru şekilde takip ettiysem,yarın Paris basını otomobil üreticilerinin Green'in ürettiği boyanın test ettikleri araba üzerinde hemen solduğunu ve başka bir şey kullanmaya karar verdiklerini duyuracaklar."

Ramon içki dolabına gitti, Miguel ve kendisi için birer içki aldı. "Bu Green için senin düşündüğün kadar ölümcül değil. Paris'teki arkadaşım Green'in boyasını kullanmamaya karar verdiğini söylemişti, çünkü çok pahalıydı; dokuz yıl önce Green'le iletişime geçmesini sağlayan bendim. Solan boyayla ilgili sorun boyanın fabrika personeli tarafından yanlış kullanılmasıydı, ama tabii ki bundan basına bahsetmek niyetinde değil."

Bardaklarıdoldurupbirini Miguel'everdi. "Almanya'daki çiftlik malzemeleri imalatçısı Paris basınında gördükleri yüzünden Green'i arayıp onu siparişinden vazgeçmesi için tehdit etmeden önce Paris basının duyurusundan sonra bir gün daha bekleyecek."

Ramon ellerini ceplerine soktu ve dişlerinin arasında duran sigarasıyla Miguel'e sırıttı. "Green' e çok yazık, boyası artık üstün değil; diğer Amerikalı imalatçılar ona eşit derecede kaliteli boya üretiyorlar. Tokyo'daki arkadaşım Tokyo basınına Green'in boyasını hiç kullanmadıklarını, bu yüzden otomobillerinin boyasının solmasıyla ilgili herhangi bir sorun yaşamadıklarını söyleyerek Paris basınına cevap verecek.

"Perşembe günü, Demetrios Vasiladis Atina'dan arayacak ve gemisi için sipariş verdiği marina boyasını iptal edecek."

Ramon içkisinden bir yudum aldı, sandalyesine oturdu ve akşam Katie'den ayrıldıktan sonra okuyacağı kağıtları evrak çantasına koydu.

Miguel merak ederek sandalyesinin kenarına yaslandı. "Sonra?"

"O zaman olacaklar belli. Aynı kalitede boya üreten diğer Amerikalı imalatçılar kılıçları çekecek ve Green'i Amerika basınından silmek için ellerinden geleni yapacaklar. Ne kadar etkili olduğuna bakarak, muhalif medya Green'in tüm varlığının değerini tepetaklak edecek."

14. Bölüm

Perşembe sabah erken saatlerde, Elise her zaman vurduğu ofis kapısını bu kez vurmadan odaya girdiğinde, Miguel Ramon'un hazırladığı ekonomik bildiriye göz atıyordu.

Elise yüzü solgun bir halde, "Affedersiniz," dedi. "Telefonda bir adam - kaba bir adam - var. İki kez meşgul edilmek istemediğinizi söyledim, ama telefonu kapar kapamaz tekrar arıyor ve bana bağırmaya başlıyor."

Ramon sabırsızca, "Ne istiyor?" dedi.

Sekreter endişeli halde geveledi. "O - o beynine yeşil boya dökmeye çalışan pislik herifle konuşmak istiyor. Bu a-adam siz mi oluyorsunuz?"

Ramon'un dudakları kıpırdadı. "Öyle sanıyorum. Bağlayın."

Miguel hevesle arkasına yaslandı. Ramon telefonun düğmesine basıp sesi duyulur hale getirdi, sandalyesine uzandı, okumakta olduğu finans bildirilerini aldı ve onları sessizce incelemeye devam etti.

Sidney Green'in sesi öfkeyle patladı. "Galverra, seni

pislik! Zamanını boşa harcıyorsun, beni duydun mu? Ne yaparsan yap, o üç milyon doların on sentini bile vermiyorum. Anladın mı? Ne yaparsan yap!"

Cevap gelmeyince, Green tekrar bağırdı, "Bir şey söyle seni aşağılık herif!"

"Cesaretine hayranım." Ramon ağır ağır konuşuyordu.

"Bana başka taktiklerin olduğunu mu anlatmaya çalışıyorsun? Ha? Beni tehdit mi ediyorsun, Galverra?"

Ramon dalgın, sıkılmış bir sesle, "Seni 'tehdit' edecek kadar kaba olmayacağımdan eminim, Sid," diye cevapladı.

"Lanet olsun, beni tehdit ediyorsun! Sen kim olduğunu sanıyorsun?"

"Sanırım sana on iki milyon dolara mal olacak alçak herifim," dedi Ramon, ve, bununla birlikte, düğmeye basıp telefonun bağlantısını kesti.

Katie satın aldığı mobilyanın fiyatının yarısını ödemek için çabucak kağıdı imzaladı, sonra kalanını Ramon'un ona verdiği paranın bir kısmıyla ödedi. Her biri satın aldıklarının asıl fiyatının yarısını gösteren iki makbuz istediğinde, satış elemanı ona garip garip baktı. Katie bu hareketi görmezden geldi, ama Gabriella kızardı ve başka yöne baktı.

Dışarıda hava sıcaktı, ve turistler Eski San Juan'ın güneşli sokaklarını geziyorlardı. Araba kaldırımda park edilmişti; yıpranmış ama güvenli eski araba Gabriella'nın kocasına aitti, Eduerdo arabasını alışveriş gezileri için kullanmalarına izin veriyordu.

Katie arabanın camını açıp içini çekti. "Her şey harika gidiyor," dedi.

Daha perşembeydi; hızlı dört gündür alışveriş yapıyorlardı. Katie hem mutlu hem yorgundu. "Yine de keşke bir şeyi unuttuğum duygusundan kurtulabilsem." Arka koltuğu süsleyen iki lamba ve masaya bakarak kıkırdadı.

Gabriella ona baktı. "Ne unuttuğunu biliyorum. Ramon'a mobilyanın aslında ne kadar olduğunu söylemek konusundaki gerçeği unutuyorsun." San Juan'ın kalabalık trafiğinde ilerledi. "Katie, ne yaptığını fark edince sana çok kızacak."

"Fark etmeyecek," diye neşeyle haykırdı Katie. "Ona söylemeyeceğim, sen de söylemeyeceğine söz verdin."

Gabriella incinmiş bir bakışla, "Tabii ki söylemeyeceğim," dedi. "Ama pazar günleri Peder Gregoria birçok kez karı ve kocaların birbirlerine-"

Katie yüksek sesle inledi. "Ah hayır! Benim de unuttuğum buydu." Kafasını geriye attı ve gözlerini kapadı. "Bugün perşembe, bu öğlen saat ikide Peder Gregoria'yla buluşacağım. Ramon hazırlıkları salı günü yaptı ve bu sabah hatırlattı ama bunu tamamen unuttum."

Gabriella, "Pederi şimdi mi görmek istiyorsun?" dedi. "Saat dört. Peder Gregorio akşam yemeğini daha yememiştir."

Katie kafasını salladı. Tüm gün boyunca Ramon'la birlikte bu akşam yapacakları pikniği düşünmüştü. Ramon'un diğerleriyle çalıştığı eve yemeği Katie getirecekti. Diğerleri gittiğinde, Katie ve Ramon baş başa birkaç saat geçireceklerdi; buraya geldiğinden beri ilk kez başbaşa kalacaklardı.

Gabriella'nın evine vardıklarında, Katie direksiyona kaydı, Gabriella'ya hoşça kal dedi, piknik için bir şişe şarap ve yiyecek almak üzere köye yöneldi.

Katie için bu dört gün tuhaf geçmişti. Ramon sabahları Mayaguez'deki çiftlikte, hava kararana kadar da kulübede çalışıyordu, bu yüzden onu sadece akşamları görüyordu. Katie günlerini alışveriş, planlama ve Ramon'un evi için renk seçimleriyle geçiriyordu. Kendi evini dekore ediyormuş gibi değildi; kendini tatildeymiş gibi hissediyordu. Belki de bu Ramon çok meşgul olduğundan ve onu çok az gördüğündendi, üstelik birlikteyken yanlarında daima başkaları da oluyordu.

Rafael ve oğulları da kulübede Ramon'la çalışıyorlardı; her akşam yemekte bu dört adam neşeli ama yorgundu. Katie'nin Ramon'la baş başa kalacağı zaman ve ortam olmuyordu hiç. Ancak ikisi de birbirlerine duydukları arzunun ateşiyle yanıyorlardı.

Her akşam Ramon onu Gabriella'nın evine götürüyor, kanepeye yatırıyor ve kendisi de yanına uzanıyordu.

Katie arabayı mağazanın önüne çekti ve indi. Ağır kapıyı itip, ışığa alışabilmek için gözlerini kırpıştırarak eski binanın içindeki kalabalığa doğru yürüdü.

Köyün postanesi olarak yaptığı çift işin yanı sıra, markette un ve şekerli ürünlerden, banyo malzemeleri ve ucuz mobilya malzemelerine kadar her şey bulunuyordu. Tezgahlar tüm duvarlarda bulunan yüksek raflar gibi ürünlerle doluydu. Orada çalışan birinin yardımı olmadan, Katie ve Gabriella'nın her şeyi bulabilmeleri haftalarını alırdı.

Gabriella'nın Katie'yi Ramon'un nişanlısı olarak önceden tanıştırdığı İspanyol kız, Katie'yi gördü; onu ışıldayan bir gülümsemeyle karşıladı, sonra da aceleyle gitti. Pazartesi günü onun yardımıyla, Katie siyah, beyaz, kırmızı renklerdeki kalın, kabarık havluları fark etmişti. Altı tane almış ve bir düzine daha sipariş etmişti. Kız da Katie'nin o havluları almaya geldiğini düşünmüştü.

Katie taze meyve, ekmek ve paketlenmiş eti taşırken kalabalık tezgaha yaklaştı, para bulmak için cüzdanını karıştırdı. Küçük İspanyol kız aldıklarının her bir yarısı için iki fişi gülerek ona uzattı. Katie'nin daima iki fiş istediğini hatırladığından gururluydu, Katie meyve ve sebzeler için bunun gerekli olmadığını açıklama zahmetinde bulunmadı.

Araba kırmızı cennet ağaçlarını geçtiğinde onu karşılayan sahne Katie'yi şaşırttı. Alan eskimiş kamyonetler, iki at ve kesinlikle evden çıkarılmış enkazla dolu diğer bir kamyonetle doluydu. İki adam çatıdaki kiremitleri yeniliyor, iki tanesi tahta çerçevedeki boyayı sıyırıyordu. Panjurlar tamir edilmişti ve camlar kristal gibi parlıyordu. Pazardan beri ilk kez Katie buraya gelmişti, evin içindeki onarımları görmeye hevesliydi. Arabanın dikiz aynasından baktı, rujunu tazeledi, ve saçını arkaya attı.

Arabadan indi ve kot pantolonundaki buruşuğu düzeltti, sonra ekose gömleğinin kollarını dirseğine kadar katladı. İçeriden gelen matkap sesleri birdenbire kesildi. Katie artık eksik tuğlaların olmadığı ve kırık kiremitlerle dolu olmayan tuğla yolu yürürken, çatıdaki adamlar koşuşturuyordu. Saatine baktı: tam altıydı, ve görünüşe göre adamlar günü tamamlamışlardı.

Ramon'un pazar günü kırdığı ön kapı onarılmıştı ve soyulan boya pürüzsüz bir hale gelmişti. Sekiz adam malzeme kutularını taşırken Katie kapıdan çıkmalarına izin vermek için kenara çekildi. Rafael ve iki oğlu da adamların arasındaydı. Katie, burada çalışan bir ordu insan var diye düşündü. Rafael babacan gülümsemesiyle, "Ramon tesisatçıyla mutfakta," dedi. Oğulları yanından geçerken sırıttılar.

Kinişli kerestelerden yapılma salon duvarları tahta döşemeler gibi onarılmıştı. Katie'nin evin neden böyle neşeli ve güneşli göründüğünü anlaması bir dakikasını aldı. O zaman tüm camların parıldadığını, bazılarının açık olup taze toz kokusunun olduğu odayı rüzgarla havalandırdığını fark etti. Mutfaktan aldığı tornavidayı ı elinde tutan yaşlıca bir adam şapkasıyla Katie'ye kibarca selam verdi, sonra oturma odasından çıkıp gözden kayboldu. Katie onun tesisatçı olduğunu düşündü.

Katie mutfağı dolaştı. Diğer tahta yüzey gibi, mutfak dolapları da kazınmış ve çirkin döşeme kaldırılmıştı. Keskin metal parçası lavaboya bakmasına neden oldu. Lavabonun altında gizli olan gövdeye ait bir çift adaleli bacak yere uzanıyordu.

Katie bu uzun bacakları ve ince kalçayı su borularının altına gömülmüş kafa ve omuzları görmeye gerek duymadan tanıyarak gülümsedi.

Ramon tesisatçının gittiğini fark etmemişti, çünkü tanıdık İspanyol sesiyle kesin emirler veriyordu. Katie kararsız kaldı, kendini yetişkini kandıran bir çocuk gibi hissederek tezgahın üzerindeki İngiliz anahtarını aldı ve yeni döşenmiş lekesiz lavabonun altına, Ramon'a uzattı. Ramon anahtarı kabaca geri uzatınca aynı emri bu sefer lavabonun altına iki kere vurarak tekrarlayınca Katie kendini gülmemek için zor tuttu.

İspanyolca anlamadığı için tahmin yürüterek uzandı ve iki musluğu da açtı. Lavabonun altından taşan su seli Ramon'un yüzüne, saçına ve çıplak göğsüne çarparken aynı zamanda bir dizi küfre sebep olmuştu. Katie telaşla muslukları kapatırken, Ramon yerden bir havlu alıp yüzünü ve kafasını kurulayarak ani ve öfkeli hareketlerle ayağa kalktı. Karşısında Katie'yi görünce şaşırdı.

"Ben-ben sana sürpriz yapmak için geldim." Katie kahkahasını kontrol etmek için alt dudağını ısırdı. Su kirpiklerinden, kaşlarından, kıvırcık saçlarından akıyordu ve çıplak göğsündeki kıvırcık kılların üzerinde parlıyordu. Katie'nin omuzları sallanmaya başladı.

Ramon'un gözlerinde bir pırıltı belirdi. "Sanırım bir ,sürpriz bir diğerini hak ediyor." Sağ elini kaldırdı ve musluğun soğuk su tarafını açtı. Katie itiraz edemeden kafası su dolu lavaboya girmeye zorlandı.

"Buna sakın cesaret etme!" Katie kahkahalarla çığlık attı. Su daha çok akmaya başladı ve Katie'nin kafası fışkıran suya daha da yaklaştı. "Dur!" Kahkahası pürüzsüz lavaboda yankılanırken bağırdı."Su tüm döşemeye akıyor!"

Ramon onu bıraktı ve musluğu kapattı. "Borular sızdırıyor," diye belirtti. Kaşını kaldırdı ve kaygılı bir ifadeyle ekledi, "Sana sürpriz yapmanın daha iyi yollarını bulmalıyım."

Katie kahkaha atıp onun tehdidini duymazdan geldi. "Marangozluğu bildiğini söylediğini sanıyordum," diye ellerini kalçasında tutarak dalga geçti.

"Öyle demedim," diye düzeltti Ramon. "Senin perde yapımını bildiğin kadar bildiğimi söylemiştim."

Katie bir kahkaha patlattı. "Benim perdelerim senin tesisatından daha hızlı ilerliyor." Çünkü Gabriella ve Senyora Villages dikiş işlemini yapıyorlar, diye sessizce ekledi.

"Ah, bu doğru mu?" Ramon da dalga geçiyordu. "Banyoya git."

Katie onun kendisini takip etmediğini görünce şaşırdı, ama onun yerine duvarda asılı duran temiz gömleği ve havluyu aldı. Dışarda banyo kapısında kendini pazar günü gördüğü paslı küvette yaşayan böceklerle tekrar yüzleşmeye zihinsel olarak hazırlamak için durdu. Kapıyı tereddütle açtığında, gözleri şaşkınlıkla açıldı.

Eski banyo eşyaları gitmişti. Onların yerinde lavabo ve açılır kapılır cam kapılarıyla geniş duşakabinin olduğu modern bir banyo vardı. Denemek için, Katie duşakabinin kapılarından birini kaydırdı. Duş musluğunun su sızdırdığını görünce, Katie Ramon'un bu konudaki rahatlığına şaşırdı. Dikkatlice, musluğu kapatmak için uzanırken kaygan su gölünden kaçınarak içeri adım attı. Dondurucu su seli yüzüne çarpınca sessiz çığlıklarla ağzı açık kaldı. Kör olmuşçasına kendini duşakabinden dışarı attı ve düştü.

Saçlarından ve yüzünden akan su ve üzerine yapışan ıslak elbisesiyle dizlerinin üzerinde dışarı çıktı. Sakarca ayağa kalkmaya ve saçlarını gözünün önünden kaldırmaya çalışıyordu. Ramon gülmemek için kendini zor tutuyordu. "Gülmeye cesaret edeyim deme," diye uyardı onu Katie.

"Sabun ister misin?" dedi Ramon. "Belki bir havlu? Ya da gömleğimi sana vermeme izin verir misin? Bir ‚sürprizin' diğerine yol açma şekli ilginç, değil mi?"

Ramon'un bunu kendisine kasıtlı yaptığını fark edince Katie'nin içini öfke kapladı. Titreyerek onun elindeki gömleği çekip aldı ve yüzüne kapıyı kapadı! Banyoya kadar her adımını izlemiş ve ana vanayı açmış olmalıydı, sırılsıklam kot pantolonunu çıkarırken öfkeyle bunu fark etti. Demek canavar erkek egoları böyle davranmalarını gerektiriyordu. Katie banyo kapısını açtı, üzerinde Ramon'un gömleği ve küloduyla dışarı çıktı ve boş evde yürüdü.

Ramon, Katie'nin arabanın bagajında getirdiği battaniyeyi ağacın altına seriyordu. Ne büyük bir kibir! Onun bu davranışını safça hoş göreceğini düşünüyordu. Burada kalacağını ve onunla hiçbir şey olmamış gibi piknik yapacağını sanıyordu.

Ramon çömelir vaziyette durdu ve ona baktı."Bir daha yüzüme kapı çarpma," dedi. Sonra, sanki her şey bitmiş gibi, bakışları hayranlıkla yumuşadı. Katie öfkeden kudurarak kollarını göğsünde kavuşturdu, omzunu kapının kenarına yasladı, ve Ramon'un bakmasına izin vererek düzgün bileğini diğerinin üstüne koydu. Çünkü tek yapabileceği ona bakmak olacaktı. Katie birkaç dakika içinde battaniyeye sarınacak ve Gabriella'nın evine geri dönecekti!

Ramon'un bakışı Katie'nin omuzlarına dökülen dalgalı kızıl saçından vücudunu sarmalayan gömleğin ortaya çıkardığı göğüslerine kaydı, kalçasına gelince durdu, sonra uzun, şekilli bacaklarını takip etti. Katie düşmanlığını gizleme zahmetinde bulunmadan, "Yeteri kadar gördün mü?" dedi. "Tatmin oldun mu?"

Ramon sertçe kafasını kaldırdı. "Beni ‚tatmin' mi etmek istiyorsun, Katie?"

Katie cinsel imayı duymazdan gelerek Ramon'un oturduğu battaniyeyi alıp gitmek için hazırlandı. Kibirle bakıp, "Ben gidiyorum," dedi.

"Elbise için gitmenin gereği yok. Seninkiler kuruyacak, o zamana kadar üzerinde bunlar var nasıl olsa."

"Giysi için gitmiyorum. Beni kasten ıslattıktan sonra burada kalıp piknik yapmaya niyetim yok."

Ramon ona sarılmak için yavaşça ayağa kalktı, Katie ona dik dik baktı. "Gabriella'nın evine geri dönmek için sarınabileceğim battaniyeye ihtiyacım var ve sen o battaniyenin üzerinde oturuyorsun."

Ramon geri çekilerek "Evet, oturuyorum," dedi.

Katie battaniyeyi kaptı, vücuduna sardı ve Ramon'un bir ağaca yaslanıp kendisinin her adımını izlediğini bilerek arabaya gitti. Direksiyonun başına geçti ve kontakta bıraktığı anahtarları aradı. Anahtarlar yerinde değildi. Aramaya gerek duymadı, kimde olduklarını biliyordu.

Açık camdan Ramon'a baktı. Ramon elini cebine götürüp anahtarları çıkararak onları açık avcunda tuttu. "Bunlara ihtiyacın olacak."

Katie arabadan indi ve battaniyenin verdiği ağırlıkla Ramon'a doğru yürüdü. "Onları bana ver," dedi.
"Al o zaman," diye umursamazca cevapladı Ramon.
"Bana dokunmayacağına yemin eder misin?"
"Aklımdan bile geçirmem." Ramon sinir bozucu bir sakinlikle cevap verdi, "Ama senin bana dokunmaman için bir neden yok." Katie kızgınlıkla onun anahtarları Levis'ının derin cebine koymasını, sonra da kollarını göğsünde kavuşturmasını izledi. "Gel ve al onları."
Katie öfkeyle tısladı: "Eğleniyor musun?"
"Eğlenmeyi planlıyorum."
Katie onu tekmeledi, sonra bir yolunu bulup elini cebine soktu ve anahtarları aldı. Küçümseyerek "Teşekkürler," dedi.
Ramon da imalı biçimde, "Teşekkürler," diye cevapladı.
Katie, Ramon'un yere düşmesi için battaniyenin ucuna sertçe basmasıyla arkasını döndü. "Böyle bir şeyi sana kasten yapacağımı nasıl düşünebilirsin?" diye sordu Ramon.
Katie onun yakışıklı yüzünü inceledi, ve birdenbire tüm öfkesi yok olunca kederlendi. "Kasten yapmadın mı?"
"Sence?"
Katie kendini aptal gibi ve kötü hissetti. "Ben - ben senin yaptığını düşünmüyorum," dedi, utanç içinde çıplak ayağına bakarak.
Ramon'un sesi şaşkınlık doluydu. "Şimdi ne yapacaksın?"
Katie kafasını kaldırdığında mavi gözleri sıcaktı ve özür diler gibiydi. "Gecenin geri kalanını sana hizmet ederek ve ne kadar üzgün olduğumu göstererek geçireceğim!"
Ramon gülerek, "Öyle mi," dedi."Bu durumda ben ne yapmalıyım?"

"Ben battaniyeyi düzeltirken sadece orda dikil, sonra sana şarapla sandviç hazırlayacağım." Şaşırtıcı bir memnuniyetle, Ramon, Katie'nin şarap kadehini doldurmasına ve sandviçleri hazırlamasına izin verdi.

Katie sadece elmasını soymak için değil aynı zamanda dilimlemek için ısrar ettiğinde Ramon güldü. "Bir adam böyle davranılmaya alışabilir."

Sonra Katie'ye baktı. "Şu an ne istediğimi biliyor musun?"

Katie kalbi daha hızlı atarak şarap kadehini dudaklarına götürdüğünde, eli titredi. "Ne?" diye sordu.

"Şu sırt masajlarından birini" Ramon sırtını gösterecek şekilde yüzü koyun uzandı.

Katie kadehini kenara bıraktı ve onun yanına, dizlerinin üzerine çöktü. Ramon'un sırtı sıcak ve pürüzsüzdü. Elleri yorulana kadar masaj yapmaya devam etti, sonra ayağa kalktı ve kadehini aldı.

"Katie?" Ramon esmer yüzünü başka yöne çevirdi.

"Hım?"

"Kasten yaptım."

Katie birden şarabını Ramon'un sırtına döktü ve eve doğru son sürat koştu. Ramon, onu karanlık oturma odasının ortasında kolundan yakaladı, Katie ona vurdukça kahkahalarla sarsılıyordu. "Seni canavar!" Hem eğleniyormuş gibi görünen hem de düşmanca bir havası olan Katie soluk soluğa konuştu. "Sen tanıdığım en hain, kibirli-"

"Ve en masum insanım," diyerek sırıttı Ramon. "Gerçekten."

Katie, kahkaha attı. "Seni öldürebilirim!"

Arkasında Ramon'un derin sesi birdenbire boğuk bir hal aldı. "Bunu yapmaya devam edersen, soğuk bir duşa ihtiyacım olacak."

Arzu damarlarına yayılırken, Katie titredi. Ramon'un dudakları kulaklarına değdi, sonra boynunun kıvrımına kaydı. Bir yandan da göğüslerini okşuyordu.

"Göğüs uçların sert," dedi. "Ve göğüslerin elimi dolduracak kadar büyük. Bana dön, sevgilim. Onları göğsümde hissetmek istiyorum."

Katie heyecandan titreyerek kendini onun kollarına bıraktı. Ramon onun dolgun, ağrıyan göğüslerine baktı, sonra ateşli bakışlarını Katie'ninkilere çevirdi. Katie büyülenerek onun ağzının yavaşça aşağıya inmesini izledi.

Birden, "Benimle dışarı gel," diye kısık sesle emretti Ramon.

Katie "Tamam," diye fısıldayarak inledi.

O sırada kör edici ışık Katie'nin kapalı göz kapağında patladı ve aynı anda bir ses şunu söyledi: "Bu balayından önce gerçekleşen nikahı kimin kıydığını sorabilir miyim Ramon?"

Katie'nin gözleri açıldı; ay ışığıyla aydınlanan odada duran tuhaf giyimli adama, sonra şaşkınlık içindeki Ramon'a baktı. Ramon içini çekerek davetsiz misafire döndü. "Peder Gregorio, ben-"

Katie'nin dizleri titredi.

Ramon bakışlarını Katie'nin bembeyaz yüzüne çevirdi. "Katie, iyi misin?" diye endişeyle sordu.

"Eminim Senyora Connelly hiç iyi değildir," dedi, yaşlı papaz ters ters. "Şüphe yok ki gidip giyinmek isteyecektir."

Duyduğu utanç ve öfke, Katie'nin soluk yanaklarının eski haline dönmesini sağladı. "Kıyafetlerim sırılsıklam," dedi. O anda, Ramon'un ona doladığı kollarıyla gömleğinin yukarı kalktığını ve külodunun dantelini sergilediğini fark etti. Utanç içinde gömleği indirdi ve kendini Ramon'un kollarından kurtardı.

"O zaman belki dışarıda gördüğüm battaniyeye sarınmak isteyebilirsiniz."

Ramon papaza sert ses tonuyla İspanyolca bir şey söyledi ve Katie'yi durdurmak için uzandı, ama o yana kaçtı ve dışarı çıktı. Hor görülmüş, küçük düşürülmüştü ve kendini tıpkı on beş yaşında yaramaz bir kız çocuğu gibi hissettiği için kendine kızıyordu. Bu despot yaşlı adam evlenmeden önce onayını almak zorunda kalacakları papazdı. Kızdı. Hayatında hiçbir zaman kimseyi böyle küçümsememişti! Papaz on dakika içinde onu ucuz ve kirli göstermişti. Bugünün standartlarına göre bakire sayılırdı!

Katie battaniyeye sarınmış halde eve girdiğinde, Ramon papazla konuşuyordu. Elini uzattı ve rahatça onu kendi yanına çekti, ama daha ilk sözleriyle onu azarladı. "Neden Peder Gregorio'yla randevuna gitmedin, Katie?"

Papaza baktığında Katie çenesini savunma yaparcasına kaldırdı. Tepesi kel olan bu yaşlı adamın. ayrık duran fırça gibi beyaz kaşları ona şeytani bir hava veriyordu, Katie bunun böyle yaşlı bir şeytan için tamamen uygun olduğunu düşündü! Yine de, gözleri papazın delici mavi gözleriyle karşılaşınca tereddüte düştü. "Unuttum."

Katie Ramon'un kısık gözlerinin üzerinde olduğunu hissedebiliyordu.

"Bu durumda," dedi Peder Gregorio, kesin ve sakin bir sesle, "belki - yarın öğleden sonra saat dört için - başka bir randevu istersiniz."

Katie memnuniyetsizlikle bu emri kabul etti. "Çok güzel."

"Ben sizi köye arabayla götüreceğim, Peder," dedi Ramon.

Katie, pederin kendisine anlamlı anlamlı baktığını fark

etti. "Senyora Connelly'nin şimdi Gabriella'nın evine dönmek istediğinden eminim. Geç oluyor."

Katie Ramon'un cevabını beklemeden, aniden arkasını döndü ve ardından kapıyı kapatarak banyoya yürüdü. Nemli giysisini giymeye çalıştı ve elleriyle saçını taradı. Kendini hiç böyle aşağılanmış hissetmemişti.

Açık kapıyı itti;, kapının eşiğinde duran Ramon'u geçip yürüdü. Ramon'un yüz ifadesindeki şaşkınlık Katie'nin parçalanmış duygularını daha da yıpratmış, asabını bozmuştu. "Katie, peder senin namusunu benim kötü niyetimden koruduğunu düşünüyor."

Aniden ağlamaklı olan Katie, Ramon'un çenesindeki çukura baktı. "Bir dakika bile olsa namuslu olduğuma inanmadı! Şimdi lütfen izin ver, bir an önce buradan gitmek istiyorum. Ben--ben yorgunum."

Arabanın yanında duran Peder Gregorio'ya doğru yürürken, ıslak ayakkabıları vıcık vıcık bir ses çıkarıyordu ve Levis kotu ıslaklıkla bacaklarına vuruyordu.

Katie'nin kıyafetlerinin gerçekten ıslak olduğunu gören papaz gülümsedi. Katie sadece ona buz gibi baktı ve arabaya bindi. Yolda Katie'yle iki kere sohbet etmeye çalışan papazın hevesi ondan tek kelimeli cevaplar alınca kırıldı.

Papazı köyde bıraktıktan sonra, Gabriella'nın evinde durdular. Katie yatak odasından kuru kıyafetlerle çıktıktan on beş dakika sonra, Ramon, Gabriella'nın kocası Eduardo'yla konuşuyordu. Katie'yi gördüğü zaman izin istedi ve ona dışarı çıkmayı teklif etti. Peder Gregorio'yla karşılaştıktan sonra ortaya çıkan kötü etkilerin çoğu kaybolmuştu, ama Katie yine de Ramon'un durumundan tedirgindi.

Ağır bir sessizlik içinde küçük bahçede yürüdüler. Sonunda, Katie durdu ve bir ağacın gövdesine yaslandı.

Ramon'un elleri onu hapsederek diğer tarafına geçti. "Bu öğlen Peder Gregorio'yu görmeye neden gitmedin, Katie?"

Geri adım atarken Katie sendeledi. "Ben - ben söyledim ya, unuttum."

"Bu sabah işe gitmeden önce gelip sana hatırlatmıştım. Birkaç saat sonra nasıl unutabilirsin?"

"Unuttum, çünkü günlerdir evinin alışverişiyle meşgulüm."

Ramon huzursuzca "Niye sürekli evimiz demek yerine benim evim olduğunu söylüyorsun?" diye sordu.

"Sen neden bu soruları soruyorsun?" diye patladı Katie.

"Çünkü bu soruları kendime sorduğumda aldığım cevaplar hoşuma gitmiyor." Ramon bir adım geri çekilip cebinden kalın bir sigara ve çakmak çıkardı. Yaktığı sigaranın aromalı dumanından rahatsız olan Katie'yi izliyordu. "Peder Gregorio on gün içindeki evliliğimiz için muhtemel tek engel, değil mi?"

Katie kendini köşeye sıkışmış hissetti."Sanırım öyle."

"Bana bir şey söyle," dedi Ramon. "Yarınki randevuna gitmeyi planlıyor musun?"

Katie sinirle saçlarını arkaya attı. "Evet gideceğim. Ama sen de artık biliyorsun ki benden hoşlanmıyor,"

Ramon bunu tarafsız bir omuz silkmeyle kestirip attı. "Amerika'da bile bir papaz nişanlı çiftin birbirine uygun olduğundan ve mutlu bir evlilik için şanslarının olduğundan emin olmak ister. Onun da istediği tam olarak bu."

"Bizim uygun olduğumuza inanmayacak! Tam tersini düşünüyor."

"Hayır, düşünmüyor," dedi Ramon. Katie'ye iyice yaklaştı.

"Birbirimize uygun olmadığımızı düşünmesini istiyor musun, Katie?"

"Hayır," diye fısıldadı Katie.

"Bana ilk evliliğinden bahset."

"Bahsetmeyeceğim!" Katie tüm bedeni öfkeden kaskatı kesilerek geri çekildi. "Bunu benden bir daha isteme, çünkü anlatmayacağım. Bunu düşünmemeye çalışıyorum."

"Yaraların olmadan bu olayı tamamen atlatsaydın," diye devam etti Ramon, "acı hissetmeden bunun hakkında konuşuyor olurdun."

"Hakkında konuşmak mı?" Katie kızgınlıkla patladı. "Hakkında konuşmak mı?" Tepkisindeki şiddet kısa bir süre sessiz kalmasına neden oldu. Derin nefes alarak duygularını kontrol etmeyi başardı. "Sadece geçmişin çirkinliğinin şu anı mahvetmesini istemiyorum; ama mahvedecek. Bunu görmüyor musun?"

"Görebiliyorum," dedi Ramon yumuşak bir sesle; içini çekti. Katie'ye sarıldı. "Harika bir gülümsemen olduğunu ve yorgun göründüğünü görebiliyorum."

Katie kollarını onun boynuna doladı. Açıklamasından tatmin olmadığını biliyordu ve daha fazlasını öğrenmek için soru sormadığından dolayı ona minnettardı. "Biraz yorgunum. Sanırım uyumaya gideceğim."

"Peki yatakta ne düşünüyor olacaksın?" Ramon şaka yapar gibi sormuştu.

"Mutfak için renk düzeni," diye yalan söyledi Katie.

"Ah, gerçekten mi?"

Katie gülerek kafasını salladı. "Sen ne düşünüyorsun?"

"Ananasların toptan fiyatını."

Katie, bakışları Ramon'un cinsel istek uyandıran ağzında, fısıldadı: "Yalancı."

"Sarı," Ramon, Katie'nin dudaklarına nefes verdi.

"Ananasları mı söylüyorsun?" diye mırıldandı Katie.

"Mutfaktan bahsediyorum."

"Ben yeşil düşünmüştüm," dedi kalbi heyecanla çarparak.

Ramon aniden geriye çekildi. "Belki de sen haklısın, yeşil canlı bir renk ve insanı sıkmaz." Gülümsedi. "Bunu bu gece yatakta düşünürsün."

Katie şaşkın birkaç adım attı, sonra hayal kırıklığıyla Ramon'a bakmak için döndü.

Ramon gülümsedi. "Başka bir şey ister misin? Belki yatakta düşünebilecek daha iyi bir konu?"

Katie sanki bu ilkel güce karşı çıkma direnci yokmuş gibi Ramon'un uyguladığı cinsel çekimi hissetti.

"Buraya gel, Katie."

Katie geri dönüp kendini Ramon'In kollarına bıraktı. "Katie," diye fısıldadığını duydu onun. "Seni seviyorum."

15. Bölüm

Katie ve Gabriella sabahı ve öğlenin büyük bölümünü komşu iki köyde alışveriş yaparak geçirdiler. Katie, Gabriella'yı çok sevmişti. Harika bir arkadaş olmasının yanı sıra, yorulmak nedir bilmeyen biriydi. Alışveriş yaparken bazen Katie'den daha hevesli oluyordu.

Katie arabaya binerken neşeyle, "Sanırım Ramon yatak odası için seçtiğim renkleri beğenecek, değil mi?" diye sordu.

"Beğenmeli," Gabriella koltuğa yerleşip Katie'ye yüzünde bir gülümsemeyle baktı. Gür siyah saçları rüzgârda güzelce dağılmıştı ve gözleri parlıyordu. "Aldığın her şey ona uyuyor, sana değil. Ben olsam çizgili yatak örtüsünü alırdım."

Araba kullanan Katie sakin trafiğe girmeden dikiz aynasına baktı, sonra Gabriella'ya temkinli bir bakış attı.

"Ramon'un pastel çiçeklerle ve çizgilerle çevrili olanlarından hoşlanacağını sanmıyorum."

"Eduardo da Ramon kadar erkeksi ve ben yatak odamızı daha kadınsı yapmayı tercih etsem itiraz etmez."

Katie Gabriella'nın söylediği şeyin doğru olduğunu kendine itiraf etmek zorundaydı; Eduardo Gabriella'nın isteklerini hep kabul ederdi. Geçen dört gün içinde, Katie, Eduardo ile ilgili fikrini gözden geçirmişti. Dünyaya sert, onaylamayan bakışlarla bakmıyordu; sadece Katie'ye öyle bakıyordu. Ona karşı her zaman nazikti, ama Katie'nin odaya girdiği an Eduardo'nun ifadesindeki sıcaklık, samimiyet kayboluyordu.

"Eduardo'yu incitecek bir şey mi yaptım?" Gabriella'nın davranışında sıra dışı bir şey olmadığını söylemesini umarak yüksek sesle sordu Katie.

"Onu ciddiye almamalısın," dedi Gabriella, şaşırtıcı bir dürüstlükle. "Eduardo tüm Amerikan kızlarına, özellikle senin gibi zengin olanlarına hiç güvenmez. Hepsinin şımarık, sorumsuz falan olduğunu düşünür."

"Benim zengin olduğumu düşünmesine neden olan ne?"

Gabriella özür dileyen bir gülümsemeyle baktı. "Bavulun. Eduardo okula giderken San Juan'da lüks bir otelin resepsiyonunda çalışırdı. Bavulunun bizim oturma odasının mobilyasının fiyatından bile fazla ettiğini söylüyor."

Gabriella devam etti. "Eduardo Ramon'u birçok nedenden ötürü seviyor ve senin İspanyol bir çiftçinin karısı olmaya alışamayacağından korkuyor. Çünkü senin cesareti olmayan, hayatının burada zor olduğunu fark edince çekip gidecek, ekinler az ve fiyatlar düşük olunca parasını Ramon'un önüne fırlatıp atacak zengin Amerikalı bir kadın olduğunu düşünüyor."

Katie rahatsız olup kızardı; Gabriella anlayışlı bir tavırla kafasını salladı. "Senin mobilyanın bir kısmını ödediğin gerçeğini bu yüzden Eduardo asla anlamamalı. Ramon'a itaat etmediğini düşünecek ve Ramon'un alabileceği beğenmeyeceğim için bunu yaptığını sanacak. Bunların parasını neden ödediğini bilmiyorum, Katie, ama bu yüzden yaptığını da düşünmüyorum. Bir gün bunu neden yaptığını söylemek istersen bana anlatabilirsin ama bu süre içinde Eduardo bunu anlamamalı.Hemen Ramon'a söyleyecektir."

Katie gülümsedi, "Sen söylemediğin sürece, hiçbiri bilmeyecektir,"diye yineledi.

"Söylemeyeceğimi biliyorsun." Gabriella güneşe baktı. "Mayaguez'deki şu evin açık artırmasına gitmek ister misin? Buraya çok yakın."

Katie hemen kabul etti; üç saat sonra şık bir yemek setinin, bir kanepe ve iki sandalyenin sahibiydi. Ev eskiden mükemmel işçilik ve rahatlığa önem vermiş zengin bir bekâra aitti. Adam ölmüştü. Eskimiş ipliklerle bezenmiş kaba kumaşla örtülü sandalyeler açılır kapanır cinstendi. Onlarla uyumlu iki tane divan vardı. Kalın minderleri ve geniş yuvarlak kolları olan kanepe eskimişti. "Ramon buna bayılacak," dedi Katie, açık artırma yöneticisine para ödeyip mobilyanın eve taşınmasını emrederken.

Gabriella endişeli halde, "Katie, sen iyi misin?" diye sordu. "Sen de o evde yaşayacaksın, ama şu ana kadar sadece senin istediğin hiçbir şey satın almadın."

"Tabii ki aldım," dedi Katie.

Dördü on geçe, Gabriella arabayı Peder Gregorio'nun küçük evinin önünde durdurdu. Beyaz boyası ve yeşil panjurlarıyla kolayca tanınan ev kilisenin bulunduğu sokağın tam karşısında meydanın sağ tarafında idi. Katie el çantasını koltuktan aldı, Gabriella'ya gergin bir gülüşle baktı ve arabadan indi.

Gabriella, "Seni beklememi istemediğinden emin misin?" diye sordu.

"Eminim," dedi Katie. "Buradan senin eve yürümek çok zamanımı almaz, hem kıyafetlerimi değiştirip Ramon'u görmeye eve gitmek için yeterince zamanım var."

Katie isteksizce ön kapıya yürüdü. Pastel yeşil elbisesinin eteğini düzeltmek için durdu ve elini kulaklarında birkaç tel bırakıp gerisini ince tokayla tutturduğu parlak kızıl saçında gezdirdi. Çok derli toplu ve resmi göründüğünü umuyordu. Sinirleri bozulmuştu.

Yaşlı bir hizmetli Katie'nin çaldığı kapıya cevap verdi ve onu eve buyur etti. Onu loş koridorda takip ederken, Katie celladıyla karşılaşmak için son adımlarını atan idam cezasına çarptırılmış bir mahkum gibi hissetti kendini---ama üzülmesine neden olan şey onu hayrete düşürüyordu.

Çalışma odasına geçtiğinde Peder Gregorio ayaktaydı. Katie onun masasının karşısında gösterdiği koltuğa oturdu.

Bir an için birbirlerine temkinli bir şekilde baktılar, sonra peder, "Kahve ister misiniz?" dedi.

Katie yapmacık ama saygılı bir gülümsemeyle cevap verdi. "Hayır, teşekkürler. Çok vaktim yok." Pederin beyaz kaşları onaylamazcasına havaya kalkınca, Katie bunu söylemekle yanlış yaptığını fark etti.

"Şüphesiz yapacak daha önemli işleriniz vardır," diye tersledi onu peder.

"Benim değil." Katie ateşkeste bulunarak aceleyle açıkladı. "Ramon için."

Peder Gregorio Katie'yi rahatlatarak ateşkes teklifini kabul etti. Gülümsedi.. "Ramon her şeyin tamamlanması için acele ediyor, seni oldukça meşgul ediyor olmalı." Çalışma masasına uzanıp bazı formlar aldı ve kalemini çıkardı. "Bu formları tamamlamaya başlayalım. Tam adın ve yaşın, lütfen?"

Katie söyledi.

"Medeni durumun?" Katie cevap vermeden önce, peder baktı ve üzülerek: "Ramon ilk kocanızın öldüğünü söyledi. Evliliğinizin baharında dul kalmanız çok üzücü," dedi.

Katie hiçbir zaman ikiyüzlü olmamıştı. Kibar ama aynı zamanda sert bir ifadeyle, "Boşandığımız için dul kaldım. Eğer bir trajedi varsa o da asla evlenmememiz gerektiğidir," dedi.

Pederin gözlüğünün arkasındaki mavi gözleri kısıldı. "Efendim, anlayamadım."

"Ölmeden önce ondan boşandım."

"Hangi sebepten ötürü?"

"Şiddetli geçimsizlikten."

"Kanuni sebeplerden bahsetmiyorum, size asıl nedenini soruyorum."

Adamın merakı Katie'nin göğsünde isyan kıvılcımlarına neden oldu, sakinleşmek için derin bir nefes aldı. "Ondan boşandım, çünkü onu adam yerine koymadım."

"Neden?"

"Bunu tartışmamayı tercih ederim."

Peder Gregorio, "Anlıyorum," dedi. Kâğıtları kenara çekti, kalemini koydu ve Katie kırılgan ateşkesin çatladığını hissetti. "Bu durumda, muhtemelen Ramon ve kendinizden bahsetmeye itiraz etmezsiniz. Birbirinizi ne kadar zamandır tanıyorsunuz?"

"Sadece iki haftadır."

"Ne kadar sıradışı bir yanıt," dedi peder. "Nerede karşılaştınız?"

"Amerika'da."

"Senyora Connelly," dedi peder ürpertici bir sesle. "Sizden biraz daha özel konuşmanızı istesem, bunun özel hayatınıza müdahale olduğunu düşünür müsünüz?"

Katie'nin gözleri parladı. "Asla, Peder. Ramon'la bir barda tanıştım. Sanırım siz cantina diyorsunuz."

Rahip hayrete düşmüş görünüyordu. "Ramon sizinle bir barda mı tanıştı?"

"Aslında barın dışında."

"Efendim?"

"Dışarıdaydı, park alanındaydı. Sorun yaşıyordum ve Ramon bana yardım etmişti."

Peder Gregorio rahatlayarak kafasını salladı. "Elbette. Otomobille ilgili sorun yaşıyordunuz ve Ramon size yardımcı oldu."

Katie sanki tüm doğruları söyleyeceğine dair yemin etmişti. Hiçbiri diyerek düzeltti. "Aslında şey, beni park alanında öpmeye çalışan bir adamla sorun yaşıyordum ve Ramon ona vurdu. Sanırım biraz sarhoştu."

Pederin gözlerinde buz gibi bir bakış belirdi.

"Senyora," dedi saygıyla. "Ramon Galverra'nın ayyaş halde barın park alanında bir adamla tanımadığı bir kadın için dövüştüğünü mü söylemeye çalışıyorsunuz?"

"Tabii ki hayır! Ramon içmiyordu ve ben bunu kesinlikle dövüşme olarak nitelendirmiyorum. Rob'a sadece bir kez vurdu ve bu onun bilinçsizce yere düşmesine neden oldu."

"Sonra ne oldu?" diye sabırsızca sordu rahip.

Ne yazık ki, Katie'nin asi mizah anlayışı kendini kanıtlamak için bu anı seçti. "Sonra Rob'u kendi arabasına bıraktık ve biz de benim arabamla gittik."

"Etkileyici."

Katie gülümsedi. "Aslında düşündüğünüz kadar korkunç değildi."

"İnanılacak gibi değil."

Katie'nin gülümsemesi soldu. "Neye istiyorsanız ona inanın, peder."

"İnanmamı istediğiniz şey beni hayrete düşürdü, Senyora." Peder masasından kalkarak görüşmeyi bitirdi. Katie'nin duyguları bu beklenmedik ani görüşmemin bitimiyle kendini rahat mı yoksa gergin mi hissetmesi gerektiğini bilemeyip birbirine karışmıştı. Yerinde doğruldu. "Ne demek istiyorsunuz?" diye kafası karışmış halde sordu.

"Bunu siz düşünün, pazartesi sabahı saat dokuzda tekrar görüşelim."

Bir saat sonra, Katie pantolon ve beyaz merserize bir bluz giymişti. Gabriella'nın evinden Ramon'un çalıştığı eve gitmek için uzun tepeyi yürümeye başladığında, kendini kızgın, şaşkın ve suçlu hissediyordu.

İlk düzlükte, geniş çiçeklerle bezenmiş tepelere bakmak için arkasını döndü. Hâlâ Gabriella'nın evinin çatısını seçebiliyordu. Yere oturdu; kollarını dizlerine doladı.

"İnanmamı istediğiniz şey beni hayrete düşürüyor, Senyora," demişti yaşlı peder. Aslında sanki Katie ona kötü izlenim vermeye çalışıyormuş gibi konuşmuştu, halbuki Katie derli toplu ve resmi görünebilmek için tüm gün alışveriş yapmıştı.

Ramon'la nasıl karşılaştığı konusunda doğruyu söylemişti sadece; bu eski kafalı ahlak anlayışından dolayı pederi öfkelendirdiyse kesinlikle kendisinin suçu değildi. Sorularının cevaplanmasını istemiyorsa, o zaman sormamalıydı, diye düşündü öfkeyle.

Düşündükçe, Katie Peder Gregorio'yla ilk karşılaşmalarının düşmanca tavrı konusunda kendini daha az suçlu hissediyordu. Ramon'un sözlerini hatırladı. "Sana hatırlattıktan sadece birkaç saat sonra Peder Gregorio'yla olan randevunu nasıl unutursun?.. Peder Gregorio on gün içince evlenmemizde muhtemel tek engel. Bizim birbirimize uygun olmadığımızı mı düşünmesini istiyorsun, Katie?"

Belirsizlik birdenbire Katie'nin öfkesini daha da artırdı. Bu randevuyu nasıl unutmuştu? İlk evliliği aylarca süren hazırlıkları, çiçekçilerle, fotoğrafçılarla, matbaacılarla, kostümcülerle ve daha bir sürü insanla sayısız randevuyu gerektirmişti. Bir kere bile onlarla olan randevularını 'unutmamıştı.

Peder Gregorio'yla olan dünkü randevusunu bilinçaltında unutmak isteyip istemediğini suçluluk duygusuyla merak etti. Peder Gregorio'yla bugünkü randevusunda bilerek kötü bir izlenim mi bırakmak istemişti? Bu soru Katie'yi ürküttü. Hayır, onu hiçbir şekilde, iyi veya kötü, etkilemeye çalışmamıştı, bunu kabul etti. Ama Ramon'la Canyon Inn'de olan karşılaşmasını yanlış düşünmesine ve gerçeği çarpıtmasına bunu düzeltmeye çalışmadan izin vermişti.

Boşanma nedenini sorguladığında, Katie neredeyse onu ilgilendirmediğini söylemişti. Doğuştan gelen dürüstlükle, Katie bunun pederi ilgilendirdiğini kabul etti. Diğer yandan, onu David hakkında konuşmaya zorlayan herhangi birine öfkelenme hakkına sahipti. Yine de, konu hakkında daha az düşmanca tavır sergileyebilirdi. Peder Gregorio'ya David'den boşanma nedeninin zina ve fiziksel şiddet olduğunu söyleyebilirdi. Sonra, konuyu daha fazla kurcalamak isterse, detayları açıklamasının imkânsız olduğunu ve bu konuyu unutmaya çalıştığını söyleyebilirdi.

Yapması gereken de buydu. Bunun yerine, işbirliğini reddeden, saygısız ve soğukkanlılıkla karşı çıkan bir tavır sergilemişti. Aslında, hayatı boyunca kimseye böyle küstah davrandığını hatırlamıyordu. Sonuç olarak, Ramon'la on gün içinde evlenmesinin karşısında durabilecek tek adamı kendine düşman etmişti. Böyle bir şey yapması ne kadar aptalca ve sinir bozucuydu.

Katie yanına düşen Afrika lalesini aldı ve kızıl yapraklarını soymaya başladı. Birdenbire Gabriella'nın sözleri aklına geldi. "Sadece kendi istediğin bir şeyi aldığın olmadı." O zaman Katie bunun duymazdan gelmişti. Ama bunu ciddiyetle düşündüğünde, bilinçsizce kadınlığına, kişiliğine uyan tek bir eşyayı bile almaktan kaçındığını fark etti. Çünkü bu onu Ramon'la evlenmeye ve o evde yaşamaya zorlayacaktı.

Evlenecekleri gün yaklaştıkça, daha telaşlı oluyor ve paniğe kapılıyordu. Bunu inkar etmenin manası yoktu ama kabul etmenin de bir yardımı olmuyordu. St.Louis'ten Ramon'la birlikte ayrıldığında buraya gelmenin doğru olduğundan çok emindi. Şimdi ise hiçbir şeyden emin değildi. Belirsizlik korkusunu anlayamıyordu; hatta yapmakta olduğu bazı şeyleri bile anlayamıyordu! Hep mantığıyla tanınan Katie, birdenbire sinir hastası gibi davranmaya başlamıştı. Bu davranışının hiçbir mazereti yoktu.

Ya da belki vardı. Daha önce kendini bir adama, evliliğe teslim ettiğinde dünyası alt üst olmuştu.

Çok az insan kötü bir evliliğin ne kadar aşağılayıcı, üzücü bir deneyim olduğunu ondan daha iyi bilebilirdi. Belki evlilik riske değmezdi. Belki tekrar evlenmeyi asla düşünmemeliydi - hayır! Kesinlikle hayır!

David'in açtığı duygusal yaraların hayatını mahvetmesine, mutlu, sıcak bir evlilik yapma şansını ortadan kaldırmasına izin veremezdi. İster ölü olsun ister diri, David'i memnun etmeyecekti!

Katie sıçradı ve bu düşünceleri kafasından attı. İkinci düzlükte, tekrar arkasına döndü ve köye baktı. Yeşil tepelerde küçük, beyaz, oyuncak gibi binalarla ve merkezinde kiliseyle sanki tatil broşüründen bir sayfa gibi göründüğünü düşünerek hafifçe gülümsedi. Kilise on gün içerisinde evleneceği yerdi.

Bu düşünceyle midesi aniden düğümlendi. Çaresizlik içinde ağlamaya başladı. Kendini parçalara ayrılacakmış gibi hissediyordu. Aklı bir yere kalbi başka bir yere götürüyordu onu. Korku göğsüne oturmuştu, arzu damarlarında dolaşıyordu ve Ramon'a duyduğu aşk her şeyin ortasında yükselen parlayan ateş gibi yanıyordu.

Ve onu seviyordu. Hem de çok seviyordu.

Bunu daha önce kendine itiraf etmemişti hiç; bu itiraf şiddetli bir zevke ve paniğe neden oldu. Hislerini fark ettiğine göre, neden bu güzel, şefkatli, tutkulu adama olan aşkını sadece kabul etmiyor ve bu aşk onu nereye götürüyorsa oraya gitmiyordu?

Aşk nereye götürürse oraya git, diye acı acı düşündü Katie. Bunu daha önce bir kez yapmıştı ve bu, kendini bir kabusun içinde bulmasına neden olmuştu. Dudağını ısırarak arkasını döndü ve tekrar tepeye baktı.

Neden sürekli David'i ve ilk evliliğini düşünüyordu? Boyları ve ten renkleri dışında David ve Ramon arasındaki tek benzerlik ikisinin de akıllı olmalarıydı. David hırslı, yetenekli, gösterişli ve dünya zevklerine düşkünken Ramon....

Ramon anlaşılmaz biriydi, bir bulmaca gibiydi: Çok okuyordu, iyi konuşmacıydı, dikkatliydi, dünyevi meseleleri anlamakta zorlanmıyordu. Çaba göstermeden rahatlıkla ailesinin seçkin arkadaşlarıyla kaynaşabilen ama yine de çiftçi olmayı seçen bir adamdı. Çiftçi olmayı seçen, toprağı konusunda çok hevesli olmayan bir adamdı. Katie görmek istediğini söylemesine rağmen onu tarlaya götürmeyi teklif etmemişti,. Rafael'le birlikte çiftliği geliştirmekten söz ettiğinde kesin kararlılıkla konuşuyordu ama asla hevesli değildi.

Katie bu haftanın başında ona çiftlikle ilgili olmayan bir şey yapmak isteyip istemediğini sorduğunda davranışına çok şaşırmıştı. Ramon kısaca "Evet," diye cevaplamıştı.

Katie ısrarla sormuştu. "O zaman bunu niye yapıyorsun?"

Ramon "Çünkü çiftlik burada," demişti. "Çünkü burada seninle birlikte olmaktan daha fazla mutlu ve huzurlu oluyorum."

Neden huzur duyuyordu, Katie umutsuzca merak etti. Ve eğer gerçekten mutluysa, her zaman öyle görünmüyordu. Aslında bu geçtiğimiz hafta içerisinde Katie ona bakıp birçok kez yüzünde kederli bir ifade, gözlerinde vahşi bir sertlik görmüştü. Ramon onun kendisini izlediğini fark ettiğinde ifade kaybolmuştu. Sıcak, samimi gülüşlerinden biriyle ona gülümsemişti.

Ondan ne saklıyordu? Derin üzüntü mü? Yoksa daha kötü bir şey mi? David'inki gibi zalimlik mi yoksa...

Katie inkar eder gibi kafasını salladı. Ramon, David gibi değildi. Hem de hiç değildi. Küçük süslü bir ağaçtan bir dal koparmak için yürümeyi bıraktı. Ağaç sarı çiçeklerle kaplıydı; kendisini her yerde izleyen işkence dolu belirsizliklerden kaçmaya çalışarak dal parçasını burnuna tuttu.

Tepenin sonuna geldiğinde, Katie kulübeden gelen testere ve çekiç seslerini duydu. Dışarda dört boyacı taze beyaz boyayla tuğlaları ve tahta çerçeveyi boyuyorlardı, diğeri de panjurları siyaha boyuyordu.

Pazar günkü harabeyle evin şimdiki halini karşılaştırınca hayranlığı arttı. Beş gün içinde, bir dolu marangozun yardımıyla, Ramon evi büyükbabası hayattayken ziyaret ettiği canlı, küçük eve dönüştürüyordu.

Katie yüksek sesle, "Çiçek saksıları," dedi. Kapının her iki tarafında bulunan geniş pencerelerin altında çiçeklerin açtığı saksıları gözünde canlandırmak için kafasını o yöne uzattı. Bu tam anlamıyla kulübenin ihtiyaç duyduğu şey, diye düşündü. Bu, evi tıpkı hikaye kitaplarında bulunan bir adada bulunan evler gibi yapacaktı. Ama burada onun hayatı hikaye kitaplarındaki gibi olacak mıydı?

Ramon'u evin boyadığı kısmında merdivenden inerken gördü. Katie'nin yumuşak sesiyle, "Merhaba," demesiyle Ramon şaşkınlıkla arkasını döndü; yüzünde etkileyici bir gülümseme belirdi. Katie'yi gördüğüne o kadar sevinmişti ki, Katie de birden çok mutlu olduğunu hissetti.

"Sana bir şey getirdim." Arkasında sakladığı çiçeklerle kaplı dalı bir buket çiçekmiş gibi uzatarak dalga geçti.

"Çiçek mi?" Ramon dalı ciddi bir tavırla aldı. "Benim için mi?"

Kışkırtıcı gülümsemesiyle dudakları kıvrılırken Katie kafasını salladı. "Yarın çikolata getireceğim."

"Sonraki gün?"

"Ah, mücevher almam gerekir. Zevkli, küçük ama gösterişli bir şey sana gerçek niyetimi gösterebilir."

Ramon sırıttı. "Sonraki gün?"

"Kapılarını kilitle ve namusunu koru, çünkü bu hesap günü." Katie güldü.

Ramon'un geniş göğsü çıplaktı, ve Katie'yi koLlarına alınca Katie onun tuhaf şekilde tahrik edici biçimde ter ve sabun karışımı gibi koktuğunu fark etti. Yavaşça sırtını okşarken ve ağzı onunkine yaklaşırken Ramon, "Senin için," dedi. "Kolay zafer olacağım; namusum için çiçekler yeterli."

Katie nefesi kesilerek, "Utanmaz seni!" dedi.

Ramon'un gözleri karardı. "Öp beni, Katie."

Peder Gregorio sunaktan önce onun,ardından Ramon'un adını söylediğinde, Katie'nin kafası bulandı. Evlilik ilanını okuduğunun farkına vardı. Kalabalık kilisedeki herkes Gabriella ve kocası Eduardo'nun ve Rafael'in ailesinin arasında Katie ve Ramon'un oturduğu yere doğru baktı

Katie, burada doğduğundan köylülerin Ramon Galverra Vicente'yi bilmeleri çok şaşırtıcı değil diye düşündü. Ama şaşırtıcı olan bu haberin üzerine Ramon'a karşı olan tuhaf tutumlarıydı. Onun yanında kiliseye yürüdüğünden beri, her biri Ramon'u apaçık merakla izliyordu. Birkaç köylü selam verip gülümsemişti, ama onların ifadelerinde bile belirsizlik, hatta garip bir hal vardı.

Tabii servis başlamadan önce, Ramon'un tavrı arkadaşça yaklaşımda bulunmak isteyen herkesin cesaretini kırmıştı. Mesafeli, soğuk bir gülümsemeyle, kilisenin meraklı sakinlerine bakıp Katie'nin yanına oturmuş ve onları tamamen görmezden gelmişti.

Katie rahatsız olarak sert oturakta kıpırdandı, bir kelimesini bile anlamadığı Peder Gregorio'nun vaazını dinlerken ifadesi değişti. Herhangi bir zaman zarfı içinde Ramon'la başbaşa kalmasını engellemek için tüm güçlerin bir araya gelip gelmediğini merak ediyordu. Son yedi gün içinde Ramon'un olmasını umduğu gibi "Birbirlerini paylaşmak"' için herhangi fırsatları olmamıştı.

Cuma günü, Katie Ramon'a getirdiği 'buket' için duyduğu minnettarlığa karşılık olarak ondan uzun uzun öpücükler alarak Ramon'un sıcak kollarına sarılırken, siyah bulut kümesi güneşi kapatıp gökyüzünü kaplamıştı. Çisi olarak başlayan yağmur daha sonra sağanak halini almıştı. Gabriella ve kocasıyla iskambil oynayarak pek eğlenceli olmayan bir akşam geçirmişlerdi.

Cumartesi günü hava açmıştı ve adamlar kulübede tüm gün çalışmışlardı. Kulübeyi buluşma yeri halinden çıkaran karanlık çöktüğünde elektrik olduğundan, Ramon adamları evin içinde çalıştırıyordu. Pazar günü akşamın ilk saatlerinde, Gabriella'nın kocası Eduardo, Ramon'a Katie'nin Phosphorescent körfezinden hoşlanabileceğini söyleyerek teklifte bulunmuştu.

Katie diğer insanların yanında Eduardo'nun onlara romantik bir gezi önerisinde bulunmasına, aynı zamanda adanın güneybatı sahiline gitmeleri için arabasını ödünç verebileceğini söylemesine şaşırmıştı. Onun kendisini kalpten onaylamadığını bildiği için, Eduardo'yu Eros rolünde hayal etmek Katie için çok zordu. Ramon'un Katie'ye sorduğu ve onun da geziyi hevesle onayladığı an gizem çözüldü. Eduardo, "O zaman karar verilmiştir," dedi. "Gabriella ve ben bize eşlik etmenizden memnuniyet duyarız."

Eduardo ve Gabriella'yla körfeze gidecek olmaları Ramon ve Katie'nin evde yalnız kalmasını engellemişti. Ramon'un açıkça belli olan ifadesinin altında, Katie onun arkadaşından çok şikayetçi olduğunu anlayabiliyordu.

Buna rağmen, gece beklenmedik bir başarıydı. Elli mil uzunluğundaki düzgün yapılmış ada yollarının başında, Ramon Katie'nin yanında arka koltukta oturuyorken sessiz ve düşünceliydi. Bunun nedeninin Eduardo olduğunu fark edince, Katie en canlı gülümsemesini takındı ve az sonra da Ramon onun geçtikleri yollarla ilgili bitmek bilmeyen sorularına cevap verirken Katie'ye gülümsedi.

Phophorescent Körfezi Katie için büyülü bir tecrübeydi. Yağmura neden olan ve çoğu turisti körfezden uzak tutan aynı ağır bulutlar ayrıca ayı da yok etmişti. Kiralanmış botta önde Gabriella ve Eduardo, arkada Katie ve Ramon oturuyordu; Katie dönüşümlü olarak yavaş ve kaçamak bir bakış için yüzünü Ramon'a dönüyordu, daha sonra botun dümen suyunu yutan parlak yeşil ışıkları izlemek için yerine oturdu. Ramon'un önerisi üzerine, onun tarafına uzanıp kolunu suya daldırdı. Kolunu kaldırdığında, aynı parlak yeşil ışık perdesi kolunu sarmıştı. Hatta denizden atlayan balık bile arkalarından ışık demeti bıraktı.

Kendi tarafında, Ramon üç turisti muzipçe izleyen şımarık yerli gibi görünerek botta gevşemişti. Katie'nin kendini eğlendirdiğinden Ramon'u daha çok eğlendirecek bir şey varsa, o da Eduardo'nun botun arka kısmında karısıyla romantik gece geçirme isteğine engel olmaktı.

Her defasında Eduardo Ramon ve Katie'ye ön koltuktan kalkmalarını önerdiğinde, Ramon iyi niyetle, "Biz burada son derece rahatız, Eduardo," diye reddediyordu.

Gecenin sonunda, şikayetçi görünen Eduardo'ydu, memnuniyetle gülen ise Ramon.

Karanlık kiliseye yansıyan şimşekleri harika vitray pencereleri aydınlatan, ardı ardına üç kez gelen ani birer parıldama takip etti. Katie hava onları iç kısımlarda bulunmasına neden olacağı için ertesi gün Ramon'la başbaşa bile konuşamayacaklarını kabul ederek temkinle gülümsedi.

"Alışveriş için harika bir gün." Gabriella ertesi sabah kahvesini Katie'nin odasına götürdüğünde saat sekiz buçuktu. "Güneş tepede." Yatakta oturarak neşeyle bekledi. Peder Gregorio'yla buluşması için hazırlanan Katie'yi izlerken kahvesini yudumladı.

Katie altın zincirini beyaz elbisesine dolarken sordu: "Yeteri kadar şık görünüyor muyum, ne düşünüyorsun?"

"Harika görünüyorsun." Gabriella gülümsedi. "Daima olduğun gibi yine--güzel görünüyorsun!"

Katie evden ayrılırken kahkahalarla Gabriella'nın iltifatını kabul edip gözlerini devirdi, ve Peder Gregorio ile olan görüşmesi biter bitmez Gabriella'nın evine geleceğine söz verdi.

On beş dakika sonra, Katie artık gülmüyordu. Peder Gregorio'nın delici bakışlarıyla kızararak sandalyesine çivilenmiş bir halde oturuyordu.

Peder kaygılı halde tekrarladı, "Ramon eve mobilya almak için paranı, kredi kartlarını kullandığının farkında mı?"

"Hayır, bunu nasıl öğrendiniz?"

"Bu konuya bir dakika içinde döneceğiz," dedi peder, kısık, kızgın bir sesle. "İlk olarak bu kadar yıldan sonra Ramon'un bu köye neden geri döndüğünden haberin olup olmadığını bilmek istiyorum."

"Evet- başarısız olduğu bir işte çalışmak için."

Onun bu itirafı Peder Gregorio'yu daha sinirlendirdi. "O zaman Ramon'un buraya yeniden başlamak için geldiğini anlamışsındır -sıfırdan."

Katie başını salladı.

"Bir adamın başarıyla değil başarısızlıkla doğduğu yere dönmesi ne kadar güç ve cesaret gerektirir herhangi bir fikriniz var mı, Senyora? Kendilerini terk ettiğine, başarılı olduğuna inanan - ve şimdi başarısızlığa uğrayarak geri döndüğüne inanan tüm insanlarla yüzleşmek zorunda olmasının bu adamın gururunu ne kadar incittiğini biliyor musunuz?"

"Ramon'un kendini yenilgiye uğramış ve rezil olmuş hissettiğini düşünmüyorum," diye karşı çıktı Katie.

Peder Gregorio elini sertçe masaya vurdu. "Hayır, rezil olmuş değil - ama senin yüzünden olacak! Senin yüzünden, buradaki herkes Amerikalı zengin sevgilisinin ellerini kurulamak için tüm havluları satın aldığını konuşacak."

"Her şeyin yarısını ödediğimi kimse bilmiyor!" Katie

öfkeden patladı. "Sizin dışınızda, ve – kimse-" Gabriella'yı koruyarak hemen düzeltti.

"Siz ve benim dışında kimse." Rahip kırıcı bir halde alay etti. "Ve tabii ki Gabriella Alverez. Ve şu an dedikodu yapmakta olan köyün yarısı! Kendimi açıkça ifade edebildim mi?"

Katie mutsuzlukla başını salladı.

"Gabriella açıkça bu sırrı Eduardo'dan sakladı, yoksa Eduardo bunu Ramon'a söylemiş olurdu. Kendi kocasını senin hatırına kandırabilmesi için onu zorladın!"

Katie onun öfkesini kontrol altına almaya çalışmasını izledi. "Senyora Connelly, yaptığınız şeye Ramon'un itiraz etmeyeceğine dair en ufak ihtimal var mı?"

Katie her şeyden çok 'ufak' kelimesine tutunarak evet demek istedi, ama gururu onu engelledi.

"Hayır, Ramon'a aldığımız şeylerin maliyetini paylaşmak istediğimi söylemiştim ve o bu fikirden memnun olmadı." Pederin gözlerinin kısıldığını gördü. "Anlayabileceğiniz gibi, bu fikre inatla karşı çıktı."

"Yani," rahip kötü bir sesle konuştu, "Ramon yapmamanızı söyledi, ama siz yine de yaptınız, sinsice, öyle mi? Ona karşı geldiniz."

Katie'nin öfkesi kabardı. "Bana *karşı gelmek* deyimini kullanmayın, Peder. Ben eğitilmiş köpek değilim. İkincisi size şunu hatırlamak isterim ki merhamet ettiğimi düşünerek 'sinsice' paramın çoğunu Ramon için harcıyorum, ve bunun suç olma olasılığı çok çok düşük."

Rahip öfkeyle patladı: "Merhamet! Ramon size bunu mu ifade ediyor- merhamet edilecek bir durum, acınacak bir nesne mi?"

"Hayır! Tabii ki hayır!" Katie'nin gözleri gerçek korkuyla açıldı.

"Her şeyin yarısını ödüyorsanız, o zaman ödeyebildiği paranın iki katını harcıyorsunuz. O kadar şımartılmışsınız ki bu zamana kadar herhalde bütün istediklerinizi alıyordunuz!"

Katie İspanyol sorgusunun çocuk oyuncağı olduğuna karar verdi. Sorusunu duymazdan gelemezdi, ve her şeyin yarısını Ramon'la evlenmeye mecbur kaldığını hissetmemek için ödediğini kesinlikle söyleyemezdi.

"Yanıt bekliyorum."

"Ben de size cevap vermek isterim," dedi mutsuzca. "Ama yapamam. Bunları sizin düşündüğünüz nedenlerden ötürü yapmadım. Açıklaması çok zor."

"Anlaması daha da zor. Aslında, Senyora, sizi anlamıyorum. Gabriella arkadaşınız, ama onu ihanetinize ortak etmekte tereddüt etmiyorsunuz. Eduardo'nun çatısı altında kalıyorsunuz, ama karısını onu kandırması için zorlamanıza rağmen onun misafirperverliğini kötüye kullandığınız için pişmanlık duymuyorsunuz. Ramon'la evlenmek istiyorsunuz ama ona itaat etmiyorsunuz, onu kandırıyor ve rezil ediyorsunuz. Bunu sevdiğiniz birine nasıl yapabilirsiniz?"

Katie'nin yüzünden renk çekilmeye başladı ve Peder Gregorio onun kaskatı ifadesini görüp hayal kırıklığı içinde başını salladı.

Tekrar konuştuğunda sesi daha sıkıntılı ama daha yumuşaktı. "Senyora, her şeye rağmen, bencil ya da kalpsiz olduğunuza inanmıyorum. Yaptığınız şey için iyi bir nedeniniz olmalı; sizi anlayabilmem için bunu söyleyin."

Katie acı içinde, konuşmadan sadece ona bakabiliyordu.

"Anlatın bana!" dedi peder, yüzü kızgın ve şaşkındı. "Bana Ramon'u sevdiğinizi ve köylünün dedikodu yaptığından haberiniz olmadığını söyleyin. Buna inanırım; hatta bunu Ramon'a açıklamanız için size yardım ederim. Sadece bunu söyleyin, ve şu an evliliğiniz için hazırlık yapmayı bitirelim."

Katie'nin midesi bulanıyordu ama solgun yüzü sakindi. "Size hiçbir açıklama borçlu değilim, Peder. Ve sizinle Ramon'la ilgili hislerimi de tartışmayacağım."

Rahip fırça gibi olan beyaz kaşlarını çatarak somurttu. Sandalyesine yaslanarak, Katie'ye uzun uzun baktı. "Ramon'a karşı duygularınızdan konuşmayacaksınız, çünkü ona karşı bir şey hissetmiyorsunuz, değil mi?"

"Ben böyle demedim!" Katie itiraz etti, ama ellerinin kucağında aniden kenetlenmesi iç kargaşasını ortaya çıkarmıştı.

"Onu sevdiğinizi söyleyebilir misiniz?"

Katie ne anlayabildiği ne de kontrol edebildiği öfkeli duyguları tarafından parçalara ayrılıyormuş gibi hissetti. Pederin duymayı beklediği sözleri söylemeyi, duymaya hakkı olduğu şeyleri söylemeye çalıştı ama yapamadı.

Tüm yapabildiği süregelen sessizlikte ona bakmaktı.

Peder Gregorio'nun omuzları düştü. Konuştuğunda, sesindeki korkunç çaresizlik Katie'nin kendini gözyaşlarına boğulacak gibi hissetmesine neden oldu. "Anlıyorum," dedi. "Böyle hissediyorsanız, Ramon için nasıl bir eş olabilirsiniz?"

Katie kararlılıkla fısıldadı:"İyi bir eş!"

Onun duygu yoğunluğu Peder'i şaşırttı. Sanki onu gerçekten anlamaya çalışıyormuş gibi Katie'ye tekrar baktı. Bakışlarını Katie'nin mavi gözlerini inceleyerek ve gözlerinin hüzünlü derinliklerinde bir şeyler keşfetmiş gibi gezdirdi ve bu keşif sesine şaşırtıcı bir yumuşaklık getirdi. "Çok iyi," dedi. "Bunu kabul edeceğim."

Bu şaşırtıcı duyuru birdenbire rahatlık ve korku karışımı halde baştan aşağıya titremeye başlayan Katie üzerinde şaşırtıcı etki yarattı.

"Bana Ramon'un eşi olarak görevlerinizi yerine getirmeye hazır olduğunuzu söylüyorsanız, size inanırım. Onun isteklerini kendinizden önce tutmaya, saygı göstermeye ve-?"

"Otoritesine boyun eğmeye mi?" Katie devamını getirdi. "İtaat etmeyi unutmayın," Katie kalkarken isyan edercesine ekledi."Söyleyeceğiniz bu değil miydi?"

Peder Gregorio da kalktı."Söylediğimi varsayarak," belli etmeden merak içerisinde sordu, "ne söyleyecektiniz?"

"Beyni, ağzı ve omurgası olan tüm diğer kadınların böyle bir hakaret karşısında söylemesi gereken şeyi söylerdim! Herhangi bir adama itaat etmeye söz vermeyeceğim. Hayvanlar ve çocuklar itaat eder, kadınlar değil!"

"Emin misiniz, Senyora?"

Katie yutkundu ve sertçe başını salladı.

"O zaman 'itaat' kelimesinden bahsetmeyeceğimi söylememe izin verin. Otoritesine değil Ramon'un isteklerine saygı duymaya razı mısınız diye soracaktım. Ve cevabınıza göre, sizden yerine getirmenizi istediğim sorumlulukların aynısını Ramon'a da soracaktım."

Utancını saklamak için Katie'nin kirpikleri solgun yanaklarını gölgeledi. "Özür dilerim," dedi sessizce, "Ben düşündüm ki---"

"Özür dilemenize gerek yok." Peder Gregorio iç çekti. Döndü ve küçük meydanı ve kiliseyi gören pencereye yürüdü. "Ve buraya tekrar gelmek zorunda kalmayacaksınız," diye Katie'ye bakmadan ekledi. "Verdiğim kararı Ramon'a bildireceğim."

"Kararınız nedir?" diye sordu Katie.

Rahip hayır anlamında başını sallarken çenesi sertleşti. "Karar vermeden önce bir süre bunu detaylarıyla düşünmek istiyorum."

Katie elini saçında gezdirdi. "Peder Gregorio, evlenmemizi engelleyemezsiniz. Bizi evlendirmezseniz, bu işi başka biri yapacaktır."

Peder rahatsız olarak sırtını dikleştirdi. Yavaşça dönüp Katie'ye hem şaşkın hem kızgın bir ifadeyle baktı. "Sınırlarımı bana hatırlattığınız için teşekkürler, Senyora. Ayrılmadan önce sizle ilgili olumsuz fikre sahip olmam için beni sinirlendirecek yeni bir yol bulmasaydınız, beni hayal kırıklığına uğratmış olurdunuz."

Katie ona hayal kırıklığına uğramış bir öfkeyle baktı. "Siz kendini önemli, haklı sanan!..." Kendini sakinleştirmek için uzun bir nefes aldı. "Benim hakkımdaki düşüncenizin ne olduğunu hiç önemsemiyorum."

Peder Gregorio abartılı şekilde başını eğdi. "Tekrar teşekkürler."

Katie avuç dolusu çimeni kopardı ve attı. Arkasını ağaca yaslamış, üç mil uzunluğundaki düzgün tepelere ve vadilere dalgınca bakarken, geniş yuvarlak bir kayanın üzerinde oturuyordu. Güneş kızıl ve sarı çizgi halinde batıyordu, ama bu manzara bile bu sabah Peder Gregorio'yla olan görüşmesinden sonra öfkesini dindirememişti. Gabriella'yla olan altı saat süren alışveriş de. Sağında yüzlerce mil ötede, kulübede çalışan adamlar malzemelerini bırakıp daha sonra gelip yarım kalan işlerini tamamlamak üzere akşam yemeği için evlerine gidiyorlardı.

Ramon'un tüm gün nerede olduğunu merak etti, kendisine kızgın ve kırgındı ve bunun nedeni kendisini sorgulayan şu pederdi. Belli belirsiz görünen dağlara öfkeyle bakarken, bu adam ne cesaretle duygularımı sorguluyor, diye düşündü.

Derin, şaşkın bir ses "Umarım," dedi, "Yüzünde bu ifadeyle beni düşünmüyorsundur."

Katie kızıl saçını sağ omzuna atarak şaşkınlık içerisinde kafasını çevirdi.

Altın sarısı gün batımını geniş omuzlarıyla engelleyen, uzun boyuyla, Ramon Katie'den bir metreden daha az uzaklıkta duruyordu. Gününü konserve fabrikasının ofisinde geçirmiş gibi görünüyordu ve zar zor ceketini çıkarmıştı, beyaz gömleğinin yakasını iliklememişti, gömleğinin kollarını esmer bileğine doğu kıvırmıştı. Katie'nin yüzünü incelerken, siyah kaşlarını merak içinde hafifçe havaya kaldırdı.

Katie esnek bir şekilde gülümsedi. "Aslında ben..."

"Cinayet işlemeyi mi planlıyordun?" diye sordu Ramon.

Katie mırıldandı. "Onun gibi bir şey."

"Kurban tanıdığım biri mi?"

"Peder Gregorio," diye itiraf etti Katie.

Katie'ye bakarken, Ramon ellerini pantolonunun cebine soktu. Bu hareket beyaz gömleğinin geniş omuzlarında ve kaslı göğsünde gerilmesine neden oldu, Katie Ramon'un ortaya çıkardığı keskin, güçlü erkekliliğine tepki olarak nabzının çarptığını hissetti. Ama,Ramon'un sözleri konuşmakta oldukları konuya aniden dikkatini vermesine neden oldu.

"Birkaç dakika önce onu köyde gördüm. Evlenmemizi istemiyor."

Katie Peder Gregorio'nun niyetinin aslında bu yönde olduğu gerçeğiyle ezildi. Güzel yüzü öfkeyle kızardı. "Neden olduğunu söyledi mi?"

Beklenemedik şekilde, Ramon'un yüzünde Katie'nin nefesini kesen gülümsemelerinden biri belirdi.

"Peder Gregorio senin bana iyi bir eş olman için gerekli bazı özelliklere sahip olmadığını düşünüyor.

"Ne gibi?" diye isyan edercesine sordu Katie.

"Saflık, yumuşakbaşlılık ve otoriteye saygı."

Katie öfke ve suçluluk arasında sıkışıp kaldı."Peki sen ne dedin?"

"Bir eş istediğimi söyledim, av köpeği değil."

"Ve?"

Ramon'un siyah gözleri kahkahayla parladı. "Peder Gregorio benim bir av köpeğiyle daha iyi idare edebileceğimi söylüyor."

"Ah, haklı değil mi!"Katie öfkeyle cevapladı, "Bana sorarsan, bu müdahaleci, yaşlı zorba senin iyiliğin için hiç de doğal olmayan bir endişe sergiliyor!"

"Aslında, senin iyiliğin için endişeleniyor." Ramon duygusuzca ekledi, "Evlendikten kısa bir süre sonra,seni öldürebileceğimden korkuyor."

Katie içinde bulunduğu karmaşıklığı ve incindiğini saklamak için arkasını Ramon'a döndü. "Düşündüğü şey senin için çok mu önemli?"

Ramon'un elleri nazik ama sert bir hareketle yüzünü kendine çevirmek için Katie'nin omuzlarına dokundu. "Öyle olmadığını biliyorsun. Ama evliliğimizdeki gelişme benim için önemli. Peder Gregorio fikrini değiştirmezse, bizi evlendirmek için San Juan'da başka bir papaz bulmak zorunda kalacağım ve evlilik ilanımız muhtemelen yeniden okunmak zorunda kalacak. Seninle pazar günü evlenmek istiyorum, Katie, ve Pder Gregorio bunu yapabilecek tek kişi gibi görünüyor. Bunu sen de biliyorsun. Bunun dışında her şey hazır. Kulübedeki çalışma bu gece bitmiş olacak, ailen cumartesi günü için uçakta yer ayırttı, ve ben de onlar için Caribe Hilton'daki suitte rezervasyon yaptırdım."

Konuşmaya devam ettikçe Katie Ramon'un kalçasına ve bacaklarına baskı yapan sertliğinin altında oldukça sıcak olan, erkeksi bedenini ve saçını dalgalandıran sıcak nefesini heyecanla hissediyordu. "Peder Gregorio Vieques Adası'na gitti. Perşembe günü döndüğünde onunla konuşmanı ve ihtiyacı olan her neyse onu temin etmeni istiyorum."

Ramon onu kollarına alıp dudaklarını dudaklarıyla buluştururken Katie'nin direnci kırılmaya başladı. Dokunmayı bıraktığında kısaca mırıldandı: "Bunu benim için yapar mısın?" Gözlerini açtı ve Ramon'un ısrarcı siyah gözlerine baktı; savunma mekanizması çöktü. Onu çok istiyordu, bacakları ona sertçe dokunuyordu. Katie de onu çok-fena derecede - istiyordu. "Evet," diye fısıldadı.

Ramon ağzını iştahla Katie'ninkine yaklaştırıp onu öptüğünde, Katie'nin kolları ona sıkıca dolandı. Dudaklarını dilini kabul etmek için hevesle araladığında, Ramon zevkle inledi ve ses Katie'ye ilkelce tepki hissini verdi. Ramon'un kendisine verdiği hazzın aynısını Ramon'a vermek isteyerek tutkusuna kendi tutkusuyla karşılık verdi. Elleri dürtüsel olarak sırtında ve omuzlarında gezinirken, vücudunu onunkine bastırırken, Katie Ramon'un kendisini öptüğü gibi onu tahrik edici bir biçimde öptü.

Öpmeyi bitirdiğinde ve kafasını kaldırdığında, Katie memnuniyetsizlikle inledi. Arzu sonrası hissettiği şokla titreyerek sersemlemiş gözlerini açtı.

Gün batımında, Ramon'un bakışı Katie'ye takıldı. "Seni seviyorum," dedi.

Katie konuşmak için ağzını açtı ama konuşamadı. Midesi bulandı, sonra midesinde canını yakan bir düğüm hissetti. "Seni seviyorum," demeye çalıştı ama David'e defalarca çığlıklar atarak söylediği o kelimeler şimdi ses tellerini mahvederek boğazında düğümleniyordu. Kısık, öfkeli bir inlemeyle, kollarını Ramon'un boynuna doladı ve Ramon'un bedenindeki tüm kaslar onu reddederken, Katie çaresizce onu öpmeye başladı.

Acı Ramon'a kızgın bıçak gibi saplandı. Onu sevmiyordu. Kahretsin! Onu sevmiyordu.

"Ben-ben söyleyemem." Katie sıkıca sarılıp bedeni onunkini kalıp gibi sararken hıçkırıklara boğuldu. "Duymak istediğin sözleri söyleyemem."

Ramon ondan nefret ederek ve onu sevdiği için kendinden de nefret ederek Katie'ye baktı. Uzanarak, Katie'nin kollarını boynundan indirmeye çalıştı, ama Katie ona daha da sıkı sarılıp, onu kendine çekerken vahşice başını salladı. Yaşlar güzel mavi gözlerinden süzülüp uzun kirpiklerini ve pürüzsüz yanaklarını ıslattı. "Beni sevmekten vazgeçme," diye yalvardı, "çünkü sana bu sözleri söyleyemiyorum. Lütfen, vazgeçme!"

"Katie," dedi Ramon sertçe. Yumuşak dudakları sesindeki soğuk reddetmeyle titriyordu. Katie'yi omuzlarından tuttu. Onu sertçe iterek kendini kollarından uzaklaştırmaya çalıştı.

Katie, "Lütfen, yapma," diye fısıldadı, sesi çatladı.

Ramon'un gerginliği geçti. İnleyerek, Katie'yi tutkuyla kucakladı ve dudaklarını dudaklarına bastırdı. Onun içinde tutuşan alevi Katie'yi eritiyordu. "Katie," onu daha önce hiç olmadığı şekilde ateşlice öperken kollarını sıkıca dolayarak fısıldadı, "Katie...Katie...Katie."

Katie onu seviyordu, bunu biliyordu! Bunu hissedebiliyordu. Kelimelerle ifade edemiyor olabilirdi, ama bedeni onu sevdiğini söylüyordu. Hayattaki hiçbir kadın kalbini kaptırmadığı sürece bedenini bir adama Katie'nin verdiği gibi veremezdi.

Onu çimlere taşıdı, ve o sırada bile, Katie'nin dudakları

dudaklarında, çılgınca onu okşuyordu. Onu ateşe atıyordu, ve Ramon yanında Katie olduğu sürece kendini ateşe atmaya istekli halde gömleğinin düğmelerini açtı, gömleğini çıkardı.

Elleri Katie'nin bluzunu ve sutyenini çıkardı, sonra göğsüne değen çıplak göğüslerinin verdiği hissin zevkine vardı. Üzerine eğilip giderek artan hızla dilini ağzına sokarken Katie'ye ne yapmak istediğini anlatırcasına Ramon onun ağzını kavradı..

"Senin için ölüyorum," diye fısıldadı. "Seni o kadar çok istiyorum ki acı çekiyorum."

Ağzını ağzından uzaklaştırırken Ramon elini Katie'nin ensesine götürdü ve eğildi. "Bana daha fazla acı çektir, Katie."

Katie söyleneni yaptı. Ramon ayağa kalkmadan önce, onun kısık inlemesini duyarak tüm kalbi ve bedeniyle Ramon'u öptü. Ramon Katie'nin onu arzu acılarına doğru sürüklemesine izin vererek bedenini kendi bedeniyle birleştirmek isteyerek ona daha da sıkı sarıldı.

Katie'nin gözkapakları açıldı. Ramon'un tutkuyla gölgelenmiş sert yüzü hızlıca nefes alıyordu. Dudaklarını onunkilere yaklaştırdı; Ramon ona doğru yaklaştı, sonra kendini kontrol etti. "Bu bitmeden önce," diye kısık sesle iç geçirdi, "Aklımı başımdan alacaksın."

Katie onun başladıkları işi bitireceğini sandı. Bunun yerine Ramon gökyüzüne bakarak, Katie'nin başını kolunun ve omzunun kıvrımında tutup onu yakınında tutarak uzandı. Katie orada şaşkın yatıyordu. Katie Ramon'un sanki kendisinin istediği şey buymuş gibi durmasına inanamıyordu. Ama onun istediği hiçbir zaman bu değildi! Tüm bedeni onu istediğinde, onun zevk almasını hiçbir şeyden çok istemediğinde bunu nasıl düşünebilirdi? Her şeyi kontrolü altına almak için kendi tarafına çekildi. "Senin aklını başından alıyorsam, bu senin hatan," dedi,ve Ramon cevap vermeye başlamadan kulağını diliyle baştan çıkarıcı halde dolaşmaya başladı.

Ramon boşta kalan eliyle hafifçe belini kavrayıp okşamaya başladı.

Eli Katie'yi daha sıkı yakaladı ve Katie dilini derin kıvrımına koyup şehvetle kulağını dolaştı. "Katie, bırak şunu," diye iştahla hırladı Ramon. "Aynısını sana yapacağım."

Katie aldırış etmeden dilini dolaştırmaya devam etti. "Biraz önce zaten yaptın," diyerek kulağına üfledi, "Ve bunu seviyorum."

"Ben de seviyorum, bu yüzden durmanı istiyorum."

Katie tüm cesaretini topladı ve dirseğinin üzerine uzandı. Bir anlığına, göğsündeki siyah kıl düğümünde bulunan madalyaya ve parlak gümüş zincire düşünceli halde baktı, sonra sorgulayan gözlerini onunkilerle buluşturdu. "Ramon," dedi, parmak uçlarını zincirde gezdirirken."Durmak zorunda olmadığımız hiç aklına geldi mi?"

Ramon daha fazla aşağıya inmesini engellemek için elini tuttu. "Son on dakikada," duygusuzca mırıldandı,"-son on dakikada yaklaşık iki yüz defa geldi."

"O zaman neden? Neden duruyoruz demek istiyorum?"

Ramon kafasını çevirdi ve mürekkep mavisi gökyüzünde çekingenlikle duran küçük yıldızlara baktı. "Çünkü az sonra işçiler akşam yemeklerinden dönüyor olacaklar." Bu doğruydu, tabii ki, ama geri çekilmesinin nedeni bu değildi. Katie'nin kendisini sevdiğinden yüzde yüz emin olsaydı, şu an onu başbaşa kalabilecekleri başka bir yere götürürdü. Onun kendisini sevdiğinden emin olsaydı, Porto Riko'ya geldiklerinden beri, her gün onunla birlikte olurdu. Katie onu sevseydi, o zaman bedenlerinin fiziksel birleşimi aşklarını güçlendirir ve derinleştirirdi.

Ama ona karşı hissettiği yoğun fiziksel arzuysa, onunla evlenme nedeni buysa, o zaman evlenmeden önce bu arzuyu tatmin etmek Katie'yi kiliseye götürmek için yaptığı baskıyı hafifletirdi. Ve bunu riske atamazdı. Özellikle de, dokuz gün boyunca bilerek arzusunu tatmin etmeme niyetiyle belli bir yüksekliğe arttırmak için uğraştıktan sonra. Ramon kendini acımasız bir şekilde eleştirdi. Asla açlığını gidermeden bilerek onun cinsel iştahını besliyordu. Bunun için, Katie ilk önce onla evlenmek zorundaydı.

St.Louis'te ilk kez onu kollarına almaya başladığı andan beri, aralarında muazzam bir fiziksel çekim oluşmuştu. Ramon o zaman bunun farkına varmıştı, ve o zamandan beri bunu sömürüyordu. Katie'ye yaptığı şeyden utanç duyuyordu. Katie ona güvenmişti, ve kendisi ise onun arzusunu onu evliliğe zorlamak için silah olarak kullanıyordu. Ama silah iki ucu keskin bir kılıçtı, çünkü ikisi de vahşileşene kadar Ramon onu öpüp okşayarak kendine işkence ediyor ve sonra kendini geri çekiyordu. Her zaman onu yanında tutuyordu. Onun tatlılığını ve sıcaklığını hissedip istekli olduğunu bilerek bir süre sonra yanında durmak Ramon için dayanılmaz bir işkenceye dönüşüyordu.

Ne tür bir adam böyle cinselliği şantaj olarak kullanır, diye kibirle düşündü Ramon. Cevabı sorusu kadar aşağılayıcıydı: Açıkça bunu ancak onu sevmeyen bir kadına delicesine aşık olan bir adam yapardı.

Şiddetle,aklı bunu reddetti. Katie onu seviyordu! Bunu dudaklarında tadabiliyordu. Tanrı huzurunda evlenmeden önce, bunu kabul edecekti! Sevdiğini ona söyletecekti.

Yoksa ne olurdu?

Gözlerini kapayarak, Ramon derin, düzensiz birsoluk aldı. Yoksa onun gitmesine izin verecekti. Gururu ve kendine olan saygısı onu böyle severken, kendisini sevmediğini bilerek bu kadınla yaşamasına izin vermezdi. Karşılıksız sevginin acısına, utancına katlanamıyordu.

Yanı başında Katie daha yakınına sokularak onu bu düşüncesinden uyandırdı. "Ayrılma zamanı geldi," dedi, isteksizce kalkarken. "Gabriella ve Eduardo bizi akşam yemeğine bekliyorlar. Nerede olduğumuzu merak ederler."

Bluzunu giyerken ve eliyle dağılmış saçını düzeltirken Katie temkinle güldü. "Gabriella nerde olduğumuzu biliyor. Eduardo da seni baştan çıkarmak için bir yere götürdüğümü düşünecektir. Söz konusu ben olunca Eduardo en kötüsünü düşünür."

Ramon şaşkınlıkla ona baktı. "Eduardo benim bekaretimi çalabileceğinden endişelenmiyor, Katie. Uzun süre önce kaybettim - onun kendininkini kaybettiği gecede diye hatırlıyorum."

Katie'nin güzel çenesi terbiyeli bir ilgisizlikle kalktı, ama sesi Ramon'un beklediği gibi onu memnun eden şekilde kıskançlık doluydu. "O zaman kaç yaşındaydın?"

"Seni ilgilendirmez." Ramon kahkaha attı.

17. Bölüm

Katie iki gün sonra neşeyle, "Tekrar teşekkürler," dedi. Yanağındaki lekeyi temizledi, sonra Rafael'e, karısına, ona dünden bugüne mobilyaları düzenlemede, kulübeyi temizlemede ve perdeleri asmada yardım eden oğullarına el sallayarak veda etti. Rafael'in eski kamyonetinin gidişini izledi, sonra kendini bitkin halde sandalyeye atan Gabriella'ya döndü.

Şafak vaktinden beri çalışıyorlardı ve şimdi öğlenin son saatleriydi. "Ramon'un şaşıracağını düşünüyor musun?" Katie, Gabriella'nın yüzünde gördüğü mutlu yorgunluk ifadesini takınarak sordu.

"Şaşıracak mı?" Koyu gözleri iyi niyetle parlarken tekrarladı, "İki gün önce, burada işçiler vardı ve burası bomboştu. Bu gece her bir mobilya parçasının yerinde olduğunu, yatağın hazırlandığını ve hatta mutfak masasının üzerindeki mumları ve ipek örtüyü görünce, Ramon gözlerine inanamayacak!" diye tahminde bulundu Gabriella.

"Umarım dediğin gibi olur," dedi Katie gururla, "Ona

bu evin hoş olabileceğini söylemiştim, ama bana inanmadı."

Gabriella cüzdanını alıp ön kapıya gittiğinde başını sallayarak, "Hoş mu?" dedi. "Güzel. Dekor etme konusunda çok yeteneklisin, Katie."

Ona bakarken Katie birlikte katettikleri onca yolu, alışveriş için harcadıkları yorucu saatleri, çılgın gibi gittikleri alışveriş gezilerini düşündü. Bu geziler boyunca, Gabriella neşeli ve destekçiydi. "Gaby," Katie derin şefkat ve merhametle yumuşak sesle konuştu. "Arkadaş olma konusunda çok yeteneklisin."

Gabriella'nın dudakları bir gülüşle aydınlandı. "Tuhaf, değil mi - aramızdaki bu yakınlık? Birbirimizi sadece on bir gündür tanıyoruz, ama neredeyse kız kardeşim gibisin."

Çalışırken bir şişe şarap paylaşan iki kadın yüzleri memnuniyet ve içkiyle kızarmış halde birbirlerine sersemce gülümsediler, ve Gabriella arkasını dönüp gitti.

Katie Gabriella'nın kadehini aldı, bardağında kalan son damlaları yudumladı, ve kol saatine baktı; saat beşti. Geçen gece Ramon'un işten sonra direk eve geleceğine dair söz vermesini sağlamıştı, yani nişanlısı sonraki bir buçuk saat içinde herhangi bir zamanda gelebilirdi. Mutfakta iki bardağı da yıkadı ve Ramon geldiğinde hazır olsunlar diye onları beyaz, yeni formika tezgaha koydu.

Mırıldanarak mutfak dolabını açtı ve diğer kırmızı şişe şarabıyla açacağı çıkardı. Aslında yeteri kadar şarap içmişti. Yeterliden biraz daha fazla diye düşündü. Çok sıcak ve ateşli hissediyordu. Ama kendine evin tamamlanmasının kutlama için çok iyi bir neden olacağını neşelenerek hatırlattı.

Mutfakta göz gezdirdi. Gururla, Ramon'a söylediği gibi

neşeli ve davetkâr olduğuna karar verdi. Ahşap kaplamanın üzerinde duvarlar açık yeşil ve beyaz duvar kağıdıyla kaplıydı. Bir duvar yerli bir hasır koleksiyonu ve Katie'nin Amerika'daki muhtemel fiyatının küsuratıyla satın aldığı her çeşit ve boyutta hasır sepetlerle doluydu. Tüm mutfak dolapları duvarlardaki beyaz ve yeşil renge uyan ekleme duvar kağıdıyla sarılmış ve yeniden beyaza boyanmıştı.

Mutfaktan ayrıldı ve odadan odaya dolaştı. Yatak odasında el yapımı yatak örtüsünü düzeltmek için gereksizce durdu. Örtü her biri farklı desenden oluşan, ama her biri kahverengi, beyaz ve altının ana renklerini taşıyan geniş karelerle işlenmişti. Koyu meşe konsol ve yatağın başındaki tahtayla cilalı meşe tabanına ve kalın altın rengi halıya uyum sağlayan altın rengi perdeler geniş pencerelerde asılıydı. Pencerenin tek tarafında asılı durabilsin diye perdenin katlarını açtı. Oda mükemmel, diye düşündü Katie.

Ve erkeksi.

Katie istenmeyen düşünceyi bir kenara bıraktı ve oturma odasına geçti. Kendi parasının yaklaşık otuz bin dolarını harcamıştı, ama buna değer diye düşündü. Yuvarlak kolları ve kalın tepeli arkası olan pas rengi kanepe kaba, bej rengi ve paslanmış kumaşla döşenmiş iki sandalyenin tam karşısında duruyordu.

Onların arasında cilalı tahtanın üzerinde bej rengi genişçe yontulmuş halı uzanıyordu. Tahta ve pirinç çerçevesiyle büyük kahve masası odanın en abartılı eşyasıydı, ama onu gördüğünde dayanamamıştı, ve iki sandalye arasındaki uyumlu lamba masası da abartıydı.Yoksa antika dövme sarı lamba mı evin en abartılı eşyasıydı? Katie emin değildi, ama önemli değildi bu. Kaba kumaşlı bej rengi perdeleri ve uzun camlarıyla oda zengin, davetkâr ve kusursuzdu.

Ve erkeksi, diye kısık bir ses fısıldadı.

Katie sesi duymazdan geldi ve yüzünü yıkayıp saçını taramak için banyoya gitti. Yeni kurumun üzerinde kendine aynadan baktığında gözleri beklentiyle parlıyordu. Yoksa gözleri çok içmekten mi böyle olmuştu? Katie omuz silkti ve banyoya baktı. Burayı çok mu modern döşediğini diye merak etti. Banyo malzemeleri beyaz olduğundan, üzerine yeniden basılmış cüretkâr gazete izleriyle parlak beyaz kağıt kullanarak bu temayı duvar kağıdına da taşımıştı. Bunun akıllıca olduğunu düşünmüştü; eğer Ramon siyah ve kırmızı havlulardan sıkılırsa kırmızı yerine başka bir renk kullanabilirdi ve banyo sanki tamamen yeniymiş gibi görünebilirdi. Kırmızı el havlusuyla ellerini kuruladı, sonra dikkatle havluyu katladı ve siyah olanın üzerine kurumaya koydu. Geri kalan havluları da şu ana kadar köydeki mağazaya gelmiş olmalıydı. Yarın Peder Gregorio'yu gördükten sonra gidip havluları alacaktı.

Kafasını kuruma dikkatlice çevirirken banyoya son bir kez baktı. Evin geri kalanına göre çok moderndi, ama kesinlikle canlıydı.

Ve erkeksi.

Katie sonunda bunu kabul etti--ama bu doğruysa, o zaman Ramon kesinlikle memnun olacaktı. Banyo her şeye rağmen çok erkeksiydi. Oturma odasındaki kahve masasına göz gezdirdi ve ortasındaki açık sarı ve turuncu çiçekleri tekrar düzenlemeye başladı.

Kestane rengi Rolls Royce kulübeye giden toraklı yolun birkaç adım ötesinde yolun ortasında ses çıkararak durdu. Garcia arabayı kulübenin ön kapısına sürerken Ramon sabırsızca rengârenk açan çiçeklerin uzun kırmızı kanopisine baktı. Katie'yi görmek istiyordu, ve iki mil uzunluğundaki yolu yürüyerek zaman kaybetmek istemiyordu. Öte yandan, Katie şoförün onu her gün Rolls'la işe götürüp getirdiğini fark ederse, doğal olarak daha fazla soru soracaktı. Bunlar cevaplamayı reddedeceği, veya beyaz yalanlarla geçiştireceği sorular olacaktı. Zorunluluktan dolayı onu kandırmıştı, ama ona yalan söylemeyecekti.

"Yarın sabah beni her zamanki yerde bekle," diye Garcia'ya talimat verdi. Ramon kapısını açtı ve şoförün cevaplamasını beklemeden arabadan indi .Yarın sabah saat yedi buçukta Garcia'nın köy meydanından yarım mil uzaklıkta çıkmaz sokağa arabayla götürüp orada bekleyeceğini biliyordu. Hiçbir soru sorulmadı ve cevap için beklenmedi. Artık Garcia'ya para ödememesine rağmen, yaşlı adam hâlâ Ramon'u götürmekte ısrar ediyordu.

"Uzun süredir birlikteyiz, sen ve ben." Garcia Katie'yle Porto Riko'ya'ya geldiği gün Ramon'a böyle demişti. Karamsar siyah gözleriyle ve ağırbaşlılıkla Ramon eklemişti, "Bu araba satılana kadar, senin için hep yaptığım işi yapmaya devam edeceğim."

Yolda yürürken, Ramon pişmanlıkla Garcia'yı düşünüyordu. İçeri girip soygun yaparken, Ramon ona arabayı bankanın önünde çalışır halde tutmasını söylerse, Garcia bunu tereddüt etmeden yapardı. Yirmi yıllık kusursuz hizmetinin ödülü işsizlik - ve referans mektubu olacaktı. Ramon ona bundan daha fazlasını verebilmeyi isterdi. Daha fazlasını hak ediyordu.

Kulübenin kapısında, Ramon hareketsiz durdu; günün sorunları ve endişeleri kayboluyor ve unutuluyordu. Katie burada,evinde onu bekliyordu. Pencereden giren güneş ışığı, o seramik vazodaki canlı çiçekleri yeniden düzenleyen, oturma odasında bir şeyi büken Katie'ye altın ışık kümesiyle yansıyordu.

Ramon'un damarlarından derin bir memnuniyet hissi sızıyor, onu ısıtıyordu. Dünyadaki 'En zengin' adamlardan biri olmak, ama daha önce hiç bu şekilde eve gelmemiş, ve bu duyguyu daha önce hissetmemiş olmak ne kadar tuhaf diye düşündü.

Deniz kenarındaki malikanelere, teraslı apartmanlara ve villalara hizmetçiler getirmişti. Ama onu bekleyen bu muazzam huzur hissini hiç bulmamıştı - çünkü hiçbir zaman gerçek anlamıyla 'yuvasına' gelmemişti. Yuvası Katie'ydi.

İnsanlar daha önce onu kıskanırlardı; şimdi ise servetini kaybettiği için ona acıyorlardı. Ne kadar aptalcaydı! Şimdi Katie vardı, ve Katie onu çok zengin yapıyordu. Gülen mavi gözleri ve kızıl sarı saçlarıyla bu güzel melek çocuklarını doğuracak ve onunla günlerini, gecelerini paylaşacaktı. Hayatında daima eksik olan her şeydi. Onun neşesiydi.

Çok sessizce ve belli etmeden, Ramon, "Seni seviyorum, Katie," dedi.

Gülümsemesi Katie'nin yüzünü aydınlattı$. "Ee? Dedi. "Ne düşünüyorsun?" Merakla onu omzunun üzerinden izlerken, kollarını aşağıya indirip daire çizerek etrafında döndü.

Ramon Katie'nin kendisini duyduğunu biliyordu, ve kalbi onu cevapsız bıraktığında kırılmıştı, ama bunu unutmaya çalıştı. "Senin güzel olduğunu düşünüyorum," dedi, uzun şekilli bacaklarını ortaya çıkaran uyumlu şortuyla, diyaframını açıkta bırakan açık yeşil kadife üstüne hayranlıkla bakarken.

Katie gözlerini devirdi. "Benim hakkımda değil! Ev, mobilya, ve diğer her şey hakkında..."

İlk defa, Ramon Katie'nin yanındakilere baktı. Gördükleri onu şaşkına çevirdi. "Sana verdiğim parayla bu kadar şeyi almayı nasıl başardın? Bu kadar ileri gideceğini hiç düşünmemiştim. Mobilya bakmak için hazır olduğunu söylediğinde sana daha fazlasını vermek istemiştim."

Katie'nin yüzü düştü. "Beğenmedin mi?"

"Beğenmek mi?" Ramon güldü. "Daha bakmadım bile. Ama nasıl -?"

"Parayı düşünmeyi bırak. Pazarlıkta tam bir avcıyımdır," Katie elini Ramon'un koluna koyup onu odadan odaya gezdirmeye başladı.

Ramon'un tepkisi Katie'yi şaşırttı. Satın aldığı şeyleri sevdiğini ve bundan hoşlandığını söyleyebilirdi. Övgüde cömertti ve övgüsü gerçekti, ama bazen bir şey onu rahatsız ediyormuş gibiydi.

Katie'nin onu rahatsız eden şeyin ne olduğunu anlaması için çok beklemesi gerekmedi. Rehberlik turunda mutfak son odaydı. Ramon incelemeyi bitirdiğinde, Katie'nin şarabı koyduğu tezgaha yürüdü. Katie hayranlıkla uzun, becerikli parmaklarının açacağı bulup şişeyi ustaca açma şeklini izledi. "Evet?" diye cevap beklercesine sordu. "Evin tamamını gördüğüne göre, ne düşünüyorsun?"

"Oldukça etkileyici olduğunu düşünüyorum," dedi, şarabı bardaklara doldururken. Kadehin birini Katie'ye uzattı. "Burada yaşamayı düşünüyor musun?"

Soru Katie'nin bir anlığına sessizliğe gömülmesine neden oldu, daha sonra "Evet," diye yanıtladı.

Ramon ifadesizce sordu. 'Ne kadar süre?"

İçtiği şarap Katie'nin başının dönmesine neden oluyordu. "Bu soruları bana neden soruyorsun?"

"Çünkü bu evde iki oda var. İkincisi, senin de bildiğin gibi çocuklar için. Ama sen onu benim için şık bir çalışma masasıyla, bir kitaplıkla ve sandalyeyle tıka basa döşeyerek başına bela aldın. İki sandalye değil, tek bir sandalye. Bu odayı sadece benim kullanmam için dekore ettin, ikimiz için veya çocuklarımız için değil.

"Aparmanın çiçeklerle doluydu ama bu evde bir tane bile yok. Yatak odan oldukça kadınsıydı, ama..."

"Çiçekler mi?" Duyguları Katie ona göz kırptı. "Çiçekleri düşünmedim bile! Evlilik hediyesi olarak sana çiçek vereceğim!"

"Ve bana çocuk verecek misin?" Ramon yüzünde anlamlı bir ifadeyle sormuştu.

"Hayır," diye cevap verdi Katie, "Evlilik hediyesi olarak veremem ki! Çıkacak dedikoduyu bir düşün!"

Ramon'un bakışı Katie'nin çıkık, kırmızı yanaklarından yeni açtığı şaraba kaydı. "Bu şişenin ne kadarını içtin?"

"Yarısından biraz fazla," diye gururlanarak yanıtladı Katie. "Gerisini Gabriella içti."

Ramon onu sarsmak istedi. Bunun yerine, mutfak köşesindeki geniş pencerelere yürüdü. Kadehini kaldırıp şarabından epeyce içti, sonra canlı manzaraya baktı. "Neden benimle evlenmek istiyorsun, Katie?"

Katie onun yüzündeki, omuzlarındaki gerginliği fark etti, ve çaresizce umursamaz görünmeye çalıştı. "Çünkü uzun boylu, koyu tenli ve yakışıklısın!" diyerek espri yaptı.

Ramon'un gülümsemesi keyifsizdi. "Başka neden benimle evlenmek istiyorsun?"

"Ah, bugünlerde insanların evlenmek istemelerinin sıradan sebeplerinden dolayı," diye şaka yaptı Katie. "Aynı filmleri seviyoruz, biz..."

"Benimle oynamayı bırak!" diye aniden bağırdı Ramon. "Benle neden evlenmek istediğini sordum."

Panik Katie'nin tüm sinir sistemine hücum etti, kalbi hızla atmaya başladı. "Ben..." Konuşmaya çalıştı ama yapamadı. Ramon'un onu sevdiğini söylemesini istediğini biliyordu ve onun kendisiyle evlenmek için geri dönülmez, kesin bir vaatte bulunduğunu duymak istiyordu. Katie bunların hiçbirini yapamazdı. Konuşmaya değil, ama onu memnun edecek bir şey söyleyememekten korkarak, mutsuzluk içinde Ramon'a baktı.

Gergin sessizlikte Ramon'un ruhen ondan uzaklaştığını hissedebiliyordu, ve sonunda konuştuğunda Katie'nin tamamen paniklemesine neden olan son sözlerinde sert, acı bir kesinlik vardı: "Bunu bir daha konuşmayacağız," dedi.

Derin sessizlikte Gabriella'nın evine yürüdüler. Katie içtiği şarabın rahatlatıcı ateşine saklanmaya çalıştı, ama her adımda kendini daha endişeli hissediyordu.Yemeğe gelmek yerine, Ramon ön kapıda durup kısaca dudaklarını Katie'nin alnına dokundurdu ve "İyi geceler," dedi.

Katie bunda yanlış bir şeyler var diye düşündü. İyi geceler demekten çok elveda ediyormuş gibiydi. "Sabah işe gitmeden önce beni görmeye gel - geliyor musun?"

Ramon arkasını döndü ve ona baktı, yüzü anlaşılmazdı. "Yarın işe gitmeyeceğim."

"O zaman Peder Gregorio'yla görüştükten sonra seni görecek miyim? Sabah ilk olarak onun evine gitmeyi düşünüyorum. Sonra yapılması gereken şeylere bakmak için kulübeye gideceğim."

"Ben seni bulurum."

"Ramon," dedi Katie, onun bu halde gitmesinden korkarak, "Senin - kulübe konusunda çok hevesli olduğunu sanmıyorum. Sevmedin mi?"

"Özür dilerim," dedi kibarca. "Harika iş çıkarmışsın. Bana mükemmel geldi."

Bana kelimesine vurgu yapmamasına rağmen, Katie biz kelimesini kullanmaktan kaçındığını fark etti. Onun bu ani, soğuk tavrına karşılık olarak ne diyeceğini bilmiyordu. Kapıyı açtı. "Pekala, iyi geceler."

Acı boğazında rahatsızlık varmış gibi artarken, Ramon

arkasından kapanan kapıya baktı. Son iki günü düşünerek yolda saatlerce pervasızca yürüdü. İki gün boyunca onu sevmesini beklemişti. Katie ona takılmış ve onunla birlikte gülmüştü ve Ramon kollarındayken onun tutkuyla inlemesini sağlamıştı, ama en ateşli anında bile kendisinin "Seni seviyorum,'" demesine cevap vermemişti. Onu öpmüş, onunla gülmüş, onu küçük yaramaz bir çocuk gibi sarmalamıştı, ama karşılık vermemişti.

Rafael'in evinde kaldığı odaya döndüğünde ay tepedeydi. Yatağa uzandı ve tavana baktı. Ondan dürüst olmasını istemişti, o da dürüst oluyordu. Hissetmediği bir duyguyu haykırmayı reddediyordu. Bu kadar basitti.

Tanrı aşkına! Onu bu kadar çok seviyorken Katie onu nasıl sevemezdi.

Katie'nin görüntüsü gözlerinde belirdi: Katie güzel yürüyüşüyle tepeyi çıkıp ona doğru geliyor, ve rüzgar muhteşem saçını dalgalandırıyordu, Ramon yorgun göründüğü için hem endişe hem de kahkahayla karışık parlayan derin mavi gözleriyle ona bakıyordu.

Karar vermek zorunda olduğu anı ertelemeye çalışarak gözlerini kapadı, ama yararı yoktu. Karar verilmişti. Katie'yi evine geri göndermek zorundaydı. Yarın onu eve gönderecekti. Hayır, yarın değil, sonraki gün. Onu bir gün daha yanında tutmalıydı...ve bir gece daha. Sadece bir kez daha. Kulübede gezinmesini - o gittikten sonra onu hatırlayabilmek için her bir odada nasıl göründüğünü hafızasında tutmak için - bir gün daha izlemeliydi. Onun için döşediği yatak odasında birlikte olabilmek, bedenini onunkiyle buluşturmak ve rahatlamak için bir gece daha. Bir adamın bir kadına verebileceği her çıldırtıcı zevkle, onu zevk ve mutluluktan inletip, sonra tekrar ve tekrar titreyerek kendinden geçirmesini sağlayarak tüm hislerini bol bol kullanacaktı.

Anıları için bir gün ve gece daha: onu memnun ettiği kadar ona eziyet eden anıları hatırlamak için, ama fark etmezdi bu. O anılara sahip olmalıydı.

Ve sonra onu eve gönderecekti. Katie rahatlayacaktı, bunu şimdi anlıyordu. Aslında her zaman biliyordu. Onunla evlenmek için sebepleri ne olursa olsun, Katie hiçbir zaman bu fikri benimsememişti. Benimseseydi, gelecekteki evini kendi zevkini göz önüne almadan sadece yakışıklı bekar bir adama göre döşemezdi.

18. Bölüm

Hizmetli onu ertesi sabah ofisine götürdüğünde, Peder Gregorio Katie'yi kibarca karşıladı. Önce onun oturmasını bekledi, ardından kendisi de çalışma masasına geçti.

Katie sakin ifadesini korumaya çalıştı. "Ramon bana sizin benim yumuşak başlılık, otoriteye saygı ve saflık nitelikleri konusunda eksik olduğumu düşündüğünüzü söyledi."

"Evet, öyle dedim." Sandalyesine yaslandı. "Aynı fikirde değil misiniz?"

Katie yavaşça kafasını salladı. "Hiç de değil. Aslında bunun harika bir iltifat olduğunu düşünüyorum." Pederin ifadesinin değişmediğini görünce, tereddüt etti, ve sonra devam etti. "Açıkçası bunu bu şekilde görmediniz. Bizi evlendirmek istememenizin sebebinin Ramon olduğunu söylediniz."

"Ona asıl nedeni mi söylememi tercih ederdiniz - sevdiği kadının onu sevmediğini?"

Katie'nin uzun, düzgün tırnakları avucuna battı. "Ben öyle demedim -"

"Senyora Connelly!" diye kısık, otoriter bir sesle müdahale etti peder. "Birbirimizi kandırmanın gereği yok. Evlenmemek için bir sebep arıyordunuz ve ben de bu sebebi size verdim."

Katie gerginleşti. "Nasıl böyle bir şey söyleyebilirsiniz?"

"Çünkü gerçek bu. Bunu sizinle ilk karşılaşmamızda hissettim. Ramon'u ne kadar süredir tanıdığınızı sorduğumda cevap olarak 'sadece' iki hafta dediniz. Benim sizin sürekli adamlarla karşılaşmak için barlara giden daha sonra halka açık park alanlarında kendinize dokunulmasına izin veren kadınlardan olduğunuzu düşünmemi kasten istediniz. Siz öyle bir kadın değilsiniz, Senyora ve bunu ikimiz de biliyoruz."

Katie'nin öfkeden patlamasını önlemek için sakince elini kaldırdı. "Artık bunun için çok geç .Bu kararımı etkileyen daha başka nedenler de var: Size Ramon'u sevdiğinizi söylerseniz, evlilik palanlarını bitireceğimizi söyledim. Gerçekten onunla evlenmek isteseydiniz, evliliğinizi onaylamam için bunun doğru olup olmadığını önemsemeden onu sevdiğinizi söylerdiniz.

"Bunun yerine Ramon'a iyi bir eş olacağınıza söz verirseniz bunu kabul edeceğimi söylediğimde yüzünüz kağıt gibi bembeyaz oldu. On dakika sonra yerinizden zıpladınız ve beni sizi Ramon'un otoritesine saygı duymaya ve ona itaat etmeye zorlamakla suçladınız."

Katie bakışlarını kucağına indirdi. Islak avuçlarını dizlerine sürdü. "Hatalı olduğunuzu kanıtlamak için söyleyebileceğim hiçbir şey yok değil mi?"

"Benim hatalı olduğumu kanıtlamak istemiyorsunuz, Senyora. Kalbinizde bu evlilikten kaçmak istiyorsunuz." Gözlüklerini çıkardı ve bitkince burun kemiğini sildi.

"Belki sorumluluktan - sevgini vermekten korkuyorsun. Bilmiyorum. Ama şunu biliyorum ki - Ramon ona kalbinizi değil de sadece bedeninizi verdiğinizi fark edince, memnun olmayacaktır. Gururu olan hiçbir adam kendisini önemsemeyen birini önemsemeye devam etmek istemez. Ramon'un size olan aşkı ya ölecek ya da harap olacak, çünkü böyle olduğundan emin olduğunda; aşkını kendisi öldürecek. Bu olduğunda, başka birini bulmak için özgür olacak, ve seçerse yine evlenecek. Bunları bilerek hayatının geri kalanında onu size Kutsal Evlilik'in ayrılmaz bağlarıyla bağlayamam."

Katie'nin gözleri dökmeyi reddettiği yaşlarla mahvolmuştu, ve Peder sözünü bitirdiğinde boğazında kaya büyüklüğünde bir yumru vardı. "Bir an önce Amerika'ya gitmeniz ikiniz için de en iyisi olacak. Eğer bunu yapacak dürüstlüğünüz ve cesaretiniz yoksa, o zaman onunla bu günahla yaşayın veya sivil bir törenle onunla evlenin. Sizi engelleyemem. Size çıkış yolu sundum, umuyorum ki Ramon'a da bir kurtuluş yolu verirsiniz - kilisede onu kendinize sonsuza dek bağlamayın."

Katie sertçe ayağa kalktı. "Bu son kararınız mı?"

Peder Gregorio'nun ayağa kalkması neredeyse yıllar sürüyor gibiydi. "Bu şekilde nitelendirmek zorundaysanız, evet, bu son kararım. Bunu Ramon'a söylemeyi size bırakıyorum." Katie'nin mavi gözleri neredeyse acınası bir hal aldı. „Onu sevmediğiniz için kendinizi suçlu hissetmeyin, Senyora.Ramon kadınlara çekici gelen bir adamdır. Geçmişte çok sayıda kadın onu sevdi; gelecekte de sevmek için ve eşi olmak için daha çok hevesli olan bir o kadar kadın olacaktır."

Katie'nin kafası gururla kalktı, ama gözleri yaşlara boğuluyordu. "Suçlu hissetmiyorum, öfkeli hissediyorum!" Arkasını dönerek kapıya yürüdü.

Peder Gregorio'nun sesi oldukça üzgündü. "Senyora..."

Katie ona kendisini ağlayarak görme zevkini vermemek için yüzünü göstermeden, "Evet?"

"Tanrı yardımcınız olsun."

Boğazında tıkanan yaşlar Katie'nin yanıtlamasını engelledi. Kapıyı açtı ve dışarı çıktı.

Biraz aşağılanma biraz korkudan kaynaklanan yaşlarla kulübeye gitti. Peder Gregorio haklıydı. Bir çıkış yolu arıyordu - hayır, çıkış yolu değil, daha fazla zaman kazanmak için bir yol arıyordu. "Kahretsin, David!" diye fısıldadı. Hayatındaki bu korkunç karmaşa onun suçuydu. Ölüsü bile kelimenin tam anlamıyla onu rahatsız ediyordu.

Aynı hatayı ikinci kez yapıyor olma korkusunun bu korkunç paniğin üstesinden gelememesinin nedeni oydu.

Bir zamanlar, içgüdülerinin göründüğü gibi olmadığı konusunda kendisini uyardığı bir adamla evlenmişti. Şimdi başka bir adamla evlenmek istiyordu ve bunu tekrar hissediyordu. Bu duyguyu başından atamıyordu.

Küçük hikaye kitabındaki gibi olan kulübenin ön kapısını açtı ve Ramon'un orada olmamasından dolayı rahatlayarak içeri girdi. Ona öfkesini açıklamak istemiyordu. Nasıl yapabilirdi ki? Senin hakkında beni korkutan bir şey var Ramon, diye nasıl söyleyebilirdi.

Katie mutfağı dolaşdı ve satın aldığı yeni kahve makinesinde kahveyi karıştırdı. İçecek hazır olduğunda, kahveyi kupaya doldurdu ve mutfak masasına götürdü. Ellerini sıcak kupaya dolamışken, harika manzaranın isyankâr duygularını sakinleştirmesine izin vererek iki yönde uzanan taraçalı tepelere baktı.

Evlenmeden önce David hakkında hissettiklerini tekrar düşündü. Biraz sezgi, biraz da içgüdü David Caldwell'in inanmak istediği adam olmadığı yönünde onu uyarmıştı. Kendini dinlemeliydi.

Şimdi Ramon'la evlenmek istiyordu - ve sahip olduğu her içgüdü onun da olmasını istediği gibi bir adam olmadığını söylüyordu.

Katie parmak uçlarını şakaklarına bastırdı. Daha önce kendini hiç bu kadar kafası karışmış ve korkmuş hissetmemişti. Harcanacak zaman yoktu. Ya içgüdüsel korkularını görmezden gelerek Ramon'la evlenecek, ya da Amerika'ya geri dönmek zorunda kalacaktı.

Onu terk etme düşüncesi Katie'yi neredeyse hasta ediyordu. Ona tapıyordu!

Sert yüz hatlarındaki güven veren güce, koyu renk gözlerine, büyüleyici gülümsemesine ve çenesindeki otoriteye bayılıyordu. Güçlü kaslarıyla kuvvetliydi, ama ona karşı nazik ve şefkatli davranıyordu. Boyca, ondan çok daha fazla uzundu, ama onunla olmak Katie'ye kendini güvende ve mutlu hissettiriyordu, tehdit altında ve önemsiz değil.

Kendi doğası inatçı ve bağımsızken Ramon baskın, güçlü ve kendine güvenen bir erkekti. Kendisini anne ve eş rolüyle sınırlamak istediği için ona kızmalıydı, ama kızmamıştı. Onun karısı olma fikri neşeyle dolmasını sağlıyor, ve onun çocuklarını doğurma fikri onu heyecanlandırıyordu. Memnuniyetle onun evini temizler ve geceleri onun güçlü kollarında olmak karşılığında yemeğini pişirirdi.

Ramon ondan kendisini cinsel köle olarak kabul etmesini, bedenini ve hayatını onun himayesine bırakmasını istiyordu. Karşılığında, onun aşkı, ailesine bakan kişi ve çocuklarının babası olacaktı. Katie kendisinin de istediğinin bu olduğunu utançla kabul etmişti. Bu anti-amerikan ve özgürlük karşıtı bir istek olabilirdi, ama çok doğru ve tatmin edici görünüyordu. En azından kendisi için.

Katie kucağında gevşek halde duran ellerine baktı. Ramon istediği her şeydi:onu seven akıllı, hassas, seksi bir erkekti.

Gerçek olmamasının dışında.

Ondan inanmasını istediği gibi adam değildi. Neden böyle hissettiğini, yoksa yanlış mı düşündüğünü bilmiyordu, ama bu duygu onu terk etmiyordu.

Ramon mağazanın önünde Rafael'in arabasını durdurdu ve arabadan indi. Eduardo yolcu kapısını açtı. "Seninle geliyorum. Gabriella süt almamı istedi."

Ramon dalgın bir ifadeyle sordu: ,'Ne?"

"Dedim ki-" Eduardo çileden çıkarak kafasını salladı. "Boş ver. Tüm sabah boyunca söylediğim tek bir kelimeyi bile duymadın. Evlenecek olman kulaklarını etkiliyor, arkadaşım."

"Ben evlenmiyorum," Ramon kapıyı açıp mağazaya yürürken onu kolundan tutan Eduardo'dan kurtuldu. Dışarıdaki sıcağın aksine, kalabalık küçük mağaza serindi. Apaçık merakla ona bakan on müşteriyi ve ona ilaveten Eduardo'nun şaşırmış bakışını görmezden gelerek, Ramon sigara aldı, sonra paketi müşteri bekleyen iki danışmanın bulunduğu tezgaha götürdü. Eduardo süt şişesini Ramon'un sigaralarının yanına tezgaha koydu ve kısık sesle, "Şaka mı yapıyorsun?" dedi.

Ramon ona baktı. "Şaka yapmıyorum."

Küçük, hoş Porto Rikolu tezgahtar kız önlüğünü değiştiren şişman bir kadını beklerken Ramon'u gördü ve yüzü aydınlandı. Orta yaşlı diğer tezgahtara ödemeyle ilgilenmesini söyledi ve Ramon ve Eduardo'nun da içinde bulunduğu kuyruğa ilerledi. "Senyor Galverra," İspanyolca konuşarak gülümsedi, "beni hatırladınız mı? Ben Maria Ramirez. Küçükken saçlarımı iki yandan örerdim, siz de onlarla oynayıp büyüyünce güzel olacağımı söylerdiniz."

Ramon gülümsemeye çalışarak, "Haklıymışım," dedi. "Şimdi Juan Vega'da evlenmekle meşgulüm." Tezgahın altına uzanıp beyaz kağıt ve sıkı çizgilerle sarılı geniş bir torba çıkardığında, hâlâ gülümsüyordu. "Bunlar Senyora Connelly'nin sizin için sipariş ettiği havlular. Şimdi almak ister misiniz?"

"Tamam." Ramon nazikçe kafasını salladı. Kotunun arka cebine uzanıp cüzdanını çıkardı ve fişe baktı. "Sadece sigaralar için fiş vermişsin, Maria. Havlular ne kadar?"

Tezgahtar "Senyora Connelly kendi kredi kartıyla onları ödedi," diye garanti verdi.

Ramon hissettiği kadar sabırsız davranmamaya gayret etti. "Bir hata olmalı."

"Hata mı?" diye tekrarladı Maria. "Sanmıyorum, ama şimdi bakarım." İpi kesti ve beyaz kâğıdı yırtarak açtı. Kalın, kabarık kırmızı ve siyah havlular tezgaha döküldü. Ramon arkasındaki ve yanındaki köylülerin paketin içinde ne olduğunu daha iyi görebilmek için birbirini ittiğini hissetti. "Hesap makbuzu burada ve bunlar da indirim kuponları," dedi Maria, onları havluların arasından çıkarırken. "Hayır, hata yok. Senyora Connelly bu havluları kendi hesabıyla ödedi ve aynı zamanda aldığı her şeyi bir hafta önce ödemiş. Bakın, toplam beş yüz dolar olan indirim kuponları da dahil olmak üzere hepsi burada. Tost makinesi, kahve makinesi, çaydanlık, tabaklar ve kaşıklar, her boyutta bardaklar, mikser, döner mikser, mutfak eşyaları ve tüm diğer eşyaları ödemiş."

Ramon'un yanındaki yaşlı adam sinsice güldü. "Şanslı adamsın, Ramon. Nişanlın her şeyin en iyisine sahip olmanı istiyor. Sadece güzel değil, aynı zamanda da cömert öyle mi?"

Ramon Maria'ya kısık, sinirli bir sesle cevap verdi. "Havluları sar."

Ramon'un yüzündeki bakışı görünce Maria'nın beti benzi attı ve sakarca ve aceleyle kağıdı bir araya getirmeye başladı.

"Burada - Senyora Connelly'nin çift makbuzları, her biri harcadığı miktarın yarısı için." Fişleri uzatırken Ramon'un cinayet işleyecek gibi olan ifadesine bakarken kekeledi. "Senyora Alverez," karısının adını söyleyince, Eduardo'nun öfkeli yüzüne endişeyle baktı, "Senyora Connelly nakit ödemediği sürece bu şekilde çift makbuz yapmak zorunda olmadığımı söyledi, ama ben - ben her durumda yaptım".

Sanki sıcakmış gibi paketi Ramon'a uzattı, ve sesi paniklеyen bir fısıltı halini aldı. "Böylece yapmayı unutmuyordum."

Ramon'un sesi buz gibiydi. "Senyora Connelly eminim ki yardımını takdir etmiştir, Maria." Her adımında gittikçe artan bir öfkeyle mağazadan çıkarken, herkes aceleyle kendi işine döndü.

On bir köylü kapının Eduardo ve Ramon'un ardından sertçe kapanmasını izledi. Birlik içinde, yüzleri korkudan memnuniyete kadar değişiklik gösteren ifadeyi yansıtan halde birbirlerine baktılar. Sadece mağazanın bir sakini ne olduğundan habersizdi-İspanyolca anlamayan İngiliz bir adamdı bu. Kibarca boğazını temizledi ve paketlerini kollarına aldı, ama kimse fark etmedi.

İlk konuşan Maria oldu. Fısıldarken yumuşak, geniş ve üzgün gözleriyle etraftaki herkese baktı. "Neyi yanlış yaptım?"

Orta yaşlı diğer tezgahtar ifadesizce cevap verdi. "Maria, sadece Senyora Connelly'e istediğinden daha fazla ‚yardım' ettin."

Ramon'un nişanlısının cömertliği hakkında konuşan

yaşlı adam kalçasına vurdu ve neşeyle kıkırdadı. "Kızın yaptığından Galverra'nın haberi olmadığını size söyledim!" Buruşuk yüzü komşularına baktığında memnuniyet gülümsemesiyle düzeldi. "Açlıktan ölse bile, bir kadından para almayacağını size söylemiştim." Övünerek ekledi, "Nişanlısına sopa çekmeli!"

Şişman kaın kapıya giderken "Önlükler için sonra geri döneceğim," dedi.

Arkadaşı ardından seslendi: 'Nereye gidiyorsun, Rosa?"

"Kiliseye dua etmeye,"

"Amerikalı kız için mi?" diye kadınlardan biri gülerek sordu.

"Hayır, Gabriella Alverez için."

Yaşlı adam duyurdu: "Ona da sopa çekmeli,"

Ramon'un geldiğini duyan Katie ayağa kalktı ve mutfak masasındaki hasır bardak altlıklarını tekrar düzeltmek için bahane yarattı. Sadece kendi adını söylemesi onu nasıl da bu kadar çılgına çevirebiliyordu.

Ramon, "Sipariş ettiğin havluların geri kalanı burda," diyerek paketi pervasızca masaya bıraktı. "Mağazadaki kız parasının ödendiğini söyledi. Kahve hala taze mi?" diye gidip kupaya biraz koyarken sordu.

Katie omzunun üzerinden ona gülümsedi ve paketten havluları çıkarıp, onları katlamaya başladığında kafasını salladı.

"Sana verdiğim parayla bu kadar şeyi nasıl alabildiğini hayal edemiyorum," dedi Ramon.

"Sana söyledim," dedi Katie neşeyle, "Pazarlıkta harikayımdır."

"Ayrıca yalancısın da."

Katie Ramon ona baktığı an korkusunun paniğe dönüştüğünü hissederek etrafında döndü. Sesindeki sükûnetin aksine, Ramon'un yüzü vahşi bir öfke maskesini andırıyordu.

"Kendi paranın ne kadarını harcadın?"

Katie'nin ağzı kurudu. "Çok azını.Yüz--yüz dolarını."

Gözleri bıçak gibi keskindi. "Ne kadar olduğunu sordum!" diye korkutucu bir sesle tekrarladı.

,'İki--iki yüz dolar."

"Bir kez daha bana yalan söylersen," dedi yumuşak bir sesle, "ilk kocan benim yanımda aziz gibi görünmeye başlayacak."

Tehdit Katie'nin korkudan midesinin bulanmasına sebep oldu. "Otuz bin dolar kadar."

Sıradaki soru onu araba çarpmış gibi hissettirdi. "Neden?"

"Çünkü ben...kendimi senle evlenmeye mecbur hissetmek istemedim."

Ramon'un vücudu gerginleşip kaskatı olmadan önce, salt acı bir anlığına yüzüne bıçak gibi saplandı. "Yarın öğlen Garcia seni saat ikide havaalanına götürecek. Harcadığın paranın telafisi için sana çek verecek. Gabriella ve Eduardo'ya açıklama yapmana gerek yok; gideceğini biliyorlar."

Katie boğulur gibi kesik nefesler aldı. "Bu ev için birkaç şey aldım diye mi beni geri gönderiyorsun?"

Ramon onu tersleyerek düzeltti, "Sana bunu yapmamanı söylediğim için."

"Ve sadece---sadece bunun için mi? Sana itaat etmediğim için mi?" Katie fiziksel şiddete uğruyormuş gibi hissetti. Aklı yaşadığı şoku kavrayamıyordu. Bunu asla yapmayacak biri olarak düşündüğü bu adam delirmiş olmalıydı. Bu kadar küçük bir şey için bunu yapmazdı.

Külçe gibi hissettiği bacaklarını taşımakta zorluk çekerek yavaşça kapıya doğru yürümeye başladı. Ramon'un yanından geçerken, ona acıyla ve hayal kırıklığıyla baktı. "Sadece bunun için," diye mırıldandı ve hissizce başını salladı. Ramon'un elleri birden bedenini sarıp onu göğsüne yaslayınca Katie, "Yapma!" diye bağırdı.

Ramon öfkeden bembeyaz kesilmiş bir yüzle ona baktı. "İstekli bir beden ve boş bir kalpten başka bir şey değilsin," diyerek acımasızca dişlerini gıcırdattı. "Bedenin için kendimi o kadar çaresiz hissedip bu geçici borcu kabul edeceğimi ve buna evlilik diyeceğimi mi düşünüyordun?" Katie'yi sanki ona dokunmaya dayanamıyormuş gibi kendisinden uzaklaştırdı ve kapıya yürüyüp arkasını dönerek nefret dolu bir sesle, "Garcia'nın on dört gün içinde vereceği çeki paraya çevirmezsen, bu evdeki her şeyi dışarı çıkarıp ateşe vereceğim," dedi.

Katie bavulunun son kilidini kapadı ve onu diğer beş parçanın yanına yatak odasının açık kalan kapısına taşıdı.

Bu gece uyku dışında yapabileceği fazla bir şey yoktu. Gabriella'nın boş yatak odasındaki yatağa oturdu ve ilgisizce etrafa bakındı. Zaman istemişti - şimdi fazlasıyla zamanı vardı. Önünde geri kalan hayatı boyunca mutluluk şansını kenara mı attığına yoksa diğer bir evlilik kabusundan mı kaçtığını mı anlayacak zamanı vardı. Katie aynaya baktı; aynadan kendisine bakan acıyla sertleşmiş yüz içinde bulunduğu duyguların harika bir yansımasıydı.

Gabriella uyuyordu ve Eduardo yemekten sonra hemen dışarı çıkmıştı. Katie bu kötü geçen yemeği hatırlayınca ürktü. Hiç kimse tek bir kelime konuşmamıştı. Eduardo öfkeli sessizlikle yemeğini yemiş ve bir ölü kadar solgun görünen Gabriella burnunu çekmesinin verdiği gürültü arasında Katie'ye sempati ve güven verici hafif gülümseme vermeyi sürdürmüştü. Boğazından geçen lokmayı yutmakta zorlanan Katie dikkatle Eduardo'nun öfkeli bakışlarından kaçınmış ve çaresiz bir özür dileme bakışıyla zavallı Gabriella'ya bakmıştı. Yemek bittiğinde, Eduardo sandalyesini geri çekmiş, ayağa kalkmış ve nefretle Katie'ye bakmıştı. "Seni tebrik ediyorum," diye birbirine sıkıca kenetlenmiş dişlerinin arasından konuşmuştu. "Mükemmel bir adamı mahvetmeyi başardın. Babası bile denediğinde başaramamıştı, ama sen başardın." Sonra arkasını dönüp dışarı çıkmıştı.

Ön kapının açılıp kapandığını duyunca direk yatağın yanındaki plastik saate baktı. Eduardo'nun ağır adımları yatak odasına yaklaşıyordu. Aceleyle parmak uçlarıyla yanaklarındaki yaşları sildi, sonra kapının eşiğinde duran Eduardo'ya baktı.

Oturduğu yatağa doğru yürürken, Katie'nin çenesi zayıf bir savunmayla açıldı.

Eduardo geniş deri çerçeveli albümü ona atarken, soğuk bir tavırla, "Bu köyün gözünde dilenci seviyesine düşürdüğün adam işte bu," dedi.

Katie hissiz bir şekilde albümü aldı.

"Aç onu," dedi aniden. "Rafael ve karısına ait. Gitmeden önce görmeni istediler."

Katie yutkundu. "Ramon onlarla mı birlikte?"

"Hayır," dedi Eduardo kibarca.

Gittiğinde, Katie albümü açtı. Fotoğraflarla dolu değildi: düzinelerce dergi ve gazete kupürleriyle doluydu. Gözleri birincisine takıldı, ve plastik kapaklı sayfayı çevirmeye kalkarken, eli şiddetle titremeye başladı. İsviçre, Geneva'daki Dünya İş Konferansı'nda Ramon'u düzinelerce mikrofon önünde dururken gösteren bir gazete fotoğrafıydı bu. "Ah, Tanrım," diye fısıldadı. "Aman Tanrım."

Yüzlerce kopya gözünün önünden geçti; Ramon'un birbirinden farklı yüzlerce fotoğrafı duygularına hücum etti. Arap şeyh topluluğuna konuşan yakışıklı yüzü; uluslararası liderlerle oturduğu konferans masasında sandalyesini çeken; kenarında ‚Galverra Uluslarası' amblemli uçağa elinde evrak çantasıyla binerken çekilmiş fotoğrafları vardı.

Katie makaleleri okumaya çalıştı ama bulanık zihni sadece şu başlıkları anlayabiliyordu: Temsilci olarak dahiliğiyle dikkat çeken Galverra Galverra Uluslararası'nın ekonomik alanda imparatorluk seviyesine yükselmesinden sorumlu...İspanyolca, Fransızca, İtalyanca, İngilizce ve Almancayı iyi derecede konuşabiliyor... Harvard Üniversitesi mezunu...Yüksek lisans derecesini iş yönetiminden almış...tüm dünya çapında bileşen ustalığı...Basının özel yaşamına müdahale etmesinden hoşlanmayan, doğuştan özel bir adam...

Ramon okyanusa açılan devasa yatında rüzgar saçını dağıtırken, Monte Carlo'da bir kumarhanede smokinin içindeyken büyüleyici sarışınlar hayranlıkla kendisine bakarken çekilmiş fotoğraflar vardı.

Diğer birçok fotoğraf objektiflerini umursamazca iş yaşamından uzaklaştırdıkları için basını kabul etmeyi reddetmesini haklı çıkarıyordu.

Başından sonuna kadar hepsi ordaydı. Anlaşmanın İran'daki ekonomik kayıplardan zarar gördüğünü söyleyen hikayelerle Chicago ve St.Louis'teki yarısı tamamlanmış gökdelenlerin resimleri vardı.

Katie albümü kapattı ve kollarını albüme dolayıp onu sıkıca kalbine bastırdı.

Yanağını cilde yasladı, ve bedeni gürültülü hıçkırıklarla sarsıldı. "Ah, sevgilim, bana neden anlatmadın?" diyerek gözyaşlarına boğuldu.

19. Bölüm

Garcia Rolls'da kalan son iki bavulunu dışarı çıkardı, ve Katie oturma odasında umutsuzca dolaşan Gabriella'ya döndü Katie ona vedalaşmak için sarıldığında Gabriella "Çok üzgünüm," dedi. "Çok, çok üzgünüm."

Eduardo ileri atıldı ve resmiyetle elini uzattı. "İyi uçuşlar," dedi. Tavrı hiç olmadığı kadar mesafeli ve soğuktu.

Garcia Rolls'un kapısını açtı, ve Katie arabaya bindi. Bir zamanlar onu memnun eden arabanın altın kaplamalı şık beyaz deri koltuklarına baktı. Tabii ki bu Ramon'un arabasıydı. Katie bunu bıçak saplanmış gibi acıyla fark etti. Arabadan bu kadar etkilendiğinde, -kaybetmekte olduğu arabadan- Ramon'un bu kadar karamsar görünmesini şimdi anlıyordu. Her şeyini kaybediyordu - hatta Katie'yi bile.

Garcia'nın kapıyı henüz kapatmadığını fark ettiğinde ona baktı. Siyah üniformasının cebine uzandı ve bir banko çek çıkardı. Katie çeke umutsuzluk içinde baktı. Otuz beş bin dolarlık bir çekti - bu harcadığından beş bin dolar daha fazlaydı. Belli ki, Ramon kendisine doğruyu söylediğine inanmamıştı.

Katie kendini kötü hissetti. Yaptığı çoğu şeyden dolayı suçlanması onun suçu değildi! Ramon kendini sıradan bir çiftçi gibi tanıtmasaydı, ondan bu kadar şüphelenmez ve onla evlenmeye korkmazdı. Kendini her şeyin yarısını ödemeye zorunlu hissetmezdi. Bunların hiç biri olmazdı. Ama olmuştu. Ondan utanmış ve Ramon'u aşağılamıştı, ve o da Katie'yi geri gönderiyordu.

Araba Gabriella'nın evine giden yola dönerken, kendisinin geri gönderilmesini düşündü. Ramon'un kendisini bu şekilde geri göndermesine nasıl izin verebilirdi? Sorunu neydi! Bu boyun eğecek zaman değildi. Tehdit edilmiş gibi hissedeceği veya korkacağı zaman da değildi, ama korkmuştu. Ramon'un dünkü artan öfkesini, ona dikkatle söylediği her sözdeki nefret ifadesini hatırlaması Katie'nin korkudan titremesine neden oldu. Ama hepsinden çok, onun bu tehdidini hatırlamıştı: "Bana bir kez daha yalan söylersen eski kocan yanımda aziz gibi kalacak!" O anda, söylediğini yapabilecek kadar öfkeliydi.

Gereken açıklamayı yapabilmek için Garcia'dan Ramon'u çağırmasını istediğinde çaresizce cesaretini toplamaya çalışarak, dudağını ısırdı. Yanına gitmek zorundaydı. Çılgınca, kendi kendine Ramon'un David'in yaptıklarını yapmayacağını söyledi. Ramon onu tehdit ettiğinde, tam olarak neyle tehdit ettiğini bilmiyordu. Her ne olursa olsun, ona yalan söylemeyecekti, böylece hiç bir nedeni olmaya-

Faydası yoktu, Katie bunu anlamıştı. Ona gidip her şeyi açıklamayı istiyordu, ama onun öfkesiyle tek başına yüzleşemezdi.

Mantıklı olsun ya da olmasın, Katie fiziksel şiddetten korkuyordu.

Ramon'la yüzleşmek için yanında birinin olmasına ihtiyacı vardı. Katie'nin elleri panik ve kararlılık karışımıyla titremeye başladı. Burada ona yardım edecek kimse yoktu ve artık çok geçti. Ramon yaptığı şey için ondan nefret ediyordu. Hayır, onu seviyordu. Ve eğer seviyorsa, bu şekilde kolaylıkla onu sevmeyi bırakamazdı.

Kırmızı Rolls köyü geçip turistlerin sokağın karşısına geçmelerine izin vermek için durduğunda, Katie Ramon'un kendisini dinlemek zorunda olduğunu düşündü. Ulu Tanrı, biri ona dinlettirmeliydi! O esnada, siyah cübbesi serin rüzgarda sallanarak meydanı geçip kilisedeki küçük evine giden Peder Gregorio'yu gördü. Peder arabaya baktı, pencereden onun yüzünü gördü, ve yavaşça uzaklaştı. Peder Gregorio ona asla yardım etmezdi....yoksa eder miydi?

Rolls hızını artırmaya başlamıştı. Katie camı açacak düğmeyi bulamadı. Cama vurdu ve "Durun, lütfen!" dedi. Garcia'nın gözlerindeki ufak değişiklik kendisini duymuş olduğunu söylüyordu ama araba durmadı. Belli ki, Ramon Garcia'ya kendisini uçağa bindirmesini emretmişti, ve o da sadece bunu yapacaktı. Kapının kolunu denedi ama elektronik olarak kilitlenmişti.

Son çare olarak, ağzını eliyle kapattı ve bağırdı, "Lütfen durun, kusacağım."

İstediği sonucu aldı! Birdenbire Garcia arabadan indi, Katie'ye kapıyı açarak onun inmesine yardım etti.

Katie ona yardım ettiğini düşünen şaşkın adamdan kolunu çekti. Bir zamanlar Ramon'a açıklaması için kendisine yardım edeceğini söyleyen adama doğru meydanı geçerek kiliseye koşarken "Şimdi daha iyiyim," dedi. Omzunun üzerinden baktı, ama Garcia kendisinin son kez günah çıkarmaya gittiğini düşünerek arabanın yanında bekliyordu.

Taş merdivenlerin başında midesi korkudan bulanan

Katie tereddüt etti. Peder Gregorio şimdi ona karşı nefret dışında herhangi bir duygu beslemiyordu; ona asla yardım etmeyecekti. Duygusuzca ondan Amerika'ya geri dönmesini söyleyecekti. Gıcırdayan meşe kapıyı itti ve serin mum ışığıyla aydınlatılmış odaya girdi.

Mumların küçük kırmızı şamdanlarda durduğu küçük süslü duvar oyuklarına ve sunağa baktı, ama rahip orada değildi. Ve sonra beklediği gibi herhangi dini bir görev yapmayan, kilisenin ikinci oturağında tek başına oturan rahibi gördü. Beyaz kafasını bükmüştü; çaresizlik içinde mi yoksa dindar biri görüntüsünde mi olduğundan emin olamayan Katie onun omuzlarını bile eğdiğini gördü.

Adımları yalpaladı; bitmek bilmez cesareti yok olmuştu. Rahip ona asla yardım etmezdi. Katie'ye göre Eduardo kadar Peder de ondan nefret ediyordu, ve hiç değilse onun nefreti daha mantıklı ve anlaşılabilir nedenlerden ötürüydü. Katie arkasını dönüp koridoru yürümeye başladı.

"Senyora!" Peder Gregorio'nun keskin, emir dolu sesi azarlıyormuş gibi çıktı ve bedeninin kaskatı olmasına neden oldu.

Yavaşça Katie döndü ve onla yüz yüze geldi. Şimdi hiç olmadığı kadar sert görünen rahip koridorun ortasında duruyordu.

Boğazından geçen ağrıyla yutkundu ve göğsündeki kalın gerginliğe rağmen nefes almaya çalıştı. " Peder Gregorio," dedi, bitkin, yalvaran bir sesle. "Benim hakkımda ne düşündüğünüzü biliyorum, ve sizi suçlamıyorum, ama geçen geceye kadar Ramon için bazı şeylerin parasını ödememin neden özellikle bu köyde bu kadar aşağılayıcı olduğunu hiç anlamamıştım. Dün, Ramon ne yaptığımı fark etti,ve çok öfkelendi. Ben - ben hayatımda hiç kimseyi bu kadar öfkeli görmemiştim." Sesi boğuluyormuş gibi fısıltıya dönüştü. "Beni eve geri gönderiyor."

Belki merhamet veya acıma işareti görebilirim diye pederin sert yüzünü inceledi, ama rahip ona kısık, delici gözlerle bakıyordu. "Ben--ben gitmek istemiyorum," dedi boğulurcasına. Elini çaresiz, yalvaran bir ifadeyle havaya kaldırdı, ve Katie'yi dehşete düşürerek yaşlar gözlerini doldurdu ve yanaklarından akmaya başladı. Pedere bakmaya bile utanarak, Katie başarısızca yüzünden akan yaşları silmeye çalıştı. "Onunla kalmak istiyorum," diye yoğun duygusallıkla ekledi.

Pederin sesi şefkatli fısıldama halini aldı. "Neden, Katherine!"

Katie'nin kafası şaşkınlıkla döndü. Peder ona daha önce ‚Katherine' diye hitap etmemişti, ve şimdi sesindeki inanılmaz şefkatle ona böyle seslenmesine hayret ediyordu. Yaşlarının arasından ona baktı. Rahip önce yüzünde hafifçe beliren sonra da tüm yüzünü aydınlatan bir gülümsemeyle ona doğru yürüyordu.

Önünde durdu ve şefkatle cesaretlendirdi, "Neden olduğunu anlat bana, Katherine."

Gülümsemesindeki sıcaklık ve onaylama Katie'nin kalbindeki buz kesmiş umutsuzluğu eritmeye başladı. Katie çocuksu bir dürüstlükle "Kalmak istiyorum, çünkü Ramon'la evlenmek istiyorum-daha fazla evlilikten kaçmak istemiyorum," diye itiraf etti. Konuşmaya devam ettikçe sesi güç kazandı. "Onu mutlu edeceğime söz veriyorum. Bunu yapabileceğimi biliyorum.Ve o - o da beni mutlu ediyor."

Peder Gregorio'nun gülümsemesi daha da yayıldı, ve Katie'yi neşelendirerek ve rahatlatarak ona pazartesi günü sormaya çalıştığı soruları tekrar sormaya başladı. "Ramon'un ihtiyaçlarını kendininkilerden önce tutacak mısın?"

"Evet," diye fısıldadı Katie.

"Hayatındaki diğer önceliklerin başında başarıyla tutarak kendini bu evliliğe tamamen adayacak mısın?"

Katie onaylarcasına başını salladı.

"Ramon'u onurlandırıp onun isteklerine saygı duyacak mısın?"

Katie enerjiyle başını salladı ve ekledi, "Gördüğünüz en mükemmel eş olacağım."

Peder Gregorio'nun dudakları kıpırdandı. "Ona itaat edecek misin, Katie?"

Katie ona suçlarcasına baktı. "Benden buna söz vermemi istemeyeceğinizi söylemiştiniz."

"Eğer sorsaydım?"

Katie kısaca tüm hayatının inançlarını gelecek hayatına karşı tarttı. Peder Gregorio'nun gözlerinin içine baktı ve şunu dedi, "Söz verirdim."

Pederin gözleri kahkahayla parladı. "Aslında bunu sadece merakımdan sordum," dedi.

Katie rahatlayarak derin nefes aldı. "Güzel, çünkü ben de asla bu sözümü tutamazdım, " dedi. Sonra yalvarırcasına ekledi, "Şimdi bizi evlendirecek misiniz?"

"Hayır."

Bunu o kadar kibar söylemişti ki Katie bir an için onu yanlış anladığını düşündü. "Hayır mı?" diye tekrarladı. "Neden--neden hayır?"

"Çünkü duymak istediğim bir şeyi henüz söylemedin."

Katie kalbinin rahatsız edici gürültüyle omurgasına çarptığını hissetti, ve renk yüzünden çekildi. Bu kelimeleri çığlıklar içinde söylediği zamanı unutmaya çalışıp kendini şu anda onları tekrar etmeye zorladı. "Ben-" Sesi çatladı. "Ben yapamam. Yapamam. İstiyorum ama ben..."

"Katherine!" Peder Gregorio hayrete düşmüş bir panikle konuştu. "Otur buraya," dedi hızla, Katie'yi güzel yüzü endişeli halde yanına oturturken. "Onu sevdiğini söylemek zorunda değilsin, Katie," diye aceleyle güvence verdi. "Onu sevdiğini görebiliyorum. Ama en azından bunu kabul etmeyi niye bu kadar acı verici bulduğunu ve söyleyemediğini bana anlatabilirsin."

Beyaz bir yüzle Katie başını çevirdi ve çaresiz bir dehşetle pedere baktı ve irkildi. Fısıltıyla konuştu: "Bunu son söylediğim zamanı hatırlıyorum."

"Çocuğum, her ne olmuş olursa olsun, bunu bu şekilde içinde taşıyamazsın. Ne olduğunu hiç kimseye söyledin mi?"

"Hayır," dedi Katie kısık sesle. "Hiç kimseye. Babam David'i – kocamı - öldürmeye çalışırdı. Ailem Avrupa'dan döndüğünde morluklar iyileşmişti, ve Anne, hizmetçileri, eve döndüğüm gece nasıl göründüğümü söylemeyeceğine söz vermişti."

"Ne olduğunu bana anlatmayı dener misin?" diye şefkatle sordu rahip.

Katie kucağında gevşek halde duran ellerine baktı. Bunu konuşmak David'i aklından, hayatından çıkaracaksa konuşmaya hazırdı. Başta duraksayarak konuştu, sonra korku boğulmuş, öfkeli söz dizileriyle ağzından dökülmeye başladı.

Konuşmayı bitirdiğinde, Katie duygusal anlamda her şeyden - hatta, şaşkınlıkla farkına vardı ki - acıdan bile kurtulduğunu ve yorulduğunu görerek oturduğu yerde arkasına yaslandı. Yüksek sesle David hakkında konuştuğunu duymak Ramon'la David arasında herhangi bir benzerlik olmadığını fark etmesini sağlamıştı – hem de hiçbir benzerlik yoktu. Ramon onu sevip korumayı isterken, David bencil, egoist, sadist bir canavardı. Ve hatta Ramon'u aşağılayıp onu kızdırmasına, meydan okumasına rağmen nişanlısı ona fiziksel olarak zor kullanmamıştı. Geçmişte olan oraya aitti, orada kalmalıydı.

Katie Peder Gregorio'ya baktı ve onun tüm yükünü omuzlarından aldığını fark etti. Rahip de kesinlikle harap olmuştu. Katie onu neşelendirmeye çalışarak yumuşak bir sesle, "Daha iyiyim," dedi. Peder Gregorio Katie hikayesini anlatmaya başladığından beri ilk kez konuştu. "O gece sana ne olduğundan Ramon haberdar mı?"

"Hayır. Bunu anlatamam.Ve her ne olursa olsun, bunun beni artık üzdüğünü düşünmüyorum. David'i neredeyse hiç düşünmüyorum."

"Seni üzüyor," diye Peder Gregorio karşı çıktı. "Ve farkında olsan da olmasan da onu düşünüyorsun. Yoksa onun söylediği kişi olmadığı şüphesiyle Ramon'la zorlanmadan yüzleşirdin. Onunla yüzleşmedin çünkü kalbinde öğrenebileceğin şeyden korkuyordun. Korkunç deneyimin yüzünden, kendiliğinden Ramon'da her ne sır varsa bunun tıpkı diğer adamdaki sırlar gibi korkutucu olduğunu düşündün."

Katie bir kaç dakika boyunca oldukça düşünceliydi, sonra bu endişeli düşünceyi kenara atmış görünüyordu. "Evlilik gecenizden önce bunu Ramon'a anlatman en iyisi sanırım. Anıların yüzünden her zaman böyle bir ihtimal olacak. Karı-koca arasında tekrar bir saygısızlıkla karşılaştığında anlaşılabilir bir tiksintiyle karşılık vereceksin. Ramon buna hazırlıklı olmalı."

Katie gülümsedi ve kendinden emin halde kafasını salladı. "Ramon'a karşı asla tiksinti hissetmeyeceğim, bu yüzden endişelenmeye gerek yok."

"Haklı olabilirsin." Beklenmedik bir anda, Peder Gregorio'nun ifadesi rahatsız edici, düşünceli kaş çatma halini alarak gölgelendi. "Evlilik sorunlarına nefretle karşılık versen bile, eminim ki Ramon'un bu sorunları çözebilecek kadar kadınlarla deneyimi vardır."

Katie Peder Gregorio'nun somurtkan ifadesine gülerek güvence verdi.

"Olduğundan kesinlikle eminim."

Yaşlı rahibin kısık bakışı Katie'nin gülen yüzünü inceledi. Katie, "*O kadar da* emin değilim," diye düzeltti.

Peder onaylayarak başını salladı. "Onu bekletmen iyi."

Katie'nin utançla yüzünün pembeleştiğini hissetti. Peder Gregorio da bunu gördü. Fırça gibi beyaz kaşları kalktı ve altın çerçeveli gözlüğünün üzerinden ona baktı. "Veya Ramon'un seni bekletmesi," diye kurnazca düzeltti.

Bir kaç turist içeri girerken, omuzlarının üzerinden baktılar. "Gel, bu tartışmayı dışarıda daha iyi sonlandırabiliriz," dedi peder. Merdivenlerden indiler ve kiliseyi çevreleyen alanda durdular. Rahip, "Şimdi ne yapacaksın?" diye sordu.

Katie dudağını ısırdı ve mağazaya doğru baktı." Sanıyorum," diye açıkça belli olan bir isteksizlikle konuştu, "Oradan aldıklarımı geri verebilirim ve herkesin önünde Ramon'un-..." boğulurcasına duraksadı, "onları evde tutmama *izin vermediğini* söyleyebilirim."

Peder Gregorio kafasını geriye attı ve alan kahkahasıyla yankılandı. Sokağın karşısında duran köylüler mağazadan poşetleriyle çıkarken onlara baktılar. "İzin vermek ve itaat etmek...işte bu en cesaret veren şey." Kıkırdadı. Sonra onun önerisine kafasını salladı. "Ramon'un bunu yapmanı isteyeceğini sanmıyorum. Gururunu senin paranla geri almak istemeyecektir. Yine de, bunu teklif edebilirsin. Bu gerçekten pişman olduğun konusunda onu ikna etmeye yardımcı olacaktır."

Katie ona neşeli bir şekilde gülerek, "Hala uysallık, yumuşak başlılık ve otoriteye saygı niteliklerimin eksik olduğunu düşünüyor musunuz?" dedi.

"İçten içe öyle umuyorum," dedi, ışıl ışıl yüzüne bakarak. "Ramon'un beni cesurca bilgilendirdiği gibi, bir av köpeğiyle evlenmeye niyeti yok."

Katie'nin gülümsemesi soldu. "Şu anda benimle de evlenme niyetinde değil."

"Onunla konuşmaya gittiğinde benim de yanında bulunmamı ister misin?"

Bir an düşündükten sonra Katie başını salladı. "Kiliseye geldiğimde sormak istediğim tam da buydu. Dün öfkesinden çok korktum, ve David'in yanında bir aziz gibi gözükeceğini söyleyerek tehditte bulundu."

"Ramon sana el kaldırdı mı?"

"Hayır."

Peder Gregorio'nun dudakları yukarı doğru kıvrıldı. "Dünkü öfkeyle sana vurmadıysa, eminim ki asla vurmayacaktır."

"Her zaman öyle umuyordum," diye kabul etti Katie. "Muhtemelen dün ve bugün Ramon'dan korkmama neden olan şey David'di."

Peder Gregorio ellerini arkasında kenetleyerek, dağlara, gökyüzüne, köye, köylülere onaylayan şekilde gülümsedi. "Hayat ancak izin verdiğin kadar güzel olabilir, Katherine. Ama pazarlık etmelisin. Bir şey verir ve alırsın, sonra tekrar kendinden bir şey verirsin ve başka bir şey alırsın. İnsanlar bir şey vermeden almaya çalıştıkları zaman hayat kötü gider. O zaman elleri boş dönerler, ve her defasında daha çok hayal kırıklığına uğrarlar ve yüzsüz olurlar." Peder sırıttı. "Ramon'un sana herhangi bir şekilde fiziksel şiddet uygulamasından korkmadığına göre sanırım benim senle gelmeme gerek duymuyorsun?"

"Aslında gerek duyuyorum," dedi Katie kendisinin her hareketini takip eden,kollarını göğsünde kavuşturarak arabanın yanında bekleyen Garcia'ya dikkatle bakarken. "Sanırım, Ramon Garcia'dan beni bu adadan çıkarmasını istedi, ve eğer uçağı kaçırırsam bu adam beni gemiye, kutuya veya bir şişenin içine koyup gönderir, yani Ramon ona ne dediyse mutlaka emri yerine getirecektir. Beni Gabriella'nın evine geri götürmesini ve ayrıca ona Ramon'u şaşırtmak istediğimi, bu yüzden de ona bir şey söylememesini söyleyebilir misiniz?"

"Sanırım bunu halledebilirim," dedi, elini Katie'nin dirseğinin altına koyup onu arabaya giderken eşlik ederken. "Benim gibi 'kendini önemli gören, her şeye hakkı olduğunu düşünen' bir adam herhangi bir şoförü korkutabilir."

"Söylediklerim için çok özür dilerim," dedi Katie pişmanlıkla.

Peder Gregorio'nun mavi gözleri güldü. "Kırk yıl boyunca bu cübbeyi giyen biri oldukça çekici olmayan nitelikler kazanabiliyor. Bana o sözleri söylediğinizden beri, haklı olup olmadığınızı anlamak için ciddi birtakım ruh değerlendirmesi yapmaya çalıştım."

"Sizi biraz önce rahatsız ettiğimde yapmakta olduğunuz şey bu muydu?"

Rahibin yüzü gölgelendi. "Çok üzgün olduğum bir andı, Katherine. Ramon'un arabasıyla kiliseyi geçtiğini gördüm, gittiğini biliyordum. Bu noktaya gelmeden önce kalbindekini anlayabileceğini ummuştum ve bunun için dua etmiştim. Yaptığın ve söylediğin her şeye rağmen, onu sevdiğini hissetmiştim. Şimdi bakalım sadık Garcia'yı Ramon'un emirlerine karşı gelmesinin daha iyi olduğu konusunda ikna edebilecek miyim?"

Rolls Gabriella'nın evine yaklaştığında, Katie Garcia'nın kendisini kulübeye götürmesi yönünde onla tartışıyordu. Sorun şuydu ki, Ramon günlerce kulübeye gelmeyebilirdi ve Katie onu nasıl bulacağını bilmiyordu. Gabriella ona ancak Eduardo öğrenmediği sürece yardım edecekti.

Kapıya vurmak için elini kaldırdı, ama kapı açıktı. Gabriella yerine karşısında yüzü tehditkâr ve yasaklayıcı bir ifadeyle Eduardo duruyordu. "Sen gitmiyor muydun?"

"Hayır, ben..." Katie yalvararak konuşmaya başladı, ama cümlesinin geri kalanı Eduardo'nun kendisine sımsıkı sarılmasıyla kesildi.

"Gabriella senin hakkında yanıldığımı söyledi," diye kabaca fısıldadı. Elini omuzlarına dolayarak, Gabriella'nın neşeli karşılamasıyla yüzleşmesi için Katie'yi oturma odasına çekti. "Bana cesaretin olduğunu söyledi," dedi aniden. "Ramon'la yüzleşmen için cesarete fazlasıyla ihtiyacın olacak... İki kez suçlandığı için iki kat kızgın olacak."

"Bu gece nereye gideceğini düşünüyorsunuz?" diye cesaretle sordu Katie.

Ramon ağırlığını öteki ayağına vererek çalışma masasının üzerine kalçasının ucuyla oturdu. Ofisinin diğer ucunda konforlu döşeli kanepede oturmakta olan belgelemek için hazırladıkları iflas kağıtlarını tartışan Miguel ve diğer dört görevliyi dinlerken, ifadesinde duygudan eser yoktu.

Mavi gökyüzünde havalanan uçağı izlerken, Ramon'un bakışı San Juan ofisinin yüksek pencerelerine takıldı. Zamana baktığında, bunun Katie'nin uçağı olduğunu anladı. Ufukta gümüş bir nokta olana kadar gözleri uçağı takip etti.

"Senin açından bakıldığında, Ramon," Miguel sesini yükseltti, "iflası belgelemeye gerek yok. Ödenmemiş borçlarını kapatabilirsin. Senin anlaşma için verdiğin borç karşılığında sana borç veren bankalar ada, ev, uçak, yat, sanat koleksiyonu vb. şeyleri elinden alacaklar, ve bunları diğerlerine satarak paralarını kurtarmış olacaklar. Diğer kişisel borçların için sahip oldukların Chiago ve St.Louis'te inşa ettiğin iki ofis binası."

Miguel önündeki geniş kahve masasına uzandı ve yığınların içinden bir kağıt tomarı çıkardı. "İnşaatının bir kısmı için sana borç para veren bankalar binaları diğer yatırımcılara satmaya hazırlanıyor. Doğal olarak, diğer yatırımcılar binaları bitirip sattığında, kâr sağlayacaklar. Ne yazık ki, her bina için kullandığın yirmi milyon dolarını da ellerinde tutabilecekler."

Ramon'a özür dileyerek baktı. "Muhtemelen bundan haberin vardı?"

Ramon duygusuzca onaylayarak başını salladı.

Arkasında, çalışma masasındaki telefon çaldı ve Elise'in telaşlı sesi telefonda yankılandı. "Mr.Sidney Green sizi tekrar St.Louis'ten arıyor. Sizinle konuşmak için çok ısrarcı, Senyor Galverra. Bana küfrediyor," diye terslenerek ekledi. "Ve bağırıyor."

"Sakinleşince ona benim başka bir zaman aramasını söylediğimi söyle ve aramayı sonlandır," diye ters bir şekilde cevapladı Ramon.

Miguel gülümsedi. "Bu aralar boyalarının kusurlu olduğu dedikoduları yayılırken bu dedikodulardan olumsuz yönde etkilendiğine şüphe yok. Borsa dergilerinin ve Amerikan gazetelerinin eklerinde onun işlerinden bahsediliyor."

Denetçilerden biri Miguel'in saflığına gülümsedi. "Hisseleri açısından daha üzgün olduğunu tahmin edebiliyorum. Green Boya ve Sanayi iki hafta önce bir hissesini yirmi beş dolara satıyordu, bu sabah bu miktar on üçe düştü. Korkulacak bir durum gibi görünüyor."

Miguel kanepeye yaslandı ve kollarını kendinden memnun ifadeyle birleştirdi. "Acaba yanlış giden ne?" Sonra Ramon'ın keskin bir şekilde kaşlarını çatmasıyla hemen yerinde doğruldu.

"St. Louis'teki Sidney Green'den mi bahsediyorsun?" Kanepenin sağ sonunda bulunan zayıf, gözlüklü denetçi bakışlarını ilk kez önünde duran kağıtlardan kaldırdı. "Senin St. Louis'te inşa ettiğin ofis binasını elde etmeyi planlayan grubun başındaki adamın adı bu, Ramon. Satın alıp tamamlamak için bankaya yeni bir teklifte bulundu."

"Pis akbaba!" Miguel sinirlendi, ve bunu tamamlayan başka kötü sözler söylemeye başladı.

Ramon onu duymadı. Katie'yi kaybetmesi üzerine hissettiği tüm acı ve öfke şimdi hedefini, Sidney Green'i vurmak için tıpkı öfkeden patlamak üzere olan volkan gibi içinde patlıyordu. "Aynı bankanın yöneticilerinin arasındaydı ve benim inşaatı bitirebilmem için istediğim borç uzatma süresini reddetti," diye kısık, tehditkâr bir sesle konuştu.

Arkasında masanın üzerinde telefon çaldı. Denetçiler kâğıtlarını toplayıp, ayrılmaya hazırlanırken Ramon hemen telefonu açtı. "Senyor Galverra," dedi Elise. "Bay Green hatta. Şimdi daha sakin olduğunu söylüyor."

"Hemen bağla," dedi Ramon, sakin bir sesle.

Green'in sesi sistem hoparlöründe patladı. "Adi!" diye bağırdı. Ramon denetçilerin dışarı çıkması için kafasını salladı, ve onu konuşmaya teşvik eden Miguel'e baktı. "Seni adi herif, orada mısın?" diye bağırdı Green.

Ramon'ın sesi sakin, kontrollü ve oldukça tehlikeliydi.

"Şimdi benim haklılığım konusunda konuştuğuna göre, asıl iş mevzusuna geçelim mi?"

"Seninle işim olmaz, sen ..."

"Bak," Ramon ipek gibi bir sesle konuştu, "Beni rahatsız ediyorsun, ve ben böyle rahatsız edildiğimde hiç makul olmam. Bana on iki milyon dolar borçlusun."

"Üç milyon dolar borçluyum," diye gürledi Green.

"Faiziyle birlikte on iki milyon dolar. Dokuz yıldır parama faiz ekliyorsun; geri istiyorum."

"Cehenneme git!" dedi sinirle.

"Zaten ordayım," Ramon sesi ifadesizce yanıtladı. "Ve seni de yanımda istiyorum. Bugünden itibaren, paranın ödenmeyen kısmı için her gün paraya bir milyon dolar daha eklenecek."

"Bunu yapamazsın, bu kadarını yapamazsın, seni kendini beğenmiş-"

"Görürsün," diye kısaca cevap verdi Ramon, sonra telefonu kapattı.

Miguel hevesle arkasına yaslandı."Bu kadarına gücün var mı, Ramon?"

"Hayır."

"Ama senin yapacağına inanıyor---"

"İnanıyorsa, aptalın tekidir. Aptalsa, her gün başka bir milyon doları 'kaybetmeyi' göze alamaz ve bu gece kapanmadan önce St.Louis'teki hesabıma parayı yatırmak için üç saat içinde tekrar arar."

Üç saat on beş dakika sonra, Miguel kravatı gevşemiş, ceketi açılmış halde sıkılarak sandalyesine oturdu. Ramon imzalamakta olduğu kağıtlardan kafasını kaldırıp baktı ve, "Biliyorum, öğle yemeği yemedim. Şimdi akşam yemeği zamanı. Ara ve lokantadan gönderilebilecek bir şeyler sipariş et. Geç saate kadar çalışırsak, bir şeyler yemen gerekecek," dedi.

Miguel eliyle telefonunun ahizesini kapattı. "Sen bir şeyler istemiyor musun, Ramon?"

Soru aklına Katie'yi getirdi ve Ramon içindeki acıya karşın gözlerini kapadı."Hayır."

Miguel restoranı aradı ve sandviç sipariş etti. Telefonu kapattığında, telefon tekrar çaldı.

"Elise eve gitti," dedi Ramon, telefonu kendisi açarak. Bir anlığına sessizce dinledi, sonra uzandı ve hoparlör tuşuna bastı.

Sidney Green'in boğuk sesi şık ofisi doldurdu."...hangi banka olduğunu bilmek istiyorum."

"Banka yok," dedi Ramon kısaca."Parayı St. Louis'teki avukatlarıma ver." Firmanın adını ve adresini verdi, sonra ekledi, "Para ellerine geçtiğinde onların beni bu numaradan aramasını söyle."

Otuz dakika sonra, Ramon'ın avukatı aradı. Ramon telefonu yerine koyduğunda gözleri heyecandan parlayan Miguel'e baktı. "Orada nasıl bu kadar sakince oturabiliyorsun, Ramon? Biraz önce yirmi milyon dolar kazandın."

Ramon'un gülüşü alaylıydı. "Aslında, kırk milyonum oldu. On iki milyonu Green Boya ve Sanayi'deki hisseleri satın almak için kullanacağım. İki hafta içinde bunu yirmi milyon dolara satabileceğim ve böylece bu parayla da St.Louis'teki binayı tamamlayabileceğim. Binayı altı ay içinde sattığımda, en başta yatırdığım yirmi milyona ilaveten bu yirmi milyon doları geri alacağım."

"Binadan sağladığın kâra ek olarak mı?"

"Ona ek olarak." Ramon duygusuzca onayladı.

Miguel istekle ceketini giyiyordu. "Hadi dışarı çıkıp bunu kutlayalım," ded kravatını sıkarkeni.

"Buna bekarlığa veda ve başarı partisi karışımı bir şey diyelim."

Ramon'ın gözleri anlaşılmazdı. "Bekarlığa veda partisine gerek yok. Pazar günü evlenmeyeceğimi söylemeyi unuttum. Katie... kararını değiştirdi." Ramon arkadaşının yüzünde gördüğü şaşkın pişmanlık ifadesinden itinayla kaçınarak sağındaki geniş dosya çekmecesini açtı. "Sen dışarı çık ve benim yerime de 'başarımı' kutla. Bu binayla ilgili olan dosyayı incelemek istiyorum."

Kısa süre sonra, Ramon masasının önünde beyaz iki paket tutan çocuğa baktı."Biri telefon etmiş ve sandviç sipariş etmiş, efendim," diye şık ofise şaşkınlıkla bakarken açıkladı.

"Şuraya bırak." Ramon odanın karşısındaki kahve masasını işaret etti ve dalgınlıkla ceketinin iç cebine baktı. Cüzdanını çıkardı ve çocuğa bahşiş olarak vermek için bir dolar aradı.

Elindeki en küçük para beş dolardı - Katie'nin beş doları. Parayı hiçbir zaman vermeyi düşünmemiş, ve yanında taşıdığı diğer paradan ayırt etmek için; mavi gözlü, kızıl saçlı bir melekten hatıra kalan parayı iki kere yarıya katlamıştı.

Ramon Katie'nin parasını cüzdanından çıkarırken yüzlerce parçaya ayrılıyormuş gibi hissetti. Parmaklarını sıkıca ona sardı, ve sonra kendini parayı bırakmaya zorladı. İşte şimdi Katie'nin de gitmesine izin vermişti. Elini açtı ve kırışmış parayı çocuğa verdi.

Çocuk gittiğinde, Ramon cüzdanına baktı. Katie'nin parası gitmişti. Katie gitmişti. Artık yine eskisi gibi zengin bir adamdı. Öfke içini kapladı,ve eli bir şeyi ezmek istiyormuş gibi yumruk halini aldı.

20. Bölüm

Eduardo elini dağınık siyah saçında gezdirdi ve Katie'nin artmakta olan gerginliğini gösteren solgun yüzüne baktı. "Güvenlik görevlisi üç saat önce, saat dokuzda binadan ayrıldığını söyledi. Garcia onu Rolls'la götürmüş, ama ne Garcia ne de Ramon Mayagüez'deki çiftliğe dönmüşler, ne de Ramon Eski San Juan'daki evdeymiş."

Katie huzursuzca dudağını ısırdı."Garcia'nın benim gitmediğimi söylemiş olabileceğini ve Ramon'un da telefona cevap vermeyi reddettiğini düşünüyor musun?"

Eduardo'nun ifadesi alaycı bir küçümsemeyle doluydu."Ramon senin burada olduğunu bilse senden kaçmazdı- öfkeyle eve koşardı, güven bana."

"Eduardo," Gabriella çileden çıkarak iç çekti. "Katie'yi korkutuyorsun, ve zaten yeterince endişeli."

Eduardo ellerini ceplerine götürerek yürümeyi bıraktı ve Katie'ye bakmak için durdu."Katie, nerede olabileceğini bilmiyorum. Ne bu evlerden birinde ne de Rafael'in evinde kalıyor. Geceyi geçirebileceği başka bir yer düşünemiyorum."

Katie Ramon'ın yanında daima resmedilen güzel bir

kadının kollarında geceyi geçirme ihtimalini düşününce hissettiği acı veren kıskançlık duygusunu görmezden gelmeye çalıştı. "Kulübeye gideceğinden kesinlikle emindim," dedi. "Orada olmadığından emin misin?"

Eduardo empatiyle, "Sana söyledim, oraya gittim. On buçuktu, uyuması için çok erken bir saatti, ama içeride hiç ışık yoktu."

Katie ellerini kucağında birleştirip utanarak kafasını eğdi. "Tam tersi olsaydı, ben oraya giderdim- kendimi ona en yakın hissedebileceğim yere."

"Katie," Gabriella sempatik bir kararlılıkla konuştu."Nerede olduğunu düşündüğünü biliyorum, ama yanlış düşünüyorsun. Bu geceyi başka bir kadınla geçirmez."

Katie Eduardo'nun karısına şüpheyle bakışını izlemekle çok meşguldü. "Kulübeye gittiğinde kapıya vurdun, değil mi?" dedi.

Eduardo başını hayır anlamında salladı. "Karanlık,boş bir evin kapısını neden çalayım? Ayrıca, Ramon yolda gelmekte olan arabanın farlarını görürdü. Kimin olduğunu görmek için dışarı çıkardı."

Katie'nin düzgün kaşları çatıldı. "Bence kapıyı çalmalıydın." Hiçbir şeyi düşünmeyerek huzursuzca ayağa kalktı, ve konuştu, "Sanırım kulübeye gideceğim."

"Katie, orada değil, ama gitmekte ısrar edersen, seninle geleceğim."

"Ben tek başıma giderim," diye güvence verdi Katie.

"Ramon'la tek başına yüzleşmeni istemiyorum." Eduardo ısrar etti, "Dün ne kadar öfkeli olduğunu gördüm, yanındaydım, ve-"

"Ben de yanındaydım," diye kibarca hatırlattı Katie. "Ve iyi olacağımdan eminim. Dün olduğundan daha kızgın olamaz."

Eduardo elini cebine götürdü ve anahtarları çıkarıp ona verdi. "Şu an orada olduğundan bir an için bile emin olsaydım, seninle gelirdim, ama orada değil. Onunla konuşmak için yarına kadar beklemen gerecek."

Katie çaresizce, "Ailem yarın geliyor," dedi. Duvarda sinir eden bir sesle ilerleyen saate baktı. "Gece yarısını geçti - bugün cumartesi sabahı. "Pazar günü evleniyorum - yani yarın."

Eduardo'nun Ramon'un yolda gelen arabanın farlarını görmesiyle ilgili dediği şeyi hatırlayarak Katie son yüz metreyi farlar olmadan gitti. Eğer Ramon oradaysa, bunun kendi açısından en iyi sürpriz faktörü olacağını düşündü. Özellikle kapı eşiğinde öfkeli bir Ramon'la karşılaşma fikrini kabullenmek istemiyordu.

İlerde ağaçların arasından loş bir ışık görünüyordu ve arabayı durdurunca Katie'nin kalbi neşeyle daha hızlı atmaya başladı. Her adımda dizleri daha çok titreyerek ay ışığıyla aydınlanmış tuğla yolu yürüdü. Yatak odasının lambası açıktı!

Kilitli olmamasını dileyerek kapı koluna uzandı, çünkü anahtarı yoktu. Kapı kolayca açılınca rahatlıkla nefes aldı. Dikkatle kapıyı arkasından kapattı, sonra içeriyi dolaştı.

Oturma odası karanlıktı, ama yatak odasının açık kapısından içeri yayılan loş ışık vardı.

Yüzleşme anı. Omuzlarındaki hırkayı çıkardı ve yere attı. Saatler önce Ramon'ın direncini kırmak ve onu etkilemek için bilerek seçtiği üstüne yapışan tarçın rengi elbiseyi titreyen elleriyle düzeltti. Elbise kolsuzdu, önden derin göğüs dekoltesine bakmaya davet ediyor nerdeyse sırtı tamamen açıkta bırakıyordu. Elleriyle uzun saçlarını taradı, sonra yavaşça yürümeye başladı.

Yatak odasının kapısında, Katie çıldırma noktasına gelen sinirlerini yatıştırmaya çalıştı - Ramon elleri başının arkasında birleşmiş tavana bakar halde yatakta uzanıyordu. Beyaz gömleği neredeyse beline kadar açıktı ve ayakkabılarını çıkarmaya gerek duymamıştı. Yüzü o kadar acı dolu ve üzgündü ki Katie'nin göğsü pişmanlıkla doldu. Uzun bedeninin her çizgisinde kıvrılan güce, karanlık, katı, güzel yüzüne baktı, ve nabzının heyecan ve ürpertiyle hızlandığını hissetti. Uzanırken bile, Ramon karşı konulmaz bir rakip gibi görünüyordu.

Görüntüsünün tavanda oluşturduğu gölgeye bakarak odaya bir adım attı.

Ramon'un başı ona döndü, ve Katie donakaldı.

Ramon sanki onu görmüyormuş gibi katı, karanlık gözleriyle delercesine ona baktı.

Katie anlamsızca fısıldadı "Gitmedim."

Sesini duyunca Ramon doğruldu ve hızlı bir hamleyle yataktan fırladı.

Sert yüz hatları anlaşılmaz bir maskeydi, ve Katie kendisini fırlatacak gibi göründüğü için gerginleşti. "Ben - ben gitmedim," diye kekeledi. Ramon ileri doğru bir adım attı ve Katie de bir adım geri çekildi. "Peder Gregorio bizi evlendireceğini söyledi," dedi aniden.

"Ah, bu doğru mu?" dedi Ramon kısık sesle.

Ramon ona doğru gelmeye, Katie de geri çekilmeye başladı. Onu yatak odasından oturma odasına çekerken Katie "Satın aldığım her şeyi geri ver-vereceğim," dedi.

"Öyle mi?" Ramon hafifçe nefes aldı.

Kanepeye çekilip etrafında dolanırken Katie neşeyle kafasını salladı. "Ben - ben Rafael'in gazete kupürleriyle dolu albümünü gördüm," diye soluğu kesilerek açıkladı. "Aslında kim olduğunu bana söyleseydin, hiçbir şey için ödeme yapmamı istememenin nedenini anlardım. Sana itaa--" Kelimeye gelince boğulduğunu hissetti."-itaat ederdim."

Ramon, "Görüyorum ki yeni bir kelime öğrenmişsin," diye dalga geçti.

Katie lambanın bulunduğu masaya fırladı ve etrafında döndü. "Tüm evi çiçeklerle, heyecan ve çocuklarla dolduracağım," diye çaresizce söz verdi. Bacaklarının arkası daha fazla geri çekilmesini engelleyerek sandalyeye çarptı ve Katie'nin boğazı kontrol edilemez bir panikle düğümlendi. "Beni dinlemek zorundasın! Senle evlenmekten korktum çünkü benden bir şey sakladığını biliyordum, ama ne olduğunu bilmiyordum, ve David-"

Ramon mesafeyi kapadı ve Katie onu uzaklaştırmak için elini önüne koydu. "Lütfen beni dinle," diye haykırdı. "Seni seviyorum!"

Ramon Katie'nin kafasını koparmaya yetecek bir güçle onu omuzlarından tutup kendine çekti. Katie ilk kez onun buğulu gözlerindeki ifadeyi görebilecek kadar yakındı, ve gördüğü öfke değildi. Aşktı - o kadar yoğun bir aşktı ki huzurunda kendini küçük hissediyordu.

Ramon tuhaf, boğuk bir sesle, "Beni seviyorsun," diye tekrarladı. "Ve beni sevdiğini söyleyince, her şeyi unutacağımı ve seni affedeceğimi düşündün, öyle mi?"

"Evet," diye fısıldadı Katie. "Affedebileceğini düşündüm. Sa - sadece bu seferlik."

"Sadece bu seferlik." Ramon şefkatli bir şaşkınlıkla mırıldandı, ve yavaşça saçını okşamak için kolunu yanağına götürdüğünde eli titredi. Parmaklarını saçına gömdüğünde yarı inleme, yarı kahkaha olan bir ses çıkardı. "Sadece bu seferlik mi?" diye sanki bu duyduğu en harika ifadeymiş gibi tekrarladı ve diğer koluyla onu kendine çekip ağzıyla içten bir öpücükle Katie'nin dudaklarını kavradı.

Kalbinde alev gibi yanan neşe ve rahatlamayla, Katie ellerini onun sert göğsünde ve boynunda dolaştırdı, ve dilini ağzına sokmasına izin verdi. Kendini onun sertliğine bastırdı ve Ramon elleriyle omuzlarını ve sırtını okşayıp, sonra daha aşağıya inip kalçalarını kendine daha sıkı çekince zevkle titredi.

Ramon dudaklarını onunkilerden çekti ve sonu gelmeyen öpücüklerini şakaklarında, alnında, gözlerinde ve yanaklarında gezdirdi. "Tekrar söyle," diye kısık sesle emretti.

"Seni seviyorum," dedi Katie, sesi duyguyla doluydu, "Ve sana ihtiyacım var...ve seni istiyorum...ve ben..."

Ramon ağzını, onu susturarak ve elleri, ağzı ve bedeninin şiddetli isteklerinin dışında hiçbir şeyin var olmadığı bir dünyaya getirerek dudaklarına bastırdı. Katie bedeninin şiddetli, vahşi arzusunun etkileriyle sarsılarak inlemeye başlayıp kendini ondan çekene kadar onu tekrar takrar öptü.

Dudaklarını onunkilerden çekti ve muhteşem, ateşli gözlerine baktı. "Yatağa gel, *querida*," diye ihtirasla mırıldandı.

Katie pürüzsüz ellerini Ramon'un açık gömleğinin içinde gezdirdi, ama Ramon'un hayalkırıklığına uğratarak, kollarındaki güzel kadın yumuşak bir sesle, "Hayır," dedi.

Ramon bedeninin her tarafını öpmek için kafasını eğip, "Evet," diye fısıldadı, ama bu sefer Katie kafasını salladı.

"Hayır," diye tekrarladı. Arzulu bir pişmanlıkla gülümseyerek açıkladı. "Eduardo seninle tek başıma yüzleşmemi istemedi. Buraya gelmeme izin vermesinin tek sebebi senin burada olmadığından emin olmasıydı. Hemen gelmedim, bu yüzden buraya doğru yürümeye başlamıştır - beni öfkenden korumak için." Ramon'un kaşları rahatsızlıkla birleşti, ve Katie gülümsemeyle yüzü aydınlanarak parmaklarını kalbinde gezdirdi.

"Ve beklemek istememin başka iki nedeni daha var. Birincisi, konuşmamız gerek. Benden dürüstlük istedin, ısrar ettin, ve sonra bile bile beni aldattın. Bunu neden yaptığını bilmek istiyorum."

Ramon'un kolları isteksizce hafifçe açıldı. "Diğer neden nedir?" diye nezâketle sordu.

Katie kederli halde bakışlarını ondan başka yöne çevirdi. "Yarın evleneceğimiz gün. Bunu yeterince bekledik ve tabii Peder Gregorio-"

Ramon kahkahalara boğuldu ve onu kollarına aldı. "Biz gençken, Eduardo, Miguel ve ben yanlış bir şey yaptığımızda Peder Gregorio'nun gözlerimizin içine bakıp ne olduğunu anlayacağına inanırdık." Katie'yi kanepeye taşıdı ve kolunu beline sarmaya devam ederek kucağından indirdi.

"Bu seni herhangi yanlış bir şey yapmanı engelledi mi?" diye takıldı Katie.

"Hayır," Ramon sırıtarak itiraf etti. "Ama yaptığımız şeyden keyif almamızı engellerdi."

Onun için döşediği oturma odasını aydınlatan loş ışıkta, Ramon Katie'yi neden kandırdığını anlattı, sonra yapabileceği en basit şekilde olayların geleceklerine dair umutlarını nasıl tamamen değiştirdiğini anlattı. Katie yüzü kahkahayla aydınlanarak, çabuk zekasıyla Ramon'un Sidney Green'e yaptığı baskıyı ve Green Boya ve Sanayi'ye getirdiği zararı hemen anlayarak anlatılanları dinledi. Ama konuşmayı bitirdiğinde, Katie'nin heyecanlı hali hafifçe soldu.

Ramon yavaşça, "Katie, ne oldu?" diye sordu.

Katie oturdukları sıcak odaya baktı. "Hiçbir şey, gerçekten. Sadece bu evi özleyeceğim; burada çok mutlu olabilirdim.

Ramon yüzünü onunkine çevirerek nişanlısının çenesini kaldırdı. "Diğer evleri daha çok seveceksin."

Katie kafası karışmış halde kaşlarını çattı. "Bankaların evleri ve adayı alacağını söylediğini sanıyordum."

"Bu hâlâ mümkün," dedi Ramon, "Ama pek ihtimal yok. Bankalar leş yiyiciler gibidir. Başarısızlık kokusunu aldıkları zaman, kalandan paylarını alabilmek için hemen başına üşüşürler. Ama 'başarısızlık' birdenbire iyileşme işaretleri gösterirse, geri çekilmek için oldukça hızlı davranırlar. Bekleyip izleyeceklerdir. Geçmişteki gibi başarılı olursam ne kadar daha fazla kazanabileceklerini düşüneceklerdir. St. Louis'teki avukatlarımın bildirdiğine göre Sidney Green St. Louis'ten New York'a kadar herkese benim onun hisselerini kötüye kullandığımı ve onu saf dışı bıraktığımı söylüyormuş. Bankalar bunu duyacak, ve muhtemelen benim gücümü küçük görüp görmediklerini merak edeceklerdir. Beni çevreleyip, sonra izlemeye devam edeceklerdir, ama sonra geri çekilmeye başlarlar. St. Louis'teki inşaata daha fazla parayla devam ettiğimde, Chicago Bankası kâr kokusunu alıp Chicago'daki inşaatı daha fazla miktarda parayla tamamlamam için bana borç verme konusunu yeniden düşünmeye karar verecektir.

"Görüyorsun," diye bitirdi, "Evlerin, hizmetçilerin ve-"

"-ve yapacak hiçbir şeyim olmayacak," diye yorgun bir gülümsemeyle tamamladı Katie. "Çünkü bir kadının yerinin evi olduğunu düşünüyorsun."

Ramon gözlerini kıstı. "Biraz önce burada çok mutlu olabileceğini söyledin. Daha lüks bir evde niye mutlu olamazsın?"

Tartışma için hazırlanan Katie kucağından kalktı ve pencereye doğru yürüdü. Perdeleri aralayıp ona açıklamanın bir yolunu bulmaya çalışarak karanlığa baktığında Ramon'ın bakışlarını arkasında hissedebiliyordu. "Burada yaşayarak mutlu olabileceğimi söyledim," dedi sessizce, "Ve olabilirdim - çünkü birlikte yeni bir hayat kurmak için çalışacaktık. Yararlı ve gerekli hissedecektim. Hâlâ yararlı ve gerekli hissedebilirim, ama buna izin vermeyeceksin," dedi.

Arkasında, Ramon'un kalkıp ona doğru geldiğini duydu ve sesi kararlılık kazandı. "Galverra Uluslararası'nı yeniden inşa etmeye başlayacaksın, ve benim halkla ilişkiler konusunda çok tecrübem var. Kira fiyatlarına, ücret profillerine, yönetim düzenlemelerine ve ödeme prosedürlerine alışığım - sana yardım edebilirim, ama bana izin vermezsin."

Ramon'un elleri omuzlarına dokundu, ama Katie devam ederken arkasını dönmeyi reddetti. "Ev dışında başka bir işle uğraşan kadınlar hakkında nasıl hissettiğini biliyorum – piknik yaptığımız gün bunu yeterince net göstermiştin. Bir kadın çalışmaya başladığında bunun kocasının ona sağladığı imkanların yeterli olmadığını gösterdiğini söylemiştin. Bunun onun gurunu inciteceğini ve- "

Ramon'un elleri omuzlarını sıktı. "Arkanı dön ve bana bak," diye nazikçe müdahale etti.

Kendisini öpücükle sakinleştirmeye çalışmasını bekleyen Katie arkasını döndü. Bunun yerine nişanlısı ona büyük ağırbaşlılıkla bakıyordu. "Katie, bir adam kalbinde gurur duyacağı ne kadar az şey olduğunu düşünürse gururu konusunda o kadar hassas davranır." Çenesini kaldırdı ve karamsarca gözlerine baktı. "Bir kadına 'yerinin' ne olduğunu söylemek, bir adamın bir kadını beklediğinden daha düşük bir yere yerleştirmeye çalışma şeklidir. Sana az şey verebileceğim için utanıyordum, ama burada sadece benim karım olarak yaşamanı sağlayarak seni mutlu ve memnun edeceğime inanıyordum. Seni bunun haklılığı konusunda ikna etmeye çalışıyordum, çünkü bu sunabileceğim tek şey, tek gelecekti. Şimdi ise benimle çalışmandan gurur duyarım, ve bu beni çok mutlu edecek."

Ramon birdenbire kafasını çevirdi, ve Katie bakışını takip etti. Küçük bir ışık demeti yavaşça kulübeye giden uzun tepeyi takip ediyordu. El feneriyle Eduardo 'onun yardımına' geliyordu.

Ramon'a baktı, ama Eduardo'nun gelişine rahatsız olmak yerine, düşünceli halde ona sırıtıyordu.

"Ne düşünüyorsun?" diye yavaşça sordu.

Ramon aşk dolu koyu gözleriyle ona baktı. "Sana düğün hediyesi olarak ne vereceğimi düşünüyorum."

Katie kollarını sıkıca boynuna doladı. Şefkatle, *Benim evlilik hediyem sensin*, diye düşündü. "Seçeneklerim neler?" diyerek güldü.

"Ya bir bebek ya da bir Ferrari," diye sırıtıp kollarını ona dolayarak yanıtladı Ramon."Bir keresinde bana bir Ferrari'nin hayatını 'mükemmel hale getireceğini' söylemiştin."

"Ferrari'den çok bir bebek isterim," diyerek kahkaha attı Katie. Ramon da güldü, ama ona her ikisini de vermeyi planlıyordu.

21. Bölüm

Ilık bir pazar sabahı, Katherine Elizabeth Connelly çekinerek gülümseyen köylüleri geçip hevesle ve gururla kaderiyle buluşmak için eski ispanyol kilisesinin koridorunda yavaşça yürüdü.

Mozaik camlardan içeri giren gökkuşağı halindeki gün ışığında, sakin gülümseyen mavi gözleriyle bekleyen pederin önünde onu sunakta bekleyen uzun boylu, yakışıklı adamla elele tutuştu, ve Katherine de Galverra oldu.

Ramon yanındaki parlak saçları çiçeklerle süslenmiş olan güzel kadına baktı. Onun evlilik yeminlerini tekrarladığını duyarken aklında başka görüntüler dolaşıyordu: Üç hafta önce tanıştıkları bekarlar barında ciddi ve güzel gözüken Katie...

Ona beş dolar uzatan Katie. "Lütfen bunu al, Ramon. İşine yarayacağına eminim."

Onu erkek yanlısı olmakla suçlayan Katie'nin gözleri piknikte neşeyle parlıyordu."Bunu duymak seni şaşırtabilir, ama kadınların hepsi soğan doğramak ve peynir dilimlemek isteğiyle yanıp tutuşmuyor."

Havuz partisinde kollarında dans eden, dudakları tutkulu öpüşmeden hâlâ sıcak ve gözleri koyu, endişeli olan Katie.

Ve şimdi, kilisede yanında duran Katie yüzünü ona çevirdi: "Ben, Katherine, seni kocam olarak kabul ediyorum..."

Ramon ona baktı ve neşe damarlarında dolaşarak neredeyse dayanılmayacak bir güçle göğsünde patladı.

Parlayan yüzü yaşadığı sürece hatırlayacağını bildiği bir resimdi; yumuşak ses tonuyla söylediği sözler hep kalbinde kalacak bir duaydı.

Kulübenin penceresinden sızan ay ışığıyla yıkanmış çıplak bedeniyle karısı sonunda ona geldiğinde, anılar o kadar saatten sonra hâlâ canlıydı. Onu izlerken ona içinde her şeyiyle birlikte dünyayı vermek için yanıp tutuşuyordu, çünkü Katie şimdiden kendisine çok şey vermişti.

Kolları onu sararken aşk boğazında düğümlendi, ve karısı da bedenini kendi bedeniyle sardı. Çekinmeden onu kendi inanılmaz sıcaklığına çağırdığında şefkat Ramon'un tüm bedenini sardı.

Katie sonunda titreyen bir heyecanla çığlık atana kadar, çılgınlar gibi, aşkla seviştiler; sonra adını fısıldayarak Ramon karısını kollarına aldı. Ve ona sadece kendisinin verebileceği tek hediyeyi verdi. Kendisini.